BASTEI
LÜBBE

Barry Siegel

Die Stadt, die nicht vergessen konnte

Ins Deutsche übertragen
von Benno F. Schnitzler

TRUE CRIME
Der wahre Kriminalfall

BASTEI
LÜBBE

BASTEI-LÜBBE-TASCHENBUCH
Band 13371

Erste Auflage: März 1992
Zweite Auflage: Juli 1992

Deutsche Lizenzausgabe 1992
Bastei-Verlag Gustav H. Lübbe GmbH & Co.,
Bergisch Gladbach
Originaltitel: A Death in White Bear Lake
Lektorat: Dr. Edgar Bracht
Satz: KCS GmbH, 2110 Buchholz/Hamburg
Druck und Verarbeitung: Brodard & Taupin
La Flèche, Frankreich
Printed in France
ISBN 3-404-13371-4

Der Preis dieses Bandes versteht sich
einschließlich der gesetzlichen Mehrwertsteuer.

Marti zugeeignet, für alles.

ERSTER TEIL

Stimmen aus der Vergangenheit

Erinnerungen

Monate später herrschte in den stickigen Kabinen der einsamen Polizeistation, in denen die Detectives von White Bear Lake ihren Dienst verrichten, einige Verwirrung über die Einzelheiten des Jurgens-Falles; es war ein Fall, mit dem die Polizisten an einem feuchten Septembertag des Jahres 1986 konfrontiert worden waren, als Jerry Sherwood zum erstenmal auftauchte und ihre Aufmerksamkeit verlangte.

»Ich konnte mich überhaupt nicht an diesen Fall erinnern, lediglich daran, daß White Bear im Frühling überflutet wurde«, sagte Detective Ron Meehan, Chef-Untersuchungsbeamter der Abteilung, allen, die danach fragten. »Ich hörte mir ihre Geschichte an, aber nichts klingelte bei mir«, erklärte Lieutenant Clarence ›Buzz‹ Harvey zustimmend. Eine Weile ging Harvey sogar so weit, anzudeuten, 1965 sei er ja noch ›Polizei-Neuling‹ gewesen, obwohl die Unterlagen zeigten, daß Buzz zu diesem Zeitpunkt schon gut sechs Jahre bei der Truppe war. Polizeichef Philip Major, damals gerade frisch von der High-School gekommen, erinnerte sich an Freiwillige, die sich krampfhaft bemühten, den tosenden Mississippi mit Sandsäcken einzudämmen, während Bürgerrechts-Demonstranten singend die Cedar Street in St. Paul entlangmarschierten, aber natürlich wußte er überhaupt nichts über den Jurgens-Fall.

Doch während die Zeit verstrich, korrigierten einige der Betroffenen ihre Aussagen. Buzz Harvey gab leicht beschämt zu, jawohl, er habe den Fall von Anfang an gekannt. Ron Meehan bemerkte, daß »jeder Bescheid wußte, aber die Sache ging uns nichts an.« Gerry Sarracco, der an jenem kritischen Palmsonntagmorgen 1965 für die Abfertigung aller Berichte und Meldungen verantwortlich war, sagte: »Wir wußten alle, daß etwas nicht stimmte, aber keiner wußte genau, was es war.«

Ähnlich wie mit diesen nebelhaften Erinnerungen verhielt es sich auch mit den Erinnerungen an die Tage, die nicht ganz so weit zurücklagen. Die Ankläger, die Polizei, die Ärzte, sie alle hatten beim besten Willen nicht damit rechnen können, später nach jeder winzigen Einzelheit befragt zu werden – und zwar während jener eminent wichtigen Stunden unmittelbar nach Jerry Sherwoods erstem Auftritt. Und dennoch, wenn man die Gesichter der Betroffenen betrachtete, sie dabei beobachtete, wie sie ziellos Papiere auf ihren Schreibtischen hin und her schoben, dann schien es manchmal, als habe ihr schwammiges Erinnerungsvermögen nicht nur mit schlichter Vergeßlichkeit zu tun, sondern auch mit einem gewissen nervösen Widerstand.

Auch das konnte man verstehen.

Soviel kann gesagt werden – es war im Laufe des Vormittags am Donnerstag, dem 11. September 1986, als Buzz Harvey von seinem Schreibtisch aufblickte und die Schreibkraft der Polizeistation in der Tür seines kleinen Büros stehen sah.

»Jemand hat angerufen, während Sie fort waren, und wollte mit Ihnen sprechen«, meldete Heidi Riemenschneider. »Etwas über seinen Bruder, der ermordet worden sei. Sagte, er würde später zurückrufen. Sein Name war Dennis Craig McIntyre.«

Buzz Harveys Augen wanderten zu einem eselsohrigen Schnellhefter, den Heidi unter dem rechten Arm hielt. Fragend zog er die Augenbrauen in die Höhe.

»Ach ja«, sagte sie und legte die Mappe auf Harveys Tisch. »Der Mann sagte irgendwas über einen Jurgens-Fall. Passierte vor einundzwanzig Jahren. Ich habe den Vorgang herausgesucht, weil ich dachte, Sie wollten ihn haben.«

Als er wieder allein war, betrachtete Harvey die verschlossene Mappe vor ihm und schloß die Augen, während ihn ein unangenehmes Gefühl beschlich. Ja, er entsann sich des Falles. Ein kleiner Junge war gestorben.

Harvey hatte die Mappe nie zuvor gesehen, die jetzt auf seinem Tisch lag. Im Jahre 1965 hatten zwei Beamte den Jurgens-Fall bearbeitet, die inzwischen beide im Ruhestand waren, Pete Korolchuk und Bob VanderWyst. Was Harvey über diesen Fall wußte, das wußte er von diesen beiden. Er entsann sich, daß Korolchuk seinerzeit von einem gewissen Druck und von

Problemen bei seinen Untersuchungen gesprochen hatte, aber Harvey hatte keine Vorstellung, worum es genau ging. Er hatte genug mit seiner eigenen Arbeit zu tun, und dieser Fall gehörte nicht dazu.

Harvey versuchte sich zu konzentrieren. Vor kurzem hatte er sich von seinem langjährigen Raucherleben verabschiedet, und jetzt sehnte er sich nach einer Zigarette. Die Wurstpasteten aus dem Pizza-Laden auf der anderen Seite des Highway 61, die als Ersatz dienen sollten, füllten zwar seinen beträchtlichen Bauch, besänftigten jedoch nicht seine Nerven. Langsam öffnete Harvey die Mappe Jurgens und blätterte darin herum.

Währenddessen verstärkte sich das unangenehme Gefühl und wurde konkreter. Ja, irgend etwas an der Sache war merkwürdiges. *Mr. und Mrs. Lloyd Zerwas übergaben uns ebenfalls eine unterschriebene Erklärung,* hatte Pete Korolchuk notiert. Aber besagte Erklärungen waren in der Mappe nicht zu finden. Buzz Harvey blätterte weiter, mit wachsender Besorgnis. Die Polizeiberichte schienen voller Unstimmigkeiten zu sein. Harold Jurgens erklärte gegenüber VanderWyst, daß sein kleiner Junge hingefallen und mit dem Kopf auf den Boden aufgeschlagen sei, doch der Autopsiebericht vermerkte Blutergüsse von Kopf bis Fuß. Und das nach einem ganz gewöhnlichen Sturz? Der Arzt am Ort des Geschehens gab VanderWyst zu verstehen, er habe lediglich an der Stirn Blutergüsse bemerkt, denn er habe nur Brust und Gesicht des Kindes untersucht. Warum wollte der Arzt die Leiche unter den Wolldecken nicht einläßlich untersuchen? Als Buzz zum letzten Blatt der Mappe kam, starrte er es an, blätterte zurück, doch er suchte vergebens. Wo war der Schluß? Es gab keine Untersuchung, keine Erledigung dieses Falles. Was war geschehen?

Und wer erkundigte sich jetzt nach diesem Vorgang? Der Anruf kam von einem Dennis Craig McIntyre. Was hatte der damit zu tun?

Buzz rief Ron Meehan in sein Büro.

»Erinnern Sie sich an den Fall Jurgens?« fragte der Lieutenant.

Meehan, früher Militärpolizist bei der Marine, Football-Spieler am College und Amateur-Boxer, war ein stämmiger

Mann mit faßartigem Brustkasten und muskulösen Armen. Mit seinen einundfünfzig Jahren war er seit fünfundzwanzig Jahren Polizist in White Bear Lake und Chef-Untersuchungsbeamter seit 1973.

Meehan nickte kurz. Jawohl, er erinnerte sich an den Fall Jurgens. Diesen Fall hatte er niemals vergessen.

»Jemand hat deswegen angerufen«, sagte Harvey. »Sagte unserer Heidi, er sei ein Bruder des toten Jungen. Wollte zurückrufen. Ich halte Sie auf dem laufenden.«

Der Anruf kam vier Tage später, am späten Nachmittag des Montags, dem 15. September. Die Stimme klang jugendlich, energisch und feindselig. Dennis Craig McIntyre erklärte Harvey, er rufe für seine Mutter an. Deren Name sei Jerry Sherwood.

»Wir möchten mit Ihnen über meinen Bruder reden, der vor einundzwanzig Jahren ermordet wurde«, sagte McIntyre. »Können wir jetzt kommen?«

Harvey warf einen Blick auf die Uhr an der Wand. Er arbeitete von acht bis vier, und jetzt war es kurz vor vier.

»Ich bin nur bis vier Uhr hier«, antwortete Harvey.

»Scheiße«, sagte McIntyre.

Harvey war verblüfft, doch diesen Ausdruck sollte er in Zukunft von McIntyre noch öfter hören.

»Ich rufe morgen früh zurück«, kündigte der junge Mann an.

Doch der Dienstag ging ohne einen Rückruf vorüber. Harveys Apparat läutete erst wieder am späten Mittwoch nachmittag. »Können wir morgen früh zu Ihnen kommen?« fragte McIntyre.

Harvey sah in seinen Kalender. Das wäre Donnerstag, der 18. September. »Ja, prima«, sagte er. »Kommen Sie gegen zehn Uhr vormittags.«

Es kann leicht passieren, daß man durch White Bear Lake fährt, ohne auf den See oder die übrigen Reize dieses Ortes aufmerksam zu werden. Schon allein wegen des Verlaufs der zwischenstaatlichen Highways wurde diese zweiundzwanzigtausend Einwohner zählende Stadt von den Stadtplanern immer als zweiter Ring-Vorort von St. Paul, der Hauptstadt von Minnesota, eingestuft und behandelt. St. Paul liegt zehn Meilen südlich von White Bear Lake.

Der Highway 61 ist eine vierspurige Autobahn, die keine besonders attraktiven Aussichten bietet. Wer sich auf ihr von Süden her, der Stadt nähert, passiert drei Tankstellen, Wendy's und McDonald's Restaurants, Dairy Queen, die Gelände von Polar Chevrolet und Tonsley Ford, die Schnelldruckerei Jiffy Print, das Restaurant ›Zwei Burschen aus Italien‹, ein Beerdigungsinstitut, einen Schnapsladen und Dutzende kleinerer Geschäfte, die von lebenden Ködern bis zu Video-Leihgeräten alles anbieten. Nur wer während der Fahrt aufmerksam nach rechts schaut, kann vom Highway 61 aus einen kurzen, flüchtigen Blick zwischen den Häusern auf die glitzernde Fläche des 2500 Morgen großen Sees werfen, der den Kern der Stadt bildet. Um das relativ idyllische, dorfähnliche Stadtzentrum am Südwestufer des Sees zu entdecken, muß man vom Highway 61 nach rechts in die Fourth Street abbiegen, wo ein ruhiges Geschäftsviertel liegt. Jenseits des Geschäftsviertels, an der kurvenreichen Lake Avenue, säumt eine Reihe malerisch verwitterter Fachwerkhäuser das Ufer, frühere Sommerhäuser, die mit der Zeit in stattliche, hübsche Wohnhäuser verwandelt wurden. Eine Bogenbrücke an der Lake Avenue verbindet das Festland mit dem wohlhabenden Manitou Island, einer reich begrünten und stark bewaldeten Enklave prunkvoller Villen. An den meisten Sommertagen sind Segelboote und Fischer auf dem See – keine Besucher, sondern Anwohner, die sich vor oder nach der Tagesarbeit eine oder zwei Stunden Erholung gönnen.

Die Polizeistation von White Bear Lake liegt nicht in diesem Stadtteil, sondern weiter weg vom See, jenseits der Eisenbahnlinie, die den Highway 61 schneidet, in der Miller Street. Das einstöckige Gebäude könnte auch gut als Bibliothek durchgehen, wären da nicht die an der Ostseite diagonal geparkten Streifenwagen. Kleine Fachwerkhäuser mit schmalen Vorgärten säumen die andere Straßenseite. Als Buzz Harvey und Ron

Meehan 1960 zur Polizei gekommen waren, hatte die Mannschaft neun Leute umfaßt; gegen Ende 1986 war ihre Zahl auf achtundzwanzig angewachsen.

An diesem Vormittag des 18. September 1986 zog der Herbst in White Bear Lake ein. Die Temperatur kletterte nicht mehr über 15°, und ein leichter Regen hatte die Straße vor der Polizeistation benetzt.

Buzz Harveys Besucher trafen exakt um zehn Uhr ein. Es waren drei Personen. Dennis Craig McIntyre, neunzehn Jahre alt, hatte einen mürrischen Gesichtsausdruck und langes braunes Haar, dessen Strähnen einen Teil seiner Stirn bedeckten. Seine Schwester, Misty McIntyre, dreiundzwanzig, eine ruhig und gelassen wirkende junge Frau mit schulterlangem welligem braunem Haar, zeigte keinerlei Gemütsbewegung. Ihre Mutter, Jerry Sherwood, zweiundvierzig, war eine großgewachsene Frau mit einer sorgfältig frisierten blonden Mähne. Diejenigen in der Station, die sich schon mal eine Nacht in den Striplokalen in St. Paul um die Ohren geschlagen hatten, erkannten sie vielleicht von früheren Auftritten in Alary's Club Bar wieder. Sie wirkte immer noch attraktiv, obwohl die Jahre ihren Gesichtszügen eine gewisse Härte eingeprägt und ihre Arme und Beine dicker gemacht hatten. Sie wirkte wie eine Cocktail-Kellnerin, die zuviel laufen muß.

Da Buzz den Untersuchungsbeamten Ron Meehan zu dem Gespräch hinzugebeten hat, drängten sich fünf Leute in Harveys winzigem Büro zusammen. Der Lieutenant saß an seinem Schreibtisch, mit dem Rücken zum Fenster, die Bürotür gegenüber; Mrs. Sherwood und ihr Sohn Dennis saßen direkt vor seinem Schreibtisch, Misty links von ihm. Meehan lehnte unbequem an der Wand.

Jerry Sherwood hatte eine Geschichte zu erzählen. Sie sprach eindringlich, mit kräftiger Stimme.

Als sie siebzehn war und in einem Jugendheim lebte, so sagte sie, brachte sie einen Knaben, Dennis, zur Welt, der ihr rasch weggenommen und einer Familie namens Jurgens zur Adoption gegeben wurde, Lois und Harold Jurgens, die in White Bear Lake wohnten. Nach zwei Ehemännern und vier Kindern hatte

Jerry sich auf die Suche nach ihrem ersten Kind begeben und herausgefunden, daß Dennis vor Jahren – 1965 – im Alter von drei Jahren gestorben war. In einer vergilbten Zeitungsnotiz mußte sie lesen, daß die Leiche des toten Kindes zahlreiche Verletzungen und Blutergüsse aufwies. Der Todesbescheinigung entnahm sie, daß sich der Untersuchungsrichter nicht festgelegt hatte, ob der Tod durch Unfall, Mord oder natürliche Ursachen eingetreten war. Sie hatten die Leiche einfach beerdigt, und das war alles.

»Sie haben mein Kind geschlagen«, klagte Jerry. »Sie haben mein Kind totgeschlagen.«

Sherwood weinte, als sie sprach, aber es war nicht nur aus Trauer. Sie war zornig. Sie wollte Gerechtigkeit und hatte berechtigte Zweifel, daß sie die von der Polizei oder irgendeiner Autorität bekommen würde. Tatsächlich schien sie während ihres Lebens nicht viel Gerechtigkeit erfahren zu haben. Ihre Lebensgeschichte war hart, freilich nicht ungewöhnlich: Ihre Mutter war verschwunden, als sie, Jerry, drei Jahre alt gewesen war, jahrelanges Hin- und Herschieben zwischen Verwandten und Kinderheimen war die Folge. Bevor sie dreiundzwanzig war, brachte sie außer Dennis vier weitere Kinder zur Welt, alle vom gleichen Mann, der auch Dennis' Vater war und den sie dann schließlich heiratete. Misty war achtzehn Monate nach Dennis geboren und sofort in ein Kinderheim gekommen, doch es war Jerry gelungen, das Kind zurückzubekommen. Nach einiger Zeit ließ sie sich von dem Vater ihrer Kinder scheiden und heiratete neu, doch die zweite Ehe endete ebenfalls mit einer Scheidung. Danach brachte sie ihre vier Kinder so gut wie eben möglich durch, mal als Hausverwalterin, mal mit der Sozialhilfe, mal als Tänzerin bei Alary.

»Sie wollten Dennis nicht bei mir lassen«, sagte sie Buzz mit unverhüllter Bitterkeit. »Sie sagten, sie würden mein Baby Leuten geben, die ihm all das geben könnten, was ich nicht könnte. Nun, sie hatten recht. Ich hätte ihm niemals den Tod geben können. Meine vier anderen Kinder hatten es schwer, aber sie sind noch alle am Leben.«

Harvey war beeindruckt. Er hielt Jerry für eine zähe, leidenschaftliche Frau, aber er spürte auch die Notwendigkeit, sie zu beruhigen, und sprach freundlich, doch bestimmt zu ihr. »Einiges hätte vor zwanzig Jahren passieren müssen«, sagte er. »Wir untersuchen das, wir prüfen die Sache.«

Doch seine Worte hatten keinerlei Wirkung. Niemand schien ihm überhaupt zuzuhören, und die Kontrolle über das Gespräch entglitt ihm von Augenblick zu Augenblick mehr. Alle sprachen gleichzeitig, Jerrys Stimme wurde lauter und klang bald tränenerstickt.

»Ich habe ihn zur Welt gebracht, jemand anders hat ihn rausgeworfen. Kein Kind sollte so sterben müssen, wie Dennis gestorben ist . . .«

Ron Meehan, der an der Wand lehnte, fühlte sich verwirrt. Er erinnerte sich an einen Bruder des toten Jungen, aber hieß der nicht Robert? Ja, Robert war der andere Sohn der Jurgens. Buzz hatte ihm gesagt, der Bruder komme ins Büro, deshalb dachte Meehan, es sei Robert. Meehan bemühte sich, die Leute richtig unterzubringen. Sherwood sprach von ›Dennis‹. Sprach sie von ihrem Sohn Dennis Craig, der hier vor ihnen saß, oder meinte sie den toten Dennis? Und dieser Dennis Craig nannte den anderen Dennis seinen Bruder. Wie konnte das sein?

»Ich laß' die Sache nicht einschlafen«, schwor Jerry Sherwood. »Ich finde mich damit nicht ab.«

Als sie verstummte, fing ihr Sohn Dennis Craig an zu reden. Er lümmelte sich höhnisch grinsend auf seinem Stuhl und wirkte wie einer der Punks, die die Polizisten von White Bear Lake gelegentlich sonntagabends in die Zellen sperrten. »Was wollen Sie unternehmen?« verlangte er. »Was werden Sie machen?«

Buzz Harvey fühlte sich in der Defensive. Er und Ron Meehan wurden wie Feinde behandelt, als ob sie etwas mit dem Tod von Dennis zu tun hätten.

»Wir teilen Ihr Verlangen nach Gerechtigkeit.« Er sprach mit zusammengebissenen Zähnen. »Wir stehen auf der gleichen Seite.«

Jerry verlangte, die Polizeiberichte von 1965 in der Mappe auf Harveys Tisch lesen zu dürfen. Buzz zögerte, weil er wußte, was sie enthielten. Ihm war es lieber, vorher noch etwas daran zu arbeiten.

»Das können Sie, wenn Sie wollen«, sagte er. »Aber ich kann es Ihnen nicht empfehlen. Ich würde sie Ihnen lieber vorlesen.«

Voller Angst vor dem, was auf ihn zukam, doch unfähig, den Lauf der Dinge in seinem eigenen Büro zu kontrollieren, fing Buzz an, aus dem Bericht des Polizisten Bob VanderWyst über den Tod des kleinen Dennis im Jahre 1965 vorzulesen. Bereits nach wenigen Augenblicken kam er zu der Beschreibung der Leiche:

> Dennis lag in dem Kinderbett auf dem Rücken, den Kopf in westlicher Richtung, die Füße nach Osten zeigend. Seine Arme waren eng am Körper angelehnt, die Hände standen etwa zwanzig Zentimeter über das Bett hinaus. Etwa bis zur Mitte seines Körpers war Dennis von Decken verhüllt. Er hatte viele schwarze und blaue Flecken und Blutergüsse an Kopf, Gesicht und Armen. Der Rest seines Körpers war bedeckt. Auf Gesicht und Stirn waren mindestens ein Dutzend blaue und schwarze Flecken, einige sehr groß, andere klein. Seine Nase war beinahe blutrot und schälte sich.

Jerry Sherwoods Schluchzen unterbrach ihn. Sie war völlig fertig, dicht vor einem Zusammenbruch, ihre zornige Bestimmtheit wenigstens für den Moment verschwunden. Das war genau das, was Harvey erwartet hatte. »Sie wollen jetzt nichts mehr hören«, sagte er, doch sie bestand darauf, daß er fortfuhr, und das tat er auch, wobei er weitere Beschreibungen von Dennis' Leiche übersprang, immer wieder von ihrem Schluchzen unterbrochen.

Die Zusammenkunft dauerte anderthalb Stunden. Sherwood verließ Harveys Büro so, wie sie gekommen war – aufgeregt, feindselig und voller Mißtrauen. An der Tür drehte sie sich noch einmal ruckartig um.

»Ich werde regelmäßig wiederkommen«, versprach sie.

Harvey schob die Mappe mit dem Fall Jurgens Ron Meehan in die Hand, der schließlich der Chef-Untersucher war.

Obwohl Meehan sich an den Fall Jurgens aus dem Jahre 1965 erinnern konnte, sah er die Unterlagen jetzt zum erstenmal. Er zog sich in sein Büro zurück, das nur halb so groß war wie das seines Kollegen Harvey, und fing an zu lesen. Als er merkte, daß Telefonanrufe und Besucher seine Lektüre störten, packte er die Mappe, rannte zu seinem Auto und fuhr zu einem östlich der Stadt gelegenen McDonald's Restaurant. Hier kaufte er sich einen Becher Kaffee mit Milch, parkte auf dem hinteren Teil des Parkplatzes und begann zu lesen.

Meehan, pflegten seine Kameraden in der Polizeistation zu sagen, war einer von den Burschen, die im Gefängnis landen würden, hätten sie nicht den Beruf des Polizisten ergriffen. In früheren Tagen, so erzählte man, soll er einmal in Roseville mit 90 Meilen Geschwindigkeit gestoppt worden sein. Er hatte sich fleißig an Raufereien und Kneipenprügeleien beteiligt, und es hieß, wenn man gegen ihn antrete, benötige man gute Ausdauer und reichlich Stehvermögen, denn Ron greife immer wieder an, wie ein rasender Bulle.

Seine bemerkenswerte Baß-Stimme schien aus den Tiefen seines Brustkastens zu kommen und mußte sich ihren Weg durch eine gebrochene Nase suchen. Meehan wirkte langsam und schwerfällig, wie ein angeschlagener Boxer, doch das war ein Irrtum. Er war Kettenraucher und schätzte Jack Daniel's Whisky.

Ron kannte VanderWyst und Korolchuk gut. Sie waren seine Freunde, und als er jetzt ihre Worte in den Berichten des Jahres 1965 las, erinnerte er sich an Zeiten, auf die er stolz war. Die Polizisten damals waren alle um die Dreißig, ihre Häuser voller Kinder gewesen. Sie gingen gemeinsam fischen und zum Camping, tranken zusammen und halfen sich gegenseitig bei den Reparaturarbeiten an ihren Häusern. An den meisten Abenden, nach der Arbeit, trafen sie sich in Bob VanderWysts Haus, wobei die Männer von der Spätschicht natürlich erst später dazustießen. Sie tranken Rum und Cola und aßen, was die Leute halt so mitbrachten. Sie lachten, bis ihnen die Glieder schmerzten, dann wurden sie närrisch und sangen, was ihnen in den Sinn kam. Gelegentlich wedelte ein übermütiger Polizist mit seiner Pistole in der Luft herum, und VanderWysts acht Kinder standen mit großen Augen am oberen Ende der Treppe und schauten zu. Ganz egal, wie lange sie aufblieben oder wieviel sie tranken, am nächsten Morgen waren sie voller Energie zur Stelle.

VanderWyst hatte einige der ersten Seiten des Jurgens-Berichtes geschrieben, Korolchuk die meisten anderen. Das war lange vor der Zeit, da der Etat der Polizei von White Bear Lake die Einstellung von Schreibkräften und die Anschaffung von Schreibmaschinen erlaubte. Weder VanderWyst noch Korolchuk hatten besonders leserliche Handschriften. Die Worte purzelten über die Seiten, kippten in alle Richtungen, liefen über den Rand und waren schwer zu entziffern.

Während er die sechsundzwanzig Seiten des Reports durchlas, verkrampfte sich Meehan hinter seinem Steuerrad, und die nostalgische Erinnerung verwandelte sich langsam in Kälte. Wir brauchen Anweisungen bei dieser Sache, dachte er. Wenn Jerry Sherwood hier alle Hebel in Bewegung setzt, ist der Fall am besten bei der Kreisbehörde aufgehoben.

Die Polizeibehörden von White Bear Lake beraten sich oft mit der Bezirksbehörde in St. Paul, wo die Verbrechen und Vergehen, die in den kleinen Ortschaften anfallen, behandelt und verfolgt werden. Wenn die Polizisten aus White Bear Lake ihre Nachforschungen abgeschlossen haben, entscheiden die Ankläger des Bezirks Ramsey, ob das Verfahren eröffnet wird, weitere Nachforschungen erforderlich sind oder ob die Polizei auf dem falschen Dampfer ist.

Am Tag nach dem Treffen mit Jerry Sherwood fuhr Meehan die zehn Meilen nach St. Paul. Die Anwaltschaft des Bezirks Ramsey hat ihre Büros auf der vierten Etage eines Ärztehauses, dicht beim Kreisgerichtsgebäude. Ron kannte die Büros gut, denn in den dreizehn Jahren als oberster Untersuchungsbeamter der Polizei von White Bear Lake hatte er eine ganze Menge von

Vorgängen hier abgeliefert. Heute morgen hatte er eine Verabredung mit Jim Konen, dem Chef der Kriminalabteilung.

Konen grinste, als Ron sein Büro betrat. Das war nicht zu übersehen – Konen genoß die Situation und legte wenig Wert darauf, sie rasch zu ändern. Er war ein altgedienter Bürostratege, ein Überlebenskünstler auf der schmalen Linie zwischen dem Management und der Mitarbeiterschaft und zog gütliches Einvernehmen jeder Konfrontation vor. Konen war kein Jasager, aber er wußte, wann man ja sagen mußte. Buzz Harvey und Jerry Sherwood hatten ihn beide bereits angerufen, er wußte also, worum es bei Meehans Besuch ging, und die Sache gefiel ihm. Er schnorrte sich eine Zigarette von Meehan, zündete sie an und inhalierte langsam.

»Yeah, Buzz hat mich angerufen«, sagte Konen grinsend.

Meehan tat so, als merkte er nichts, verweigerte den Köder und hielt sein Gesicht völlig ausdruckslos. Konen bemühte sich vergebens. In Situationen wie dieser wirkte Ron unergründlich, unkompliziert, aber mächtig beherrscht. Er sah keinen Grund, sich aufzuregen, solange es nicht nötig war, und bei dem vorliegenden Thema wußte er nicht einmal, ob es ein Fall würde. Sollen doch die Staatsanwälte entscheiden, überlegte er. Sollen die überlegen, ob etwas dran war oder nicht.

Ron übergab Konen Fotokopien der 26 Seiten des Berichtes und machte sich aus dem Staub, froh, wieder auf dem Weg nach White Bear Lake zu sein.

In seinem Büro überflog Konen rasch den Bericht, dann begab er sich sofort zu seinem Chef Tom Foley, dem Staatsanwalt des Ramsey County.

»Da ist Dynamit drin«, sagte Konen zu Foley. »Lesen Sie erst mal diesen Bericht.«

Tage vergingen. Der September machte dem Oktober Platz, doch noch ließ der Bezirksstaatsanwalt nichts über seine Absichten verlauten. Am 2. Oktober, zwei Wochen nach ihrem ersten Auftritt vor Buzz Harvey in der Polizeistation von White Bear Lake, erschien eine ungeduldige Jerry Sherwood in St.

Paul im Büro des Amtsarztes von Ramsey County, Michael McGee. So wie die Kreisbehörden Fälle aus kleineren Orten wie White Bear Lake verfolgen, so erledigt der Amtsarzt ihre Autopsien und Todesbescheinigungen. Der Amtsarzt sitzt in einem eigenen einstöckigen Gebäude in der Nähe des Mississippi, gerade am Ende der steilen Hill Street. Von außen wirkt das Fachwerkhaus ganz und gar nicht wie ein Bürogebäude und macht den Eindruck, als sei es aus seiner ruhigen Wohngegend entfernt worden. Innen gibt es eine lange Theke, eine Reihe von Tischen für Sekretärinnen sowie Büros und Sitzungsräume – nichts deutet auf den wahren Zweck des Gebäudes hin. Die Autopsien finden unten im Keller statt.

Jerry Sherwood stand an der Theke, sprach mit dem Empfangsbeamten und erklärte, wer sie sei und daß sie die Unterlagen über den Fall Dennis Jurgens sehen möchte. Diese Bitte wurde an McGee und seinen Chefassistenten Jim Essling weitergegeben, der mit dem Büro des Bezirksstaatsanwaltes telefonierte. Nein, sagte das Büro, die Unterlagen könnten Jerry Sherwood nicht gezeigt werden. Dafür würde sie einen Gerichtsbeschluß erwirken müssen, da sie zum Zeitpunkt von Dennis' Tod nicht das Sorgerecht für ihn hatte.

Als Essling ihr diesen Beschluß mitteilte, starrte sie ihn wütend an.

»Ich will die Sache verfolgen«, sagte sie. »Ich will wissen, was mit meinem Baby passiert ist. Ich kann nichts feststellen. Ich will Hilfe haben.«

Als Jerry weg war, überlegte Essling. Als kundiger Veteran der Kreisverwaltung kannte er alle Tricks und Hintertürchen des Systems, und irgend etwas an Jerrys Aussage beeindruckte ihn. Fünf Minuten verstrichen, dann zehn. Schließlich griff Essling zum Telefon und rief das Dokumentenarchiv des Kreises an. Er wollte sich die Jurgens-Unterlagen selber einmal ansehen.

Solche alten Unterlagen werden in einem abgeschlossenen Lagerraum im Keller eines Gebäudes der Kreisverwaltung an der Ecke Kellog und Robert Streets in St. Paul aufbewahrt. Essling gab der Sachbearbeiterin die Fallnummer 30 001.

Am nächsten Morgen brachte der Bote des Dokumentenarchives einen großen, abgewetzten Manila-Umschlag in sein Büro. Essling zog einen einzelnen dünnen Hefter aus dem Umschlag. Als er ihn öffnete, fiel ein kleiner Zettel auf seinen Tisch. Es war ein Kleiderzettel, der alle Dinge auflistete, die vom Körper des toten Jungen vor der Autopsie entfernt worden waren: *Zwei Windeln, eine Gummihose, ein Hemd, Schlafanzug...* Essling starrte auf die Unterschrift am unteren Rand des Zettels. Es war seine eigene Unterschrift.

Nun erinnerte Essling sich an den Fall, obwohl er mehr als einundzwanzig Jahre zurücklag. Als junger Gehilfe des Leichenbeschauers hatte er Dienst gehabt an jenem Nachmittag, als die Leiche eintraf. Seine Gedanken rasten. Das war es also, worüber Jerry Sherwood sprach. Kaum zu glauben, daß diese Sache damals nicht als Mordfall verfolgt worden war.

Essling blätterte durch die anderen Papiere. Da war ein Blatt mit dem Bericht des Leichenbeschauers, kurze Notizen des Gehilfen, der die Leiche in Empfang genommen hatte, sowie ein drei Seiten umfassender Bericht des Pathologen, der die Autopsie durchgeführt hatte.

Die Dokumente erzählten nur eine knappe Geschichte. Ein dreieinhalbjähriges weißes, männliches Kind war in einem Privathaus mit der Anschrift 2148 South Gardenette Drive in White Bear Lake tot aufgefunden worden. Der Arzt am Ort des Geschehens war ein gewisser Dr. Roy Peterson. Körper und Gesicht waren von Blutergüssen bedeckt, die in alle Richtungen wiesen, und an der Peniswurzel fand sich eine Fleischwunde. Todesursache war eine Bauchfellentzündung aufgrund einer Blasen-Perforation.

In den Unterlagen befand sich kein weiterer Hinweis auf die Todesursache – so blieb offen, ob die durchstochene Blase das Ergebnis eines Unfalles war, natürliche Gründe hatte oder ein Tötungsakt war. An der Stelle des Dokuments, wo normalerweise die Todesursache vermerkt wird, hatte der Leichenbeschauer ›zurückgestellt‹ geschrieben. Mit anderen Worten, diese Frage war niemals entschieden worden.

Essling trug die Unterlagen zu seinem Chef.

»Doc, Sie müssen sich diese Unterlagen ansehen«, sagte er zu Michael McGee. »Ich erinnere mich an die Sache. Sieht schlecht aus.«

McGee blätterte in der Mappe, dann blickte er Essling an. »Wollen Sie mir sagen, daß dieser Fall aus diesem Büro stammt?« fragte er.

»Nicht nur das, da war eine Frau, die sich danach erkundigt hat«, erklärte Essling.

McGee wandte sich den Papieren zu. Er war ein großer, dünner Mann von neununddreißig Jahren mit kurzgeschnittenem Haar, das langsam grau wurde. Er war streng religiös, gelernter Gerichtspathologe und hatte eine beeindruckende körperliche Präsenz. Er neigte dazu, seine Gesprächspartner mit durchdringenden Blicken anzustarren, und seine Sprache war direkt und ohne Schnörkel.

»Beschaffen Sie die Polizeiberichte«, sagte McGee. »Reden Sie mit dem Pathologen. Wir müssen den ganzen Kram aufrollen. Ich kann es einfach nicht glauben.«

Essling wollte schon gehen, aber sein Chef war noch nicht fertig.

»Jim«, fragte er ernst, »ist so etwas damals öfter geschehen?«

Essling zuckte mit den Schultern. »O ja«, sagte er. »Häufig.«

McGee telefonierte mit Buzz Harvey von der White-Bear-Lake-Polizei. Der Amtsarzt fing an, die Details des Falles zu erläutern, doch Harvey unterbrach ihn.

»Jawohl, sie ist auch bei uns gewesen«, sagte er.

»Ich brauche Ihre Berichte, alte und neue.« McGee sprach kurz und knapp. »Ich sitze hier und glaube, daß ich einen Mordfall habe. Ich brauche Unterlagen. Ich brauche alles, was Sie haben.«

Drei Tage später, am 5. Oktober, die Polizeiberichte vor sich auf dem Tisch, telefonierte McGee mit Dr. Thomas Votel, im Jahre 1965 Leichenbeschauer des Bezirks Ramsey, jetzt ein Arzt mit privater Praxis an einer Klinik in St. Paul.

»Ich bin dabei, eine Ihrer alten Todesbescheinigungen umzuschreiben«, sagte McGee. »Tut mir leid, Ihnen Unannehmlichkeiten machen zu müssen. Es wird öffentliche Aufmerksamkeit, Presse und so weiter, geben. Aber ich muß – ich denke, es ist eine Mordsache. Erinnern Sie sich an einen kleinen Jungen namens Dennis Jurgens?«

»Ja«, antwortete Votel mit sanfter Stimme. Nach einem Zögern fuhr er fort: »Ich habe auch immer gedacht, es sei Mord. Es gibt noch drei oder vier andere Fälle in den Unterlagen. Sollten Sie sich ansehen.«

Eine Frage konnte McGee einfach nicht unterdrücken. »Warum haben Sie damals nicht unterschrieben?«

Votel war ein liebenswürdiger, freundlicher Arzt, der sich vor vielen Jahren eine gutgehende Praxis, hauptsächlich auf dem Gebiet der Arbeitsmedizin, aufgebaut hatte. Er überlegte lange, bevor er eine Antwort gab. »Ich wartete darauf, daß der Staatsanwalt und die Polizei weitere Untersuchungen anstellen würden. Leichenbeschau war damals für mich nur ein Teilzeit-Job. Ich war Privatarzt für Allgemeinmedizin.«

McGee bedankte sich freundlich für das Gespräch und legte auf, denn er konnte sich jetzt mit Votels Rolle nicht länger beschäftigen. Er brauchte ein einziges weiteres Teilstück der Unterlagen. Am unteren Rand eines Blattes in der Mappe hatte er eine unklare Notiz gefunden: ›Nick Burkowski rief an und fragte, ob er Aufnahmen machen könne.‹ Mehr verriet die Notiz nicht.

McGee zeigte Essling die Bemerkung. »Wer war dieser Burkowski?«

»Das war der alte Fotograf, den wir immer riefen, wenn wir Aufnahmen der Leichen brauchten«, sagte Essling.

McGee starrte die Notiz an. Das hieß, von Dennis Jurgens' Leiche waren Aufnahmen gemacht worden. Aber sie waren nicht in den Unterlagen. Wo also steckten diese Bilder?

McGee wurde fündig dank der Hilfe einer jungen Rechtsanwältin namens Ann Hyland, Leiterin der Jugendabteilung für den Ramsey Bezirk.

Schon kurz nach Dennis' Tod hatte es eine Anhörung vor dem Jugendgericht gegeben, zur Frage, wer denn die Fürsorge für Robert, den überlebenden Sohn der Jurgens, übernehme. Die ehrgeizige und voller Energie steckende Ann Hyland hatte einen Bericht darüber ausgegraben, und in diesem Bericht befanden sich die Fotos, die McGees suchte. Da es eine Jugendamts-Angelegenheit war, war die Mappe mit den Unterlagen versiegelt, und Ann Hyland mußte sich von dem Richter die Erlaubnis holen, die Mappe zu öffnen.

Als Amtsarzt war McGee an schauerliche Bilder des Todes gewöhnt, doch was er hier sah, beunruhigte ihn doch sehr. Die Hochglanzfotos zeigten den kleinen, mageren Körper eines Jungen, der grobe Wunden mitten auf der Stirn und an der Wurzel des Penis aufwies. Häßliche Blutergüsse bedeckten den größten Teil des Körpers. Es sieht beinahe so aus, als sei das Kind gefoltert worden, dachte McGee, als habe man den armen Jungen mit einem Baseballschläger bearbeitet.

Was McGee indessen am meisten verwunderte, waren die merkwürdige Körperhaltung der Leiche und die unheimliche Leichenstarre. Die starren Arme, an den Ellenbogen gebeugt und in die Luft zeigend, sagten ihm, daß der Junge mindestens zehn Stunden vor dem Zeitpunkt, als die Fotos gemacht wurden, gestorben war, und nicht, während er in seinem Kinderbett auf dem Rücken lag. Er mußte also mit ausgestreckten und hocherhobenen Armen verschieden sein. Erst lange nach dem Einsetzen der Leichenstarre hatte man ihn in sein Kinderbett gelegt.

McGee machte noch eine weitere Entdeckung. Dennis hatte die Fäuste geballt, und sein Gesichtsausdruck war verzerrt; ein untrügliches Zeichen, daß der Junge unter größten Schmerzen gestorben war.

Am Tag darauf, dem 7. Oktober, rief der Amtsarzt den Staatsanwalt an. »Seien Sie gewarnt«, sagte er Foley. »Ich schreibe Ihnen einen Brief. Ich verwandele die Sache in einen Mordfall.«

Der Brief, an Ann Hyland gerichtet, bestand aus sechs Punkten. Die ersten vier faßten alles zusammen, was sich seit Jerry Sherwoods erstem Auftritt im Büro des Amtsarztes zugetragen hatte. Der fünfte Punkt formulierte seine Rückschlüsse:

Das Ergebnis der Prüfung der obengenannten Unterlagen einschließlich der mit der Ordnungsnummer 30 001 versehenen Mappe der Staatsanwaltschaft, der Autopsie-Protokolle sowie der Berichte der Polizei von White Bear Lake ist mein Eindruck, daß dieser Fall einen Tötungsfall darstellt. Als Ergebnis habe ich eine beeidigte Erklärung zu den Akten gegeben, um die Auffassung über den Tod des Dennis Jurgens zu berichtigen. Die berichtigte, unmittelbare Todesursache wird als Bauchfellentzündung aufgrund einer Blasenperforation sowie aufgrund zahlreicher traumatischer Verletzungen in Übereinstimmung mit dem Syndrom des Geschlagenen Kindes gelistet. Als weitere bedeutende Punkte werden mehrfache Prellungen, Hautabschürfungen und Verletzungen aufgeführt. Als Todesursache wird Tötung aufgeführt.

Während McGee handelte, betrieb Jerry Sherwood, voller Ungeduld und Mißtrauen, ihre eigenen Nachforschungen. Als erstes wandte sie sich an den Chef des Amtsarztes. Die Kreisbehörden sind lahme Enten, beschwerte sie sich bei Essling. Was kann ich unternehmen?

Der höchste Untersuchungsbeamte überlegte. Er hatte guten Kontakt zu einem Reporter der örtlichen Zeitung, der *St. Paul Pioneer Press Dispatch* – es war ein junger Mann namens Brian Bonner. Ein Gespräch mit ihm könnte etwas in Bewegung setzen. Solche alten Kanäle benutzte Essling selten. Er gab Sherwood Namen und Anschrift des Reporters und schlug ihr ein Gespräch mit ihm vor. Während der nächsten beiden Tage besuchte Bonner Jerry Sherwood dreimal und interviewte sie sehr ausführlich. Er fing an, daraus eine große Geschichte für die Zeitung zu machen.

Harold und Lois Jurgens wohnten nicht mehr in White Bear Lake, doch dem jungen Reporter des St. Paul Pioneer gelang es, ihrer Spur bis zu einem Haus in einer ländlichen Gegend in der Nähe des Lake Elmo zu folgen, dicht bei der historischen Stadt Stillwater, etwa zwanzig Autominuten nordöstlich von St. Paul. Donnerstag vormittag, am 9. Oktober 1986, machte Brian Bonner sich auf den Weg.

Von der Bundesstraße 694, die die ›Twin Cities‹ umrundet, fuhr er in östlicher Richtung nach Lake Elmo. Gelegentlich erhoben sich halbfertige Siedlungsprojekte neben der Straße – moderne zweistöckige Häuser aus Holz und Glas. Zwei Meilen lang wand sich die Straße durch flaches Weideland, einiges gepflügt, anderes als Weide belassen, immer wieder mit hohen Ulmen, Kiefern und Ahorn bewachsen. Dann führte die Straße ins Gebirge und änderte zweimal ihre Namen, bevor sie schließlich Nolan Avenue hieß. Hier waren die Häuser keine Bauernhäuser mehr, sondern prunkvolle Herrenhäuser auf großen, dicht bewachsenen Grundstücken mit Hanglage.

Bonner mußte den Wagen einen steilen, kurvigen Fahrweg, der von dichten Eichen- und Ahornzweigen überwachsen war, hinaufjagen, bevor er Harold und Lois Jurgens' weitläufiges Fachwerkhaus erkennen konnte. Es stand auf einem großen, bewaldeten Hügel, versteckt unter riesigen Ulmen. Bonner klopfte und läutete, doch niemand meldete sich. Aber er spürte, daß er aus dem Inneren des Hauses beobachtet wurde. Okay, dachte er, versuchen wir es mal mit dem Telefon.

Er fuhr zu seinem Büro nach St. Paul zurück, setzte sich an seinen Schreibtisch und wählte die Nummer der Jurgens. Er hatte Erfolg – Lois nahm beim zweiten Läuten den Hörer ab. Für Bonner klang sie wie eine nette Großmutter.

»Sind Sie die Lois Jurgens, deren Adoptivsohn im Jahre 1965 verstorben ist?« fragte Bonner.

»Ja«, antwortete Lois Jurgens.

»Die Todesursache ist damals nicht festgestellt worden, aber das haben wir jetzt nachgeholt«, sagte Bonner. »Jetzt ist sie als Tötung eingestuft worden.«

»Nun, wer hat das denn gemacht?« fragte Lois Jurgens.

»Der Amtsarzt des Bezirks Ramsey.«

»Das überrascht mich sehr«, sagte Lois Jurgens. »Ja, ich möchte sagen: Ich bin absolut verblüfft. Ich verstehe nicht, was eigentlich los ist. Das kommt mir alles reichlich an den Haaren herbeizogen vor.«

Ihre Stimme klang jetzt sehr nervös. »Wieso ist das Thema überhaupt wieder hochgekommen?« fragte sie.

»Jerry Sherwood, die leibliche Mutter, hat angefangen, sich für den Fall zu interessieren«, erklärte Bonner. »Sie fand einen Zeitungsausschnitt, in dem etwas von Bauchfellentzündung stand und einem Sturz von der Treppe. Ist es wirklich so passiert? Woran starb Dennis?«

»Ich muß mit meinem Rechtsanwalt darüber reden«, sagte Lois Jurgens. »Ich antworte Ihnen nicht mehr, bevor ich nicht mit meinem Rechtsanwalt gesprochen habe.«

Drei Tage später, am Sonntag, dem 12. Oktober, erschien Brian Bonners Artikel auf der ersten Seite des *St. Paul Pioneer Press Dispatch,* illustriert mit einem großen Foto von Jerry Sherwood und ihrem Sohn Dennis Craig McIntyre, die das Grab des kleinen Dennis auf dem St. Marys Friedhof in White Bear Lake besuchten. Dem Ansehen dieser Zeitung entsprechend, erwähnte der Artikel Sherwoods Namen, nicht aber den Namen des toten Kindes oder von Lois Jurgens, denn es war ja noch keine Anzeige gegen sie erstattet worden. Die Reportage begann mit den Worten: »Der im Jahre 1965 eingetretene Tod eines dreijährigen Adoptivkindes in White Bear Lake wurde letzte Woche als Tötungsdelikt eingestuft, nachdem die leibliche Mutter die Behörden gedrängt hatte, den Fall zu überprüfen.«

Dann wurde McGee zitiert. »Ich brauchte ungefähr anderthalb Minuten, um zu einem Urteil zu kommen. Das ist keineswegs ein medizinisches Geheimnis.«

Auch Buzz Harvey wurde zitiert: »Ich sah mir die Unterlagen an und fragte mich, wieso es keine Untersuchung gegeben habe.«

Ferner kam Tom Votel, der frühere Leichenbeschauer, zu Wort. »Der Fall hat mich damals sehr beunruhigt. Wir hatten schon einige Verdachtsmomente.«

Das letzte Wort jedoch hatte Jerry Sherwood, deren Racheschwur am Schluß des Artikels stand: »Der Mörder wird büßen; irgend jemand muß für den Tod meines Sohnes bezahlen.«

Bonners Reportage löste noch am gleichen Tag eine Flut von Fernseh- und Rundfunkmeldungen aus. Es war schon schwer, an diesem Abend ein Fernsehgerät zu finden, auf dem Jerry Sherwoods Gesicht nicht zu sehen war. Die Berichte und Meldungen erregten in zahllosen Familien großes Interesse, bei einigen allerdings auch Kummer und Sorge. Denn obwohl die Familie Jurgens namentlich nicht erwähnt worden war, gab es viele, die wußten, wovon die Berichte sprachen.

Als Pam Docken, Lois Jurgens' Nichte, am Sonntag morgen in ihrem Haus im Norden von St. Paul den Zeitungsartikel zu Ende gelesen hatte, ging sie sofort ans Telefon und wählte die Nummer ihrer Schwester Karlene in Arizona. 1965, zur Zeit des sonderbaren Vorfalls, war Pam sechs Jahre alt gewesen, Karlene zwölf. Als ihre Schwester sich meldete, sagte Pam nur diesen einen Satz: »Ich glaube, sie haben sie.«

Kurz nach zehn Uhr an jenem Sonntag abend kam Barbara Venney ins Schlafzimmer ihres Hauses in North St. Paul, wo ihr Mann Gary die Abendnachrichten verfolgte. Ihr Blick fiel auf das Bild von Jerry Sherwood, das am Schluß einer Meldung gebracht wurde: Eine Mutter versuchte herauszufinden, warum ihr dreijähriges Kind Mitte der sechziger Jahre in White Bear Lake, kurz nachdem es adoptiert worden war, sterben mußte. Barbara bekam augenblicklich zitternde Knie. Als Teenager war sie eng befreundet gewesen mit einer der Nichten von Lois Jurgens und hatte viel Zeit im Haus von Lois' Eltern verbracht.

Eine Zeitlang war Barbaras Kindheit wie ein Märchen verlaufen. Dann starb ihre Mutter, und ihr Vater verlor darüber den Verstand. Ihre Erinnerungen an diese Jahre waren hart, aber sie hatte nichts davon jemals vergessen.

»Gary«, sagte sie. »Die reden über Dennis.«

»Mädchen, hörst du damit jetzt endlich auf?« sagte Gary.

Barbara starrte den Bildschirm an. Ein adoptiertes Kind, drei Jahre alt, White Bear Lake.

»Das ist Dennis«, sagte sie.

Am nächsten Morgen um halb acht fuhren Marion Dinah Nord und ihr Mann David von ihrer Farm zu ihren Arbeitsstellen in Caledonia, einer Stadt im Südosten Minnesotas. Als sie Fishes Hill herauffuhren, hörten sie eine Radiomeldung. ›Eine

Mutter ... Adoption vor zwanzig Jahren ... Kind wurde tot gefunden ... die Frage der Todesursache.‹ Marion brach der kalte Schweiß aus den Poren, sie spürte rasendes Herzklopfen. Noch vor zwei Wochen hatte sie einer Kollegin am Caledonia-Gesundheitszentrum von ihren Erinnerungen an einen schrecklichen Fall erzählt, mit dem sie vor langer Zeit zu tun gehabt hatte. Die Jahre dazwischen waren für Marion eine einzige Berg- und Talfahrt gewesen: eine schmerzliche Scheidung, Alkoholabhängigkeit, bis sie schließlich zu Gott fand und abstinent wurde. Während all dieser Jahre hatte sie immer wieder gehofft, daß die Behörden diesen denkwürdigen Fall von Kindestod wieder aufgriffen. Und jetzt war sie davon überzeugt, daß genau dies passierte.

»David«, rief sie, als sie Fishes Hill runterfuhren, »das muß einfach der Jurgens-Fall sein. Ich weiß, daß es der Jurgens-Fall ist.«

Auch in anderen Wohnstätten in White Bear Lake, sauberen, hell erleuchteten Wohnstätten mit satten und komfortabel lebenden Bürgern mittleren oder höheren Alters, gab es an diesem Wochenende ähnliche Momente. Das waren Leute, die niemals vergessen hatten, was sich 1965 am Gardenette Drive in White Bear Lake ereignet hatte. Menschen, die nie aufgehört hatten, darüber nachzudenken, was sie hätten tun können oder was sie hätten tun sollen.

White Bear Lake

Lange Zeit hat White Bear Lake vor allem solche Menschen angezogen, die Erholung suchten, ihren Lebensunterhalt ohne Hast verdienen oder einen neuen Anfang machen wollten. Indianer jagten und fischten in der Gegend viele Jahrhunderte, bevor in der Mitte des neunzehnten Jahrhunderts weiße Männer erschienen und die Chippewa, Sioux und Dakota zur Seite drängten. Französisch-kanadische Farmer und Pelzjäger begannen 1844 zu siedeln, schon bald gefolgt von Veteranen des Mexikanischen Krieges, Farmern aus dem Osten, Einwanderern aus England und geschäftstüchtigen Spekulanten. Sie suchten fruchtbares, billiges Land, und genau das fanden sie.

Der Überfluß dieser Region blendete sie. Hier gab es Mischwald mit Ulmen, Erlen, Eschen, Linden, schwarzen und weißen Eichen und Zuckerahorn. Die Wälder wimmelten von Bären und Wild; in den Marschen gab es Preisel- und Blaubeeren, wilden Reis, Enten und Wildgänse, Moorhühner, Tauben, Wachteln, Füchse und Fasanen; in den Gewässern tummelten sich Hechte aller Art, Lachsforellen und Flußbarsche.

Der See, nach dem der Ort benannt wurde, bot einen ganz besonderen Anblick, vor Äonen geformt von zurückweichenden Gletschern – eine kristallklare Wasserfläche von zweitausendfünfhundert Morgen, sechs Meilen lang und zwei bis drei Meilen breit, umgeben von sanft gewellten bewaldeten Hügeln. Unter seiner Oberfläche konnte man Fische in drei Meter Tiefe sehen. An seinen Ufern lagen glänzende Kieselsteine – weiße, rote und schwarze –, inmitten des Sees lag eine Insel von etwa hundert Morgen Größe, bewaldet mit Ahorn, Eichen, Eschen und Ulmen.

Solche Schönheit lockte Vergnügungssüchtige genauso an wie Spekulanten und Pioniere. Nachdem die Gemeinde eine neue Straße zwischen St. Paul und White Bear Lake gebaut hatte, welche die alten Indianer- und Pelzjägerpfade ablöste, strömten im Sommer 1851 Gesellschaften feiner Damen und Herren aus St. Paul mit Picknick-Körben, Reitpferden und Zweispännern nach White Bear Lake, um zu fischen und zu jagen. Im Sommer 1953 eröffnete ein gewisser Villeroy B. Barnum das erste Ferienhotel der Gegend, indem er seine Holzhütte vergrößerte, die er vor vier Jahren auf seinem hundertfünfundsiebzig Morgen großen Ufergrundstück errichtet hatte. Weitere Hotels folgten bald danach, viele mit Blick auf den See entlang der Lake Avenue, die um die westlichen und südlichen Seeufer führte. Einige waren umgebaute Privathäuser, andere elegante Villen im Kolonialstil mit mächtigen Säulen – und die meisten trugen die Namen ihrer Besitzer. Die Kunde von der herrlichen Erholungsgegend nördlich von St. Paul verbreitete sich sehr schnell. Reisende mit schlechter Gesundheit kamen, um sich zu kurieren oder um den sommerlichen Seuchen des Südens zu entgehen. Andere kamen einfach nur wegen der sauberen, ungestörten Schönheit. 1860 hatte White Bear Lake Kirchen und Schulen, ein Postamt und eine Gemeindeverwaltung. Es war ein Erholungsort mit landesweiter Bekanntheit.

Acht Jahre später wurde der Ort an das Eisenbahnnetz angeschlossen. Nachdem die Verbindung von St. Paul keine dreistündige Reise mit Pferd und Wagen mehr verlangte, verdoppelte sich die Bevölkerung von 267 Einwohnern im Jahre 1860 auf 431 im Jahre 1868. Händler und Freiberufler kamen – ein Rechtsanwalt, ein Architekt, Makler, Zimmerleute, Schuhmacher, Schneider, Friseure und Anstreicher. Im Sommer 1893 fuhren täglich bis zu fünfundzwanzig Züge in White Bear Lake ein. Der neue Yachtclub organisierte häufig Regatten, drei Dampfschiffe befuhren den See und beförderten große Vergnügungs- und Picknickgesellschaften. Mittsommernachts-Konzerte, Tenniswettkämpfe und Musical-Aufführungen häuften sich.

Eine Legende der Dakota-Indianer, die den Namen des Sees erklärte, wurde schon bald von begeisterten Besuchern nacherzählt. Einer dieser Touristen gab diese Legende in einem Brief an seine Verwandten sehr genau wieder:

Jedes Frühjahr, seit etwa einem Jahrhundert, kam eine Gruppe Indianer auf die Insel im White Bear Lake, um Ahornzucker herzustellen. Die Überlieferung berichtet, daß eines Frühlings ein junger indianischer Krieger die Tochter des Häuptlings liebte und freite, und es heißt, auch die Tochter liebte den Krieger. Immer und immer wieder war ihm die Hand der Tochter von den Eltern verweigert worden; der alte Häuptling behauptete, der junge Mann sei noch kein Krieger, und seine alte Frau nannte ihn ein Weib! Eines Abends nahm der junge Mann seine Flöte und ging fort, um wieder einmal sein Liebeslied zu singen. Als er den Stamm eines schrägstehenden Baumes hinaufkletterte und seine Flöte an die Lippen hob, rutschte ihm seine Decke von den wohlgeformten Schultern, die nun zum Teil schon auf dem schneebedeckten Boden lag. Er begann seinen seltsamen, wilden Liebesgesang, doch bald wurde ihm kalt, und als er nach seiner Decke griff, legte eine unsichtbare Hand sie ihm um die Schultern. Es war die Hand seiner Geliebten. Sie setzte sich neben ihn, und für diesen Moment waren sie glücklich, denn der Indianer hat ein weites Herz für die Liebe.

Wie die Legende weiter berichtet, begab sich ein großer weißer Bär auf seine Wanderung nach Süden und kam in jenem Frühling, in dem sich die Liebenden trafen, an den See, der jetzt seinen Namen trägt. Sie hatten ihren ersten Sitzplatz verlassen und hockten jetzt in den Ästen einer großen Ulme, deren Zweige weit über den See ragten. Aus Angst, entdeckt zu werden, sprachen sie nur flüsternd miteinander. Als sie sich gerade erhoben, um rechtzeitig zum Lager zurückzukehren und so jeden Verdacht zu vermeiden, stieß das Mädchen einen Schrei aus, der im Lager gehört wurde. Als sie auf den jungen Mann zulief, packte sie seine Decke, stolperte jedoch und fiel mit der Decke direkt vor die großen Tatzen der blutrünstigen Bestie. Sofort rannten Männer, Frauen und Kinder aus dem Lager ans Ufer, doch alle waren unbewaffnet. Wilde Schreie und Rufe ertönten aus jedem Munde. Was konnte man tun?

Ein gellender Schrei des jungen Kriegers übertönt den Aufruhr seiner Stammesgenossen, er rast zu seinem Wigwam, packt sein Messer, springt mit einem gewaltigen Satz zurück und stürzt sich wie ein Panther auf die Bestie. Das Tier dreht sich um und schleudert die Liebenden mit einem gewaltigen Schlag seiner Pranke Brust an Brust, doch in der nächsten Sekunde öffnet der Krieger mit einem einzigen Stoß seines Messers die roten Schleusen des Todes, und der sterbende Bär löst seine Umklammerung. In dieser Nacht gab es keinen Schlaf für den Stamm der Liebenden, und während alt und jung um die Leiche des toten Monsters tanzten, wurde dem tapferen Krieger eine weitere Feder überreicht, und noch bevor ein weiterer Mond unterging, hatte er einen lebenden Schatz für sein Herz. Ihre Kinder spielten viele Jahre auf dem Fell des weißen Bären – wonach der See benannt wurde –, und das Mädchen und der tapfere Krieger erinnerten sich noch viele Jahre an die furchtlose Szene, die sie endlich vereint hatte.

Als er im Jahre 1882 in White Bear Lake weilte, hörte auch Mark Twain diese seltsame Legende. ›Eine herrliche Wasserfläche‹, schrieb er später in seinen Erinnerungen, ›sie wird als Sommererholung von den reichen Noblen des Landes genutzt. White Bear Lake hat ein eigenes Clubhaus und ein Hotel mit den modernen Bequemlichkeiten, einige schöne Sommerresidenzen und jede Menge Fischfang, Jägerei und schöne Ausfahrten. Bei St. Paul und Minneapolis gibt's ein Dutzend kleinerer Erholungsorte, aber White Bear Lake ist von allen der beste.‹ Weit weniger enthusiastisch fiel hingegen Mark Twains Kommentar über besagte Legende aus: ›Im Zusammenhang mit White Bear Lake gibt es eine höchst idiotische indianische Legende ...‹ schrieb er.

Es ist eine verwirrende Angelegenheit. Zuerst fällt sie vom Baum – sie und die Decke; und der Bär erwischt und streichelt sie – sie und die Decke; dann fällt sie wieder auf den Baum, läßt die Decke liegen; inzwischen geht ihr Lover mit Kriegsgeschrei nach Hause und kommt zurück, klettert auf den Baum, springt von dort auf den Bär, das Mädchen springt hinterher – offensichtlich, denn sie war auf dem Baum –, nimmt ihren Platz in den Armen des Bären wieder ein, mit der Decke, ihr Lover rammt sein Messer dem Bären in den Leib und rettet – wen? Die Decke? Nein – nichts dergleichen. Man regt sich wegen dieser Decke fürchterlich auf, und dann plötzlich, gerade wenn ein glücklicher Höhepunkt zu kommen scheint, läßt man dich fallen – niemand gerettet außer dem Mädchen! Wobei man an dem Mädchen überhaupt nicht interessiert ist, sie ist nicht das Hauptthema der Legende.

Im Jahre 1899 nahm die Verkehrsgesellschaft von Twin Cities einen regelmäßigen Straßenbahnverkehr von St. Paul nach White Bear Lake auf. Um das Verkehrsaufkommen auf dieser Strecke zu erhöhen, baute die Gesellschaft im gleichen Jahr in Mahtomedi am Südost-Ufer des Sees den Wildwood-Vergnügungspark. Dampfschiffe brachten die Besucher zwischen Stadt und Park hin und her, und im Jahre 1904 errichtete die Eisenbahngesellschaft eine Nebenstrecke zwischen dem Wildwood-Park und dem großen See.

Nach dem zweiten Weltkrieg wurde White Bear Lake die ruhige, unkomplizierte Stadt des oberen Mittelwestens, die ihre Bewohner sich wünschten. Erinnerungen an die historische Vergangenheit wurden eigentlich nur in einer jährlichen Veranstaltung der Handelskammer lebendig, den ›Manitou Tagen‹, einem einwöchigen Sommerfest mit Paraden, Tänzen und Shows. Das gefiel der Bevölkerung im gleichen Maße, wie es den Interessen der örtlichen Einzelhändler entgegenkam.

Als White Bear Lake 1957 stolz in den Wettbewerb der ›All-America-Cities‹ eintrat, der jährlich von der Nationalen Kommunalen Liga und dem Magazin ›Look‹ veranstaltet wurde, war die Niederlage der Stadt nur für die eifrigsten ihrer Förderer eine Überraschung. Denn die Lage des Orts bot sich längst nicht mehr so idyllisch und friedlich wie in früheren Zeiten dar. In den fünfziger Jahren hatte es die Stadt zunehmend mit den typischen Problemen einer Vorstadt zu tun bekommen.

Die Bevölkerung wuchs um etwa tausend pro Jahr, so daß die Einwohnerzahl von drei- auf zwölftausend kletterte. Die Zahl der neuen Häuser wuchs um dreihundert pro Jahr, hauptsächlich im flachen, offenen Farmland südlich des Sees. Die meisten Zuzügler waren junge Leute, die Familien gründeten – der große Nachkriegs-Babyboom war ausgebrochen. Die Hälfte der städtischen Familien hatte Kinder unter sechs, beinahe die Hälfte der Bevölkerung war unter achtzehn Jahre alt.

Das übervölkerte White Bear Lake bemühte sich, seinem Wachstum gerecht zu werden, litt aber unter den für Vorstädte typischen Mängeln – sie betrafen vor allem die Wasserversorgung, die Abwasserbeseitigung, den Überflutungsschutz, den Straßenbau und die Schulen. Zwischen 1953 und 1963 verdreifachte sich die Schülerzahl von 2812 auf 7054. In den fünf Jahren zwischen 1959 und 1964 wurden daher fünf neue Schulen gebaut. Die Bürger von White Bear Lake waren stolz auf ihre neuen Unterrichtsstätten, doch forderten diese ihren Preis. Da die Stadt nur wenig Industrie hatte, lag die gesamte Last für Schul- und städtische Steuern auf den Schultern der Hausbesitzer.

Doch trotz aller Probleme, die das Wachstum mit sich brachte, begrüßte White Bear Lake die Expansion. Die Leitung der Stadt lag in den Händen junger Männer, die meist in den Dreißigern waren, Kaufleute und Geschäftsleute, hauptsächlich Republikaner. Jahre später nannten sie sich stolz die Yuppies ihrer Zeit. Sie waren tatkräftig, zupackend, aktiv in der Handelskammer und im Lions-Club, hochgradig mobil und engagiert. Sie erstellten begeistert Hochrechnungen, die davon ausgingen, die Bevölkerung von White Bear Lake werde in stetem Tempo wachsen, bis sie zum Ende des Jahrhunderts etwa siebzigtausend betragen würde.

Seit dem Ende des Zweiten Weltkrieges hatten sie sich für die neuentwickelte Idee der städtischen Wohnungsbauentwicklung stark gemacht und begannen schließlich damit, ihre Pläne in die Tat umzusetzen. Das erste Wohnungsbauprojekt der Stadt – Lakeridge Development mit großen, zeitgemäßen Häusern zu Preisen von 20 000 bis 40 000 Dollar – war 1950 entstanden und hob sich südlich des Sees und zog gleichermaßen Angestellte wie Arbeiter an.

Schon bald danach folgte etwas weiter im Süden ein weiteres Projekt, begrenzt von zwei Straßen, die ein Oval bildeten – Gardenette Drive North und South. Diese stuckverzierten Holzhäuser mit zwei und drei Schlafzimmern lagen ein Stück vom See entfernt, hatten ein etwas städtischeres Aussehen und wirkten nicht so verspielt und elegant wie viele andere Häuser dieser Gegend. Sie kosteten zwischen zwölf- und vierzehntausend Dollar, waren geräumig und bequem, aber keineswegs ausladend und lagen auf Grundstücken, die zwischen 85 und 155 Fuß breit waren. Gardenette Park war etwas für junge Familien mit wenig Geld, die ein Haus mit großem Garten in einer ruhigen Wohngegend suchten.

Bald erhielt Gardenette Park den Spitznamen ›Kinderwagen-Park‹, denn täglich spielten Dutzende von Kindern auf der Straße. Es war eine offenherzige, freundliche Nachbarschaft. Freitags abends wurde um Minibeträge und Sprudelwasser gepokert. Fünfzehn Familien fuhren regelmäßig zum Zelten an die Detroiter Seen und versammelten sich um gewaltige Campfeuer. In Gardenette Park strichen sie Häuser an und halfen ihren Nachbarn. Später sagten sie, wir hatten kein Glas im Fenster und keinen Kessel zum Kochen, aber jeder half seinem Nachbarn.

Im Herbst 1957 zog ein neues Paar in Gardenette Park ein und bezog ein Eckhaus neben der Familie DeMars im Haus 2148 South Gardenette, Ecke Hazel Street. Der Mann war ein großer freundlicher Elektriker von fünfunddreißig Jahren, seine Frau eine kleine, attraktive, sinnlich wirkende Hausfrau von einunddreißig. Sie hatten keine Kinder und hatten die Neigung, unter sich zu bleiben. Sie hießen Harold und Lois Jurgens.

Lois und Harold

Es gibt natürlich keine Biographie von Lois Jurgens, keine Memoiren, keine Sammlung von Briefen. Es gibt lediglich ungewisse, verstreute Erinnerungen – ihre eigenen, die ihrer Familie, ihrer Freunde – und die noch undeutlicheren Eindrücke von Ärzten und Sozialarbeitern, häufig genug verschleiert in den nebulösen Formulierungen ihrer offiziellen Berichte. Aus solchen Quellen kann man sich ein Leben ausdenken, nicht aber genau rekonstruieren. Soviel scheint klar zu sein – als Teenager liebte Lois Jurgens Spiegel, und das mit gutem Grund. Sie war auffallend hübsch, zart und zierlich, ungefähr ein Meter sechzig groß, hatte große, wache Augen, dunkles Haar und ein feines Gesicht. Ihre Geschwister und Freundinnen kannten sie als lebhaftes und unbekümmertes Mädchen, das sehr gern tanzte.

Lois war eines von sechzehn Kindern von Lois und John Zerwas, deren Familie entsetzlich arm war, zum Teil wegen der wirtschaftlichen Depression, zum Teil wegen John Zerwas' abgrundtiefer Abscheu vor regelmäßiger Arbeit. Die Familie der Mutter war eine englisch-französisch-spanische Mischung; der Vater hingegen stammte von deutschen Fabrikarbeitern ab, die vor zwei Generationen eingewandert waren. Lois, das vierte Kind von John und Lois Zerwas, wurde am 12. August 1925 in St. Paul geboren, und schon kurz darauf zog die Familie auf einen Bauernhof in der Nähe der kleinen Stadt Richwood, Minnesota. Zu Beginn der Wirtschaftskrise lebten sie in Fargo, North Dakota, wo John Zerwas als Anstreicher, Tapezierer und Kuhmelker arbeitete, aber dieses Feuer von Arbeitseifer erlosch sehr bald. Während der dreißiger Jahre zog die rasch wachsende Familie noch öfters umher auf der Suche nach Arbeit, lebte auf Farmen oder in heruntergekommenen Häusern ohne fließendes Wasser und Elektrizität und füllte sich die Mägen meistens mit Pfannkuchen und Kartoffeln. Von North Dakota zogen sie nach North St. Paul, von dort nach Maplewood, dann auf eine Farm in Hastings, wieder zurück zur Rice Street in North St. Paul, dann ins 210 Meilen entfernte Park Rapids, zurück zur Larpenteur Avenue in Maplewood, und schließlich, 1949, in ein bescheidenes, wettergegerbtes gelbes Fachwerkhaus am Ende der Park Street in White Bear Lake. Sie wohnten am Rande eines Sumpfes, jenseits der Eisenbahnschienen, weit weg vom Wasser.

Niemand, der die Familie in jenen Tagen in der Park Street erlebte, kann sich erinnern, John Zerwas arbeiteten gesehen zu haben. Einer seiner Söhne behauptet, sein Vater habe für eine Firma Rohre verlegt, freilich nur für kurze Zeit. »Er war keiner, der einen Boß vertragen konnte«, erklärte Lloyd Zerwas. »Dad verabscheute es, für andere zu arbeiten. Er sagte immer, erst beuten die dich aus, und dann werfen sie dich raus.« Viele seiner Kinder erinnern sich daran, daß er auf seiner Veranda im Sessel saß und sein Vergnügen darin suchte, sich die Härchen auf seinem Arm mit einer glühenden Zigarette abzubrennen.

Es heißt, einige seiner Söhne seien auf seinen Spuren gewandelt, indem sie bis Mittag im Bett lagen und dann in der Gegend nach Schrott suchten. Sie nahmen alles, was man verkaufen konnte. Die Kinder, die Arbeit hatten, mußten den größten Teil ihres Verdienstes und ihre Steuerrückzahlungen ihrem Vater abgeben. Eloise, die älteste, damals arbeitete sie in einem Supermarkt, behauptet, ihre Eltern seien eines Tages vor dem Geschäft erschienen, um Lebensmittel zu kaufen, und hätten ihr den gesamten Arbeitslohn abgenommen. Das waren ungefähr zwölf oder vierzehn Dollar, für die man genug Waren bekam, um den Rücksitz des Wagens vollzupacken.

Als die Zerwas-Kinder heirateten und selber Kinder in die Welt setzten, bekam der wuchernde Zerwas-Clan in White Bear Lake einen gewissen Bekanntheitsgrad. ›Sorgenfrei und mit Spaß an der Freude‹, nannten großzügige Leute ihren Lebensstil, aber weniger großzügige nannten ihn ›wild‹ und ›unwürdig‹. Bud Korfhage, zuständig für die Erholungsanlagen im Orte, meinte, er habe die Familie Zerwas häufig wegen zerstörerischer Aktivitäten der Kinder in den Parkanlagen, Rollschuhbahnen, Tennisplätzen und dergleichen anrufen müssen. Als er wieder einmal aus diesem Grund zum Telefon ging, wurde ihm beschieden: »Rufen Sie uns nicht an, rufen Sie die Polizei!« Und kurz darauf, so erklärte Bud, stand auch schon ein Polizist vor seiner Tür und beschuldigte ihn, er habe ein Kind mißhandelt. Das waren seine Erfahrungen mit dem Zerwas-Clan.

Die teils hand- teils maschinengeschriebenen Zusammenfassungen, die später in den Ordner ›Lois Jurgens‹ wanderten, bieten lediglich undeutliche, widersprüchliche Aussagen, wie es Lois als jungem Mädchen in diesem Milieu erging. Eine Mitschülerin der Grundschule beschreibt sie als keineswegs lebhaft, sondern scheu, zurückgezogen und halb verhungert. Immer habe sie sehnsüchtig auf die Pause gewartet, um sich die kostenlose Milch und das Gebäck aus dem Speiseraum holen zu können. Ein Nachbar, der öfters am Haus der Zerwas vorbeikam, entsinnt sich, daß er den Alten oft im Haus wütend herumbrüllen hörte.

Es erscheint verständlich, daß Lois diesem Umfeld entfliehen wollte. Ob freiwillig oder aus Not, jedenfalls verließ sie die Schule in der achten Klasse, als sie vierzehn war. Wenn sie dann keine Arbeit oder nichts zu tun hatte, ging sie tanzen, kegeln oder lief Rollschuh. Bei einer Tanzveranstaltung im Frühjahr 1941 in der Gladstone-Schule – Lois war gerade fünfzehn – fiel ihr Auge auf den Bandleader, einen ruhigen, unauffälligen Jungen von neunzehn Jahren, der Saxophon und Klarinette spielte. Alle nannten ihn Hetz, seine neunköpfige Band war das Hetz-Jurgens-Orchester. Sein bürgerlicher Name lautete Harold Jurgens. Mit seinem Tenorsaxophon und seiner freundlichen Art erschien er ihr wie eine vielversprechende Chance für eine neue Welt.

Harolds Ordner ist viel dünner als der von Lois, dünner und spärlicher bestückt mit Erinnerungen, denn Jahre später merkten viele seiner Bekannten, wie wenig sie sich eigentlich an ihn erinnern konnten. Gewiß ist, daß er als einziges Kind in North St. Paul aufwuchs und daß seine beiden Eltern immer berufstätig waren – die Mutter in einem Büro, der Vater als Fachmann für Radioreparaturen bei der Bill-Hoest-Electric-Company, so daß auch während der Wirtschaftskrise immer Geld im Haus war. Harold ging oft mit seinem Vater zelten, seine Mutter war beschützend und beherrschend, aber da beide Elternteile nur selten zu Hause waren, wurde der Junge hauptsächlich von einer Großmutter aufgezogen. Schon als kleiner Junge liebte er die Musik, vom siebten bis zum zwölften Lebensjahr nahm er Klavierunterricht, bevor er sich dem Saxophon und der Klarinette zuwandte.

Das Hetz Jurgens Orchester spielte auf vielen High-School- und College-Tanzveranstaltungen und gelegentlich sogar in Nachtclubs; eine Zeitlang träumte Harold davon, seine eigene Tanzband zu gründen und davon zu leben. Nach dem High-School-Abschluß 1940 war er unstet, arbeitete mal hier, mal dort und trat mit seiner Band auf, wann immer sich die Gelegenheit dazu bot.

Der Tanz in der Gladstone-Schule im Frühjahr 1941 war eine solche Gelegenheit. Harold fand Lois hübsch und nett, voller Saft und Kraft, temperamentvoller auch als sich selbst. Sie waren mehrere Monate miteinander befreundet, von Anfang Frühling bis Juli, doch dann ging Harold, der voller Pläne steckte und auf der Suche nach Abenteuer und mehr Geld war, nach Panama und beteiligte sich an den Arbeiten für den großen Kanal.

Leute, die Harold erst später kennenlernten, konnten ihn sich nur mit Mühe in dieser Phase seines Lebens vorstellen – ein junger Mann mit Muskeln und Hoffnungen, am Tage schuftend unter der heißen Sonne Mittelamerikas, nachts mit panamesischen Tanzbands spielend, immerzu Briefe an Lois schreibend und voller Gedanken an seine Zukunft. Und dann, aus unbekannten oder nie richtig verstandenen Gründen, gab Harold seinen Traum auf, oder vielleicht träumte er auch einen neuen. Es habe einen Moment gegeben, erklärte er später, da sei ihm klar geworden, daß eine Tanzband nicht das richtige für einen verheirateten Mann sei, und damals habe er auch erkannt, was er wollte, nämlich vor allem eine Familie gründen. Seine Verbindung zu Lois hatte die Stürme seiner Jugend überdauert. Als Harold sich im Dezember 1943 entschloß, nach Hause zu kommen und in die Armee einzutreten, entschloß er sich auch zu heiraten.

Lois und Harold schloßen den Ehebund am 31. Januar 1944 in Mason City, Iowa; Lois war achtzehn Jahre und fünf Monate alt. Sie seien ›weggelaufen‹, sagte Lois später, weil ihrer beider Eltern diesen Bund nicht billigten. Ihre Mutter hatte bereits die Hochzeiten von drei ihrer Kinder hinter sich, und seine Eltern, Lutheraner, waren nicht davon begeistert, daß ihr Sohn eine arme, ungebildete Katholikin heiratete.

In diesem Frühling meldete sich Harold freiwillig bei der Marine-Luftwaffe, Lois reiste mit ihm nach North Carolina, aber als er dann nach Indiana versetzt wurde, kam sie nach Hause und zog bei Harolds Eltern ein. Als er nach seiner Entlassung im Oktober 1945 wieder in Minnesota lebte, wechselte er eine Zeitlang oft die Arbeit – von einer Zellstoff-Fabrik zu einem Job für vierzig Dollar die Woche, bis er sich schließlich auf die Arbeit als Elektriker konzentrierte. Er nahm an den notwendigen Schulungen und Ausbildungen teil und qualifizierte sich schließlich im Dezember 1952 als Handwerksgeselle.

Damals lebte das Ehepaar in einem Haus im Norden von St. Paul, das Harold auf Lois' Drängen weitgehend selber gebaut hatte. Aus der Entfernung betrachtet, machten beide einen glücklichen Eindruck, finanziell gesichert und auf dem richtigen Weg. Doch es gab da ein Problem. Nach achtjähriger Ehe hatten sie noch kein Kind bekommen. Es schien, als sei Harold unfruchtbar.

Lois hatte noch mit anderen Problemen zu kämpfen. Sie klagte über Müdigkeit, Schlaflosigkeit, Unterleibsschmerzen und chronische Verstopfung. Wenn sie einmal Schlaf fand, wurde sie häufig von Alpträumen gequält. Sie war reizbar, launenhaft und vor allem unvorstellbar müde. Harold suchte mehrere Ärzte mit ihr auf, doch keiner konnte ihr helfen. Schließlich beschloß Harold, sich an die berühmte Mayo-Klinik in Rochester, Minnesota, zu wenden.

»Sehr geehrte Herren«, begann er seinen Brief am 5. Juli

1951, »ich glaube, wenn es möglich wäre, meine Frau in Ihre Klinik zu bringen, könnte ihr geholfen werden. Sie ist 25 Jahre alt und fühlt sich seit längerer Zeit nicht wohl. Ich habe sie zu verschiedenen Ärzten gebracht, aber das hat nichts gebracht außer Geldausgaben. Ich erwarte Ihre Nachricht. Mit freundlichen Grüßen, Harold R. Jurgens.«

Die Mayo-Klinik antwortete eine Woche darauf, man bedauere, daß Harolds Frau Schwierigkeiten habe, und wollte ihr gern Hilfe anbieten. Die Jurgens hatten zwei Möglichkeiten. Sie konnten jetzt schon einen festen Termin für Anfang September vereinbaren, oder sie begaben sich sofort zur Klinik, ohne Terminabsprache, und warteten, bis sie an die Reihe kämen. Die Jurgens entschieden sich für den zweiten Weg.

Am 17. Juli wurde Lois in die Mayo-Klinik aufgenommen, wo sie bis zum 3. August blieb. Nachdem eine allgemeine medizinische Untersuchung keinerlei auffälliges Ergebnis gebracht hatte, sie traf am 30. Juli zu einem Gespräch mit Dr. Norman P. Goldstein, einem Psychiater. Er fand sie freundlich und willens, alle Fragen zu beantworten, obwohl sie sich gelegentlich wiederholte. Sie unterhielten sich sehr ausführlich. In einem schriftlichen Bericht über diese Untersuchung schrieb Dr. Goldstein, seine Patientin entstamme einer großen, verarmten Familie. Der Vater war ›Alkoholiker und zu Frau und Kindern brutal.‹ Lois verließ die Familie mit fünfzehn, ›weil der Vater trank und die Mutter prügelte‹. Die Patientin versuchte zu vermitteln, wollte die Polizei rufen, doch der Vater verprügelte sie mit dem Telefon . . . ›Auch erinnert sie sich daran, daß sie in dem engen Haus nachts den Geschlechtsverkehr von Vater und Mutter hörte . . .‹ Im achten Schuljahr mußte sie die Schule verlassen, um zu Hause auszuhelfen. Trotz allem ging es ihr relativ gut, bis sie heiratete und mit ihrer Schwiegermutter zu streiten begann. Harolds Eltern wollten die Ehe annullieren lassen, weil Lois keine Ausbildung hatte. ›Zuerst wollte die Schwiegermutter nicht, daß sie Kinder bekäme, doch jetzt will sie es und wirft Lois vor, sie sei unfruchtbar . . .‹

Harold war ein Einzelkind, das zu fest am Rockzipfel der Mutter hing und von ihr beherrscht wurde, erzählte Lois dem

Psychiater. Sie ›brach‹ diese Eigenschaft bei ihm, doch er weigerte sich, katholisch zu werden, wie sie es wünschte. Mit ihrer Schwiegermutter kämpfte sie um die Religion und um die Kontrolle über Harold. Sie war sicher, daß ihre Schwiegermutter einmal versucht habe, sie zu vergasen, während sie schlief. Geschlechtsverkehr mit ihrem Mann machte ihr keine Freude, weil sie keine Kinder bekamen. Sie wollte religiöser sein. Sie hatte jede Menge Ängste und Zwänge – Todesangst, Angst vor Krebs, vor dem Verrücktwerden, vor der Dunkelheit, vor Autos. Sie war eine Perfektionistin mit dem zwanghaften Wunsch, alles in Ordnung und an seinem Platz zu haben. Sie war schnell vom Leben enttäuscht und regte sich über jede Kleinigkeit auf.

»Ich bin immerzu erschöpft, selbst wenn ich mich ausruhe«, klagte sie. »Früher war ich ein Bündel an Energie, ich ging gerne tanzen, jetzt habe ich an nichts mehr Interesse. Ich wünsche mir Kinder, das ist mein größter Wunsch. Ich möchte ihnen die Kleider und die Erziehung und das Zuhause geben, das ich niemals gehabt habe.«

Am Ende ihrer Sitzung verfaßte Dr. Goldstein eine vorsichtige Diagnose und Prognose:

> ›Eine 26jährige Ehefrau mit lang bestehender Psychoneurose der gemischten Art, weit in die Kindheit zurückreichend, was durch Bettnässen bis zum Alter von dreizehn Jahren evident wurde, durch Ängste, Alpträume etc . . . Glücklicherweise hat diese Frau bisher keine Schwangerschaft austragen können, da zum jetzigen Zeitpunkt ein Kind ihre seelische Verwirrung nur festigen und komplizieren würde . . . zum jetzigen Zeitpunkt wäre sie eine schlechte Kandidatin für eine Kindesadoption . . . Sie kann sich keine psychiatrische Behandlung leisten, was für sie dringend notwendig wäre – ohne Behandlung steuert sie möglicherweise auf eine paranoide Persönlichkeitsspaltung zu.‹

Wegen ihrer finanziellen Möglichkeiten überwies Dr. Goldstein die Jurgens an einen Therapeuten am Psychiatrischen

Institut der Universität von Minnesota. Es ist nicht ganz klar, ob die Jurgens diesen Therapeuten jemals kontaktiert haben, Lois fuhr jedenfalls fort, nach Hilfe zu suchen. Ihre Unterlagen geben beredtes Zeugnis ihrer ununterbrochenen Suche: Sie hat mindestens einen privaten Psychotherapeuten, einen Dr. J. Allen Wilson, im Jahre 1952 und 1953 aufgesucht. Vom 13. Dezember 1954 bis zum 24. Januar 1955 war sie in der Hamm Memorial Psychiatric Clinic in St. Paul. Anfang 1955 erhielt sie eine Elektroschockbehandlung im Crestview Hospital in Twin Cities.

Drei Monate nachdem Lois das Crestview Hospital verlassen hatte, das war im Juni 1955, beschritten die Jurgens einen neuen Weg, um zum Ziel zu kommen. Sie schrieben einen Antrag an das Büro der Katholischen Wohlfahrt in St. Paul. Sie wollten ein Kind adoptieren.

Die Unterlagen belegen nicht, ob die Jurgens der Katholischen Wohlfahrt Lois' vollständige psychiatrische Geschichte vorgetragen haben, klar ist jedoch, daß das Ehepaar den Besuch von Lois in der Mayo-Klinik nicht verheimlichte. Sie sagten, Lois sei dorthin gegangen, um unter anderem feststellen zu lassen, ob sie Krebs habe, und sie unterschrieben bereitwillig eine Erlaubnis zur Freigabe medizinischer Informationen. Der Bericht der Mayo-Klinik an die Katholische Wohlfahrt war indes überhaupt nicht ermutigend, denn er enthielt auch die Einschätzung von Dr. Goldstein, daß Lois für eine Adoption schlecht geeignet sei. Aufgrund dieses Urteils verweigerte die Katholische Wohlfahrt Mitte 1955 den Antrag der Jurgens auf Adoption eines Kindes.

Harold und Lois bekamen offensichtlich den Eindruck, ihr Leben ändern zu müssen. Enttäuscht von North St. Paul und geblendet von den Verheißungen Floridas, verkauften sie kurzfristig ihr Haus und zogen nach Tallahassee. Doch das führte zu nichts. Innerhalb weniger Monate kehrten sie nach Minnesota zurück, rastlos suchend, und schon bald fand Harold eine Stelle bei der Tony Muska Electric Company in St. Paul.

Immer noch voller Hoffnung auf Kinder suchten sie nach einem Haus mit zusätzlichen Schlafzimmern und einem großen

Garten hinterm Haus in einer ruhigen und angenehmen Wohngegend. Da Lois' Eltern in der Park Street in White Bear Lake lebten, sahen die Jurgens sich in dieser Gegend um, obwohl sie sich nach Geschmack und Geldbeutel etwas Besseres leisten konnten als das Milieu der Zerwas. Jenseits der Eisenbahnschienen, etwa eine Drittelmeile vom See entfernt, fanden sie eine ansprechende Nachbarschaft, gerade sechs Jahre alt, eingerahmt von einer ein Oval bildenden Straße, bewachsen mit jungen Reihen schmucker Bäume – Kirschen, Ulmen, Birken, Ahorn. Ein Eckhaus für 14 000 Dollar stand zum Verkauf an, ein gelbgestrichenes stuckverziertes Haus mit großem Hinterhof, drei Schlafzimmern und einem Keller.

Das Haus Nummer 2148 South Gardenette Drive schien genau das zu sein, wonach die Jurgens schon so lange gesucht hatten.

Tagsüber fand sich Lois in einer Flut von Kindern wieder. Gardenette Park verdiente seinen Spitznamen ›Kinderwagen-Park‹ mit vollem Recht, Tag und Nacht war die Straße voller Kinder, die von morgens bis abends herumtollten, spielten und schrien. Die allwöchentlichen Versammlungen der Zerwas-Familie am Sonntagnachmittag in Lois' Elternhaus waren nicht weniger von Kindern bevölkert. Viele ihrer fünfzehn Geschwister hatten inzwischen eigene Kinder – einige hatten ein halbes Dutzend oder mehr –, und ganze Horden von barfüßigen, schmutzigen Kindern rannten im Haus hin und her.

Diese Sonntagsparties waren lebhafte, farbige Ereignisse. Alle waren herzlich willkommen, denn der alte Zerwas warf nie jemanden aus dem Haus. Lois' Mutter backte Pflaumenkuchen, und viele Gäste brachten irgend etwas Eßbares mit – Salate oder Kuchen. Die Männer der Zerwas spielten Gitarre und Harmonika, sangen Country- und Western-Songs, einer der Söhne klang wie Hank Williams, ein anderer jodelte, und der alte Zerwas lachte und hatte Spaß, weil er die Musik liebte. Die Frauen versammelten sich in der Küche, rauchten Zigaretten, schaukelten ihre Kinder, hielten Schwätzchen, andere vergnügten sich mit Würfel- und Kartenspielen, während im Hof Baseball gespielt wurde.

Doch der Spaß konnte blitzschnell in Zorn und Wut umschlagen. Es gibt Geschichten über schlummernden Groll, über Ressentiments, die beim geringsten falschen Wort aufbrachen. Dann flogen die Fäuste unter den Geschwistern Zerwas. Sie ohrfeigten und schlugen sich und zerrissen sich gegenseitig die Sachen. Ungeachtet solcher Kampfeslust konnte der Streit so schnell enden, wie er begonnen hatte, denn die Zerwas hielten zusammen. Es kam vor, daß derjenige, der einen wohlgezielten Schwinger gelandet hatte, dem Opfer zum Trost für das blaue Auge ein Beefsteak brachte. Diese Männer waren stolz auf ihre Familie und versammelten sich am Hochzeitstag ihrer Eltern in angemieteten Sälen und posierten für Familienporträts. Sie drehten Tausende von Metern Filme über ihr häusliches Dasein und füllten berstende Alben mit Familienfotos. Sie beschenkten gegenseitig ihre Kinder und halfen sich mit Babysitting.

Bei diesen Familienzusammentreffen war Lois jemand, mit dem man rechnen mußte. Wenn sie guter Dinge war, bewies sie Schlagfertigkeit, aber oft hemmte ihre Anwesenheit die Spontaneität der übrigen Gäste. Die Leute paßten immer auf, was sie in ihrer Anwesenheit taten oder sagten, man schien sie beinahe zu fürchten, denn sie konnte kalt und tadelnd sein. Alle wußten, ob und wann sie auftauchen würde, denn die Nachricht von ihrem Eintreffen huschte wie eine Warnung durch die Zimmer. Gewiß hielten einige Lois für eingebildet, was sie zum Teil wohl auch war. Immerhin hatte sie vorteilhaft geheiratet, und wohnte nun im feinen Gardenette Park.

Wie die meisten der Zerwas-Familie, gleichgültig, ob sie nun Männer und Frauen waren, dominierte Lois in der Öffentlichkeit über ihren Partner. Wenn Harold sprach, unterbrach sie ihn oft oder korrigierte ihn. Sie bestimmte, wann es Zeit zum Aufbruch war. Harold schien Angst vor Lois zu haben – wenn sie ihn ansprach, ›nahm er Haltung an‹, und wenn sie ihm sagte, er solle schweigen, hielt er den Mund. Meistens saß er im Hintergrund, mit übereinandergeschlagenen Beinen, als wolle er um jeden Preis vermeiden, ihren Unwillen zu erregen. Diejenigen, die die Jurgens zu Hause besucht hatten, schworen, daß Harold weder die Vordertür noch das obere Badezimmer benutzen durfte. Wenn Harold nach der Arbeit irgendein Spiel sehen wollte, hieß es, er dürfe nicht zuerst nach Hause gehen, weil er dann das Haus nicht mehr verlassen dürfe.

Dennoch schien Lois gebildeter zu sein als der Rest der Familie. Wenn entfernte Verwandte zu den Familientreffen kamen, schienen sie immer zuerst Lois zu suchen, denn sie hielten sie für interessanter und netter als die anderen Familienmitglieder. Manchmal weinte Lois sich bei einer Verwandten die Augen aus über irgendeine Geschichte, die sie in der Zeitung gelesen hatte – tragische Geschichten über Kindesmißhandlungen oder verletzte Kinder bei Unfällen oder über eine Mutter, die ihre ganze Familie bei einem Autounfall verloren hatte. Da sie wußte, daß ihre Geschwister arm waren, brachte sie den Kindern bei allen Gelegenheiten Geschenke mit. Wenn Kinder zur Welt kamen, war sie mit einem Präsent zur Stelle, hielt die Neugeborenen und herzte sie. Als Rose, die Frau ihres Bruders Jerome, kurz nach der Geburt ihres zweiten Kindes ins Krankenhaus mußte, kam Lois sofort ins Haus und kümmerte sich eine ganze Woche um das Kind.

Alles in allem schien Lois keineswegs besonders auffällig zu sein, weder in dem rauhbeinigen Zerwas-Clan noch im Gardenette Drive. Es gab durchaus merkwürdigere Nachbarn in der Straße. Die Frau, die zumindest in den Augen der Kinder verrückt war, wohnte in einem weißen Fachwerkhaus mitten in der Straße. Sie veranstaltete Pfannkuchenfrühstücke für die Nachbarschaft, und ihr Mann war wegen ihrer Kocherei ständig am brüllen. Einmal ging sie zum Briefkasten, nur mit einem Pelzmantel bekleidet, der offenwehte, so daß sie vor aller Welt splitternackt dastand. Mitten im Sommer zog sie ihren Kindern Schneeanzüge an, dann schrie sie herum, wenn die Kinder sich auszogen und nackt herumliefen. Wenn ältere Kinder auf ihre Kinder aufpaßten, bezahlte diese Frau die Helfer mit Bildern vom letzten Abendmahl statt mit Geld. Und als eines Tages ihr Mann verschwand, ließ sie die Kinder mitten im Winter allein und zog nach Alaska, um sich einen neuen Mann zu suchen.

Im Gegensatz dazu schienen die Jurgens ruhig und zurückgezogen zu leben, ohne jedoch gleich völlig unsichtbar zu werden; Lois arbeitete regelmäßig in ihrem wohlgepflegten Vorgarten, und bot dabei in ihren Shorts einigen Männern einen interessanten Anblick. Mit einunddreißig hatte sie immer noch eine attraktive Figur, schlanke Beine und dichtes, dunkles Haar. Einer ihrer Nachbarn von gegenüber, ein Angestellter der 3M-Company, warf ihr besonders häufig begehrende Blicke zu.

Doch die Jurgens waren immer noch kinderlos.

»Ich war in diesem großen Haus ganz allein«, sagte Lois Jahre später, »und wenn ich mit Kindern zusammen war und dann in dieses leere Haus zurückkam, quälte es mich.«

Alles, was ein Kind begehrt

Die Jurgens lebten seit drei Jahren im South Gardenette Drive, als sie Anfang 1960 die Nachricht erhielten, daß eine schwangere Kellnerin, die in einem Café an der County Road F arbeitete, bereit sei, ihr neugeborenes Kind zur Adoption freizugeben. Auf welchem Wege sie diese Information bekamen, sollte später Gegenstand erheblicher Spekulationen werden, doch auf welchem Wege auch immer – die Nachricht klang vielversprechend. Obwohl die Regierung solche Adoptionen nicht gern sah, waren sie in Minnesota nicht illegal.

Die Aussicht, ein Neugeborenes ohne die offizielle Zustimmung der Behörde adoptieren zu können, gefiel den Jurgens ganz besonders – schon allein wegen der Schwierigkeiten, die sie kurz zuvor mit der Wohlfahrtsbehörde des Bezirks Ramsey erlebt hatten. 1959, vier Jahre nach der Ablehnung durch das Büro der Katholischen Wohlfahrt, hatten die Jurgens bei der Kreisverwaltung einen Adoptionsantrag gestellt, waren dort jedoch auf den Widerstand der Sozialarbeiter getroffen, die Lois zu streng fanden. Als ihnen die Bezirksverwaltung schließlich einen zweijährigen Jungen anbot – die vorliegenden Unterlagen sagen nichts darüber aus, wie dies zustande kam –, lehnten die Jurgens mit der Begründung ab, das Kind sei ihnen zu alt und scheine überdies behindert zu sein.

Folglich zögerte Harold keine Sekunde, als er die Chance erkannte, an den Behörden vorbeizukommen. Kaum hatte er den Namen der Kellnerin, kontaktierte er rasch einen Rechtsanwalt. So plötzlich und so einfach wurden die Jurgens Eltern.

Am 22. Juni 1960 wurde das Kind geboren, vier Tage später, am Nachmittag des 26. Juni, kam es ins Haus der Jurgens am South Gardenette Drive. Harold und Lois gaben ihm den Namen Robert, Harolds Vater zu Ehren, und stellten ein Kinderbett in eines ihrer zusätzlichen Schlafzimmer. Trotz des Widerstandes der Wohlfahrtsbehörden, die derartige Arrangements ablehnten und auf ihre negativen Erfahrungen mit Lois hinwiesen, erteilte das Jugendgericht des Bezirks Ramsey seine Zustimmung. Endlich hatten Lois und Harold ein Kind.

Leuten, die die Jurgens zu dieser Zeit besuchten, fiel auf, wie häuslich das Ehepaar lebte. Robert war ein kränkliches Baby, ruhig und ziemlich passiv. Mit der Zeit fand Harold Freude daran, mit ihm auf dem Tepppichboden des Wohnzimmers zu spielen, während Lois im Eßzimmer vor dem Fernsehgerät saß.

Auf den zweiten Blick hätte es merkwürdig wirken können, daß der Haushalt der Jurgens trotz des Kindes jederzeit makellos und peinlich aufgeräumt war. Und mancher Beobachter hätte sich vielleicht auch gewundert, daß die Jurgens ihrem Baby schon das Beten beibrachten – inzwischen war Harold zur katholischen Kirche übergetreten; Robert war kaum neun Monate alt, da machten die Jurgens es sich zur Regel, ihre Morgen-, Abend- und Tischgebete vor dem Kind zu sprechen. Es darf bezweifelt werden, daß viele Eltern so stolz wie die Jurgens darauf gewesen wären, daß ihr Robert schon mit anderthalb Jahren das Kreuzzeichen machen konnte.

Obwohl sie an Robert viel Freude hatten, fühlten Harold und Lois sich irgendwie unvollständig. Harold brachte 1961 pro Woche zwischen 150 und 168 Dollar nach Hause, verdiente sich oft noch durch Überstunden hinzu und konnte seine Familie damit sehr gut durchbringen. Sie hatten ein weiteres freies Schlafzimmer, Harold war vierzig, Lois beinahe siebenunddreißig, und beide näherten sie sich dem Punkt, an dem sie für eine Adoption zu alt wären. Es war kaum anzunehmen, daß sie auf privatem Wege ein zweites Mal ein Kind wie Robert bekommen würden, zumindestens nicht ohne lange Wartezeit. Deshalb richteten Harold und Lois am Tag nach Weihnachten 1961 erneut einen Antrag auf Adoption eines Kindes an die Kreisverwaltung von Ramsey County.

Diesmal würden sie eine offizielle Zustimmung brauchen.

Der 1. März 1962, ein Donnerstag, war ein bitterkalter Tag in White Bear Lake mit Vormittagstemperaturen bis minus 25

Grad, ein Rekord für diese Jahreszeit. Gerane Rekdahl, Sozialarbeiterin der Wohlfahrtsbehörde von Ramsey County, zitterte vor Kälte, als die Jurgens ihr die Tür öffneten und sie ins Haus baten. Nachdem sie Schal und Handschuh abgelegt hatte, sah Miss Rekdahl sich näher um.

Die Möbel waren recht kostbar und dennoch bequem, Flur und Diele hatten Hartholzboden, die Küche war gefliest. Harold hatte einen Windfang außerhalb der Küche in ein Zimmer verwandelt und dadurch einen geräumigen Wohn-, Eß- und Küchenbereich geschaffen. In einer Ecke dieses Raumes stapelten sich Roberts Spielsachen. Eine große Baßgeige beherrschte eine Ecke des Wohnzimmers, das Klavier stand gegenüber. Im ganzen fand die Sozialarbeiterin das Haus liebevoll eingerichtet. Miss Rekdahls Hauptaugenmerk galt natürlich dem Ehepaar selbst. Harold war ziemlich groß und dunkelhäutig, hatte schwarzes Haar und dunkle Augen; Lois erschien ihr recht hübsch, obwohl ein wenig klein und rundlich. Schon nach wenigen Worten wurde der Unterschied zwischen diesen beiden Persönlichkeiten deutlich: Harold war freundlich, in seinem Bemühen, zu gefallen, beinahe redselig, während Lois kühl und abweisend wirkte. Tatsächlich hatte Gerane das Gefühl, Lois betrachte ihre Anwesenheit als eine Zumutung.

Robert, damals zwanzig Monate alt, wurde herbeigebracht, um die Besucherin zu begrüßen; auf Gerane wirkte er glücklich, offen und überhaupt nicht ängstlich. Sie hatte den Eindruck, er sei sehr gut erzogen, denn als Harold und Lois ihn zum Spielen wegschickten, ging er ohne Protest zu seinem Spielzeug.

Die Sozialarbeiterin war eine eifrige junge Frau von siebenundzwanzig Jahren, und gewiß brachte sie erheblich mehr Idealismus als Erfahrung ein. Nach ihrer Ausbildung hatte sie sechzehn Monate Berufserfahrung gewinnen können, und sie war etwa ein Dutzend Jahre jünger als die Jurgens. Da sie schon viele Kinder gesehen hatte, die ohne Eltern auskommen mußten, war es ihr größter Wunsch, daß Kinder bei Eltern aufwuchsen. Sie selber stammte aus dem südlichen Minnesota, dem Herzen des von Skandinaviern bewohnten Farmgebietes, und diese Erfahrung hatte sie geprägt. Die Menschen in ihrer Heimatstadt Clarkfield waren freundlich und hilfsbereit, liebten aber ihre Privatsphäre und mischten sich nicht so ohne weiteres in die Angelegenheiten anderer Leute ein. Gelassenheit galt dort als Tugend. Und so war Gerane Rekdahl Sozialarbeiterin geworden, um den Menschen zu helfen, nicht, um sie bloßzustellen.

Dennoch war sie keineswegs mit einem naiven Enthusiasmus im Haus der Jurgens erschienen, sondern eher mißtrauisch, denn aus den Unterlagen der Wohlfahrtsbehörde hatte sie einen schlechten Eindruck von dem Ehepaar gewonnen. Da waren zunächst Lois' psychische Schwierigkeiten – eine Liste von Depressionen, Krankenhausaufenthalten und Elektroschock-Behandlungen, die die Behörden jetzt endlich zur Kenntnis nahmen, obwohl es fraglich bleibt, ob diese überhaupt Dr. Goldsteins düstere Diagnose aus der Mayo-Klinik vorliegen hatten. Ferner gab es drei entmutigende Berichte von den verschiedenen Sozialarbeitern des Wohlfahrtsamtes, die Lois jedesmal interviewt hatten, wenn die Jurgens ein Kind zu adoptieren versuchten. Gerane Rekdahl hatte diesen Fall nicht etwa zur Bearbeitung bekommen, weil sie ein Neuling war, sondern weil man wußte, daß sie für schwierige Fälle gut geeignet war. Daher war Miss Rekdahl auf Probleme gefaßt, als sie das Haus am Gardenette Drive betrat.

Die drei ließen sich im Wohnzimmer nieder, später brachte Lois Kaffee und Kuchen auf einem Tablett herbei. Ihr Gespräch begann mit dem Jungen und mit der Versicherung, wie glücklich sie alle seien. Als Gerane auf die ›inoffizielle‹ Art und Weise, in der man den kleinen Robert adoptiert hatte, zu sprechen kam, wurde Lois abweisend.

»Wir mögen vielleicht sonst nichts haben, aber Liebe haben wir«, sagte sie.

»Eine private Vermittlung war für uns der letzte Ausweg«, fügte Harold in dem Versuch hinzu, den scharfen Ton seiner Frau zu überspielen.

Gerane überlegte sorgfältig, bevor sie sprach, denn sie wußte, es würde kaum möglich sein, die wahren Gefühle der Jurgens zu erkennen, wenn sie den Eindruck gewannen, die Verwaltung lehne sie ab.

»Unabhängige Vermittlungen müssen keineswegs immer schlecht ausgehen«, sagte sie vorsichtig, »aber es ist viel sicherer und beruhigender, über eine Behörde zu adoptieren.«

Nach und nach schienen die Jurgens sich zu entspannen.

»Wir möchten unbedingt, daß die häusliche Prüfung richtig durchgeführt wird«, sagte Lois. »Wir hätten gern einen Bruder oder eine Schwester für Robert. Ich denke, ein Einzelkind wird zu schnell verwöhnt, und größere Familien sind einfach schöner. Ich war eine unter vielen Brüdern und Schwestern, wir kamen immer gut miteinander aus.« Je länger das Gespräch andauerte, desto mehr wiederholten sich einige Redeweisen von Lois – Robert ist so lieb ... wir lieben Robert sehr ... wir sind derartig gute Eltern ... Diese Prahlerei verwunderte die Sozialarbeiterin doch sehr.

Dennoch bemühte sie sich, die Vorteile dieser Adoption zu sehen. Das Haus der Jurgens war wirklich schön. Die Eltern gehörten der gleichen Religionsgemeinschaft an, sie hatten ein gesichertes Einkommen und eine gute Position. Wenn auch nur mit lauwarmen Berichten, so hatten sie doch die erste Prüfung bestanden, die normalerweise die gänzlich Ungeeigneten ausfiltert. Der Chef ihrer Abteilung hatte Miss Rekdahl um Sorgfalt und Objektivität gebeten.

Sie würde langsam vorgehen, entschied Gerane, für einen ersten Besuch war das Ergebnis akzeptabel. Sie verdienten eine Chance, nach dem Schmerz, keine eigenen Kinder bekommen zu können.

»Ich hatte das Gefühl, daß sie heute gut mit mir harmonierten«, schrieb Gerane in ihr Arbeitsbuch, »und die Themen, die wir miteinander besprachen, wurden ganz offen und frei beim Namen genannt.«

Bei ihrem nächsten Besuch bei den Jurgens fand die Sozialarbeiterin Lois viel entspannter; sie trug saloppe Kleidung, und das Haus wirkte nicht mehr so übertrieben ordentlich. Robert war gerade erst wach geworden, Lois zog ihn an. Später saß er im Wohnzimmer ruhig auf dem Schoß seiner Mutter.

Gerane bat Lois, über ihre Jugend zu sprechen, und Lois erklärte sich dazu sofort bereit. Was sie erzählte, klang allerdings völlig anders als das, was sie Dr. Goldstein in der Mayo-Klinik erzählt hatte.

Die Geschwister in ihrem Alter waren alle Jungen, mit denen sie spielte, so daß sie ein richtiger Wildfang geworden sei. Es gab immer genug zu essen, denn ihre Mutter hatte einen Garten und kochte und backte, während die Jungen jagten und fischten. An Kleidung mangelte es ab und zu, in der Schule wurde sie wegen ihrer ›Wohlfahrtskleider‹ gehänselt. Lois glaubte, die Lehrer seien gegenüber ›Wohlfahrtskindern‹ etwas strenger gewesen – und selbst wenn es sich nicht wirklich so verhielt, ihr war es jedenfalls so vorgekommen. Bis zur vierten Klasse war sie gern zur Schule gegangen. Eines Tages ging sie mit lackierten Fingernägeln in den Klassenraum, und der Lehrer wurde ärgerlich. In diesem Jahr blieb sie sitzen, obwohl sie bis auf Mathematik überall befriedigende Noten hatte. Danach mochte sie die Schule nicht mehr und verließ sie im achten Schuljahr.

Jeder in der Familie hatte seine Aufgaben. Lois' Aufgabe seit ihrem fünften Lebensjahr war es, jede Woche die Stühle nach draußen zu bringen und sie abzuwaschen, und im Alter von neun Jahren, so erzählte sie, erledigte sie die gesamte Bügelarbeit. Ihre Mutter schaffte es nicht immer, die Kinder zu gutem Benehmen anzuhalten, doch ihr Vater war streng. Jawohl, ihr Vater hatte eine Lederpeitsche, die er bei den Kindern einsetzte, freilich nicht sehr oft. Streng, aber gerecht sei er gewesen, meinte Lois, allerdings schätzte er es nicht, daß seine Töchter mit Jungen ausgingen. Den Kindern wurde beigebracht, ihre Gebete zu sprechen, bitte zu sagen und immer möglichst leise zu sein.

»Geben Sie mir mal ein Beispiel, wie er Sie bestraft hat«, fragte Gerane.

Da brauchte Lois nicht lange zu überlegen.

»Eines Tages im Sommer, als ich vierzehn war, ließ ich die Bügelarbeit liegen, weil es so heiß war, und spazierte die Straße hinunter. Als mein Vater hinter mir herschrie, schrie ich zurück, es sei mir viel zu heiß. Er wurde ziemlich wütend, ohrfeigte mich und befahl mir, mich sofort ans Bügelbrett zu begeben.«

»Wie fühlten Sie sich dabei?« fragte Gerane.

»Ich war wütend auf ihn, aber später sah ich ein, daß er recht hatte«, sagte Lois bestimmt. »Hemden zu bügeln gehörte eben zu meinen Aufgaben.«

Gerane wollte eine Diskussion über diesen Punkt anzetteln, doch Lois blieb bei ihrer Meinung.

»Vater hatte viele Kinder, und sie bekamen, was sie verdienten«, sagte sie voller Überzeugung. »Sie wuchsen mit den richtigen Wertvorstellungen auf. Dad hat wirklich die Peitsche benutzt, aber das war nichts Besonderes. Ich nehme es ihm nicht übel. Mir gegenüber hat er sich immer fair verhalten.«

Es muß an Geranes ganzem Auftreten liegen, daß sich die Leute wohl fühlen, wenn sie sich mit ihr unterhalten. Während der anderthalbstündigen Sitzung stellte sie fest, daß Lois sich entspannte und lachte, wenn sie über Harold und Robert sprach, und daß sie traurig wurde, wenn sie über ihr Leben ohne eigene Kinder redete.

›Das heutige Gespräch war sehr ergiebig, Mrs. J. war offen und am Ende des Interviews beinahe entspannt‹, schrieb die Sozialarbeiterin in ihr Arbeitsbuch.

Als Gerane Rekdahl am 14. Juni wiederkam, traf sie Lois bei der Gartenarbeit an. Auf der Straße spielte ein Dutzend Nachbarskinder Fußball.

Lois schien heute noch lockerer und überhaupt nicht abweisend zu sein. Die beiden Frauen setzten sich mit ihren Kaffeetassen ins Wohnzimmer, Lois in den Sessel, Gerane auf das Sofa. Das Gespräch drehte sich zunächst zwanglos um Themen wie Gehorsam, Sauberkeit und Eßgewohnheiten.

Während sie ihren Kaffee trank, nahm Gerane all ihren Mut zusammen. Heute galt es, das Gespräch auf Lois' bislang noch gar nicht diskutierten Aufenthalt in der Psychiatrie zu lenken. Dieses Thema war Gerane durchaus unangenehm, denn sie liebte es nicht, andere Menschen zu verletzen oder sie auszufragen.

»Wir haben Informationen darüber, daß Sie wegen Depressionen in Behandlung waren«, sagte Gerane so leichthin wie möglich. »Darüber würden wir gerne Näheres wissen.«

Lois lächelte.

»Ich stand unter seelischem Druck, weil mein Mann steril ist. Das Leben war langweilig, bevor Robert kam. Ich hatte mich fast zu Tode gearbeitet, das war der Grund, weshalb ich im Krankenhaus war. Es hat mir sehr geholfen, daß ich Robert bekommen habe. Mein Leben ist jetzt ausgefüllt, ich bin glücklich.«

Gerane war zwar keine ausgebildete Psychologin, doch Lois' Erklärungen konnte sie nicht ohne weiteres schlucken. »Erzählen Sie mir mehr über Ihr früheres Familienleben«, bat Gerane daher. »War es für Ihre Mutter nicht eine Heidenarbeit, das Haus bei so vielen Kindern immer sauber und ordentlich zu halten?«

»Wir hatten nicht viel zu essen oder anzuziehen«, antwortete Lois rasch, »aber ich erinnere mich, daß unser Haus immer sauber war, als ich noch klein war.«

»Wirklich?« hakte Gerane nach. Die Sozialarbeiterin kannte eine etwas andere Darstellung aus ihren Unterlagen.

Lois' Lächeln verschwand – ihr Gesicht verlor jeglichen Ausdruck. Sie saß stocksteif und wie gelähmt da.

»Ja, das Haus war immer sauber«, beharrte sie. »Die Familie war eng verbunden ... Zwei meiner Brüder trinken jetzt zuviel, aber mein Vater und meine Mutter tranken nicht ... Aber ja, natürlich gab's immer mal wieder einen Streit bei soviel Kindern, aber nie irgendein Vergehen.« Lois sprach ohne jede Gefühlsbewegung, mit flacher Stimme, fast monoton.

»Natürlich waren die Kinder weitgehend sich selbst überlassen, und ich mußte mich um die jüngeren kümmern und konnte nicht mehr zur Schule gehen ... das gefiel mir nicht, ebensowenig wie die Art, wie ich in der Schule aufgezogen wurde ... Aber meine Eltern lieben mich, und ich liebe meine Eltern, meine Schwestern und Brüder. Meine Eltern waren gut zu uns ... Sie taten, was sie konnten ...«

Gerane spürte den glimmenden Ärger unter diesem leuchtenden Familienporträt, doch am Ende zog sie es vor, Lois' Antwort in einem möglichst hellen Licht zu sehen. Lois möchte für sich ein anderes Leben haben, dachte Gerane. Sie möchte ihre Vergangenheit am liebsten verleugnen. Warum auch nicht?

›Heute war Mrs. J. sehr offen zu mir und versuchte, so wahrheitsgetreu wie möglich mit mir zu reden‹, schrieb Miss Rekdahl in ihr Arbeitsbuch. ›Sie schien in der Lage zu sein, über einige ihrer Schwächen zu sprechen und wurde weder übernervös noch aufgeregt, als wir über ihre seelischen Depressionen vor einigen Jahren diskutierten.‹

Nachdem sie sich noch mit zwei Nachbarn der Jurgens unterhalten hatte, die beide sehr angetan von der Zuverlässigkeit und Ordnungsliebe des Ehepaares waren, suchte Gerane am Vormittag des 30. August den Priester der Jurgens auf, Pater Bernard Reiser von der katholischen Kirche St. Mary's of the Lake.

St. Mary's Glockenturm aus hellgrauem Kalkstein an der Ecke Fourth und Bald Eagle Street, zwei Blocks jenseits der Polizeistation, überragte alle Häuser der Nachbarschaft, wobei die grob behauenen Steine und die symmetrischen Linien des Bauwerks gleichzeitig rustikal und modern wirkten.

Der aus Irland stammende Priester begrüßte Gerane in seinem kleinen Büro mit festem Handschlag – seine kräftigen Arme sahen eher wie die eines Handwerkers als wie die eines Priesters aus. Er hatte ein freundliches, offenes Gesicht, nur die Augen verrieten Wissen um das Leid dieser Welt.

Reiser hatte die meisten Ehen der Zerwas-Familien geschlossen und schon einige Zerwas beerdigt und konnte daher glauben, die Familie besser als irgend jemand sonst in White Bear Lake zu kennen. In seinen Augen war Lois das einzige Kind in diesem Clan, das etwas Klasse und Kultur hatte, immer gut angezogen, sauber frisiert, nett und freundlich, oft ein Lächeln auf dem Gesicht und nie schlechter Laune. Im April 1959 hatte Reiser einen Empfehlungsbrief für die Jurgens geschrieben, als sie sich zum ersten Mal bei der Behörde des Bezirks Ramsey um das Recht zur Adoption bewarben.

Die Antworten des Priesters auf Geranes Fragen kamen rasch und bereitwillig. Im ganzen, so sagte er, sei die Familie der Zerwas »faul und unbekümmert gewesen, mit Ausnahme von einem oder zweien.« Die Wohnstatt der Eltern nannte er einen ›Misthaufen‹, und niemand aus der Familie habe sich jemals in der Kirchenarbeit engagiert.

Lois und Harold Jurgens waren die Ausnahmen, versicherte er, sie gehörten zu seinen besseren ›Kirchen-Familien‹, sehr ernsthaft in ihrem Glauben und aktiv in der Gemeinde. Harold war ein hart arbeitender Mann mit viel Ehrgeiz. Lois war hervorzuheben, weil sie über den Rest der Familie hinausgekommen war. Lois habe viel Kritik von ihrer Familie zu hören bekommen, weil es ihr besser ging als den anderen.

»Warum tendiert sie dann dazu, ihre Familie zu verteidigen und ein leuchtendes Bild ihrer Kindheit zu zeichnen?« wandte Gerane ein.

»Weil sie loyal gegenüber ihrer Familie sein möchte.«

Der Priester setzte sich sehr stark dafür ein, daß die Jurgens ein zweites Kind bekommen sollten. Er wußte über Lois' seelische Probleme Bescheid, hielt sie indes für weitgehend überwunden.

Später sagte Gerane, Reisers Fürsprache habe für das Ergebnis ihrer Untersuchung den entscheidenden Ausschlag gegeben.

»Ich habe dem Pater wirklich geglaubt. Denn er kannte die Jurgens so gut. Für mich war er ein kirchlicher Würdenträger, der die Menschen kennt . . .«

Noch am gleichen Tag, da sie den Priester gesprochen hatte, besuchte sie auch Lois und Harold in deren Haus. Es war schwül geworden, typisch für den August in Minnesota, mit kurzen, wiederholten Stürmen und hohen Temperaturen. Wie üblich war das Haus der Jurgens makellos sauber, nur ein paar von Roberts Spielsachen lagen herum. Lois wollte Gerane unbedingt ihr Wohnzimmer zeigen, denn sie hatte vor kurzem sämtliche Möbel neu lackiert.

»Sieht das Zimmer so nicht viel besser aus?« fragte sie stolz. »Und es war billiger, als lauter neue Möbel zu kaufen.«

Gerane bemühte sich, das Gefühl einer Beklemmung nicht aufkommen zu lassen. Sie würde sich Lois niemals als ihre Mutter wünschen, doch sie spürte, daß dieser Gedanke unfair war und keine Grundlage für eine Beurteilung.

»Ihr Antrag wird angenommen«, teilte Gerane den Jurgens mit.

Lois und Harold lächelten breit und bedankten sich; dann verrieten sie ihre Vorstellungen über das zweite Kind. Es sollte weißer Hautfarbe, gesund und von mindestens durchschnittlicher Intelligenz sein. Das Geschlecht des Kindes war ihnen egal, doch wollten sie es so jung wie möglich erhalten, wenn möglich jünger als ein Jahr.

Dann gab es da noch einen weiteren Punkt. Sie wollten unbedingt ein katholisches Kind.

Dennis

Sauk Centre, ein Städtchen mit 3700 Einwohnern, liegt 95 Meilen nordwestlich der Twin Cities in Zentral-Minnesota und erlangte durch den Roman ›Die Hauptstraße‹ – ›Main Street‹ – des Nobelpreisträgers Sinclair Lewis literarische Ehren.

Am 6. Dezember 1961, zwanzig Tage bevor die Jurgens ihren Adoptionsantrag beim Wohlfahrtsamt des Ramsey County einreichten, kam im St. Michael's Krankenhaus von Sauk Centre ein achteinhalb Pfund schweres männliches Baby ohne jede Komplikation auf die Welt. Der Vater, Dennis McIntyre, war ein unverheirateter Gelegenheits-Bauarbeiter aus St. Cloud, ein irisch-schwedischer Katholik, die Mutter war eine unverheiratete Siebzehnjährige namens Jerry Ann Puckett, ein attraktives, wenn auch nicht unproblematisches Mädchen von dänisch-deutscher Abstammung. Mit ihrer Größe von eins sechzig und 160 Pfund Gewicht war sie dick, doch gut gebaut und hatte ein ausgesprochen hübsches Gesicht. Jerry nannte ihr Baby Dennis Craig Puckett. Die junge Mutter war Protestantin, Mitglied der Freien Kirche in Bloomington, Minnesota, doch sie hatte die Absicht, sich im katholischen Glauben unterweisen zu lassen, und deshalb wurde Dennis neun Tage nach der Geburt katholisch getauft.

Jerry kam aus Maryville, Missouri, Vater und Stiefmutter lebten in der Nähe, in Savage, Minnesota, wo ihr Vater ein Fuhrgeschäft mit drei Lastwagen betrieb. Jerry jedoch lebte in einem Internat für Mädchen in Sauk Centre, nachdem sie mit den Jugendbehörden während der haltlosen, verwirrten Jahre nach dem Weggang ihrer Mutter – sie war damals drei – in Schwierigkeiten geraten war. Jerry war durchschnittlich intelligent und hatte das zehnte Schuljahr vollendet. Leute, die mit ihr zu tun hatten, hielten sie für abweisend und mürrisch, obwohl es auffiel, daß sich ihr Verhalten änderte, sobald sie ein wenig Freundlichkeit und Wärme empfing. Sie konnte in einem

Augenblick unberechenbar und launisch, im nächsten entspannt und mit sich zufrieden und dann wieder wütend und laut sein. Sozialarbeiter meinten, sie scheue gefühlsmäßige Bindungen wegen ihrer traumatischen und kurzen Beziehungen in der Vergangenheit. Sie hielten sie für unglücklich und gefühlsmäßig unreif, voller Sehnsucht nach einer verläßlichen Bindung zu einer Mutterfigur.

Jerrys offizieller Wohnsitz lag, wenn sie nicht gerade im Erziehungsheim von Sauk Centre weilte, in Scott County; deshalb lag ihr und Dennis' Schicksal in den Händen der dortigen Behörden. Jerry wollte ihr Baby behalten, doch die Sozialarbeiter des Bezirks glaubten nicht, daß sie sich angemessen um ihr Kind kümmern werde. Nach einigen Debatten, mit Jerrys widerstrebendem Einverständnis, wurde Dennis am 15. Dezember aus dem Krankenhaus entlassen und in die Pflegefamilie von Mister und Mrs. William Martens gegeben, eines älteren Ehepaars im ländlichen New Prague. Jerrys elterliche Rechte erloschen vier Monate später, am 18. April 1962.

In den Unterlagen von Scott County findet sich eine Beschreibung von Dennis in seiner Pflegefamilie, erstellt im Mai des gleichen Jahres. Er ist kräftig gebaut, hat blaue Augen und blonde Haare. Seine Pflegemutter, Mrs. Martens, strahlt, wenn sie von ihm spricht, nennt ihn ›ein wirklich nettes Baby‹ und einen ›Clown‹, denn er lacht beständig über sich oder andere. Er ist sehr stark und bereits in der Lage, sich selber von einer Seite auf die andere zu drehen. Noch hat er keine Zähne, doch sie kommen – er speichelt. Er schläft morgens und nachmittags und ißt gut.

In Dennis' kurzem Leben gab es einige wichtige Momente, an denen sein Schicksal einen anderen Verlauf hätte nehmen können. Kurz nachdem die Behörden der Mutter das Baby weggenommen hatten, ließ Jerry ihren Plan fallen, zur katholischen Kirche überzutreten, doch zu diesem Zeitpunkt war Dennis bereits als katholisches Kind in den staatlichen Adoptionslisten eingetragen worden, und so blieb er katholisch. Das machte ihn zu einer Ausnahme – damals gab es nur sehr wenige katholische Kinder in den staatlichen Listen, da derartige Vermittlungen meistenteils von privaten Organisationen, wie zum Beispiel dem Büro Katholischer Wohlfahrt, vorgenommen wurden.

So war der offizielle Bericht vom 2. November 1962, den Elizabeth Tillotson, Sozialarbeiterin der staatlichen Adoptionsbehörde von Minnesota, an Dwight V. Dixon schrieb, den Direktor des Wohlfahrtsamtes des Scott County, nicht unbedingt ein reiner Zufall. In dem Bemühen, Adoptionen über die Kreisgrenzen hinweg zu ermöglichen, hatte das Amt für Öffentliche Wohlfahrt die Akte Scott County DPW-Nr. 96 962 mit der Akte Ramsey County DPW-Nr. 72 407 zusammengeführt. Das Amt hatte eine mögliche Adoptivfamilie für ein katholisches Kind, das seit etwa einem Jahr in einer Pflegefamilie in Scott County lebte. Dieses Kind war Dennis Puckett. Die Adoptiveltern waren Harold und Lois Jurgens.

»Obwohl wir einige Vorbehalte bezüglich der Eignung dieser Familie für Dennis haben«, schrieb der Sozialarbeiter, »geben wir diesen Vorgang an Sie weiter, da dies das einzige katholische Haus ist, das uns zum jetzigen Zeitpunkt bekannt ist. Wenn Sie diese Sache nicht weiter verfolgen möchten, gehen Sie bitte davon aus, daß wir uns weiterhin bemühen werden, eine Familie für den kleinen Jungen zu finden.«

Am Vormittag des 28. November fuhr Gerane Rekdahl in das zwanzig Autominuten von St. Paul entfernte Büro des Wohlfahrtsamtes von Scott County in der Stadt Shakopee. Zweck der Reise war eine Konferenz, die einberufen worden war, um die Vermittlung des Dennis Puckett in die Familie Jurgens zu prüfen.

Anwesend waren Dwight Dixon, Direktor des Wohlfahrtsamtes von Scott County, Laura Chamberlain, Sozialarbeiterin von Scott County, sowie eine weitere Sozialarbeiterin, die Gerane als Miss Donnelly vorgestellt wurde, eine ältere Frau. Die Leute von Scott County beschrieben Dennis wie folgt: Er ist neugierig, aufgeweckt und sehr aktiv; hat vor nichts und niemandem Angst, wird sich daher gewiß leicht in eine neue Familie einleben; muß allerdings jederzeit beaufsichtigt werden.

Gerane, die zuhörte und in den Unterlagen blätterte, war

besorgt. Dennis stand kurz vor der Vollendung des ersten Lebensjahres – wollten die Jurgens nicht unbedingt ein noch jüngeres Kind haben? In diesem Punkt war Lois sehr bestimmt gewesen. Gerane trug diesen Einwand vor, aber die Beamten von Scott County hielten ihn für irrelevant, und schließlich stimmte Gerane zu. Es schien wirklich eine gute Vermittlung zu sein, vor allem, wenn man bedachte, wie unwahrscheinlich es war, daß man den Jurgens in der näheren Zukunft noch einmal ein katholisches Kind anbieten konnte.

Doch dann erregte ein anderer Punkt die Aufmerksamkeit der Sozialarbeiterin. In dem von Scott County zusammengestellten Bericht über das Kind war auch eine kurze Bemerkung über dessen religiösen Hintergrund enthalten:

> Jerry Puckett hat zum gegenwärtigen Zeitpunkt ... nicht die Absicht, der katholischen Kirche beizutreten. Von ihrer Herkunft her ist sie Protestantin ... Wir gehen davon aus, daß das Kind protestantisch ist und von Jerry protestantisch erzogen worden wäre, hätte man ihr nicht das Sorgerecht für das Kind entzogen.

»Was soll das heißen?« fragte Gerane. »Wir ermitteln nicht über religiöse Grenzen hinweg, es sei denn auf Wunsch der leiblichen Eltern. Ich dachte, Dennis sei den Jurgens zugedacht worden, weil er katholisch ist.«

»Nein, nein, machen Sie sich keine Sorgen, das war ein Fehler in den Unterlagen«, sagten die Beamten aus Scott County. »Das hat sich inzwischen aufgeklärt.«

Am Nachmittag brachte Miss Donnelly die Sozialarbeiterin zu der Pflegefamilie Martens in New Prague, damit sie Dennis kennenlernen konnte. Er schlief, als sie eintrafen, und Mrs. Martens weckte ihn auf. Gerane, die im Wohnzimmer Platz nahm, blickte auf und sah ein stämmiges, blondes lächelndes Baby, das aus dem Schlafzimmer herauswetzte und auf sie zukam. Sie hielt sich zurück und blieb sitzen, weil sie wußte, daß kleine Kinder nach dem Erwachen häufig ängstlich und äußerst fremdenscheu sind. Zu ihrer Überraschung kam Dennis jedoch ohne Zögern auf sie zu, kletterte auf ihren Schoß, war freundlich und lebhaft, plapperte lustig drauflos und zeigte ihr sein Spielzeug. Er hatte wunderschön strahlende blaue Augen.

Mrs. Martens verschränkte die Arme vor ihrer üppigen Oberweite und lachte zustimmend. »Er geht auf jeden zu und war noch nie scheu in seinem Leben«, sagte sie. »Das ist ein kleiner Wilder – von morgens bis abends in Bewegung. Er ist ein braves Kind, auch wenn er immerzu irgend etwas anstellt. Er hält uns ordentlich auf Trab.«

Gerane beschloß, Lois und Harold anzurufen und anschließend Scott County Bescheid zu geben, falls die Jurgens das Kind sehen wollten – was ja noch lange nicht feststand.

Am späten Abend bekam Rekdahl endlich Harold Jurgens an den Apparat. Von ihrer Schilderung des Kindes war er begeistert, er schien sich keine Gedanken darüber zu machen, daß der Junge etwas älter war, als er und seine Frau es sich gewünscht hatten. So trafen die Jurgens am nächsten Morgen, dem 29. November, mit Gerane im Wohlfahrtsbüro des Bezirks Ramsey in St. Paul für ein Vermittlungsgespräch ein. Als alle Platz genommen hatten, ergriff Lois das Wort:

»Wir sind ziemlich enttäuscht über das Alter des Kindes, möchten jedoch gern mehr über den kleinen Dennis hören.«

Gerane sah Harold an, der aber ihrem Blick auswich und nichts sagte.

Gerane berichtete, was sie aus den Unterlagen und aus eigener Anschauung in der Pflegefamilie wußte. Als sie erwähnte, daß Dennis ziemlich aktiv sei, streckte Lois ihren Oberkörper nach vorne.

»Das klingt nicht nach gutem Benehmen. Robert hat nichts angefaßt, als er ein Jahr alt war... Ähnelt Dennis ihm ein wenig? Könnten sie Brüder sein?«

Sie hätten die gleiche Farbe, sagte Gerane, aber Dennis sei

kräftiger gebaut und stämmiger. Das könne auch bei richtigen Geschwistern so sein.

»Nein«, sagte Lois, nachdem sie Geranes Foto von Dennis betrachtet hatte. »Er sieht überhaupt nicht wie Robert aus.«

»Ich glaube kaum, daß Sie jemals ein Kind finden werden, das genau so wie Robert aussieht«, entgegnete die Sozialarbeiterin. »Wenn Sie das erwarten, werden wir wahrscheinlich niemals ein Kind für Sie finden.«

»Ich habe nicht gesagt, das Kind müsse genau wie Robert aussehen«, sagte Lois. »Ich hatte nur gehofft, er sehe wie Roberts Bruder aus.« Sie zog Fotos von Robert hervor und hielt sie neben die Bilder von Dennis, wirkte aber immer noch enttäuscht.

Gerane sah wieder Harold an, der nach wie vor schwieg.

Lois erkundigte sich nach den Eltern des Kindes. Waren sie groß? Wie sahen sie aus? Hatten sie musikalisches Talent? Bildung?

Gerane gab bereitwillig Auskunft, dann fragte sie die Jurgens, ob sie den Jungen sehen wollten.

Ja, unbedingt, sie wollten das Kind sehen und es mit ihm versuchen; doch Lois wirkte immer noch besorgt, ja sogar ängstlich.

»Was würde passieren, wenn wir uns entschlössen, das Kind nicht zu nehmen? Würden wir dann überhaupt noch einmal eine Chance bekommen?«

»So geht das nicht«, entgegnete Gerane. »Wenn Sie weiterhin negative Gefühle haben, würden wir es für das beste halten, das Kind nicht zu nehmen.«

»Ja«, sagte Lois, »ich verstehe, daß es nicht gut für uns sein würde, das Kind zu nehmen, wenn wir immer noch negative Gefühle ihm gegenüber hätten, nachdem wir es gesehen haben. Aber ist es richtig, daß wir dann ein anderes Kind bekommen könnten? Steht das fest?«

Eine solche Zusage konnte Gerane unmöglich geben. Ihr Name würde in jedem Fall auf die Liste der Adoptionswilligen gesetzt, man würde sie für Vermittlungen in Betracht ziehen, sagte die Sozialarbeiterin. Aber sie seien katholisch, und es gebe nur sehr wenige katholische Kinder auf der Liste, und deshalb bestünde die Möglichkeit, daß sie sehr lange warten müßten. Sie wünsche nicht, daß dies ihre Entscheidung beeinflusse, aber im Interesse der Wahrheit müsse ihnen ein reelles Bild ihrer Chancen geboten werden.

Allmählich bekam Gerane ein merkwürdiges flaues Gefühl bei der Sache. Sie wünschte sich, Lois würde einfach nein zu dieser Vermittlung sagen. Die Behörde hatte lediglich die Aufgabe, den Fall durchzusprechen, alle Aspekte zu beleuchten, zu beraten – die Entscheidung sollten die Eltern treffen.

Während Harold und Lois stumm vor ihr saßen, rief Gerane Miss Donnelly in Scott County an. Die beiden Sozialarbeiterinnen verständigten sich darauf, daß die Jurgens noch am gleichen Nachmittag den kleinen Dennis besuchen und kennenlernen konnten.

Als die Jurgens einige Stunden später in New Prague eintrafen, sauste Dennis mit der gleichen Begeisterung auf sie zu wie zuvor bei allen anderen Fremden auch. Schon bald spielte Harold mit ihm auf dem Teppichboden, und später unternahmen die Jurgens eine kleine Spazierfahrt mit ihm. Der Besuch schien erfolgreich zu verlaufen, aber irgend etwas machte Miss Donnelly Gedanken, nachdem die Jurgens verschwunden waren. Es war, als hätte Lois auf den kleinen Jungen spontan gar nicht reagiert. Und tatsächlich, bei längerem Nachdenken wurde es Miss Donnelly klar, daß Lois das Kind kein einziges Mal berührt hatte.

Am Morgen darauf rief Gerane die Jurgens an; Lois klang nicht gerade begeistert.

Sie seien immer noch unentschlossen, gestand sie, hätten, ehrlich gesagt, auch wenig Hoffnung. Sie wollten sich am Wochenende entscheiden. Vor allem Dennis' äußere Erscheinung schien Lois zu stören. »Er ist widerlich fett«, sagte sie. Sie hatte noch weitere ›Reklamationen‹. Sein Nabel stehe hervor,

»dunkelrot, es sieht schrecklich aus.« Er sei so groß, übrigens auch an den Füßen – oder hatte er nicht die passenden Schuhe? –, seine Augen hätten nicht die gleiche Farbe wie die Roberts. Er müsse unbedingt abnehmen.

»Wenn Sie sich gegen Dennis entscheiden«, sagte Gerane, »und es wird ein anderes Kind für Sie ausgesucht, wird dies auch wohl kaum wie Robert aussehen. Es ist sehr schwer, zwei gleiche Kinder zu finden.«

Sie möchte wirklich nicht zu kleinlich sein, antwortete Lois, da sie wisse, daß sie auf diese Art und Weise vielleicht niemals ein Kind bekommen würden. Aber sie habe einfach das Gefühl, Robert und Dennis würden nicht besonders gut zusammenpassen. Dennis' Aggressivität und sein ›wildes Benehmen‹ seien dem kleinen Robert völlig fremd, ja Dennis würde Robert womöglich ›mißhandeln‹. Wie Dennis denn bisher erzogen worden sei?

Gerane gab zu bedenken, dies sei weniger eine Frage der Erziehung als der Veranlagung. Er sei eben ein besonders aktives Kind, und wie sehr man auch versuchen würde, ihn zu disziplinieren, lebhafter als Robert werde er wohl immer sein.

»Kinder können dazu gebracht werden, sich zu benehmen«, beharrte Lois.

»Dennis ist noch viel zu jung, um diszipliniert zu werden«, konterte Gerane. Sie zögerte und überlegte sich ihre nächsten Worte. »Angesichts Ihrer vielen Vorbehalte wird es wohl besser sein, das Kind nicht zu nehmen und sich wieder auf die Warteliste der Verwaltung setzen zu lassen«, sagte sie schließlich.

Lois war unschlüssig.

»Wir sagen Ihnen am Montag Bescheid.«

Am 3. Dezember klingelte das Telefon auf Geranes Schreibtisch. Es war Harold Jurgens. »Wann können wir unseren Jungen abholen?« fragte er.

Gerane war überrascht, denn sie hatte fest damit gerechnet, daß die Jurgens sich gegen die Adoption entscheiden würden.

»Heißt das, daß Sie Dennis haben wollen?« fragte sie.

»Ja . . . endgültig ja.«

Gerane versuchte, mit ihm über die Vorbehalte seiner Frau zu sprechen, aber Harold ignorierte ihre Fragen. Dennis sei ein netter Junge und würde prima in ihre Familie passen, sagte er. Sie hätten mit verschiedenen Leuten darüber geredet und seien jetzt entschlossen, den Jungen zu nehmen.

Zwei Tage später suchte Gerane die Jurgens in ihrem Haus auf, fest entschlossen, die offenen Fragen anzusprechen. »Unsere Behörde und auch Scott County sind beide etwas besorgt über die negativen Gefühle, die Sie diesem Kind gegenüber zum Ausdruck gebracht haben«, sagte sie. »Vielleicht ist dies doch nicht das richtige Kind für Sie.« Die Jurgens wirkten nämlich jetzt gar nicht mehr so wild entschlossen, sondern eher zögernd und abweisend.

Ja, Dennis werfe schon ein paar Probleme auf, gestand Harold, aber er sei ein Kind, das eine Familie brauche. Und sie möchten unbedingt noch ein zweites Kind haben. Dennis könne sich im Haus einleben.

Lois schien noch weniger mit sich und ihrer Entscheidung im reinen zu sein. Wir werden beide nicht jünger, meinte sie, und man wisse ja, daß die Behörde keine Kinder an Leute über vierzig vermittele, und wenn sie Dennis verweigern würden, würden sie vermutlich nie mehr ein Kind bekommen.

Gerane suchte nach den richtigen Worten. Sie empfand Wut über den Staat, der dieses Arrangement getroffen hatte und dann dem Bezirk die Sache überließ. Sie wünschte sich einfach, die Jurgens würden Dennis nicht adoptieren. Sollte sie den beiden jetzt Lügen auftischen über die Aussichten, ein anderes Kind zu bekommen? Sollte sie sich unklar ausdrücken? Nein, sagte sie sich, sie durfte nicht lügen, das wäre einfach nicht in Ordnung – und auch nicht ihre Art. Sie mußte eine ehrliche Antwort geben.

»Es ist unsere allgemeine Regel, keine Babies an Leute über vierzig zu vermitteln«, sagte sie, »aber Eltern in diesem Alter können durchaus noch etwas ältere Kinder adoptieren.«

»Dennis' Alter sei das Hauptproblem«, sagte Lois. »Wenn er doch nur jünger wäre!«

»Vielleicht ist es das beste, das Kind nicht zu nehmen«, bat Gerane beinahe schon flehentlich. »Es ist durchaus möglich, daß sich ein anderes Kind findet, das besser in Ihre Familie paßt.«

In diesem Augenblick erwachte der kleine Robert aus seinem Schlaf. Lois verließ das Wohnzimmer, um ihn zu holen, kehrte jedoch nicht so bald zurück. Die Minuten verstrichen. Gerane konnte Lois und das Kind im hinteren Schlafzimmer reden hören, dann im Badezimmer. Sie ließen sich sehr viel Zeit, weit mehr, so schien es Gerane, als unbedingt nötig. Für die Sozialarbeiterin war es offenkundig, daß Lois sich um eine Fortsetzung des Gesprächs nicht gerade riß, weil sie nicht wußte, was sie sagen sollte.

Als Lois doch endlich zurückkam, war eine ruhige Unterhaltung kaum mehr möglich, denn Robert war an diesem Tag zappelig und weinerlich, wollte unbedingt auf Lois' Schoß sitzen, umarmte sie und wollte nicht vom Schoß runter, Harold versuchte, das Kind mit kleinen Neckereien zum Lachen zu bringen, erregte damit aber nur Roberts Wut. Gerane Rekdahl fand es an der Zeit, eine klare Entscheidung zu treffen. »Wollen Sie Dennis jetzt, oder wollen Sie ihn nicht?« fragte sie geradeheraus.

Lois richtete ihren Oberkörper auf und räusperte sich. »Trotz all der negativen Punkte glaube ich nicht, daß wir das Baby ablehnen wollen. Zumindest sollten wir es versuchen.«

Gerane, die nach einem Schlupfloch suchte, schlug eine einwöchige Probezeit vor. Als Harold und Lois sofort zustimmten, verließ die Sozialarbeiterin einigermaßen erleichtert das Haus. Wenigstens noch eine Testphase vor der Adoption, tröstete sich Gerane. Vielleicht entscheiden sie sich ja noch gegen das Kind.

Am 7. Dezember 1962 verkündete Präsident Kennedy mit triumphaler Geste den Abzug der letzten sowjetischen Raketen, und die ganze Nation stieß einen Seufzer der Erleichterung aus, die kubanische Raketen-Krise konnte als beendet gelten. In St. Paul war Jay North, der kleinformatige Wirbelwind und Star der populären TV-Serie ›Dennis the Menace‹, Gastgeber bei der jährlichen Weihnachts-Kinderparty der Stadt. Am gleichen Nachmittag nahm der Winter Twin Cities und Umgebung fest in seinen Griff: Es schneite, die Temperaturen sanken stetig. Da Harold sich schon sehr oft von der Arbeit freigenommen hatte, fuhr Lois selbst nach Scott County, um ihren kleinen Gast abzuholen. Am frühen Nachmittag kam Dennis zum erstenmal in das Haus der Jurgens am South Gardenette Drive. Er wog zwanzig Pfund und war genau ein Jahr und einen Tag alt.

Lois klang glücklich und unbeschwert, als Gerane sie fünf Tage später anrief. Es gehe hoch her, berichtete sie, wegen Dennis' Energie und Roberts Eifersucht, aber sie hätten auch eine Menge Spaß. Dennis sei ganz glücklich und habe sich bereits gut eingelebt. Ab und zu werde er nachts wach, aber nur, so nahm Lois an, weil er es gewöhnt sei, mitten in der Nacht ein Fläschchen zu bekommen. Diese Gewohnheit beizubehalten habe sie allerdings nicht vor. Dennis habe eigentlich niemals die Chance erhalten, zu beweisen, daß er ein braves Kind sein könne, sagte sie, aber sie wolle gern versuchen, ihm das nötige Training zu geben.« Wir werden ihn daran hindern, im Haus irgendwelche Sachen anzustellen.« Dennis schleppe immer noch ›eine Menge ekelhaften Fettes mit sich herum‹, daher wollte Lois die Ernährung umstellen – mehr Gemüse und Fleisch und weniger Milch.

»Heißt das, daß Sie Dennis behalten möchten?«

Lois vermochte das noch nicht genau zu sagen. »Zwischen Windeln waschen und Babies füttern«, sagte Lois lachend, »ich weiß es wirklich noch nicht.« Sie sprach den Wunsch aus, die Testphase auf zwei Wochen oder einen Monat verlängern zu dürfen.

Am nächsten Tag ging Lois mit Dennis zum Kinderarzt der Familie, Dr. E. Dale Cummings, der sich seit einiger Zeit um Robert kümmerte. Cummings war ein rundlicher Fettkloß mit dem schwammigen Gesicht einer Bulldogge, er trug dreifach dicke Brillengläser und einen Gürtel, der sich über dem dicken Bauch zum Zerreißen zu spannen schien. Cummings hielt die Jurgens für schrecklich nette Leute und besorgte Eltern, denn sie stellten viele Fragen und kümmerten sich um alles.

Bei der Untersuchung fiel Cummings der starke Unterschied zwischen Dennis und Robert auf. Der erste war ein robustes, gesundes Kind, in jeder Hinsicht normal, Robert hingegen war ein schwächliches Kind, das dauernd kränkelte: Stellte man Robert irgendwo hin, konnte man sicher sein, daß er dort wie angewurzelt stehenblieb. Im Gegensatz dazu war Dennis rege und aktiv; im Untersuchungszimmer rannte er ständig umher und plapperte in einem fort. ›Fröhlich‹, war das Wort, das Cummings in den Sinn kam. Manche Kinder lächeln einen an, spielen mit der Krawatte und dem Stethoskop und lachen. Andere schreien und kreischen und wollen zu ihrer Mama. Dennis war ganz eindeutig der erste Typ. Ein richtiger Sonnenschein, dachte Cummings. Einer von jenen Patienten, bei denen der Tag schneller vorbeigeht.

»Was ist mit dem hervorstehenden Nabel?« fragte Lois.

Cummings betrachtete ihn und zuckte die Schultern. »Ein harmloser Nabelbruch . . . nichts Besonderes.«

Als Harold fünf Tage später Gerane Rekdahl anrief, um ihr mitzuteilen, daß er und seine Frau Dennis behalten wollten, war die Sozialarbeiterin gleichermaßen überrascht wie besorgt. Sie besprach sich mit ihrer Vorgesetzten, Betty Hunt, und eine Weile stand ihre Entscheidung auf der Kippe. Am Ende, so sah Gerane die Lage, zogen sie ein Ja und viel Hoffnung einem Nein und einer Verweigerung vor.

»Es klingt kalt«, sagte sie später, »aber es war reiner Zufall.«

Am 27. Dezember kam Harold in Geranes Büro, um die Adoptionspapiere zu unterzeichnen; Lois war wegen einer Erkrankung zu Hause geblieben. Sie seien jetzt sehr glücklich mit Dennis und könnten sich nicht vorstellen, ihn jemals wieder abzugeben, sagte er. Sie hätten ihn richtig liebgewonnen.

Am 3. Januar besuchte Gerane die Jurgens zu Hause, um auch Lois' Unterschrift unter den Adoptionsvertrag zu bekommen und ihr erstes Gespräch nach der Vermittlung zu führen. Das Haus, peinlich sauber und aufgeräumt, war noch für Weihnachten dekoriert. Lois wirkte glücklich – zum erstenmal seit langer Zeit sah Gerane sie lachen, ein schöner Anblick. Über diesen Stimmungswechsel war Gerane sehr überrascht.

Dennis und Robert standen in der Küche, beide mit Overall und Pullover bekleidet, und sahen herzerweichend hübsch aus. Dennis lächelte, kam sofort auf Gerane zu, begann zu plappern. Robert hielt sich zurück und beobachtete seinen eifrigen, lauten Bruder.

Dennis schlafe jetzt auch ohne Flasche die Nacht hindurch, berichtete Lois. Tatsächlich habe sie ihn jetzt völlig von der Flasche weg. »Ich gebe ihm Essen mit weniger Kohlehydraten, da er so schrecklich gerne ißt.«

Dennis sieht tatsächlich dünner aus, dachte Gerane.

Am Ende des Gesprächs hatte sie zu dieser Vermittlung ein viel besseres Gefühl. Dennoch hatte man eine einjährige Probezeit mit den Jurgens vereinbart, bevor die Adoption rechtskräftig würde. Während dieser Zeit behielt der Bezirk die offizielle Vormundschaft.

»Ich habe ganz fest den Eindruck, daß die J.s ihre Einstellung geändert haben . . .« schrieb die Sozialarbeiterin in ihr Arbeitsbuch. »Es gab große Zweifel, ob sie dieses Kind überhaupt akzeptieren könnten, aber nach meinem heutigen Besuch habe ich ein sehr gutes Gefühl . . .«

Nachdem Lois die Papiere unterzeichnet hatte, datierte Gerane sie einen Tag zurück. Offiziell war Dennis am 2. Januar 1963 in die Familie Jurgens gekommen.

Im Laufe des Jahres 1963 besuchte Gerane die Familie Jurgens insgesamt fünfmal, und was sie sah, befriedigte sie in zunehmendem Maße. Dennis rannte zur Tür, um sie zu begrüßen, plapperte munter drauflos und zeigte ihr sein Spielzeug. Niedergeschlagen oder mürrisch war er nie, und auch zu Lois lief er jeweils freudig. Kaum hatte er angefangen, richtig zu sprechen, da sang er auch schon kleine Liedchen und erzählte Gerane von seinen Spielsachen. Bei jedem Besuch wirkte Lois lockerer und entspannter, auch herrschte im Haus nicht mehr jene übertriebene Ordnungsliebe. Mittlerweile traf Lois keine besonderen Vorbereitungen mehr, wenn Gerane kam, und sie beschwerte sich auch nicht mehr über Dennis.

Gerane fühlte große Erleichterung. Diese Vermittlung, dachte sie, scheint gut zu laufen.

So dachte sie auch noch, als am 28. August ihr Telefon läutete. Lois war am Apparat und klang etwas aufgeregt. Dennis habe sich mit kochendem Wasser verbrannt, und der Arzt glaube, daß eine Hauttransplantation erforderlich sein könnte. Die Verbrennung habe sich vor sieben Tagen ereignet, am 21. August, und seit jenem Tag liege Dennis im Mounds Park Hospital.

Gerane beklagte sich darüber, daß Lois nicht früher angerufen habe. Lois erklärte, sie habe mehrfach angerufen, Gerane aber nicht erreichen können. Da mit Dennis bisher noch nichts geschehen sei, hätten sie es nicht für so dringlich gehalten.

Was passiert sei, wollte Gerane wissen.

Dennis habe seine Windeln naßgemacht, erklärte Lois, sie habe sie ihm ausgezogen und ihn ins Waschbecken gesetzt, um ihn zu reinigen. Sie sei ins Nebenzimmer gegangen, um frische Windeln zu holen, und exakt in dieser Minute oder so habe Dennis den Heißwasserkran aufgedreht und sich schwer verbrannt. Und zwar an seinem Penis und in diesem Bereich. Zunächst hatte Lois nichts bemerkt, weil Dennis weder weinte noch sich beklagte, doch später, als er sich die verbrannte Stelle hielt und »aua« sagte, habe Lois nachgesehen, entdeckt, daß sein Glied rot wurde, und den Arzt angerufen.

Lois fragte, ob Gerane den Arzt, einen Dr. Roy Peterson, anrufen könnte, um ihm die Zustimmung des Bezirks für eine Hauttransplantation zu erteilen, falls das notwendig werden würde. Lois' Stimme klang nervös. Vielleicht macht sie sich Sorgen, was die Behörde wohl über diese Verletzung denkt, sagte sich Miss Rekdahl.

›Ich versuchte, ihr klarzumachen, daß solche Unfälle in jeder Familie passieren können‹, schrieb Gerane in ihr Buch.

Als Nancy Dahl, Ärztin am Mounds Park Hospital ihren neuen kleinen Patienten zum erstenmal sah, wirkte er auf sie ziemlich hilflos – ein winziges Kind in einem übergroßen Kinderbettchen. Dennis wog zu dieser Zeit etwa dreiundzwanzig Pfund, ganze drei Pfund mehr als vor neun Monaten, als er in die Familie Jurgens kam. Wimmernd stand er da, mit gespreizten Beinchen, ohne Windeln, denn seine rot entzündeten Hoden waren auf die Größe eines Tennisballs angeschwollen. Nancy Dahl hatte noch nie eine so merkwürdige und ungewöhnliche Verletzung gesehen – nur der Penis und die Hoden waren so schlimm verbrannt. Zweimal täglich setzte Nancy ihn vorsichtig in ein Sprudelbad zur Behandlung. Dennis schrie auf vor Schmerz, doch wenn er erst mal im Wasser war, schien der Schmerz nachzulassen.

Andere Schwestern, die sich im Krankenhaus um Dennis kümmerten, entdeckten eine ganze Anzahl von blauen Flecken am Körper des kleinen Jungen. Einige machten sich immerhin genug Gedanken, um ihre Beobachtungen Dr. Peterson mitzuteilen, der Dennis behandelte. Jahre später konnte sich der Arzt auf Anhieb an die besorgten Worte der Schwestern erinnern, die jedoch keinerlei Konsequenzen nach sich zogen. Gerane Rekdahl hingegen wußte später gar nicht, daß der Arzt von blauen Flecken gesprochen hatte, sie hatte auch keinen schriftlichen Bericht zu diesem Thema. Ihr Telefongespräch mit dem Arzt hatte einen eher harmlosen Ton, wie die Eintragung in ihrem Arbeitsbuch zeigt:

> Ich rief Dr. Peterson wegen Dennis Puckett an und ... der Arzt deutete an, daß Dennis eine schlimme Verbrennung erlitten habe; wahrscheinlich ist eine Hauttransplantation unvermeidlich ... Dennis werde mindestens noch zwei Wochen im Krankenhaus bleiben, bevor man überhaupt sagen könne, ob eine Übertragung nötig sei ... Ich fragte ihn nach Dennis' Verfassung und Verhalten ... Er sagte, der Junge habe keinerlei Schmerzen und erhalte täglich Sprudelbäder, um den verwundeten Bereich sauber zu halten. Offenbar sei er ein gut angepaßtes und glückliches Kind ... Er weint nicht und hat keine Angst ... Dennis erhält viel Zuwendung, weil er eine so offenherzige kleine Person ist ...

Da Gerane bis über den Kopf in Arbeit steckte, fand sie keine Zeit, Dennis im Krankenhaus zu besuchen. In der dritten Septemberwoche schien das auch nicht mehr nötig zu sein – die Ärzte hatten entschieden, daß eine Hautübertragung nicht erforderlich sei. Nach der Rückkehr aus dem Krankenhaus war Dennis schon bald wieder so lebhaft wie zuvor.

Zwei Monate später, Anfang November, ließ Gerane sich zum erstenmal nach der Verbrennungsgeschichte wieder im Haus der Jurgens blicken. Es war das einzige Mal, daß sie Lois nicht sauber gekleidet antraf – sie hatte ein Schlafzimmer angestrichen und trug alte Sachen, die mit Farbe bekleckert waren. Die beiden Jungen rannten in bester Laune hin und her. Dennis' rapide Entwicklung erstaunte Gerane. Mittlerweile sprach er in klaren Sätzen, immer noch so freundlich und lebhaft wie zuvor. Von Nachwirkungen des langen Aufenthalts im Krankenhaus war nichts zu spüren.

Er sei so furchtlos und abenteuerlich, berichtete Lois, manchmal klettere er auf den oberen Balken der Schaukelanlage und versuche, von dort in die Bäume und über den Zaun zu gelangen. Das habe sie umgehauen, denn Robert habe dergleichen niemals versucht.

»Dennis ist ein wunderbares Kind«, sagte Lois, »aber wir hoffen, daß unser nächstes Kind etwas jünger sein wird. Vielleicht sind wir dann in der Lage, ihm ein paar Sachen früh genug beizubringen.«

Einen Monat später, am 3. Dezember, machte Gerane ihren letzten Besuch bei den Jurgens. Die Nation wand sich noch im Schock über Kennedys Ermordung, und die Initialen L. B. J. tauchten in den Schlagzeilen der Zeitungen auf.

Gerane klingelte, und Lois und Harold erschienen gemeinsam in der Tür. Beiden war viel daran gelegen, die Adoption nun endgültig zu besiegeln, damit sie sich bald um ein drittes Kind, diesmal ein Mädchen, bewerben könnten.

Zum letztenmal erkundigte sich Gerane, was aus den negativen Gefühlen geworden sei, die sie früher Dennis gegenüber gehabt hätten. Sie hätten überhaupt keine Zweifel mehr, sagten die Jurgens. Sie wollten Dennis haben und liebten ihn sehr. Sie könnten sich nicht einmal im Traum vorstellen, ihn wieder abzugeben.

Gerane kannte diese Familie nun schon fast zwei Jahre. Mit den Jurgens hatte sie sich viel unbehaglicher gefühlt als mit irgendeinem anderen Paar, das sie in ihrer kurzen Dienstzeit besucht hatte. Während des Jahrs vor der endgültigen Adoption hatte Dennis jedoch stets einen glücklichen und gesunden Eindruck gemacht, und Lois wirkte zunehmend entspannter und lockerer. Harold verdiente jetzt 10 700 Dollar pro Jahr. Ihr Haus war annähernd 19 000 Dollar wert, sie besaßen zwei Autos, einen Chevrolet Pick-up und einen Ford. Sie hatten mehrere Lebensversicherungen über zusammen 10 000 Dollar abgeschlossen. Auf das Haus mußten sie noch 6 000 Dollar abzahlen, auf den Pick-up 930 Dollar. Gerane vermochte keinen Grund zu sehen, daß sie dieses Kind nicht bekommen sollten.

Die Jurgens füllten die notwendigen Papiere aus, und Gerane verabschiedete sich höflich. Am Abend dieses Tages machte sie ihre letzte Eintragung im Fall Jurgens: ›Derzeit herrscht der Eindruck vor, daß die Jurgens sehr gut für Dennis' körperliches, geistiges und seelisches Wohl sorgen. Die Adoption sollte jetzt bestätigt werden.‹

Zwei Monate später verfaßte der Regierungsbeauftragte für Öffentliche Fürsorge des Staates Minnesota aufgrund einer Eingabe der Jurgens folgendes Papier mit einer Seite Umfang:

> Dennis Craig Puckett, ein minderjähriges Kind, Gegenstand der weiter oben erwähnten Eingabe, wurde dem Beauftragten für Öffentliche Fürsorge am 18. April 1962 von Scott County übertragen und wurde am 2. Januar 1963 in die Familie der Antragsteller zum Zweck der Adoption gegeben.
>
> Nach Prüfung sämtlicher Punkte, die diesen Antrag betreffen, und nach Sichtung aller damit in Zusammenhang stehenden Unterlagen ist der Beauftragte für Öffentliche Fürsorge zu der Überzeugung gelangt, daß diesem Antrag stattgegeben werden sollte.

Als Vormund der Person, die dieser Antrag betrifft, stimmt der Beauftragte für Öffentliche Fürsorge hiermit der Adoption des Dennis Craig Jurgens durch Harold und Lois (Ehefrau) Jurgens zu.

Ove Wangenstein, assistierender Beauftragter in der Kinderwohlfahrtsabteilung der Staatlichen Stelle für Öffentliche Fürsorge, unterzeichnete das Dokument in Anwesenheit von zwei Zeugen und einem Notar und legte es zu den Akten des Jugendgerichts des Bezirks Ramsey. Es war der 11. Februar 1964. Dennis war zwei Jahre und zwei Monate alt.

Eine glückliche Zeit

Im Dezember 1963, Dennis' Adoption war gerade endgültig bestätigt worden, wurde Bob Brass für das kommende Jahr zum Präsidenten der Handelskammer von White Bear Lake gewählt. Die Brasses wohnten genau gegenüber von Harold und Lois. Nur ein paar hundert Meter trennten die beiden Familien voneinander.

Bob Brass war damals achtunddreißig, sah aber immer noch wie ein Schuljunge aus. Er war groß und schlank, hatte ein sanftes, glattrasiertes Gesicht, das meist ernst, ja besorgt aussah, als sei ihm das schon in die Wiege gelegt worden. Er trug eine einfache Brille mit schwarzem Gestell.

Brass, der von seinem Vater einen altmodischen Gemischtwarenladen geerbt hatte, kannte so gut wie jeden in der Stadt – in der Bäckerei trank er Kaffee mit den Polizeioffizieren, Dr. Roy Petersons Büro lag gegenüber von seinem Geschäft, und Pater Reiser hatte ihn damals, 1951, mit Camille getraut. Seit 1937 lebte er in White Bear Lake. Damals, er ging noch in die sechste Klasse, war seine Familie aus einer Vorstadt von Minneapolis hierher gezogen, und seitdem hatte er diesen Ort nur einmal verlassen – um im Zweiten Weltkrieg zu kämpfen.

Den Brasses gefiel ihre Nachbarschaft. Camille hielt mit allen gern ein Schwätzchen – Dorothy Engfer und Gladys DeMars von gegenüber, Donna Neely, Alice und Tom Axelrod, die um die Ecke wohnten. Sie kannten auch die Jurgens, aber nicht sehr gut. Bob Brass kam täglich fünf- bis sechsmal an ihrem Haus vorbei und sah die beiden Kinder manchmal spielen, während die Eltern im Garten arbeiteten, aber er sprach nur ein einziges Mal mit ihnen, als Lois kam, um für das Rote Kreuz zu sammeln. Camille hatte einmal aus dem Wagen gerufen – ›Nun arbeiten Sie mal nicht soviel in Ihrem Garten!‹ und ihr freundlich zugewinkt, aber das war schon alles. Bobs Sohn Mike hingegen kannte jedes Kind in der Nachbarschaft. Fangen wurde im großen Stil gespielt – dreißig Kinder teilten sich in zwei Gruppen zum ›Massen-Versteckspiel‹, rannten durch das Oval, das durch den North und den South Gardenette Drive gebildet wurde, und fegten durch die uneingezäunten Gärten der Nachbarn. Die Kinder, die bei ihren Freunden ein- und ausgingen, brachten auch die Eltern einander näher. Einen Babysitter konnte sich keine Familie leisten, also rief man die Stadtverwaltung an, erreichte es, daß dieser Block für den Autoverkehr gesperrt wurde, wenn in einer Sommernacht wieder einmal eine jener Partys stattfand, bei denen Plattenspieler, Bier und etwas zum Essen mitgebracht wurden. Dann tanzten die Anwohner buchstäblich auf der Straße. Niemand schloß seine Tür ab, und wer seine Kinder suchte, ging einfach ins Haus der Nachbarn – du mußt aufpassen, daß du nicht in der Unterwäsche herumsitzt, pflegte Tom Axelrod zu bemerken.

Als die Bürger von Gardenette Park einen Badestrand an der Hazel Street am Seeufer anlegen wollten, sammelten sie auf Tanzabenden und Dinnerveranstaltungen Geld, ließen vierzig LKW-Ladungen mit Sand anrollen und bauten ihren Strand. Dort pilgerten nun die Familien mit ihren Kindern zum Schwimmen hin, und das Rote Kreuz hielt Erste-Hilfe-Kurse ab.

Anfang Dezember 1964 feierten die Jurgens eine Geburtstagsparty für Dennis, der drei Jahre alt geworden war. Mike Brass, damals sieben, war eines der mitfeiernden Nachbarskinder. Sie aßen Kuchen, spielten im Wohnzimmer und im eingezäunten Hinterhof. Mike trug das Halskettchen mit dem Messingskelett, das sein Vater ihm mitgebracht hatte. Irgendwann während der Party brach ein Bein des Skeletts ab und ging verloren. Mike gefiel es auf der Party, dennoch verstand er nicht, warum er überhaupt eingeladen worden war, denn er kannte Dennis und Robert doch gar nicht. Tatsächlich hatte er sie noch nie gesehen. Ihre Mutter erlaubte es ihnen niemals, den eingezäunten Hinterhof zu verlassen und auf der Straße zu spielen.

Winterzeit

Als die Jurgens zum erstenmal mit Dennis zu einem der sonntäglichen Zerwas-Familientreffen gingen, die stets im elterlichen Haus in der Park Street stattfanden, saß Lois auf einem Holzstuhl vor dem Küchentisch und hielt ihren kleinen Jungen auf dem Schoß, während sich eine aufgeregte Menge um sie drängte, sich zu ihr beugte und kindische Geräusche machte. Einige, die ein Neugeborenes erwartet hatten, wunderten sich nun, ein lebhaftes, einjähriges Kind zu sehen. Jeder wollte es halten, mit ihm sprechen und spielen, und Dennis begrüßte jeden einzelnen mit einem strahlenden Lächeln. Er schnitt den Fremden sogar Grimassen und verzog sein Gesicht, als wolle er irgendein Spielchen beginnen oder einen Witz weitergeben. Er griff nach allem, was ihm vor die Augen kam, und schaffte es sogar, ein paar Worte zu sprechen. Karlene, die zehnjährige Tochter von Lois' Schwester Donna, vergrub ihre Nase in Dennis' Nacken und meinte, er röche so gut. Sie mochte es, wenn er voller Erstaunen den Mund weit aufmachte, so harmlos, so eifrig, so vertrauensselig. Lois machte einen glücklichen Eindruck, Robert schien sich darüber zu freuen, einen kleinen Bruder zu haben, und Harold schritt mit der stolzgeschwellten Brust eines Vaters auf und ab. Karlene konnte diesen wunderbaren Januar-Nachmittag 1963, als alle heiter und guter Dinge waren, nicht vergessen.

Während der folgenden Wochen und Monate kamen die Jurgens immer häufiger zu den Familientreffen der Zerwas, und bald wurde Dennis in die wilde Horde der Kinder aufgenommen, die schreiend durch den Hinterhof rannten. Sie spielten alles mögliche, und Dennis versuchte, bei jedem Spiel dabeizusein. Da er der jüngste war, verstand er oft die Regeln nicht, auch war er meist zu langsam, aber was machte das schon — er war einfach glücklich.

Im Gegensatz dazu war sein Bruder Robert still und scheu.

Die älteren Nichten gaben ihm Süßigkeiten und Plätzchen, aber er lehnte strikt ab. Robert war das besterzogene Kind, das Karlene jemals gesehen hatten – wenn seine Mutter sagte, sitz!, dann saß er. Dennis nahm die Bonbons und Plätzchen, die man ihm unentwegt anbot, gern an, doch dann gab es Schwierigkeiten. Eine der Nichten versuchte, Lois damit zu ärgern, was nicht besonders schwer war. Lois kam und riß Dennis das Bonbon aus der Hand, schimpfte und kreischte.

»Verdammt noch mal, ich hab' dir doch gesagt, du sollst ihm nichts geben!« schrie sie. Die anderen Nichten hatten alle ein bißchen Angst vor Lois, diese aber nicht. Sie schnippte ihrer Tante mit den Fingern vor der Nase oder streckte ihr die Zunge heraus, und dann rannte sie fort.

Eines Sonntags hatten sich sämtliche Teenager der Familien im Haus von Lois' Bruder Gerhard versammelt und tanzten zu wilden Rock-'n'-Roll-Klängen. Dennis kam herein und versuchte, es den Älteren nachzumachen, und lieferte seine Version des Twists und des Ponys. Alle fanden das lustig – er konnte wirklich tanzen, hatte Rhythmusgefühl, war nicht nur ein kleines Kind, das herumhopste. Die Teenager applaudierten und lachten und nannten ihn ›Dennis the Menace‹, weil er so einen schalkhaften Ausdruck in den Augen hatte. Kurz darauf stürmte wutentbrannt Lois ins Zimmer und riß Dennis am Arm mit sich fort. Die Kinder erstarrten, weil sie glaubten, jetzt gebe es Schwierigkeiten. Ein paar Minuten später gingen die Jurgens nach Hause.

Die Jurgens waren auch zu dieser Zeit nicht so recht glücklich. Ein mittlerweile schon vertrautes Gefühl zerrte an ihren Nerven und trieb sie vorwärts. Harold und Lois hatten wieder einmal den Wunsch, ihre Familie zu vergrößern.

Anfang März 1964, ein Jahr nach Dennis' Ankunft und gerade neunzehn Tage nach der formellen Adoption, rief Lois die Wohlfahrtsbehörde von Ramsey County an und erkundigte sich nach den Bedingungen, ein drittes Kind zu adoptieren. Sozialarbeiterin Alice Cone, die das Gespräch entgegennahm, erklärte, es sei bei der Behörde üblich, drei Monate nach einer Adoption verstreichen zu lassen, bevor über eine weitere Adoption verhandelt werden könne. Das hatte ihre bereits Gerane Rekdahl erläutert, doch diesmal, am Telefon, stellte Lois eine Frage.

Wenn man ihr Alter bedenke, das sich rasch der für Adoptionen kritischen Grenze nähere, müsse man dann auch diese drei Monate warten?

Alice besprach sich mit Gerane und ihren Vorgesetzten. Sie studierten die Akte Jurgens und beschlossen, sich an die üblichen Regeln zu halten.

Mitte Mai 1964 war die Wartezeit verstrichen, und am Vormittag des 2. Juni kam ein Treffen zwischen den Jurgens und der Wohlfahrtsbehörde von Ramsey County in St. Paul zustande.

Zu diesem Zeitpunkt war Alice Cone entschlossen, dem Ehepaar den Gedanken an ein drittes Kind auszureden, hauptsächlich wegen Lois' spontanen Reaktionen auf Dennis. Doch damit hatte sie kein Glück. Die Jurgens bestanden auf ihrem Wunsch – sie wollten ein Mädchen, und zwar deutlich jünger als ein Jahr.

Zu der Verabredung waren sie pünktlich erschienen, Harold in seinen Arbeitskleidern, jedoch sauber und ordentlich. Als sie da so in ihrem winzigen Büro vor ihr saßen, fand die Sozialarbeiterin Lois, die jetzt fast neununddreißig war, sehr nett und hübsch angezogen. Als das Paar ihr Familienleben beschrieb, sagten sie immer wieder, wie sie sich über ihre Kinder freuten.

»Wir haben viel Freude an ihnen«, sagte Lois mehr als einmal.

Als die Jurgens wieder fort waren, fühlte Alice Cone sich nicht gerade vor Zuneigung überwältigt, aber sie glaubte nicht, einen stichhaltigen Grund für eine Ablehnung der Bewerbung zu haben. Sie entschied, der Vorgang müsse einer anderen Sozialarbeiterin übergeben werden; ein weiterer Hausbesuch stand an.

Diesmal schickte die Wohlfahrtsbehörde von Ramsey County eine altgediente Mitarbeiterin. Norma Potter, zweiundvierzig, arbeitete seit zwanzig Jahren im Bezirk, hatte es mit Pflegefamilien, Vermittlungen und geistig behinderten Personen zu tun gehabt, überall im Bezirk. Sie hatte alles gesehen, was in Familien passieren kann – von Inzest über Mißhandlung –, und fühlte sich erfahren genug, um eine Familie beurteilen zu können. Nach dem Studium der Unterlagen hatte sie einige Vorbehalte gegen die Jurgens. Wie ihre Vorgängerinnen hoffte auch sie, die Jurgens würden nicht auf ihrem Wunsch beharren.

Das Haus der Jurgens machte auf Norma bei ihrem ersten Besuch einen gepflegten Eindruck. Es war der 6. Oktober 1964. Ein schwarzes schmiedeeisernes Gitter begrenzte den Vorgarten, in dem die rostfarbenen Blätter einer Ulme zu Boden schwebten. Als Lois die Tür öffnete, war Norma zunächst von ihrer Entscheidung und ihrem Auftreten überrascht – sie wirkte entspannt, ziemlich schlank und weiblich, und die Farbe ihres Kleides und der Ohrringe schmeichelte ihren blauen Augen. Allerdings war sie viel schlanker, als sie ihr beschrieben worden war.

Harold, der ein paar Minuten nach Norma im Haus eintraf, holte die beiden Kinder herein, die hinter dem Haus gespielt hatten. Jetzt erst nahm Norma den großen eingezäunten Hinterhof und den Hobbyraum im Keller wahr, der voller Spielzeug war.

Robert hielt sich zurück, war still und hörte zu, doch Dennis kam sofort auf den Besucher zu, trug Kinderverse vor und erzählte Norma alles, was er draußen angestellt hatte. Inzwischen sprach Dennis sehr gut, er hatte eine helle, hohe Stimme, dachte Norma. Wieder wunderte sie sich – Gerane hatte ihn als stämmig beschrieben, aber in Wirklichkeit kam er ihr klein und schmächtig vor.

Als sie alle im Wohnzimmer Platz genommen hatten, kletterte Dennis auf Lois' Schoß und sang ›Take Me Out to the Ball Game‹ von Anfang bis Ende. Dann schickte Harold die Kinder zum Spielen in den Keller. Norma, die auf einem Stuhl vor den Jurgens auf dem Sofa saß, begann mit ihrem Interview. Als erstes fragte sie das Ehepaar, warum sie meinten, jetzt ein weiteres Kind adoptieren zu müssen?

»Ich wünschte, ich könnte Ihnen genauer erklären, was für ein Gefühl das ist, keine Kinder haben zu können«, antwortete Lois. »Unser Leben war ganz einfach leer, obwohl wir uns liebten. Nach der Arbeit oder nach dem Abendessen überlegten wir immer, wo wir hingehen sollten. Jetzt bleiben wir am liebsten zu Hause und kümmern uns um unsere kleinen Jungen. Sie haben unser Leben lebenswert gemacht.«

Als Norma sich nach den Schlafgelegenheiten erkundigte, falls ein drittes Kind ins Haus käme, erhob sich Lois und lud sie zu einer Besichtigung der Schlafzimmer ein.

Das Wickelzimmer, immer noch Dennis' Zimmer, war makellos sauber und stand voller Kindermöbel, die Norma ziemlich teuer vorkamen. Roberts Zimmer lag direkt daneben – diesen Raum sollten die beiden Jungen sich teilen, wenn ein neues Baby käme –, hatte zwei Schränke und zwei Betten. Harold und Lois' Schlafzimmer lag auf der anderen Seite des Flurs, neben dem Badezimmer. Norma fühlte sich unbehaglich, als sie diesen Schlafraum betrachtete. Es war äußerst penibel aufgeräumt und makellos sauber. Nichts lag dort, wo es nicht hingehörte, und alles paßte zusammen. Die Wände waren pastellfarben gestrichen, an den Fenstern hingen Spitzengardinen, lockere grellbunte Kissen lagen auf den Betten. Dieses Zimmer war durch und durch weiblich, dachte Norma – wie das Schlafzimmer einer Frau, nicht aber wie das eines Paares.

Als sie aus dem Schlafzimmer zurückkam und sich umblickte, wurde Norma klar, daß auch das Wohnzimmer und die Küche einer offenbar grenzenlosen Ordnungswut anheimgefallen waren.

»Wie schaffen Sie es, Ihr Haus so ordentlich zu halten?« fragte Norma.

Lois erklärte, jeder habe seine Aufgabe und müsse, wenn er sich irgendwo länger aufgehalten habe, anschließend aufräumen. Wenn Harold schmutzig von der Arbeit zurückkehrte, ging er sofort in das Badezimmer im Keller.

Norma hörte interessiert zu, versagte sich aber jedes vorschnelle Urteil. Sie hatte ein ungutes Gefühl, aber weshalb? Nichts an den Informationen, die sie während dieses ersten Besuches erhielt, war eindeutig negativ.

Langsam vorgehen bei dieser Sache, sagte sich Norma, als sie zu ihrem Wagen ging. Ihr alter Lehrmeister, ein listiger Jugendwohlfahrtsdirektor, hatte ihnen in einigen Arbeitsgesprächen den entscheidenden Rat gegeben: Wenn Sie sich nicht sicher sind, dann lassen Sie die Sache schleifen.

Während der Feiertage besprach Norma Potter den Fall Jurgens zweimal mit ihrem Vorgesetzten. Lois Jurgens, erklärte sie, wollte unter allen Umständen Kinder haben und konnte sich dem Amt gegenüber vorteilhaft darstellen. Wie konnte man da ihren Antrag ohne direkten Grund abschmettern? Sie mußten herausfinden, was für eine Persönlichkeit Lois in Wahrheit war – wie reagierte sie, wenn sie unvorbereitet war und unter starkem Streß stand.

Die beiden Sozialarbeiter entwarfen eine Strategie. Norma sollte der Auslöser sein. Sie mußte Lois mit ungewöhnlichem, ja, unhöflichem Benehmen herausfordern, um zu sehen, wie sie dann reagieren würde.

Norma mußte sich für dieses Treffen innerlich stählen. Die meisten Leute scheuen Auseinandersetzungen, Norma war da keine Ausnahme. Es war schwierig, einer so starken Persönlichkeit mit derartig ausgeprägtem Kinderwunsch die Stirn zu bieten, sagte sie sich, aber das gehörte schließlich zu ihrem Beruf.

Die Kinder schliefen, als Norma nach dem Mittagessen am Freitag, dem 8. Januar 1965, eintraf. Lois trug lange Hosen, das Haus war wieder makellos aufgeräumt. Der künstliche Weihnachtsbaum zierte noch das Wohnzimmer, die Geschenke für die Kinder – Musikinstrumente – waren kunstvoll aufgebaut. Lois ließ sich in dem Sessel nieder, bat Norma aufs Sofa und wartete, daß diese das Gespräch eröffnete.

Zunächst sprachen sie über das allgemeine Interesse der Jurgens an Adoptionen, wobei Lois abermals sagte, Robert sei ›ein richtiges Wunder‹.

Norma unterbrach sie sofort.

»Könnten Sie das etwas näher erklären?« sagte sie mit fester Stimme. »Ich kann das nur schwer verstehen. Meinen Sie wirklich, daß es ein Wunder war, daß es nicht auch Ihr Verdienst war, daß Robert in Ihre Familie kam? Was meinen Sie eigentlich damit?«

Lois erstarrte und wußte nicht, was sie sagen sollte.

Kein Sozialarbeiter hat so mit ihr gesprochen, dachte Norma. Gerane Rekdahl nicht, und Robert hatten sie privat bekommen.

Nun, antwortete Lois steif, sie glaube, es sei Gottes Wille gewesen, daß Robert zu ihnen gekommen sei. Sie wisse selbstverständlich, daß sie einiges dazu beigetragen hätten, aber es sei Gottes Wille gewesen, daß sie überhaupt die Chance bekommen hätten, sich um die Adoption dieses reizenden Kindes zu bemühen.

»Ich denke, es ist sehr einfach für Sie, sich von jeder Verantwortung für alles, was passiert, freizusprechen, wenn Sie denken, alles sei Gottes Wille gewesen«, sagte Norma.

Lois hielt sich noch immer zurück. Als sie heirateten, habe sie sich so sehr Kinder gewünscht, und es sei ein schwerer Schlag für sie gewesen, kinderlos zu bleiben. Aus diesem Grund hätten sie sich so intensiv darum bemüht, Kinder zu adoptieren.

»Mrs. Jurgens, Sie müssen wissen, ich habe große Vorbehalte gegen Ihre neuerliche Bewerbung«, sagte Norma. »Sie sind eine sehr bestimmende Person, und ich zweifle daran, daß Sie Ihrer Verantwortung für die Unabhängigkeit der Kinder gerecht werden.«

Lois antwortete mit einem ruhigen HInweis darauf, wie nett die Familie zusammenlebe.

Es klappte nicht – Norma entlockte ihrem Gegenüber nicht die gewünschten Gefühlsausbrüche. Sie provozierte Lois mit jedem Satz, aber die wurde nicht aggressiv, weder verbal noch in der Gestik. Bestimmt ist sie jetzt furchtbar wütend auf mich, dachte Norma, aber sie läßt ihr Ziel nicht aus den Augen – ein weiteres Kind.

»Kann ich Ihnen die Küche zeigen?« sagte Lois plötzlich und

stand auf. »Die anderen Räume des Hauses haben Sie gesehen, nur die Küche noch nicht.«

Nachdem sie die Kontrolle über das Gespräch zurückgewonnen hatte, lenkte Lois es auf unverfängliches Terrain und erzählte, Harold habe begonnen, die Küche zu renovieren, habe aber leider die Sache schleifen lassen, so daß sie sich bemüßigt fühlte, eines Tages einen Schreiner anzurufen, der die Wand herausnahm und die Vergrößerungsmaßnahme endlich vollendete.

Norma versuchte es nochmals.

»Was sagte Ihr Mann, als er nach Hause kam und sah, daß ein anderer die Arbeit erledigt hatte?«

Lois blieb wie angewurzelt in der Küche stehen. Sie war auf der Hut. »Nun«, sagte sie schließlich und sah Norma fest an. »Ich glaube, Sie wollen sagen, ich hätte das nicht tun dürfen, ich hätte das nicht in die Hand nehmen sollen.«

»Was hat Ihr Mann dazu gesagt?«

Lois sah Norma unverwandt in die Augen. »Er sagte: ›Nun, Lois, okay, du hast mich drum gebeten, aber ich hab's nicht zu Ende gebracht; ich versteh's schon.‹«

Einen Moment lang standen die beiden Frauen sich in stummem Mißtrauen in der Küche gegenüber.

Norma fühlte sich müde und abgespannt, als sie die Jurgens am späten Nachmittag verließ. Es lag wirklich nicht in ihrer Natur, Menschen auf diese Weise Unbehagen zu bereiten. Innerhalb weniger Stunden waren die Temperaturen unter den Gefrierpunkt gesunken mit starkem Wind und leichtem Schneefall, und die Wetterberichte kündigten für den nächsten Morgen einen Sturm an. Norma fröstelte und zog ihren Mantel dicht um sich.

Ende Januar starb Lois' sechsunddreißigjährige Schwester Barbara an einem Gehirntumor. Die Totenfeier wurde am 1. Februar in der Leichenhalle von St. Mary's of the Lake gehalten, die Beerdigung fand auf dem Friedhof der Kirche statt. Die Trauergäste mußten einen wütenden Blizzard aushalten; Pater

Finn leitete die Feierlichkeiten, Pater Reiser – der inzwischen sechzehn Meilen nordwestlich an der Dreikönigs-Kirche in Corn Rapids eine neue Wirkungsstätte gefunden hatte, assistierte ihm; der ganze Zerwas-Clan war anwesend – mehr als hundert Leute in ihren feinsten Sonntagskleidern. Der offene Sarg, von Blumen überhäuft, stand in einem großen Besucherraum, der mit Stühlen und Sofas ausgestattet war. Paarweise traten die Familienmitglieder an den Sarg, um den Leichnam noch mal zu sehen, und die Kinder standen heulend daneben. Dann begann Pater Finn mit der Messe.

Mitten während des Gottesdienstes, als die Rosenkranzgebete begannen, traten Dennis und Robert plötzlich nach vorn und knieten neben dem Sarg nieder, bekleidet mit sauber gebügelten weißen Anzügen und kurzen Hosen. In strammer Haltung und mit klaren, festen Stimmchen leiteten sie die sich wiederholenden Teile des Rosenkranzgebetes – Apostolisches Glaubensbekenntnis, Vaterunser, Heilige Maria, wieder und wieder. »Ich glaube an Gott, den Allmächtigen Vater, Schöpfer des Himmels und der Erde . . .« – »Unser Vater im Himmel, geheiligt werde Dein Name . . .« – »Heilige Maria, voll der Gnade, der Herr ist mit Dir . . .« Zwanzig Minuten lang rezitierten sie, ohne sich ein einziges Mal zu verhaspeln oder auch nur ein Wort zu vergessen.

Die Priester und die Verwandten beobachteten das mit wachsendem Erstaunen, zum Teil auch mit wachsender Zustimmung. Pater Finn unterbrach seine Litanei, um den Eltern dieser Kinder zu gratulieren, denn er habe nur sehr wenige Kinder gesehen, die den Rosenkranz beten konnten, es sei einfach wunderbar. Roberts und Dennis' Cousine Karlene, damals zwölf, war einfach überwältigt – sie konnte nur ein paar Worte aus dem Rosenkranz, und diese beiden kleinen Jungen klangen wie richtige Priester.

Aber ein paar Leute fühlten sich durch diese Szene auch unangenehm berührt. Dennis war gerade drei Jahre alt. So was machen so kleine Kinder einfach nicht, dachte sich im stillen June Bol, eine Cousine von Lois, die sieben Jahre als Lehrerin gearbeitet und selbst vier Kinder großgezogen hatte. Sie fragte sich, wie Lois es geschafft hatte, ihnen den Rosenkranz so beizubringen.

Lois' Schwester Eloise und Karlene hatten auch eine Frage. Warum trug Dennis in der Leichenhalle eine dunkle Sonnenbrille? Während der ganzen Feier, auch beim Rosenkranzgebet, hatte der Kleine eine rote Plastiksonnenbrille getragen.

All-America City

Während der ersten Wochen des Jahres 1965 füllten sich die Schlagzeilen der Zeitungen mit Namen wie: Selma, Pleiku, Vietcong, George Wallace, U Thant, Sheriff Jim Clark, Nguyen Khanh, Malcolm X, Da Nang. Der Krieg in Vietnam eskalierte, und Martin Luther King marschierte in Selma. Während der zweiten Märzwoche verabschiedete die Regierung von Minnesota eine Resolution, in der Gouverneur Wallace und der Staat Alabama aufgefordert wurden, ›die Rechte aller Bürger zu schützen‹. Am Samstag, dem 13. März, marschierten über tausend Leute in St. Paul die Cedar Street entlang zum Capitol, hielten Plakate gegen den Krieg hoch und sangen ›We shall overcome‹. Sie lauschten dem neuen jungen Senator Walter Mondale, der erst vergangenen November gewählt worden war und der ihnen berichtete, der Kongreß werde ein historisches Gesetz zur Reform des Wahlrechts verabschieden.

Aber Bürgerrechte und Vietnam waren nicht die Punkte, die Bürger zu diesem Zeitpunkt am meisten interessierten. Dieser Augenblick in der Geschichte von White Bear Lake war unauslöschlich geprägt durch einen Brief, den Georgia Hillman, die Sekretärin der Handelskammer, am 7. März erhielt. Er trug das Datum 4. März, war auf dem Briefbogen der Nationalen Kommunalen Liga geschrieben und von ihrem Vorsitzenden George Gallup unterzeichnet.

»Glückwünsche!« schrieb Gallup. »Mit größter Freude benachrichtige ich Sie – auf vertraulicher Basis –, daß die Nationale Kommunale Liga zusammen mit dem Look-Magazin White Bear Lake zur All-America City für 1964 ausgewählt hat. Diese Entscheidung traf die All-America Cities-Award-Jury, der ich vorsitze, nach Ihrer Präsentation in San Francisco, Kalifornien, im vergangenen November. Nachfolgende Untersuchungen bestätigten unser Urteil. Ich gratuliere den Bürgern von White Bear Lake, deren wirkungsvolle Arbeit diese Auszeichnung ermöglicht hat, und hoffe zuversichtlich, daß sie diese Ehre als Ansporn werten, auch in Zukunft eine wichtige Rolle in allen Angelegenheiten ihrer Stadt zu übernehmen. Nochmals spreche ich meine herzlichsten Glückwünsche aus.«

Die offizielle öffentliche Bekanntgabe würde nicht vor dem 8. April erfolgen. Die Stadtoberhäupter gratulierten sich gegenseitig privat. Am 8. März schrieb die Nationale Kommunale Liga, White Bear Lake möge eine Präsentationsfeier arrangieren, und zwar irgendwann während der zweiwöchigen Laufzeit der ›Look‹-Sonderausgabe mit den All-America-Cities-Berichten. Schon bald konzentrierten sich die Köpfe der Handelskammer auf die Planung dieses Projektes. Am 12. März verschickte das Magazin ›Look‹ per Wertpaket die Ehrenfahne, auf der in weißen Buchstaben auf rotem Hintergrund zu lesen stand: ›White Bear Lake – All-America City‹, das eingerahmte Preiszertifikat folgte zwei Wochen darauf.

Nach ein paar unverhältnismäßig warmen Tagen Ende Januar kehrte der Winter nach White Bear Lake zurück und nahm im Februar und März bitterkalte Rache mit tiefen Temperaturen und jagendem Schnee, die dann umschlugen in warmes Wetter und strömenden Regen. Die Folge war eine steigende Flut. Highways und Schulen mußten auf Grund des Hochwassers geschlossen werden, Straßen verwandelten sich in Seen, denn die Abwasserkanäle waren mit Eis verstopft. Besonders in den Häusern am Rande der Stadt standen viele Keller unter Wasser.

Betroffen war auch das Haus der Jurgens im South Gardenette Drive. Im Keller begann Lois, das Wasser mit einem Besen nach draußen zu kehren, und kämpfte stundenlang, um ihren Heizkessel zu retten. Dabei entwickelte sie einen steigenden Zorn auf Harold. Das Wasser im Keller war das Ergebnis fehlender Abflußrohre im Hof, beklagte sie sich bei anderen. Die Überschwemmung hätte sich vermeiden lassen können, hätte ihr Mann den Keller nur vernünftig angelegt.

Gegen Ende März folgte ein weiterer Sturm mit zehn Zentimeter Schnee, noch mehr Regen und ansteigenden Temperaturen, dann noch ein Sturm mit dreißig Zentimeter Schnee, ein dritter mit etwa 15 Zentimeter Schnee – bis die Straßen schließlich nur noch aus Wasser, Matsch und Eis bestanden. Die Hotels füllten sich, die Busse blieben stehen, und die Temperaturen sanken unter null Grad. Der April brachte höhere Temperaturen, aber darüber konnte sich niemand freuen, denn der zu erwartende Frühlingsregen versprach noch viel schlimmere Fluten. Dieses Versprechen wurde schon bald erfüllt.

Am 8. April verwüstete der rasende Vermillion River südöstlich der Twin Cities die Stadt Hastings mit der schlimmsten Flutkatastrophe ihrer Geschichte, während der ansteigende Blue Earth River einen Deich in der Nähe der Zusammenflüsse mit dem Minnesota River, nahe der Stadt Mankato, durchbrach. Während 7500 Menschen ihre Häuser evakuierten, bemühten sich Hunderte von Freiwilligen, den immer noch steigenden Minnesota River mit einem hastig konstruierten Ersatzdeich aus Schlamm und Sandsäcken einzudämmen. Doch vergeblich – das Wasser war allgegenwärtig, und oberhalb des Tals schmolz mit jeder Stunde weiterer Schnee.

»Die ganze Welt besteht nur noch aus Wasser, Sand und klebrigem Schlamm«, jammerte einer der Freiwilligen.

Trotz dieses Angriffs der Natur herrschte zwischen dem 8. bis 11. April 1965 in White Bear Lake rauschhafte Stimmung.

Als White Bear Lakes Auszeichnung mit dem All-America-City-Preis am Donnerstag morgen, dem 8. April, offiziell verkündet wurde, war die Stadt von Stolz erfüllt. Händler und Geschäftsleute boten unermüdlich Fahnen, Anstecker, Plakate, Straßenschilder und Werbebroschüren für die Industrie an. Glückwunschtelegramme trafen aus allen Ecken des Landes ein – von den Senatoren Eugene McCarthy und Walter Mondale, von Vizepräsident Hubert Humphrey und von Präsident Lyndon B. Johnson.

Zwei denkbare Vorteile wurden immer wieder hervorgehoben – der Preis würde die nationale Industrie auf White Bear Lake aufmerksam machen, und er würde die Bürger der Stadt mit Stolz erfüllen. »Das gibt jedem einzelnen mehr Antrieb«, meinte Bob Brass.

Am Abend dieses Tages eröffnete der Lions Club vor ausverkauftem Haus mit eintausendeinhundert Zuschauern seine Show. Es gab Tanzeinlagen, Sketche, Zauberstücke und Musik. Die Männer verkleideten sich als Hula-Tänzer, und die Frauen in knappen Röckchen zeigten frech ihre wohlgeformten Beine. Die auf zwei Stunden geplante Show dehnte sich auf drei Stunden aus, während die Massen Popcorn vertilgten und Softdrinks schlürften.

Das offizielle Hissen der All-America-Flagge fand am Vormittag des folgenden Tages statt, am Freitag, 9. April, um 11 Uhr 30. Eine mehrere hundert Menschen umfassende Menge hatte sich vor dem Postamt an der Third und Washington Street eingefunden. Die Bäume waren kahl, die Zuschauer hüllten sich in dicke Mäntel, stolzerfüllt, doch gedämpfter Stimmung. Es war mehr eine ernste Zeremonie als eine ausgelassene Feier. Bürgermeister Milt Knoll zog die Fahne am Mast hoch, wo sie den Rest des Jahres wehen sollte. Genau in diesem Moment donnerte ein Militärflugzeug vom Typ B 52 über sie hinweg, und Roy Wahlberg, der Lieutenant Colonel in der Airforce-Reserve, der die Zeremonie leitete, konnte der Versuchung nicht widerstehen, die beiden Ereignisse aufeinander zu beziehen.

»Meine Freunde geben uns Salut«, verkündete er durch das Mikrofon, das sie sich aus dem High-School-Auditorium geborgt hatten.

Bürger, die später von lokalen Reportern nach ihren Gefühlen befragt wurden, gebrauchten Ausdrücke wie ›überwältigt‹, ›begeistert‹ und sprachen davon, wie sehr sie es schätzten, in einer solchen Stadt zu leben.

Wie meist bei solchen Anlässen hielten sich die Jurgens sowohl von den Feiern des Lions Clubs als auch von den All-America-Zeremonien fern. Harold fuhr an jenem Freitagmorgen in aller Frühe nach Hawthorne, Wisconsin, wo er einem Freund bei den Wochenendarbeiten am Haus helfen wollte. Lois, die zu Hause blieb und sich allein um Robert und Dennis kümmerte, fand es an der Zeit, stapelweise Wäsche für zwei ihrer Nichten, Kinder ihrer verstorbenen Schwester, zu waschen und zu bügeln. Als das Wasser an diesem Freitag wieder einmal in ihren Keller lief, konnte Lois, den Schrubber in der Hand, ihren Zorn kaum noch unterdrücken.

»Sie beklagte sich über das Wasser im Keller und über die Kinder und über alles . . .« meinte Harold später im Rückblick. »Sie war wütend . . . weil ich sie mit den ganzen Schwierigkeiten allein gelassen hatte . . . das war mehr, als sie schaffen konnte . . . Sie war laut, sehr laut . . .«

Lois war nicht die einzige, die sich auf andere Dinge als auf Feierlichkeiten konzentrieren mußte, denn die Fluten stiegen alle neun Stunden etwa dreißig Zentimeter. Aufrufe nach Zimmerleuten und Arbeitskräften gingen heraus, während die Angestellten der Stadtwerke versuchten, die Deiche mit Sperrholzplatten zu erhöhen. Der kleine Flughafen von St. Paul mußte wegen des Wassers geschlossen werden. Freiwillige verbrachten die Nacht zum Sonntag mit dem Füllen von Sandsäcken.

Um halb sieben an jenem Samstagabend, am 10. April, machten sich erneut elfhundert Bürger aus White Bear Lake auf den Weg ins Auditorium der Central Junior-High-School, mit Regenmänteln und großen Schirmen bewaffnet. Nach dreitägigen Feierlichkeiten fand an diesem Abend die Schlußveranstaltung des Lions Clubs statt.

Gegen Mitternacht an diesem Samstag entwickelte sich der Regen zu einem Unwetter. Grelle Blitze zuckten über den brüllenden Himmel, und innerhalb weniger Minuten fielen mehrere Zentimeter Regen, als ob er mit Eimern ausgegossen würde. Der Mississippi River erreichte seine höchste Flutmarke bei vierzehn Fuß, und zehn Meilen von White Bear Lake entfernt packten Tausende von Freiwilligen ihre Sandsäcke. Währenddessen erklärte George Vavoulis, Bürgermeister von St. Paul, den Notstand und bat um Hilfe »von allen Personen, Agenturen, Gesellschaften und Gruppen.«

Palmsonntag

Polizeioffizier Robert VanderWyst meldete sich am Sonntag, dem 11. April 1965, um 8 Uhr morgens zum Dienst. Schon bald war er in seinem Polizeiauto auf Streife. Palmsonntag war der neununddreißigste Geburtstag seiner Frau Kathy, deshalb befaßten sich seine Gedanken mit ihren Plänen für den Abend, seine Schicht war um vier Uhr zu Ende.

VanderWyst war sechsunddreißig Jahre alt und hatte acht Kinder. Die Großfamilie bewohnte ein zweistöckiges, gelbes, wettergegerbtes Fachwerkhaus an der Hinkley Street, nur ein paar Blocks von dem Haus entfernt, in dem Lois Jurgens aufgewachsen war. VanderWyst war im Herbst 1957 bei der Polizei eingetreten und verdiente jetzt 500 Dollar pro Monat. Er hatte ein sanftes, rundes Gesicht, ein friedliches Wesen und war Kettenraucher.

Er war in St. Paul zur Welt gekommen, seine Eltern waren Holländer und Deutsche. Nach der High-School hatte er eine Weile in der Reinigung seines Vaters gearbeitet, bevor er zur Polizei wechselte, weil ihn der sichere Arbeitsplatz und ein regelmäßiges Einkommen lockten. Mach deine Arbeit bei der Polizei gut, dann brauchst du dir keine Sorgen zu machen, dachte er bei sich. Irgendwie schien VanderWyst nicht der ideale Polizist zu sein, zwar war er unkompliziert und arglos – aber die anderen Polizisten fanden ihn fürchterlich spießig und christlich. Als er eines Nachts Streife fuhr, entdeckte er zwei unbekleidete Teenager, die sich auf dem Rücksitz ihres Autos hektisch liebten. Er brachte sie, in Polizeidecken gewickelt, aber unbekleidet nach Hause und warf sie vor ihrer Tür raus. »Sagt Euren Eltern, was ihr gemacht habt«, befahl er ihnen.

Dennoch gefiel VanderWyst die Polizeiarbeit. Geschwindigkeitsüberschreitungen konnte er geradezu riechen. Ein Auto brauste vorbei, er sagte seinem Partner, hör zu, der Bursche hat keinen Führerschein. Sie stoppten den Wagen, und siehe da –

kein Führerschein. Eines Nachts führte VanderWysts Entscheidung, einen Wagen anzuhalten, zu der Entdeckung von vierzehn gestohlenen Feuerwaffen. VanderWyst schrieb viele Strafzettel und kontrollierte jedes Auto mit seinem Radargerät – das er besonders schätzte. Verkehrsteilnehmer, die mal eben fünf Meilen zu schnell gefahren waren, mußten rechts ranfahren, genau wie die, die rote Ampeln ignoriert hatten. An manchen Tagen hatte er eine ganze Reihe von Autos hintereinander aufgereiht, die alle warten mußten, bis sie mit dem Strafzettel an der Reihe waren. Polizisten, die mit ihm Streife fuhren, wußten, daß ihnen ein raucherfülltes Auto und viel Arbeit bevorstanden. Richter Bill Fleming schätzte die von ihm so bezeichneten ›bescheuerten Grenzfälle‹ nicht besonders, aber die anderen Cops wußten, daß VanderWyst niemals ein Protokoll ausschrieb, das nicht zumindest formal gerechtfertigt war.

VanderWyst war keineswegs böswillig – er war nur ganz einfach ein Polizist mit Sinn für die Vorschriften. Also verpaßte er auch den Freunden des Staatsanwaltes Don Kelly Strafzettel, die daraufhin Kelly anranzten, der seinerseits mit VanderWyst redete, was aber nicht half.

Mit nackter Gewalt war VanderWyst bisher kaum konfrontiert worden. Einmal wurde er zu einer Bar gerufen, in der eine Prügelei im Gange war, doch als er eintraf, war schon alles vorbei. Er hatte keinen Mord, nicht einmal eine Schießerei miterlebt während seiner acht Dienstjahre, und dafür war er auch sehr dankbar.

Zehn Meilen südlich verstopften Schaulustige die Straßen von St. Paul, um zu erleben, wie der Mississippi River seinen historischen Höchststand erreichte, während Tausende von Freiwilligen sich abstrampelten, um Notdeiche zu bauen, doch während der beiden ersten Stunden seiner Streifenfahrt hatte es für VanderWyst keine Arbeit gegeben. Er war allein, zu diesem Zeitpunkt der einzige diensthabende Polizist. Der Himmel war voller Wolken, die Straßen ein einziger Wassertümpel, aber der

Sturm der letzten Nacht war vorüber. Die Temperaturen waren wieder gestiegen.

Dann, kurz nach zehn an diesem Vormittag, knackte es in VanderWysts Autoradio. Gerry Sarracco, diensthabender Beamter in der Polizeistation, forderte VanderWyst auf, unverzüglich zum Haus 2148 South Gardenette Drive zu fahren. »Wir haben einen Anruf von Dr. Peterson bekommen. Ein DOA – ein kleines Kind. Dr. Peterson wartet dort.« DOA – das war die Abkürzung für Death on Arrival: Tod beim Eintreffen.

VanderWyst befand sich in diesem Augenblick in der Stadtmitte, ungefähr eine Meile von Gardenette entfernt. Er fuhr den Highway 61 hinunter, dann über die Avenue am südlichen Ende des Sees entlang. Zur Linken glänzte die ruhige Wasseroberfläche in der Sonne, in der Entfernung waren zwei Segelboote zu sehen. Jetzt dauerte die Fahrt nur drei Minuten, genug Zeit für VanderWyst, sich auszurechnen, wohin sie führte. Zwar verkehrte er nicht mit Harold und Lois Jurgens, kannte sie jedoch gut genug, um sie auf der Straße zu grüßen, denn Lois war die Schwester des zweiten Mannes in der Polizei von White Bear Lake, Lieutenant Jerome Zerwas. Jerrys Schwester, dachte VanderWyst, als er vor dem Haus Nr. 2148 bremste. Dies ist das Haus von Jerrys Schwester.

Dr. Roy Peterson öffnete die Haustür – der Mann war der Hausarzt der VanderWyst, und auch der meisten übrigen Polizisten in White Bear Lake. Die Cops hielten große Stücke auf ihn, denn er berechnete den Polizisten und den Geistlichen nichts für seine Dienste und ihren Familien nur die Hälfte. Peterson, ein energischer, freundlicher, wenn auch reizbarer Mann, erklärte seine Haltung damit, daß Polizisten und Geistliche für die Gesellschaft unentbehrlich und außerdem unterbezahlt seien.

Noch in der Haustür informierte der Arzt VanderWyst über das Vorgefallene. Harold Jurgens habe ihn gegen Viertel nach neun am Vormittag zu Hause angerufen und gesagt, sein Sohn liege im Sterben. Als er, Dr. Peterson, im Haus eintraf, war das Kind tot. Es war Dennis, ihr jüngstes Kind. Er sei gegen 9 Uhr

35 gestorben, sagte Dr. Peterson. Er hatte sogleich die Polizei in White Bear Lake und das Büro des Leichenbeschauers des Bezirks Ramsey angerufen – zufällig sei er der Stellvertreter des Leichenbeschauers für das Gebiet White Bear Lake.

VanderWyst trat ins Wohnzimmer und begrüßte die Jurgens. Harold und Lois waren beide aufgeregt und verwirrt, weinten aber nicht. Harold lief unruhig hin und her und wollte sich nicht setzen. Lois wanderte von einem Zimmer zum anderen, saß ein paar Sekunden auf dem Sofa im Wohnzimmer, dann stand sie wieder auf und setzte ihre Wanderung fort.

VanderWyst warf einen Blick in das hintere Schlafzimmer und sah Dennis: Arme, Schultern und ein kleiner Kopf schauten unter einer Decke hervor. Der Polizist zog sich sofort von der Tür ins Wohnzimmer zurück. Er hielt es für besser, auf den Untersuchungsbeamten zu warten, bevor er sich die Leiche näher ansah.

VanderWyst sprach zunächst mit Harold, dann mit Lois, und beide erzählten so ziemlich das gleiche. Dennis habe an einer schweren Erkältung gelitten. Gestern morgen – am Samstag – sei er auf dem feuchten glatten Kellerboden neben dem Badezimmer ausgerutscht und mit dem Kopf auf den Boden geschlagen. Harold sei außer Haus gewesen, am Freitag morgen sei er nach Wisconsin gefahren, um einem Freund bei Arbeiten am Haus zu helfen. Lois habe Harold am Samstag angerufen und von Dennis berichtet, woraufhin Harold noch am gleichen Tag nach Hause gekommen sei. Während der Nacht habe er mehrfach nach Dennis gesehen. Um acht Uhr am Sonntag morgen habe er Dennis ins Badezimmer gebracht und ihn auf die Toilette gesetzt. Dennis sei es gut gegangen, er habe wie immer geredet und sofort bemerkt, daß die Armbanduhr seines Vaters kaputt war. Aber als Lois in Dennis' Zimmer gegangen sei, um nach ihm zu sehen, habe er geröchelt und nach Luft geschnappt. Daraufhin hätten sie unverzüglich Dr. Peterson angerufen.

VanderWyst machte sich Notizen, stellte Fragen und versuchte, Harold und Lois dazu zu bringen, ihre Aussagen zu präzisieren und die Reihenfolge der Ereignisse klarzulegen, doch die Jurgens weigerten sich. Nach einiger Zeit wurde ihm klar, daß sie eine Anzahl von Punkten hervorhoben, auf die es ihnen offenbar besonders ankam: auf dem Boden ausgerutscht... schlimme Erkältung... immer gut versorgt... Harold außer Haus. Gebetsmühlenartig wiederholten die Jurgens diese Punkte. Nur an einem einzigen Punkt ergänzten sie die Geschichte auf Nachfrage ein wenig. Dennis war während der vergangenen Woche auch noch die Kellertreppe hinuntergefallen und hatte sich den Hinterkopf aufgeschlagen, sagte Lois.

VanderWyst, der immer noch auf den Untersuchungsbeamten wartete, zerbrach sich den Kopf, wie er weiter vorgehen sollte. Das andere Kind der Jurgens, Robert, hatte zunächst bei ihnen im Wohnzimmer gesessen, doch jetzt lief er pausenlos herum.

»Kann ich irgend etwas für Sie tun?« fragte VanderWyst Lois. »Möchten Sie, daß ich Robert für eine Weile mit zu uns nehme? Kay könnte sich um ihn kümmern.«

Das sei eine gute Idee, meinte Lois.

Kurz vor elf Uhr verließen VanderWyst und Robert das Haus der Jurgens. Die eine Meile legten sie schweigend zurück. VanderWyst kam es nicht in den Sinn, seinen kleinen Begleiter zu befragen. Was konnte ein fünfjähriges Kind denn schon wissen?

VanderWysts Frau Kay konnte sich nicht daran erinnern, Robert jemals gesehen zu haben. Er war ein sehr schmächtiges Kind – knapp einen Meter groß und dreiunddreißig Pfund schwer, eigentlich das Gewicht eines Dreijährigen. Er sprach nicht viel, stand immer abseits und sah zu, wie Kays acht Kinder durch den Vorgarten tobten. Sie hielten ihn für schüchtern. Alle hier im Haus waren ja älter als er. Vielleicht war alles noch zu neu für ihn. Wie ihr Mann, so stellte auch Kay keine Fragen an Robert.

Auf der Rückfahrt zum Haus der Jurgens knackte es um 11 Uhr 04 erneut in VanderWysts Radio. Ein Auto blockierte eine Ausfahrt am Haus Nr. 823 Fifth Street, sagte der Stationsbeamte. VanderWyst war der einzige Polizist im Dienst, und die Anschrift war gerade sechs Blocks entfernt, also drehte er und fuhr auf dem Highway 61 nach Norden. Als er an dem Haus eintraf, war der Verkehrssünder bereits verschwunden, deshalb drehte er um und machte sich auf den Weg zu den Jurgens, wo er um 11 Uhr 25 eintraf. Einen Moment später folgten der Untersuchungsbeamte Saveiro C. Pitera und der Fahrer des Leichenwagens, John Stone. Zusammen betraten sie Dennis' Schlafzimmer.

Dennis lag im Kinderbett auf dem Rücken, die Arme steif am Körper ausgestreckt, Hände und Unterarme nach oben gerichtet, angehoben. Das Bettzeug, das bis zu den Achseln hochgezogen war, verdeckte den unteren Teil von Dennis' Körper, doch VanderWyst konnte eine ganze Menge von blauen und schwarzen Flecken auf seinem Gesicht, am Kopf und an den Armen erkennen. Schrecklich viele, dachte VanderWyst, und von unterschiedlicher Farbe – einige dunkel und frisch, andere schwächer und schon verheilt. Auf Dennis' Gesicht zählte VanderWyst mindestens ein Dutzend Flecken, kleine und große. Eine große Hautabschürfung bedeckte seine Stirn. Dennis' Nase war blutrot und schälte sich – so rot, dachte VanderWyst, daß es aussah, als würde die Haut runterkommen, wenn man nur einmal darüberwischte.

»Wir wollen die Leiche für den Abtransport fertigmachen«, sagte Pitera.

Die drei Männer verließen das Schlafzimmer, Stone ging zum Leichenwagen, um ein Plastiktuch zu holen, Pitera und VanderWyst begaben sich ins Wohnzimmer zu Dr. Peterson und den Jurgens. Als der Fahrer ein paar Sekunden später zurückkam, gingen er, Pitera und Harold Jurgens wieder ins Schlafzimmer. Stone hatte Schwierigkeiten, das Plastiktuch um Dennis' Körper zu wickeln, deshalb half Arnold ihm. Die Leiche sieht aus wie ein Bündel, in das eine Mutter ihr Baby wickelt, dachte Pitera, als sie fertig waren. Leichenbeschau war eine Teilzeitarbeit für ihn – während der Woche unterrichtete er an der Konfessionsschule St. Gregorys drüben in Montreal.

Stone trug die Leiche auf den Armen durch die Küche und zur Hintertür heraus, die VanderWyst offenhielt. Sie gingen über den Hinterhof und durch die Garage, dann über den Fußweg zum Leichenwagen.

»Haben Sie jemals eine Leichenstarre so einsetzen sehen wie hier?« fragte Pitera dem Kollegen VanderWyst, als sie zum Auto gingen.

Während Stone Dennis' Leiche auf eine Bahre legte, die er aus dem Leichenwagen hervorzog, streckte VanderWyst die Hand aus und drückte Dennis' Arme nieder, die aus dem Plastiktuch hervorschauten. Die Arme bewegten sich kaum, so steif waren sie. VanderWyst berührte sie nicht mehr, aus Angst, sie könnten brechen.

Merkwürdig, dachte VanderWyst. Um 9 Uhr 35 soll Dennis gestorben sein, jetzt ist es 11 Uhr 30, aber in knapp zwei Stunden kann kein Mensch so steif werden.

»Haben Sie eine Kamera in Ihrem Streifenwagen?« fragte Pitera den Polizisten. »Wir sollten Aufnahmen machen.«

VanderWyst zuckte mit den Schultern, er habe leider keine Kamera.

Stone verschloß die hintere Tür des Leichenwagens, während Pitera dem Kollegen VanderWyst eine Kopie des Untersuchungsberichtes gab, den er unterschreiben sollte. Wenig später setzte Stone den Leichenwagen rückwärts auf die Straße und fuhr mit Pitera auf dem Beifahrersitz zur Leichenhalle von Ramsey County.

VanderWyst drehte sich um und ging ins Haus zurück. Die Jurgens saßen im Wohnzimmer und bekräftigten nochmals ihre Aussagen. Dennis sei krank gewesen, er war auf dem Kellerboden ausgerutscht, Harold hatte während der ganzen Nacht nach ihm geschaut, bis acht Uhr am Morgen, im Badezimmer war er noch in Ordnung, kurz nach neun hörte Lois ihn röcheln.

VanderWyst zögerte. Dennis' steife Arme hatten ihn auf eine vage Art vorsichtig werden lassen. Am besten halte ich für eine Weile den Mund, sagte er sich. Am besten stelle ich keine zu gezielten Fragen. Statt dessen blickte VanderWyst hilfesuchend Dr. Peterson an, dem er vorbehaltlos vertraute. Aber Peterson blickte zur Seite und sagte nichts.

Noch vor zwei Stunden, als er in seinem Haus am Südstrand des White Bear Lake saß, war es ein verheißungsvoller Morgen gewesen. Von seinem Wohnzimmer und vom Balkon seines

Schlafzimmers konnte der Doktor über den See bis nach Manitou Island und zur Stadt White Bear sehen. Seit 1953 lebte er in diesem Haus und genoß die schöne Umgebung: Der Rasen und die Bäume reichten bis dicht an die Wasserlinie heran, und abends pflegte Peterson zu beobachten, wie die Sonne hinter Manitou Island untertauchte, den Himmel blutrot färbend.

Dann hatte das Telefon geläutet, und Harold Jurgens hatte ihm gesagt: »Ich glaube, mein Sohn stirbt.« Während der Arzt die Wildwood Avenue in Richtung South Gardenette Drive entlangfuhr, ging er im Geiste noch einmal die Wiederbelebungstechnik durch, die er von den Rettungssanitätern gelernt hatte. Aber als er bei den Jurgens eintraf, sah er, daß alles zu spät war. Der Junge war eindeutig tot. Es gibt nichts Schlimmeres, hatte Peterson noch gedacht, als ein totes Kind zu sehen. Die Situation bereitete ihm Unbehagen, soviel Unbehagen, daß er die Decke nicht ganz zurückgeschlagen und die Leiche nicht genauer untersucht hatte.

Nun sah VanderWyst ihn an und fragte nach der Todesursache.

Der Arzt ließ seinen Blick in eine Ecke des Zimmer schweifen. Er konnte sich einfach nicht vorstellen, sagte er Jahre später, daß jemand ein Kind mißhandelt. Dennoch sah dieser Tod nicht so aus, als habe er natürliche Ursachen. Es würde ganz eindeutig Schwierigkeiten geben, und damit wollte Peterson nichts zu tun haben. Seine Aufgabe war es lediglich, den Jungen für tot zu erklären, und nichts anderes.

»Das kann ich zu diesem Zeitpunkt nicht sagen.«

VanderWyst drängte nicht auf eine Antwort. Er kannte Peterson als einen allzeit hilfsbereiten Mann, als einen Arzt, der für seine Patienten da war. Niemals würde er ein schlechtes Wort über einen anderen Menschen verlieren.

Peterson ging kurz danach. Ein paar Augenblicke später stand VanderWyst ebenfalls auf und fragte Lois, ob er irgend etwas für sie tun könne, zum Beispiel ihren Bruder Jerome anrufen. Merkwürdig, dachte er, daß sie ihren Bruder, den Polizei-Lieutenant, nicht gerufen hatte.

Nein, sagte Lois mit fester Stimme. Wenn er benachrichtigt

würde, hätte sie fünfzig Leute im Haus, und so viele Menschen können sie jetzt einfach nicht vertragen.

Es war 11 Uhr 48, als VanderWyst in seinen Streifenwagen kletterte. Seine Abfahrt blieb nicht unbeobachtet. Genausowenig wie seine Ankunft vor zwei Stunden. Hinter ihren Gardinen und Vorhängen hatten die Nachbarn der Jurgens mit wachsendem Interesse das Kommen und Gehen beobachtet. Sie bemerkten den Leichenwagen in der Auffahrt, den Wagen des Arztes und einen Polizeiwagen, der so geparkt war, als sei der Fahrer in großer Eile gewesen. Bob Bress dachte zunächst, es sei der Wagen von Lois' Bruder Jerome, doch dann erkannte er VanderWyst vor dem Haus. Camille Brass wußte, daß der Arzt ein blaues Cabriolet fuhr, also war es Dr. Peterson. Schon bald huschten Gerüchte von Haus zu Haus – es hatte einen Todesfall gegeben, das jüngste Kind der Jurgens war gestorben, es hieß, es sei die Kellertreppe hinuntergefallen.

Am Nachmittag unterhielten sich die Nachbarn aufgeregt über diesen Todesfall. Sie waren traurig und fühlten ein bohrendes Unbehagen. Immerhin hatte Dorothy Engfer mehr als einmal gesehen, daß Lois dem kleinen Dennis schallende Ohrfeigen gab, die so heftig waren, daß ihm das Blut aus der Nase schoß. Und Gladys DeMars hatte beobachtet, wie sich Dennis während zweier Sommer von einem kräftigen, fröhlichen Baby zu einem blassen kleinen Jungen voller blauer Flecken mit grünblauen Augen und aufgeplatzten Lippen veränderte. Über diese beunruhigenden Beobachtungen sprachen Gladys und Dorothy um so häufiger miteinander, als sie die Jurgens der Sozialarbeiterin der Wohlfahrtsbehörde gegenüber gelobt hatten. Sie wollten irgend etwas unternehmen, aber wer würde schon zuhören, wenn sie auspackten? Es würde nichts bewegen. Statt dessen fing Dorothy Engfer an, ihre Beobachtungen auch anderen Nachbarn mitzuteilen. Tatsächlich sprach sie die ganze Zeit von nichts anderem. Lois war gemein zu Dennis – soviel verstanden jedenfalls Cam Brass, Donna Neely und all die anderen.

Und jetzt war der kleine Junge tot! Wie konnte ein Kind an einem Sturz die Treppe hinunter sterben? Donna Neely dachte über diese Frage nach, während sie durch ihr Fenster das stille Haus ihrer unheimlichen Nachbarn beobachtete. Unsere Kinder sind auch die Treppen hinuntergefallen und nicht daran gestorben.

Von der Größe eines Groschens

Es gab überhaupt keine Frage, was Bob VanderWyst jetzt zu tun hatte, nachdem er das Haus der Jurgens verlassen hatte. Auch wenn er keinen Auftrag über sein Autoradio bekommen hätte, wäre er in jedem Fall in der Park Avenue gelandet, einer Sackgasse, die bis dicht an bewaldetes Sumpfland führte.

Lois Jurgens' Elternhaus war ein hellgelbes, einstöckiges Gebäude aus Fachwerk und Ziegelsteinen. VanderWyst warf einen Blick drauf und bemerkte ein ausrangiertes Sofa mit zerrissener Sitzfläche im Garten neben dem Haus, doch er fuhr in die Auffahrt des Hauses gegenüber, das noch kleiner war, ein grau-blauer Bungalow mit hölzernem Lattenzaun – und einem finsteren, dichten Sumpf direkt an der Rückseite. Als VanderWyst aus seinem Auto kletterte, erschien eine Gestalt in der Vordertür, um ihn zu begrüßen.

Aufrecht stand Lieutenant Jerome Zerwas da, 180 Zentimeter groß und 180 Pfund schwer, muskulös, mit einem Bauch so flach wie ein Waschbrett. Er war zwei Jahre nach seiner Schwester Lois geboren, war jetzt achtunddreißig und hatte fünf Kinder.

VanderWyst mochte Jerome, der offen, umgänglich, lebhaft, charmant besonders Frauen gegenüber war – lauter Dinge, die Bob abgingen. Manchmal allerdings fühlte VanderWyst sich in seiner Nähe etwas unbehaglich, denn Jeromes Charme kam ihm auch übertrieben vor. Raffinierter Typ war die Beschreibung, die ihm in den Sinn kam, wenn er an seinen Boß dachte.

Das Treffen zwischen Jerome Zerwas und Robert VanderWyst an diesem Nachmittag wurde später von den beiden Männern unterschiedlich wiedergegeben. Jerome schickte seine Kinder in ihr Spielzimmer im Keller – das scheint festzustehen, aber was dann folgte, bleibt für immer eine offene Frage.

»VanderWyst sagte, das Kind sei die Treppe hinuntergefallen, an der Stirn habe es eine Abschürfung ungefähr in der Größe eines Groschens und einen roten Fleck an der Nase . . . Er hat keine sonstigen Verletzungen erwähnt«, sagte Jerome einen Monat später, und er sollte es in späteren Jahren immer und immer wiederholen.

Was VanderWyst bewogen haben könnte, die Wundmale an Dennis' Körper zu bagatellisieren, wußte auch Jerome nicht zu sagen.

Jedenfalls kann man sich vorstellen, daß VanderWyst sich in Jeromes Gegenwart unterlegen vorkam, sich mühte, seine Stellung zu halten, Übereinstimmung anbot, gut Freund und ebenbürtiger Beamter sein wollte. Dennoch weicht VanderWysts Version erheblich von Jeromes Darstellung ab, auch wenn beide Aussagen das gleiche Thema haben.

»Ich sagte Jerome, auf dem Körper seien so viele Flecken gewesen, daß man nicht mal 'nen Groschen dazwischen unterbringen konnte.« So stellte VanderWyst es Jahre später dar.

Zufällig sind solche merkwürdigen Unstimmigkeiten zwischen Jerome Zerwas' Darstellung und der anderer Leute ein immer wiederkehrendes Thema in der Jurgens-Saga. Immer wieder stellten irgendwelche Leute eine Episode ganz anders dar als Jerome, der oft sogar behauptete, die ganze Sache habe überhaupt nicht stattgefunden.

Wenn Jerome ein Rätsel war, dann war er ein interessantes. In White Bear Lake war er so etwas wie eine Legende, den einen unheimlich, für andere bewunderungswürdig, aber immer ein Gesprächsthema. Selbst die, die wußten, daß sie von ihm manipuliert wurden, mußten zugeben, daß er ein netter, lustiger Bursche war. Er kannte jeden in der Stadt, war in Bars und auf Parties gerne gesehen, zwinkerte Frauen in Miniröcken zu, ließ Witze und flotte Sprüche vom Stapel und brachte seine Freunde zum Lachen. Er war auch hilfsbereit – wenn Leitungen im Haus gezogen oder eine Grube im Garten gegraben werden mußte, war er zur Stelle.

Was immer seine Arbeitskollegen bei der Polizei von ihm denken mochten, für einen Feigling hielt ihn niemand. Er stand hinter ihnen, wenn es nötig war, gab auch um zwei Uhr nachts Hausdurchsuchungsbefehle heraus oder leitete Verhöre. Seine

Art, Verdächtige zu verhören, entsprach nicht unbedingt der ›feinen Schule‹, doch seine Methode führte zu schnellen Ergebnissen. »Erzählen Sie mir keinen Mist, ich will die Wahrheit hören, Mister«, pflegte er zu sagen und stand wie ein Turm über seinen unglückseligen Opfern.

Gänzlich anders als seine Geschwister in dem von den Depressionsjahren gebeutelten Zerwas-Clan war Jerome immer bei der Arbeit. Mit fünfzehn stand er in Kalifornien auf eigenen Füßen, arbeitete auf einer Schiffswerft und schickte die Hälfte seines Geldes an seine Eltern. Und mit achtzehn war er in der Armee. Nach seiner Entlassung im Juni 1947 arbeitete er in verschiedenen Jobs – als Bauarbeiter, Autolackierer, als Fahrer für Schrott und Gemüse, bis er 1954 auf eine Stellenanzeige für einen Polizisten in einer Zeitung in White Bear antwortete.

Doch auch nachdem Jerome Officer bei der Polizei geworden war, hatte er immer seine Finger in dem einen oder anderen ›Deal‹.

Seine Kollegen und auch der damalige Bürgermeister von White Bear Lake, Milt Knoll, sagen, daß Jerome Mitte der sechziger Jahre die Polizei ›beherrschte‹, obwohl er offiziell Lieutenant und ›nur‹ der Zweite Mann war.

Fest steht, daß Jerome Zerwas sich 1965 weit über seine Anfänge hinausgearbeitet hatte. Er trank Kaffee mit Geschäftsleuten wie Bob Brass, spielte in Jantzen's Motel mit Richter Bill Fleming und den Burschen aus dem Rathaus Karten und hatte beste Verbindungen im gesamten Ramsey-Bezirk. Wenn es einen wunden Punkt in Jeromes Leben gab, dann war es sein Stolz – Stolz auf seine Leistung, auf den Namen Zerwas, auf alles, was er in seinem Leben erreicht hatte. Seitenhiebe auf seine Herkunft konnte der Lieutenant nicht vertragen.

»Er war sofort aus dem Häuschen, wenn Sie irgendwas Abträgliches über seine Familie sagten«, erzählte Officer Gerry Sarracco, »wie zum Beispiel, wenn man sagte, sein Vater trinke oder sei beleidigend. Für Jerome war er nämlich ein Heiliger.«

Insgesamt verbrachten Bob VanderWyst und Jerome Zerwas etwa zwanzig Minuten miteinander an diesem Palmsonntagnachmittag. Jerome beschreibt das Gespräch als ziemlich wortkarg. Nachdem Bob über die geldstückgroßen blauen Flecken auf Dennis Körper berichtet habe, sei das Gespräch kaum noch in Gang gekommen, sagte Jerome.

»Wir saßen da, tranken Kaffee – und das war's auch schon. Es wurde nicht mehr von dem tödlichen Unfall gesprochen ... Ich dachte, das Kind habe sich den Hals gebrochen, das war auch schon das letzte, was ich davon gehört habe ...«

VanderWyst fuhr zur Polizeistation, nachdem er das Haus des Lieutenants verlassen hatte. Jerome erinnerte sich nicht daran, noch ausgegangen zu sein. Als später das Gegenteil behauptet wurde, blieb er stur bei dieser Ansicht.

»Ich bin am Sonntag zu Hause geblieben«, beteuerte er. »Ich habe das Haus am Sonntag nicht verlassen.«

Verdächtigungen

Während Jerome Zerwas und VanderWyst miteinander sprachen, wurde die Leiche des kleinen Dennis durch die Garage in den Autopsie-Raum im Keller des Büros des Untersuchungsrichters in St. Paul gebracht. Der Raum hatte schmutzige weiße Fliesen und zwölf aus glänzendem rostfreien Stahl hergestellte Gruftkammern an der linken Seite. Mitten im Raum stand ein Autopsietisch aus Stahl, über dem zwei Reihen fluoreszierender Lampen hingen. Foster Brown, der Assistent des Leichenbeschauers, legte Dennis auf diesen Tisch.

Minuten später bat Saveiro Pitera den Gehilfen, das tote Kind völlig zu entkleiden, weil ihm das, was er im Haus der Jurgens gesehen hatte, einfach keine Ruhe ließ. Als der junge Mann einen Schlafanzug, ein Unterhemd, Gummihosen und zwei Windeln entfernt hate, konnte Piteras erkennen, daß die blauen Flecken an den Armen und im Gesicht sich tatsächlich auf Dennis' ganzem Körper fanden, in sämtliche Richtungen wiesen und von unterschiedlicher Größe waren. Brown und Pitera zählten fünf Flecken am linken Bein, elf auf dem rechten, acht am rechten Arm, zwei am linken. An der Wurzel des Penis war eine tiefe Fleischwunde.

Pitera ging zum Telefon in dem kleinen Raum neben dem Autopsieraum und rief Nick Burkowski an, einen Fotografen, der regelmäßig Aufnahmen für den Untersuchungsrichter anfertigte. Dann machte er sich auf die Suche nach Thomas Flaherty, dem obersten Assistenten des Untersuchungsrichters.

»All diese Flecken können keine natürliche Ursache haben«, sagte Pitera zu Flaherty. »Und ich habe noch nie gesehen, daß die Leichenstarre so schnell einsetzt. Schauen Sie sich mal die erhobenen Arme an.«

Nachdem Flaherty sich die Leiche selbst angesehen hatte, rief er den Leichenbeschauer von Ramsey County, Dr. Thomas Votel, an.

»Das ist ein Fall, den Sie sich ansehen müssen«, sagte Flaherty.

Noch ein totes Kind, dachte der Leichenbeschauer, als er kurz danach eintraf. Nummer vier dieser Art in einem Jahr. Erst vor kurzem hatte es ein zehnmonatiges Kind mit einem Leberriß und ein Kind von drei Monaten mit einem Schädelbruch gegeben. Votel war Arzt für Allgemeinmedizin, ohne jede Kenntnis der Gerichtsmedizin oder der Pathologie, aber er verspürte ein ungutes Gefühl.

Votel und Flaherty sorgten dafür, daß Dennis' Leiche geröntgt wurde. Als Nick Burkowski gegen 12.30 Uhr mit seinen Aufnahmen fertig war, wickelte Pitera die Leiche wieder ein und trug sie auf den Armen in den Ambulanzwagen. In seine eigenen Gedanken vertieft, blieb er während der Fahrt zur Röntgenabteilung des Ancker Hospitals und auf der Rückfahrt neben Dennis sitzen.

Gegen 14 Uhr begann Dr. Robert Woodburn, Pathologe am Charles-T.-Miller-Krankenhaus, nebenbei auch Leichenbeschauer, mit der Autopsie. Er zählte zwischen fünfzig und hundert Flecken am Körper des Kindes – die exakte Anzahl war schwer zu ermitteln, da sich viele Flecken überlappten. Sie waren von unterschiedlicher Farbe, einige frisch, andere alt – schwarz und blau, gelblich-grün, rötlich. Sie bedeckten die Arme, Beine, Hände, Vorder- und Rückseite des Kopfes, die Schultern, das Gesäß, die Taille, den Rücken, die Rückseite des linken Beines. An der Stirn befand sich eine große, geschwollene Abschürfung. An der rechten Kopfseite war eine bläuliche Strieme, die an der Stirn begann und bis hinter das rechte Ohr reichte. An der Peniswurzel befand sich eine eiternde, Wunde und die Spitze des Penis war mit dunklen Flecken übersät.

Außer den Flecken kam Woodburn noch etwas anderes merkwürdig vor. Der Körper war erheblich unterernährt, geradezu abgemagert – Woodburn konnte unter der Haut keine Spur von Fett feststellen. Wie konnte das sein? Normalerweise hat jeder eine gewisse Menge Fett am Körper, und kleine Kinder ganz besonders.

Doch nichts von dem war für Dennis' Tod verantwortlich.

Bei der Autopsie hatte Woodburn eine Durchbohrung der kleinen Blase des Jungen von etwa einem halben Zentimeter Länge gefunden. Durch diese Öffnung war eine infektiöse, eitrige Kotsubstanz in die Bauchhöhle gesickert. Die Durchbohrung, so schätzte Woodburn, war einen oder zwei Tage vor Eintritt des Todes erfolgt. Während dieser Zeit hatte sich die normalerweise glänzende Gewebeoberfläche der Bauchhöhle in eine stumpfe Haut verwandelt, die eitrige Flüssigkeit hatte sie verfestigt und eine Klebewirkung entwickelt, die Teile der Blase zusammenklebte – typische Anzeichen der Bauchfellentzündung. Woodburn wurde klar, daß Dennis vermutlich nach einer längeren Zeit größter Schmerzen gestorben war – und das völlig unnötig. Eine Bauchfellentzündung wurde normalerweise mit Antibiotika behandelt, eine verletzte Blase konnte in Ordnung gebracht werden, natürlich nur, wenn man bereit war, den Arzt zu rufen.

In seinem schriftlichen Autopsiebericht skizzierte Woodburn eine Diagnose der Bauchfellentzündung infolge einer traumatischen Durchlöcherung der kleinen Blase, doch ließ er sich nicht über die Art des Traumas aus. Auch die starke Leichenstarre und die merkwürdig angehobenen Arme kommentierte er nicht. Als Pathologe hatte er die unmittelbare Todesursache festzustellen – Sache des Untersuchungsrichters war es hingegen, herauszufinden, auf welche Weise die Todesursache herbeigeführt wurde.

Als Jim Essling, der junge Assistent des Leichenbeschauers, sich am frühen Sonntagnachmittag zur Arbeit meldete, zog ihn der Gehilfe zur Seite.

»Mann«, sagte Foster Brown, »da liegt vielleicht ein schlimmer Fall drinnen.«

Sergeant Pete Korolchuk traf am Sonntag gegen 15 Uhr zur Abendschicht bei der Polizei von White Bear Lake ein und wurde von Bob VanderWyst sofort über den Tod im Hause Jurgens informiert.

Korolchuk, damals achtunddreißig, war ein Polizist, mit

dem man keine dummen Witze machte. Ruhig, selbständig und friedlich, wurde er von seinen Kollegen respektiert, wenngleich er als recht verschlossen galt.

VanderWysts Geschichte fand sofort seine Aufmerksamkeit, denn der Sergeant hatte eine Verbindung zum Zerwas-Clan. Als Junge, der damals – 1941 – aus einer zerstörten Familie kam und sich selbst überlassen war, hatte er zwei Jahre lang im Haus der Zerwas gelebt. Lois war ungefähr in seinem Alter. In den letzten zwanzig Jahren hatte er wenig von Harold und Lois zu sehen bekommen, obwohl er und seine Frau an einem Sonntag im letzten Jahr, als sie aus der Kirche kamen, die Jurgens getroffen hatten. Er hatte die Jurgens spontan eingeladen und sie waren etwa eine halbe Stunde in seinem Haus geblieben. Die beiden Jungen, bestens erzogen offenbar, hatten die ganze Zeit ruhig auf ihren Stühlchen im Wohnzimmer gesessen.

Während VanderWyst und Korolchuk noch sprachen, unterbrach sie der Verteiler. Der Untersuchungsrichter von Ramsey County, sagte er, habe angerufen und gefragt, ob der Polizist, der den Fall Jurgens bearbeite, sofort zu ihm kommen könne. Korolchuk, der an diesem Nachmittag Chef der Polizeistation war, beschloß, VanderWyst zu begleiten.

Tom Flaherty empfing sie an der Tür und führte sie in den Autopsieraum. Er wollte, daß die Officer sich Dennis' Körper ansahen. Es war jetzt fünf Uhr abends.

»Haben Sie ihn heute morgen gesehen?« fragte Flaherty VanderWyst.

»Ich habe nur hereingeschaut und gesehen, daß dort eine Leiche war«, antwortete VanderWyst. »Der Arzt war da, den ich kannte. Peterson sagte, der Junge sei tot und sei nicht bewegt worden. Ich habe keine weiteren Fragen gestellt. Ich habe nur nachgesehen, ob eine Leiche da war, und das war's auch schon. Gerade den Kopf und ein kleines Stück vom Arm. Die Leute vom Büro des Leichenbeschauers waren schon unterwegs.«

»Nun, schauen Sie sich das mal an«, sagte Flaherty. »Die Leiche ist in übler Verfassung.«

Korolchuk lehnte sich vor und sah die Flecken und Hautabschürfungen. Sehr unterschiedliche Färbungen, dachte er. Als er hinter Dennis' Ohr schaute, bemerkte er kleine Narben und Striemen. Die waren merkwürdig, ganz anders, als die anderen Stellen – kleine Schlitze, hinter jedem Ohr mehrere, alle etwa einen Zentimeter lang, klein und gekrümmt, wie kleine Halbmonde. Korolchuks Augen, die die ganze Länge des etwa einen Meter großen Körpers betrachteten, verharrten auf dem Penis. Die Wunde an der Wurzel sah besonders übel aus. Korolchuk hatte den Eindruck, die Wunde könnte schon älter sein, als ob sie verheilt und mehrfach wieder geöffnet worden sei. Die bläuliche Stelle an der Penisspitze schien durch Gewalt, durch eine Art von Druck, verursacht worden zu sein. Für Korolchuk sah es wie Beißspuren aus. VanderWyst fühlte sich hundeelend. Ich habe wirklich Mist gemacht, dachte er. Ich hätte einen Fotografen rufen müssen, Fachmann oder nicht, der noch im Haus Aufnahmen gemacht hätte. Jetzt habe ich nichts in der Hand, um zu zeigen, wie er im Haus aussah. Total erschüttert und auf der Suche nach einer Erklärung für sein Fehlverhalten, konzentrierte er sich schließlich auf Peterson. Der Arzt hatte so gelassen und gesammelt gewirkt und keinerlei Andeutungen gemacht, daß irgend etwas nicht in Ordnung war.

»Vor dem Haus berührte ich den Arm des Jungen und drückte ihn nieder, bis ich dachte, er würde jeden Moment brechen, aber er ließ sich nicht bewegen«, sagte VanderWyst zu Flaherty. »Kann denn jemand so steif wie diese Leiche werden, innerhalb von zwei bis zweieinhalb Stunden?«

Flaherty schüttelte den Kopf. »Absolut unmöglich.«

Zurück in der Polizeistation, rief Sergeant Korolchuk Chief Armstrong an und bat ihn, für eine Unterredung in die Station zu kommen. Er beschloß ferner, Harold Jurgens herzubestellen.

Um 18.30 Uhr am Sonntagabend nahm Harold Jurgens auf einem Stuhl im Mannschaftsraum der Polizeistation Platz. Auf VanderWyst machte er einen äußerst zappeligen, nervösen Eindruck. Die meisten Fragen stellte Korolchuk.

Der Sergeant berichtete Harold, was sie im Büro des Untersuchungsrichters gesehen hatten, und fragte, ob er eine Erklärung für die zahlreichen Flecken am ganzen Körper des Jungen habe. Dennis habe andauernd Flecken am Körper gehabt, sagte Harold, denn er sei oft hingefallen.

Korolchuk fragte nach den frischen Stellen.

Harold konnte sich keinen anderen Grund dafür vorstellen als den Sturz im Keller am Tag vor seinem Tod.

Wie erkläre er sich die vielen Flecken an verschiedenen Stellen des Körpers, die nichts mit der bei dem Sturz verletzten Stelle zu tun haben?

Dennis sei wohl von Natur aus unempfindlich gegen Schmerzen, erklärte Harold, und deshalb habe er sich auch nicht gemeldet oder ihnen etwas gesagt, wenn er sich weh getan habe.

Je länger die Befragung andauerte, desto weitschweifiger schienen Harolds Antworten zu werden. Er ließ sich lange zu den unwichtigsten Dingen aus, gab Antworten auf Fragen, die überhaupt noch nicht gestellt worden waren. Dennis habe immer unter Verdauungsproblemen gelitten, sagte Harold. Soweit er das beurteilen könne, habe der Junge nicht gewußt, wie man seinen Darm entleere. Korolchuk fragte nach der offenen Wunde an der Wurzel des Penis.

Harold sagte, eines Tages im letzten Sommer habe Dennis in der Badewanne gestanden und das heiße Wasser angedreht und sich seine Genitalgegend verbrüht. Dennis sei behandelt worden, aber die Haut am Penis sei nur langsam geheilt und immer wieder aufgebrochen.

Schließlich erwähnte Korolchuk den Eindruck des Pathologen, Dennis sei unterernährt.

Dennis habe gut zu essen bekommen, sagte Harold, das gleiche wie Robert auch. Aber er habe nicht gewußt, wie man richtig kaue, so daß er manchmal ganze Bissen ungekaut verschluckt habe.

Harold erklärte erneut, er sei für ein paar Tage nicht zu Hause gewesen, von Freitag bis Samstagabend sei er in Wisconsin gewesen und habe von dem Sturz im Keller erst erfahren, als er nach Hause kam.

Korolchuk betrachtete Harold. Das Kind war tot, irgend jemand mußte diesen Tod verursacht haben. Aber sie brauchten Beweise. Er wollte eine Entscheidung erzwingen.

»Ist Dennis geschlagen oder getreten worden?« fragte Korolchuk.

»Nach meiner Kenntnis nicht«, antwortete Harold.

Jetzt, da die Fragen präziser wurden, war Harold auf der Hut und schien mehr und mehr abgeneigt, überhaupt noch zu antworten. Er wollte nur noch seine alten Aussagen wiederholen: Dennis war unkoordiniert, Dennis stürzte häufig, Dennis bekam schnell blaue Flecken, Dennis war nahezu schmerzunempfindlich.

»Ist Dennis geschlagen oder getreten worden«? fragte Korolchuk noch einmal mit großem Nachdruck.

»Nach meiner Kenntnis nicht«, wiederholte Harold.

Nach einer halben Stunde war die Befragung zu Ende. Harold verließ die Polizeistation kurz nach 19 Uhr.

Eine halbe Stunde später trafen Korolchuk und VanderWyst mit Dr. Peterson in dessen Büro in der Fourth Street zusammen. Peterson hatte seine Arbeitsräume mit Furnierholzpaneelen und billigen Teppichböden ausgestattet. Hinter dem Wartezimmer lagen fünf Untersuchungsräume auf der rechten Seite des Ganges. Petersons beengtes Büro lag am Ende des Flurs. Dort saß Dr. Peterson hinter seinem Schreibtisch, seine Diplome an der Wand, die beiden Polizisten auf Stühlen vor sich.

Ungeachtet der positiven Gefühle, die Peterson bei den meisten Menschen hervorrief, war er als Arzt nicht unumstritten. Er arbeitete sehr schnell, und seine fünf Behandlungszimmer schaffte er in der gleichen Zeit, in der andere einen Raum bearbeiteten. Selbst die, die ihn mochten, beklagten seine mangelhafte Sorgfalt. Mit Rezepten ging er sehr großzügig um. ›Penicillin-Pete‹ war sein weitverbreiteter Spitzname in der Stadt. Penicillin, so kam es einigen seiner Patienten vor, war sein Allheilmittel.

Alles in allem war Peterson als Arzt schon ein bunter Vogel in

White Bear Lake. Er fuhr Sportwagen und Cabrios, war sehr gesellig – eine Frau, die im St. John's Hospital ein Baby bekommen hatte und im gleichen Zimmer mit einer Patientin von Dr. Peterson lag, schreckte eines Nachts auf, als der Doktor mit einem Cocktail für seine Patientin hereinspazierte und den Vorschlag machte, gemeinsam essen zu gehen. Und dann war da noch die Frau des Doktors: Laurie – eine lebhafte, kokette Blondine, Schauspielerin von Beruf: Mit seinen eigenen Darbietungen in den Shows des Lions Clubs schaffte Peterson es, einen bis auf den letzten Platz gefüllten Saal totenstill werden zu lassen.

Richter Fleming, ein guter Freund des Doktors, bemerkte einmal: »Wenn ich jemand nach der Todesursache fragen müßte, würde es nicht Peterson sein.«

Aber genau das war es, was Korolchuk und VanderWyst tun mußten. Sie beschrieben dem Arzt die Leiche, wie sie sie in der Leichenhalle gesehen hatten. Da Peterson auch stellvertretender Leichenbeschauer war, teilte Korolchuk ihm auch die Diagnose des Pathologen mit – Todesursache: Bauchfellentzündung infolge einer durchlöcherten Blase.

Diese Nachricht verwandelte Peterson. Bis zu diesem Zeitpunkt hatte VanderWyst ihn immer als gesprächigen und freundlichen Mann geschätzt, aber jetzt erwachte Petersons Argwohn, und er wurde von einem Augenblick auf den anderen unangenehm – als sei ein Schalter betätigt worden. All seine Auskünfte wurden vage oder knapp.

Als Peterson andeutete, daß er Dennis zuletzt vor zweieinhalb Monaten gesehen habe, fragten die Polizisten ihn nach der offenen Wunde am Penis, doch der Arzt konnte sich an so etwas nicht erinnern. Als Korolchuk fragte, ob es möglich sei, daß Dennis mit einer Bauchfellentzündung gegen acht Uhr morgens, etwa anderthalb Stunden vor seinem Tode, bei Bewußtsein gewesen sei und ganz normal habe sprechen können, gab Peterson keine Antwort. Als Korolchuk ihn wegen der schlimmen Wunden befragte, sagte Peterson, er könne sich lediglich an die Wunde an der Stirn und an die Flecken im Gesicht erinnern, denn er habe den Körper nicht weiter untersucht.

VanderWyst wurde schnell klar, daß der Arzt keine schlüssigen Antworten auf irgendeine ihrer Fragen gab. Und der Polizist wußte auch nicht mehr, was er ihn noch fragen könnte. Tatsächlich konnten Korolchuk und VanderWyst ihn sehr gut leiden – trotz des leeren Notizbuches. Er tat soviel für die Leute. Der Polizist dachte: Der Doktor ist ein prima Kerl.

»Welcher Pathologe hat die Autopsie vorgenommen?« fragte Peterson.

»Woodburn«, antwortete Korolchuk.

»Okay«, sagte Peterson. »Ich rufe Dr. Woodburn an und spreche mit ihm über die Todesursache. Außerdem schicke ich einen Bericht an das Büro des Untersuchungsrichters.«

Die drei Männer plauderten noch einen Moment, dann erhoben sich die Polizisten und verabschiedeten sich.

Am Abend hielten Korolchuk und VanderWyst vor dem Haus der Jurgens und verlangten den Keller zu sehen, wo Dennis gestürzt sei. Harold öffnete eine Tür neben der Küche und führte sie eine steile, graugestrichene Holztreppe hinunter. Der Keller war feucht und noch nicht ganz fertiggestellt, der Boden mit grün-beigem Linoleum bedeckt. In der Mitte standen ein Übungsrad und ein Schaukelpferd. Harold führte die Polizisten etwa fünf bis sechs Meter vom Fuß der Treppe zu einer Stelle in der Südostecke des Kellers, direkt neben einem kleinen Badezimmer.

Dennis, sagte er, sei hingefallen, als er aus dem Badezimmer kam. Direkt vor der Tür sei er auf den feuchten Fliesen ausgerutscht und aufs Gesicht gefallen, alle viere von sich gestreckt. Dabei habe er sich die Stirn aufgeschlagen.

Korolchuk runzelte die Stirn. Hatte Harold auf der Polizeistation nicht davon gesprochen, Dennis sei die Treppe hinuntergefallen? Erneut fragte der Sergeant, wie Dennis von *einem* Sturz so viele blaue Flecken habe davontragen können.

Dennis sei ständig gegen irgend etwas gerannt und hingefallen, wiederholte Harold seine bekannte Erklärung.

Zurück auf der Polizeistation, erhielt Korolchuk einen Anruf von Tom Flaherty aus dem Büro des Untersuchungsrichters. Flaherty berichtete, ein gewisser John Norton habe Informationen über die Jurgens.

Um elf Uhr nachts trafen Korolchuk und VanderWyst in John Nortons Haus ein. Er lebte in Willernie, einem kleinen Städtchen südöstlich von White Bear, direkt am Ende des Sees, wo früher der Wildwood-Vergnügungspark gewesen war. Norton war ein gesprächiger Mann, der dazu neigte, seine Worte mit bedeutendem Nicken und Augenzwinkern zu unterscheiden. Er führte die Polizisten in ein kleines, einfach eingerichtetes Wohnzimmer.

Er habe bereits von Dennis' Tod gehört, sagte er. Persönlich kenne er die Jurgens zwar nicht, aber er habe Verwandte, die in die Zerwas-Familie eingeheiratet hätten. Er habe gehört, Dennis sei seit langem mißhandelt worden. Er sei sicher, daß dies den meisten Mitgliedern des Clans bekannt gewesen sei und ebenfalls einigen Personen außerhalb der Familie.

Er gab den Polizisten eine Liste mit Namen von Verwandten, die vielleicht etwas aussagen könnten. Vor allem, sagte er, sollte man Lois' Bruder Lloyd Zerwas und seine Frau Donna, eine geborene Norton, aufsuchen. Sie wohnten direkt in White Bear Lake. Er hatte auch die Adresse – 1584 Lorane Avenue. Korolchuk überdachte den Vorschlag des Mannes im stillen. Ihm war bekannt, daß die Nortons eine Kluft in den Zerwas-Clan gebracht und einen ›Norton-Flügel‹ gebildet hatten, indem sie zwei Geschwister geehelicht hatten – Donna Norton hatte Lois' Bruder Lloyd geheiratet. Die Nortons waren nicht katholisch und nahmen kein Blatt vor den Mund, Gründe genug, um mit den Zerwas aneinanderzugeraten. Was der eine Flügel der Familie über den anderen sagte, war daher nie besonders schmeichelhaft.

Andererseits klangen John Nortons Verdächtigungen eindringlich und sehr ernst. In dem schlecht beleuchteten Zimmer wirkte sein Gesicht beinahe theatralisch weise, die Augenbrauen hochgezogen, der Mund weit offen wie ein Wasserspeier. Norton beugte sich zu den Polizisten vor, seine Stimme war nur noch ein Flüstern. »Reden Sie mit Lloyd und Donna Zerwas!« bat er drängend. »Reden Sie mit Lloyd und Donna!«

Es ging auf Mitternacht zu, als die beiden Polizisten zu ihrer Station zurückkehrten. VanderWyst hatte sechzehn Stunden ohne Pause gearbeitet. Kays Geburtstag ist schon fast vorbei, dachte er. Aber ein Ende ihrer Arbeitstage war noch nicht abzusehen.

Innerhalb weniger Minuten waren die beiden wieder in ihrem Streifenwagen und fuhren in nördlicher Richtung. Sie verließen das Stadtgebiet von White Bear Lake an der Kreuzung der Soo-Line-Eisenbahnstrecke und kamen jetzt in dunkles, offenes Moorgebiet. Dann fuhren sie eine einsame Straße entlang, ein befestigter Streifen Land inmitten des Sumpfes. Korolchuk und VanderWyst bewegten ihre Frontlampen von Haus zu Haus, bis sie das Haus mit der Nummer 1548 entdeckten.

Beim ersten Klopfen öffnete Lloyd Zerwas die Tür. Er glich auffällig seinem Bruder Jerome – groß, kräftig, schlank und gut aussehend wie ein Cowboy –, obwohl er mit seinen dreiunddreißig Jahren fünf Jahre jünger war als der. Auch besaß er etwas von Jeromes kecken charmanten Manieren – er hatte Humor, flirtete gerne –, aber irgendwie vermittelte er VanderWyst nicht das Gefühl, auf der Hut sein zu müssen, wie es bei seinem Bruder der Fall war. Lloyd war neben Jerome der einzige Zerwas-Sohn mit einer regelmäßigen Arbeit; seit Jahren war er bei der Strauss Skate Company beschäftigt.

Donna, zwei Jahre jünger als Lloyd, dunkelhaarig und hübsch, erschien im Wohnzimmer. Wie es für eine Norton typisch war, redete sie ohne Punkt und Komma, hatte festgefügte Auffassungen, die sie mit lauter, kräftiger Stimme vortrug.

»Wir lieben Kinder«, sagte Donna. »Neben unserer eigenen Nancy haben wir noch sechs Pflegekinder aus dem Bezirk. Wegen Dennis muß etwas passieren. Jawohl, wir geben Ihnen eine Aussage.«

Pete blickte Bob an, dann zog er einen Stift aus der Tasche und öffnete sein Notizbuch.

Es war nach ein Uhr nachts, als Korolchuk und VanderWyst endlich nach einem einstündigen Gespräch das Haus von Lloyd und Donna Zerwas verließen, aber sie konnten jetzt nicht nach Hause fahren. Stumm fuhren sie zum Gardenette Park. Sie waren ganz einfach neugierig. Sie parkten ihren zivilen Streifenwagen, einen ältlichen grün-blauen Chevy, zwei Häuser vor dem der Jurgens, stellten den Motor ab und schalteten die Lichter aus. Etwa vierzig Meter vom Eckhaus der Jurgens entfernt legten sie sich auf die Lauer.

Irgendwann innerhalb der nächsten halben Stunde fiel das Licht von Scheinwerfern in ihr Auto. Ein Wagen bog um die Ecke und hielt vor dem Haus der Jurgens. Als Korolchuk und VanderWyst sich unter die Sichtkante duckten, stieß VanderWysts Arm gegen den Hupenknopf. Der Ton war in der stillen Dunkelheit laut und deutlich zu hören. »Schhhh«, zischte Korolchuk. Die beiden Polizisten, die sich unter das Armaturenbrett duckten, konnten einen Lachanfall nicht unterdrücken.

Vielleicht hatte der späte Besucher seinen Motor noch nicht ausgeschaltet, als VanderWyst die Hupe betätigte, oder vielleicht war er auch zu tief in seine Gedanken versunken. Aus welchem Grund auch immer, Jerome Zerwas stieg aus dem Wagen und ging, ohne den Kopf zu drehen, auf die Haustür der Jurgens zu.

Nun, vielleicht war es ja auch gar nicht der Lieutenant – später jedenfalls stritt Jerome unerbittlich alles ab, und es war ja auch schon sehr spät nach einem anstrengenden Tag. Vielleicht dachten die beiden erschöpften Polizeibeamten nur, sie hätten Jerome gesehen, vielleicht verwechselten sie etwas, vielleicht schwindelten sie auch nur ganz einfach. VanderWyst und Korolchuk aber beharrten lange Jahre auf ihrer Geschichte. Wir haben das Haus der Jurgens beobachtet, versicherten sie. Wir haben Jerome gesehen.

Die Untersuchung

Der Mississippi River stieg um drei Zentimeter pro Stunde und überschritt damit am späten Nachmittag des 12. April seine bisherige Höchstmarke. Als das Wasser immer näher an St. Paul herankam, kämpften Tausende von Arbeitern, um der Natur Einhalt zu gebieten. Das Rote Kreuz ließ 7500 Sandwiches und 300 Liter Kaffee machen und verteilte die Nahrungsmittel mit fünf mobilen Kantinen an die erschöpften Arbeiter. Die Hauptstraßen der Stadt wurden gesperrt, der innerstädtische Verkehr kam zum völligen Stillstand, und die Bezirksbevollmächtigten riefen den Notstand in Ramsey County aus.

Trotz dieser Probleme gelang es dem Postarbeiter Stanley Wiatros aus St. Paul, sich zum Gerichtsgebäude durchzukämpfen, denn dies war sein erster Tag als Geschworener. Im Gerichtsgebäude saß und wartete er, inmitten einer Schar von immer ungeduldiger werdenden Leuten. Irgendwann während des Vormittags erschien ein Mann vom Büro des Untersuchungsrichters. Er brauchte sechs Leute für eine Leichenbeschau. Da es ein unerfreulicher Anblick sei, wollte er nur Männer und Freiwillige aufrufen. Wiatros hob die Hand.

Im Auto fuhren sie vom Gerichtsgebäude die abschüssige Hill Street zum Büro des Untersuchungsrichters, wo der Beamte sie in die Autopsiehalle führte und eine der Schubladen aufzog.

»Wir zeigen Ihnen jetzt eine Leiche«, sagte er, »und nennen Ihnen irgendeinen Namen für diesen Fall. Wir möchten, daß Sie genau hinschauen und sich merken, was Sie gesehen haben. Der Name lautet Jurgens, Jurgens aus White Bear Lake«.

Das interessierte den 43jährigen Wiatros, denn er kannte White Bear Lake gut. Von 1953 bis 1956 hatte er dort einen Schnapsladen geführt an der Ecke Third und Washington Street, und er hielt diese Gemeinde für sehr ordentlich und wäre gern zugezogen, wenn er nicht schon verheiratet und Familienvater gewesen wäre.

Langsam zog der Beamte das Laken vom Körper des toten Kindes. Wiatros wurde übel, speiübel. Er war Vater von sechs Kindern, und das hier hatte genau das Alter seines eigenen Sohnes. Lieber Gott im Himmel, dachte er, wie kann so etwas nur passieren? Die Stirn ganz rot, der Bauch mit Wundmalen übersät, der Rücken, die Arme voller Striemen . . . Wo man bei dem Kleinen auch hinsah, überall war irgend etwas nicht in Ordnung. Wiatros konnte sich nicht vorstellen, daß ein Kind so über und über voller blauer Flecken sein konnte, ohne geprügelt worden zu sein.

Der Beamte hob den Penis hoch, so daß Wiatros auch auf diese Wunde aufmerksam wurde. Das ist kein Schnitt, dachte er, das ist ein Riß.

Wiatros wurde fast schwindelig, nur mit Mühe konnte er die Tränen zurückhalten, aber er mußte schweigen – sie hatten die Geschworenen gebeten, nicht miteinander zu sprechen. Er vermochte sich überhaupt nicht vorzustellen, daß solche Dinge hier, in dieser Stadt, in dieser Gemeinde, passieren konnten.

Gewiß, als er in St. Pauls aufgewachsen war, hatte es gelegentlich Ohrfeigen gegeben, aber seine Eltern hatten ihn immer korrekt behandelt. Es gab immer genug zu essen. Sein alter Herr arbeitete bei der Eisenbahn und war im Grunde sanftmütig. Wenn ihre Mutter ihnen ans Leder wollte, liefen sie zu ihrem Vater. Das war alles, an das Stan sich erinnern konnte.

Doch das war nicht die ganze Wahrheit, dachte Wiatros. Als er ungefähr achtzehn war, gab es einen Kerl auf seiner Straße, der sein Kind verprügelte und es die Treppe hinunterwarf. Der Sohn, fünfzehn oder sechzehn Jahre alt, Johnny hieß er, schlug schließlich zurück und schickte seinen Vater mit einem gekonnten Aufwärtshaken auf die Bretter. Die Polizei kam, stellte fest, der Junge habe Unrecht getan, man schlägt seinen Vater nicht zusammen, und steckte den Jungen nach Red Wing ins Jugendgefängnis. Der Vater, ein alter polnischer Säufer, starb später eines schrecklichen Todes – Selbstmord, das Gift verbrannte ihn innerlich. Wiatros' Mutter, eine religiöse Frau, brachte ihn, Stan, dazu, mit Johnny zu reden. In Wirklichkeit hatten sie die Familie ganz gut gekannt, und daß Johnny verprügelt wurde, wußten sie schon lange. Aber damals, so um 1940, meldete man solche Dinge einfach nicht.

Abends erzählte Wiatros seiner Frau, was er gesehen hatte. Lange danach mußte er jedesmal, wenn er seine eigenen Kinder betrachtete, an die kleine Leiche in der Autopsiehalle denken. Aber weder vom Untersuchungsgericht noch vom Strafgericht erhielt er wegen dieses Falles jemals eine Nachricht. Er hörte nie mehr auch nur ein Wort davon.

Schon bald nachdem Wiatros und die anderen Geschworenen das Büro des Untersuchungsrichters verlassen hatten, kam ein Leichenbestatter aus White Bear Lake. Er hatte lustige Augen und ein langes, schmales, ausdrucksstarkes Gesicht voller Linien und Falten. Jim Honsa arbeitete seit fünf Jahren als Leichenbestatter und kannte den Zerwas-Clan gut, denn er hatte eine Reihe ihrer Begräbnisse gemacht. Der halbe Clan steckte fast pausenlos in Schwierigkeiten – belanglose Sachen, Trunkenheit, zerbrochene Fensterscheiben –, so kannte Honsa den Clan.

Jerome Zerwas hatte ihn am Sonntag wegen Dennis angerufen, und jetzt holte Honsa die Leiche. Er trug den in ein Laken gewickelten Körper auf einer Trage hinaus und legte ihn auf die Ladefläche seines Wagens, dann machte er sich auf die zehn Meilen weite Fahrt zur Third und Bald Eagle Street, genau St. Mary's gegenüber.

In seinem Arbeitszimmer war es seine erste Aufgabe, die Leiche zu waschen. Als er das Laken aufwickelte, weiteten sich seine Augen. Noch nie hatte er eine derartig entstellte Kindesleiche gesehen. Er wußte, daß die Leute ihn für abgebrüht hielten, weil er täglich mit Leichen zu tun hatte, aber das war er überhaupt nicht. Alte Menschen, gewiß – eine sechsundneunzig Jahre alte Frau, das berührte ihn nicht sonderlich –, aber Autounfälle oder der Tod eines kleinen Kindes gingen ihm nach wie vor an den Magen. Er hatte selber zwei kleine Töchter. Man hatte ihm gesagt, dieses Kind sei die Kellertreppe hinuntergefallen, doch das gab überhaupt keinen Sinn – keine Knochenbrüche, kein Schädelbruch, statt dessen blaue Flecken und Striemen. Wie kann so was passieren? fragte sich Honsa. Warum muß ein kleiner Junge dergleichen über sich ergehen lassen?

Und dann schlich sich auch schon eine andere Frage in seinen Gedankengang ein: Wie kann ich all diese Ungereimtheiten verdecken?

An diesem Montagmorgen begannen Korolchuk und VanderWyst mit einer langen Reihe von Befragungen der Verwandten und Nachbarn des Jungen. Der Bericht der beiden Beamten vermeldete eine ganze Anzahl fruchtloser Interviews mit den Nachbarn.

> Robert A. Hatch sagte, er sei nicht eng mit den Jurgens bekannt und habe niemals irgendwelche blauen Flecken bei den Kindern gesehen ... Mrs. Dahlberg meinte, sie habe die Jurgens nicht zu Gesicht bekommen, denn von ihrem Haus aus könne man den Hinterhof der Jurgens nicht sehen, und genau dort hätten sich die Kinder am liebsten aufgehalten ... Mrs. Latcham gab zu Protokoll, die Jurgens seien gute Nachbarn gewesen, weil sie niemand gestört hätten.

Selbst die normalerweise sehr gesprächige Dorothy Engfer äußerte sich nur zurückhaltend: »Sie sagte, sie habe Dennis Jurgens vor einiger Zeit mit einem blauen Auge und verletzter Backe gesehen. Mrs. Jurgens habe ihr erzählt, Dennis sei ein paar Stufen hinuntergefallen. Ansonsten hätten sie wenig Kontakt mit den Jurgens gehabt, weil Robert und Dennis ja adoptiert worden seien. Die Engfers hatten charakterliche Beurteilungen für die Jurgens abgegeben, als diese die Kinder adoptierten.«

Nach einiger Zeit fanden die Beamten jedoch ein paar Leute, die bereit waren, genauere Aussagen zu machen. In ihren Berichten kommentierten die Beamten umständlich diese Aussagen, ohne jedoch präzise zu erläutern, was sie eigentlich erfahren hatten.

»Zu diesem Zeitpunkt«, schrieb Korolchuk, »gibt es noch eine Reihe von Personen, die kontaktiert werden müssen, die vermutlich Informationen geben können und Verwandte der Familie sind.«

An diesem Montagabend, dem Tag nach Dennis' Tod, setzte sich Norma Potter in ihren Lieblingssessel im Wohnzimmer, um die Nachmittagsausgabe der *St. Paul Dispatch* zu studieren. Die altgediente Sozialarbeiterin des Bezirks Ramsey hatte die Jurgens seit jenem 8. Januar, als sie Lois bewußt provozierte, um sie aus der Reserve herauszulocken, nicht mehr gesehen. Die Dinge ihren Lauf nehmen lassen war immer noch die beste Methode für einen Fall wie diesen, und außerdem hatten die Jurgens bis heute noch nicht die obligatorischen Gesundheitszeugnisse der Familie vorgelegt.

»St. Croix reiht sich in die Flut-Parade ein«, lautete eine zweizeilige Balkenüberschrift. »Schlachtplan gesucht, um Evakuierung zu beschleunigen«, verkündete eine zweite Überschrift. Ein hochkant plaziertes Foto, das den größten Teil der Zeitungsseite in Anspruch nahm, zeigte einen rauschenden Mississippi, der zwei große Fleischverpackungsbetriebe zu überschwemmen drohte, während Firmenarbeiter mit Lastwagen und Bulldozern einen Deich aus Erde und Sandsäcken befestigten.

Als sie die Seite gerade umblättern wollte, fiel ihr eine wesentlich kleinere Überschrift ins Auge. »Tod eines Jungen aus White Bear Lake untersucht.« Darunter gab es eine kurze, nur wenige Sätze umfassende Meldung.

»Die Polizei von White Bear Lake und das Büro des Untersuchungsrichters von Ramsey County untersuchen den Tod eines kleinen Jungen aus White Bear Lake, der am Sonntag bekannt wurde. Als verstorben gegen 9 Uhr am Sonntag wurde Dennis Jurgens, dreieinhalb, gemeldet, Sohn von Mr. und Mrs. Harold R. Jurgens, 2148 Gardenette Drive. Die Polizei gibt an, die Eltern hätten ausgesagt, das Kind sei gestürzt. Thomas W. Votel, Leichenbeschauer des County, kündigte eine Autopsie an, um die Todesursache festzustellen.«

Norma geriet in helle Aufregung.

Wie kann das sein? dachte sie. Zeitungen geben ja manchmal die Dinge verkehrt wieder. Vielleicht stimmte es überhaupt nicht. Es kann einfach nicht stimmen.

Am Morgen darauf rief Norma kurz vor acht die Polizei in White Bear Lake an.

Ihr Anruf wurde an einen Lieutenant weitergeleitet, dem sie ihre Verbindung zu den Jurgens erklärte. Abermals wurde sie weitergeleitet. »Mit wem spreche ich jetzt?« fragte Norma aufgeregt.

Jerome nannte seinen Namen und fügte hinzu, er sei Lois Jurgens Bruder.

Auf Normas Fragen hin meinte der Beamte, Dennis sei nie ganz in Ordnung gewesen und habe eine empfindliche Haut gehabt, die schnell Flecken aufweise. Als Norma Einzelheiten hören wollte und ihr Recht, mehr zu erfahren, herausstrich, wurde Jerome wortkark und abweisend.

Viele Jahre später leugnete Jerome, dieses Gespräch überhaupt geführt zu haben, aber die Sozialarbeiterin beharrte darauf, daß sie seine Worte noch genauestens im Kopf habe: »Sagen Sie mir nicht, was ich tun muß, das weiß ich besser. Ich bin nicht sicher, ob Sie das überhaupt etwas angeht. Sie sind Sozialarbeiterin, die ganze Sache ist ein Fall für die Polizei.«

Norma fand Jerome laut, polternd und ein wenig bedrohlich, jedenfalls sah sie sich außerstande, ihn weiter herauszufordern. Ohnehin war da immer schon eine Kluft zwischen den Sozialarbeitern und der Polizei gewesen. Passen Sie auf, daß Sie die Polizei nicht wütend auf uns machen, pflegte Normas Vorgesetzte zu raten.

Angesichts von Jeromes Aussagen mag man vielleicht denken, die Sozialarbeiterin irre sich, aber in ihrem Arbeitsbuch findet sich unter dem entsprechenden Datum – Dienstag, 13. April – folgender Eintrag:

> Ich rief die Polizeibehörde von White Bear Lake an und wurde mit einem Lieutenant . . . verbunden. Ich erfuhr dann,

daß ich mit Lt. Sweras (= Zerwas) sprach, Bruder von Mrs. J.; Lt. Sweras sagte, wegen Dennis solle man Dr. Peterson kontaktieren, Dennis sei nie ganz in Ordnung gewesen, er habe eine empfindliche Haut gehabt, die schnell Flecken aufweise ...

An diesem Dienstagvormittag arbeitete Jim Honsa mit besonderer Sorgfalt an Dennis' Leiche, die er für die gegen 18 Uhr beginnende Besuchszeit zurechtmachen mußte. Dennis lag in seinem Sarg in der Kapelle, in die auch die Besucher kommen würden, denn der Leichenbestatter wollte unter dem gleichen Licht arbeiten, in dem auch die Besucher die Leiche sehen würden.

Irgend jemand aus der Familie hatte eine Krone aus Rosen gebracht, die auf Dennis' Haupt gelegt werden sollte, und das schuf ein zusätzliches Problem. Denn zuerst galt es ja einmal, all diese gräßlichen Wunden und blauen Flecken verschwinden zu lassen. Eine solche Krone hatte Jim Honsa noch nie gesehen – sie sah aus wie ein Heiligenschein. Mit dem Kissen hoch hinter dem Kopf, wie sollte er die Krone anbringen, ohne daß sie abstehen würde? Honsa entschloß sich schließlich, einen Teil der Krone auszuschneiden, und sie dann um Dennis' Stirn zu legen, wie das Stirnband eines Zehnkämpfers. Zufrieden prüfte er das Ergebnis. Ja, das klappte.

Während er sich über die Leiche beugte, spürte Honsa, daß jemand an der Tür der Kapelle stand. Jerome Zerwas grüßte Honsa lässig, denn sie kannten sich einigermaßen gut.

»Jim, ich möchte hinter seine Ohren sehen«, sagte Jerome.

Honsa beobachtete die Inspektion des Lieutenants mit Neugier und Interesse.

Bis jetzt hatte Honsa diese Stellen hinter den Ohren überhaupt noch nicht bemerkt. Jerome wirkte sehr ernst, als er den Körper betrachtete.

Nun, vielleicht war das ja überhaupt nicht der Lieutenant, denn auch diese Begegnung sollte Jerome später heftig abstreiten. Vielleicht war es ein anderer Leichenbestatter, der schwindelte oder sich irrte. Aber viele Jahre später sagte Honsa – wie die anderen auch –, daß er sich an Jeromes Worte an diesem Tag genau erinnern könne. Immerhin waren es Worte, die den Leichenbestatter mit Stolz erfüllten: »Jim, gute Arbeit, das alles wegzumachen.«

Das Begräbnis

Seine vornehmste Aufgabe als Leichenbestatter hatte Jim Honsa immer darin gesehen, den Leuten in ihrer Trauer zu helfen.

Harold und Lois Jurgens jedoch hatten ihm niemals gestattet, die Rolle des Seelentrösters zu übernehmen. Als sie am Tag vor dem offiziellen Besuchstermins auftauchten, zeigten sie keinerlei Gefühlsbewegung. Es war, als ob sie betäubt wären. Vergeblich hatte Honsa versucht, ein Gespräch mit ihnen zustandezubringen.

»Kann ich Ihnen Hut und Mantel abnehmen?« fragte er, als sie zum erstenmal zur Leichenhalle kamen. Sie hatten noch nicht einmal geantwortet – keinerlei Reaktion, nicht einmal ein Nein.

»Möchten Sie reingehen und warten?« fragte er. Wieder keine Antwort.

»Okay, dann kommen Sie mit mir«, sagte Jim Honsa entschlossen.

Sie folgten ihm zum Sarg. Die Jurgens schauten ein paar Augenblicke auf die Leiche, dann gingen sie wieder.

Honsa war vor Verblüffung sprachlos. Normalerweise mußte er die Familien von der Leiche fernhalten, um seelische Zusammenbrüche zu verhindern.

Am Ende gab der Leichenbestatter auf. Er wickelte alle das Begräbnis betreffende Angelegenheiten – Sargträger, Terminplan, Reihenfolge der Autos – durch Lois' Bruder Jerome ab. Die Beerdigung sollte am Mittwoch morgen stattfinden, genau zu jener Zeit, da auch Präsident Johnson in St. Paul landen würde, um der Bevölkerung seine Unterstützung im Kampf gegen die Sturmfluten zuzusichern.

Ihr Freund, Gary Venney, hatte versucht, Barbara Wisdorf die Teilnahme an der Beerdigung auszureden, hatte aber damit keinen Erfolg. Also fuhr Gary seine Freundin am Mittwoch kurz vor zehn Uhr von North St. Paul zur Leichenhalle nach White Bear Lake. Er blieb draußen und wartete im Auto, während sie im strömenden Regen durch die Tür der Leichenhalle trat.

Barbara war ein mageres, zerbrechlich wirkendes Mädchen von achtzehn Jahren mit sanften und gepflegten Manieren, die jedoch gelegentlich etwas kühner werden konnten, wenn ihre großen braunen Augen voller Schalk blitzten. Da sie mit Joanne, der Tochter von Lois' ältester Schwester Eloise, gut befreundet war, hatte sie vor einigen Jahren drei oder vier Abende pro Woche in der Familie Zerwas verbracht, meistens im Haus der Eltern an der Park Street in White Bear Lake. Diese drei Jahre von 1962 bis 1964 waren eine völlig neue Erfahrung für ein Mädchen, das in einem liebevollen, aber streng katholischen Haus als einzige Tochter eines Malermeisters aufgewachsen war. Barbara wurde von Franziskaner-Nonnen an einer katholischen Schule unterrichtet, und zu Hause gehorchte sie ihren Eltern, daher waren ihre Besuche bei den Zerwas wie ein Schritt in eine andere Welt.

Und Barbara geriet bei jedem Besuch aufs neue ins Staunen über die Szenerie, die sich ihr darbot. Die Haustür führte direkt in die Küche, in deren Mitte ein riesiger quadratischer Holztisch stand. Links lag das Wohnzimmer, vollgestopft mit alten Möbeln. In diesem Haus gab es keine Regeln, keine Grenzen zwischen alt und jung. Die Unterhaltung, selbst schmutzige Witze, wurden nicht unterbrochen, wenn Kinder ins Zimmer kamen. Die Frauen rauchten – Joanne sogar unter den Augen ihrer Mutter. Die Männer flirteten mit jedem jungen Mädchen, kniffen und betatschten sie und zogen sie sich auf den Schoß. Barbara war jedoch derartig mager, daß man sie nicht weiter beachtete, deshalb bekam sie keine Schwierigkeiten. ›Locker‹ war das Wort, das ihr zur Beschreibung der Atmosphäre dieses Hauses in den Sinn kam. Keiner von den Damen und Herren schien zu arbeiten, und keiner schien überhaupt irgend etwas ernst zu nehmen. Jerome Zerwas Anwesenheit verwirrte Barbara – ein Polizist in solcher Umgebung! Sie befürchtete, er würde sie wegen Rauchens verhaften.

Tatsächlich ging sie gerne ins Haus der Zerwas. Zwar hielt sie die ganze Bande für Verlierer, deren Lockerheit jedoch gefiel ihr. Hier durfte Barbara immer hingehen, denn ihre Eltern dachten, alles sei okay, da ja bei den Zerwas auch Eltern anwesend waren.

Als Lois zum ersten Mal bei den Zerwas mit Dennis auftrat, war Barbara sehr erstaunt, denn wie die anderen hatte auch sie ein neugeborenes Baby erwartet. Am meisten waren ihr Dennis' Kraft und seine schelmischen, blitzenden Augen aufgefallen. Als sie Dennis zum zweiten Mal bei den Zerwas sah, hatte Lois ihn am Boden und versuchte, ihm das Laufen beizubringen. Barbara hatte diese Szene niemals vergessen.

Wieder und wieder fiel Dennis ins Krabbeln zurück, Lois hob ihn hoch und schlug ihn auf den Po. Es ging hin und her, ein Kampf, der eine Viertelstunde dauerte und sich schließlich derartig steigerte, daß Lois den Kleinen am Arm riß und ihm Schläge mit der offenen Hand versetzte. Barbara, damals sechzehn, blickte sich erschrocken um. Kein Mensch im Zimmer unternahm irgend etwas. Die anderen sahen, wie Lois das Kind verprügelte, saßen da, ignorierten es, redeten weiter. Andere Kinder krabbelten herum, krochen in Schränke, machten sich schmutzig. Dennis weinte, war aber stur und zeigte Eigenwillen und Kampfgeist, denn sobald Lois ihn losließ, fiel er sofort wieder auf die Knie und krabbelte los.

Während ihrer folgenden Besuche bei den Zerwas erlebte Barbara weitere Zänkereien zwischen Lois und Dennis. Es waren nicht nur die merkwürdigen Dinge, die Lois mit Dennis anstellte, es war ihre ganze Art. Lois schien dieses Kind zu hassen; für sie war er dumm, häßlich, fett, ungeschickt. Sie machte ihn die ganze Zeit richtig fertig. Barbara ging nach Hause und erzählte ihrer Mutter, wie Lois mit dem Kind umging. Sie konnte natürlich nicht alles erzählen, nichts von den flirtenden Männern, den schmutzigen Witzen und den vielen Zigaretten, aber von Dennis konnte sie erzählen.

Eines Tages, etwa sechs Monate nach ihrer ersten Begegnung mit Dennis, kam Barbara zum Haus der Zerwas und fand Lois in der Küche, wo sie das Baby mit Kartoffelbrei fütterte. Er saß in einem Kinderstuhl, die Hände mit einem Handtuch festgebunden, Lois auf einem Stuhl neben ihm. Mit der einen Hand hielt sie dem Jungen den Mund offen, mit der anderen schob sie ihm löffelweise den Brei hinein. Dennis spuckte ihn aus, sie stopfte dem Jungen das Essen rein, wieder und wieder. Schließlich würgte er und erbrach sich, aber sie fütterte ihn weiter mit dem Brei und dem Erbrochenen. Jetzt schrie Dennis in seiner Qual. Die ganze Zeit saßen die anderen Familienmitglieder dabei, redeten und schwätzten und schienen die Szene völlig zu ignorieren.

Sie wissen, was los ist, dachte Barbara. Immerhin reden sie über sie, wenn sie nicht da ist.

Barbara wußte nicht genau, was sie stärker aufregte, Lois brutale Erziehungsmethoden oder die Gleichgültigkeit der Familie. Wieder sprach sie mit ihrer Mutter darüber. Ihre Mutter hörte zu, aber da ja andere Erwachsene darin verwickelt waren, konnte sie sich überhaupt nicht vorstellen, was Barbara da erzählte.

Gegen Ende August 1963, Barbara war gerade siebzehn geworden, begleitete sie Joanne und ihre Mutter Eloise auf einem Camping-Trip nach Gunflint Trail im nördlichen Minnesota. Die Fahrt war herrlich, grüne Täler und Wälder mit prächtigen Pinien. Lois und ihre beiden Jungen kamen für eine Nacht zu ihnen, und das freute Joanne, denn jetzt hatte sie Hilfe beim Zeltaufstellen. Früh am nächsten Morgen entschied Lois, es sei Zeit für Dennis, seine Blase zu entleeren. Barbara war wach und schon auf – sie konnte nicht schlafen, nicht einmal richtig atmen, so drückend und heiß war es. Lois holte den Nachttopf aus dem Kofferraum ihres Wagens und ging mit Dennis in ihr Zelt. Barbara konnte hören, wie sie den Kleinen anschrie. Das Zelt schien vor Barbaras Augen zu schwanken. Die Hitze war so groß, daß Lois im Zelt keine Luft bekommen konnte, also kam sie raus, schöpfte Atem, ging wieder rein und brüllte weiter, bis Dennis weinte. Barbara hörte Geräusche, die wie Schläge klangen. Ihr kam diese Szene gespenstisch vor, es war so aberwitzig und unglaublich, daß diese Frau in solcher Hitze eine Blasenentleerung verlangte. Nach zehn Minuten begaben sich Barbara und Joanne, die das Gezänke nicht mehr ertrugen, auf einen kurzen Spaziergang. Als sie wiederkamen, hatte die Familie Jurgens bereits gepackt und war abgefahren.

Die ganze Sache hatte Barbara derartig aufgeregt, daß sie zu Hause Probleme mit dem Schlafen bekam. Ihre Mutter, die ihr endlich zu glauben begann, schlug ihr vor, die Wohlfahrtsbehörde anzurufen. Sie gab ihrer Tochter die entsprechende Telefonnummer und saß dabei, als Barbara das Gespräch führte.

»Ich möchte eine Kindesmißhandlung melden«, sagte die Tochter.

Eine Stimme fragte nach ihrem Namen und Alter und nach Einzelheiten. Barbara erzählte ihre Geschichte, so gut sie konnte. Sie befürchtete, daß man sie ignorieren würde, aber noch furchterregender war der Gedanke, daß die Vertreter der Behörde zu den Jurgens rausfahren könnten. Dann würden Lois und die Zerwas-Familie Barbara zur Rede stellen, und davor hatte sie die meiste Angst. Doch nichts davon traf ein. Barbara hatte den Eindruck, daß die Behörde keinerlei Interesse an dem Fall hatte.

Nach dem mißglückten Camping-Ausflug ging Barbara nicht mehr so häufig ins Haus der Zerwas. Sie war erwachsen geworden, verliebte sich und zog von zu Hause fort. Als sie Dennis zum letztenmal sah – das mußte spät im Jahr 1964 gewesen sein, kurz vor seinem dritten Geburtstag –, stand er neben Harold vor der Haustür des elterlichen Zerwas-Hauses. Ihr fiel auf, daß der einst stämmige, lebhafte Junge mittlerweile schrecklich dünn aussah, merkwürdig lustlos wirkte und am ganzen Körper blaue Flecken hatte. Es war kein Leben mehr in ihm – kein Schalk, kein Feuer in seinen Augen. Er war nicht mehr der fröhliche, aufgeweckte Dennis aus früheren Tagen.

Und jetzt, sechs Monate später, war er tot.

Als sie an die Tür der Leichenhalle kam, fand Barbara eine Meute von Zerwas-Cousinen im Inneren – Joanne, Theresa, Willem, Patty, Butch und all die anderen, die sie schon seit langem nicht mehr gesehen hatte. Alle waren ziemlich aufgeregt.

»Sie hat ihn umgebracht«, flüsterten sie einander zu. »Lois

hat ihn umgebracht.« Sie erzählten Barbara die Geschichte, wie sie sie verstanden, obwohl es unklar blieb, woher sie es wußten. Angeblich wollte Lois Dennis den Rosenkranz beibringen. Wenn er ein Gebet verpaßte, wurde sie wütend, schlug ihn und ließ ihn auf einem Besenstiel knien. Und sie klemmte eine Wäscheklammer an seinen Penis. Jedesmal, wenn er ein Gebet verpaßte, ging es von vorne los. So jedenfalls lauteten die Geschichten, die jetzt umliefen.

Barbara sah sich um. Die Leichenhalle war ein einstöckiges Gebäude aus rotem Ziegelstein mit großen senkrechten Fenstern, die von schweren Vorhängen bedeckt waren. Sie hatte erwartet, daß hier Trauer herrschen würde, daß die meisten Leute weinen würden, statt dessen waren alle aufgeregt und redeten lebhaft miteinander. Lois stand mitten in der Menge und wirkte auf Barbara wie ein riesiger Eisblock.

Barbara ging ins Besucherzimmer und trat an den Sarg. Jim Honsa hatte sein Bestes gegeben, aber Dennis war blond und von heller Hautfarbe, deshalb hatte auch der Leichenbestatter die vielen Flecken nicht unsichtbar machen können. Barbara sah die Abschürfungen auf der Stirn, eine Wunde an der rechten Schläfe, eine auf der Backe, eine neben der Nase. Der Kranz aus weißen Rosen saß nicht auf Dennis Kopf, sondern mehr auf der Stirn, als sollte er die Wunde dort verstecken.

Andere Trauergäste hatten diese Wundmale ebenfalls bemerkt. Lois' Schwester Beverly, die gelegentlich in Bestattungsunternehmen als Friseuse arbeitete und Make-up machte, zählte insgesamt sechs, und Harolds Vorgesetzter in der Firma Muska Electric, Walter Moore, sah sie ebenfalls. Als er in den Sarg blickte, dachte Moore: Den Jungen haben sie umgebracht. Diejenigen bei dem Begräbnis, die den Mut hatten, die Sache offen anzusprechen, erhielten von Lois die Antwort, die Polizei habe das Kind geschlagen, als sie es abholten. Das, sagte sie, sei der Grund für all die blauen Flecken. Aber zum größten Teil wurde die Sache ignoriert. Barbara konnte die Atmosphäre nicht fassen – es war fast wie auf einer Party. In den Ecken hockten Kinder, die darüber sprachen, wie Lois den kleinen Dennis umgebracht habe, und in einer anderen Ecke stand Lois, außer Hörweite, wie eine Königin. Niemand im Raum vergoß auch nur eine einzige Träne.

Barbara rannte weinend nach draußen, durch den strömenden Regen und kletterte zu Gary ins Auto.

»Mein Gott«, flüsterte sie. »Lois hat dieses Kind umgebracht, und niemand unternimmt irgend etwas. Das ist schrecklich!«

Dieser kurze Ausbruch bestätigte Gary nur in seiner Meinung, daß Barbara besser gar nicht zu der Beerdigung gegangen wäre. Es war einfach zuviel für sie. Gary brachte sie schnell zum Haus ihrer Großeltern, Ed und Dolores Heroff, und half ihnen, sie wieder zu beruhigen.

Vor drei Monaten war Barbaras Mutter im Alter von einundvierzig Jahren an Krebs gestorben, und ihr Vater fing an, den Verstand zu verlieren, verschwand einfach, unfähig, alles in den Griff zu bekommen. Barbara wandte sich jetzt häufig mit ihren Problemen an die Großeltern, deshalb war dieser Besuch nichts Besonderes. Heute hatten die Heroffs den Eindruck, Barbara übertreibe und sei wegen ihrer jüngsten seelischen Belastungen übermäßig erregt. Sie beruhigten sie und lenkten ihre Aufmerksamkeit auf andere Themen.

Barbara hörte niemals mehr etwas über Dennis' Tod. Die Polizei sprach sie nicht an – Pete Korolchuk und Bob VanderWyst wußten überhaupt nichts von ihrer Zeugenschaft –, und sie wandte sich auf nicht mehr von sich aus an die zuständigen Stellen. Nach einiger Zeit heiratete sie Gary Venney und begann ein neues Leben. Die Erinnerung an Dennis beschäftigte sie zwar nicht täglich, aber doch oft genug. Bald hatte sie ihre eigenen Kinder, vier an der Zahl, blond und lebhaft, die sie gelegentlich an Dennis erinnerten. Dann erzählte Barbara den Leuten, daß sie einmal eine Hexe gekannt habe, die ihr Kind mißhandelt und umgebracht habe. Aber niemand wollte Barbara Venney, geborene Wisdorf, Glauben schenken.

Karfreitag

Zwei Tage nach Dennis' Begräbnis, am Karfreitag, dem 16. April, erhielten Pete Korolchuk und Bob VanderWyst die Information, daß einige Mitglieder der Zerwas-Familie, mit denen sie bereits gesprochen hatten, weitere Aussagen machen wollten.

Wieder einmal lassen die Protokolle der Polizisten an exakter Information zu wünschen übrig. Korolchuk schrieb:

> Am 16. 4. 1965 machten Officer VanderWyst und ich bei den folgenden Personen einen zweiten Besuch im Zusammenhang mit den Untersuchungen über den Tod des Dennis Craig Jurgens. Mrs. Gerald Dube... Mister und Mrs. Kopp... Lorenzo Arsenal... Mrs. Eloise Bartholmy... Grund für unseren zweiten Besuch war die Information, daß einige dieser Leute erneut mit uns sprechen wollten...
>
> Mrs. Kopp... gab uns mündliche Aussagen zu diesem Fall. Diese Information betraf Handlungen, die angeblich von Lois Jurgens gegen Dennis Jurgens vorgenommen worden waren, wobei Harold Jurgens bei diesen Handlungen anwesend war. Mrs. Kopp sagte uns, sie würde eine schriftliche Aussage unterschreiben. Mrs. Kopps Information scheint unterzeichnete Aussagen zu bestätigen, die wir von Verwandten und Nachbarn der Jurgens vorliegen haben. Mrs. Kopp machte ferner mündliche Aussagen zu Vorgängen, die uns bis dahin unbekannt waren.
>
> Mister und Mrs. Lorenzo Arsenal haben jetzt ebenfalls mündliche Aussagen gemacht, die frühere, bereits unterzeichnete Aussagen zu bestätigen scheinen. Mrs. Eloise Bartholmy sagte bei unserem zweiten Besuch, sie würde eine uns bereits früher gegebene Aussage unterschreiben.

Die in diesem Protokoll genannten Personen waren sämtlich Schwestern von Lois Jurgens bzw. deren Ehemänner. Stunden später sprachen Korolchuk und VanderWyst mit einer anderen Schwester, Beverly, und mit Lois' Eltern. Korolchuk schrieb:

> Officer VanderWyst und ich kontaktierten eine Beverly Zerwas, Schwester von Mrs. Jurgens. Berverly Zerwas machte mündliche Aussagen über uns bisher unbekannte Vorgänge und sagte, sie würde eine schriftliche Fassung unterschreiben.
>
> Ferner sprachen Mister und Mrs. John H. Zerwas, die Eltern von Mrs. Jurgens, mit uns. Keiner von ihnen hatte neue Information, sie berichteten jedoch über Ereignisse während der Abwesenheit von Lois Jurgens im Crestview-Sanatorium. Ich fragte Mrs. John Zerwas, ob sie glaube, Mrs. Jurgens sei psychotisch. Sie sagte ›absolut‹. Mister und Mrs. John H. Zerwas sprachen jeweils privat mit uns. Mister John Zerwas sagte, er glaube, seine Tochter (Mrs. Jurgens) brauche wegen einer möglichen seelischen Problemlage Hilfe und zeigte sich auch besorgt, Mrs. Jurgens könne sich etwas antun. Mister und Mrs. Zerwas sagten, sie würden uns schriftliche Aussagen geben.

Am Ende der Woche waren Korolchuk und VanderWyst voller Zuversicht. Die Nachforschungen kamen zügig voran, und es bestand Hoffnung auf zahlreiche eidesstattliche Zeugenaussagen. Folglich beschlossen Bob und Pete am Freitag, dem Büro des Staatsanwaltes von Ramsey County einen Besuch abzustatten.

Am Karfreitag verlangsamte der Mississippi seinen ununterbrochenen Anstieg und blieb knapp unterhalb der Neunmetermarke.

Trotz der Fahrprobleme und des Feiertagsverkehrs wurde an diesem Nachmittag im Gerichtsgebäude des Bezirks Ramsey eine ›Notsitzung‹ einberufen. Drei Leute – Beatrice Bernhagen und Paul Schroeder von der Wohlfahrtsbehörde und Bertrand Poritsky von der Bezirksjugendbehörde hatten gegen Mittag zu

Hause Anrufe von Paul Lindholm bekommen, dem Stellvertretenden Bezirksstaatsanwalt, bei dem die Entscheidung lag, welche Fälle eine strafrechtliche Verfolgung forderten.

Wir haben da einen Fall, an dem wir sofort arbeiten müssen, sagte Lindholm.

Die Versammlung fand in dem kleinen Büro des Staatsanwaltes im dritten Stock des Gerichtsgebäudes statt. Die Sitzung begann mit einer Kostprobe von Lindholms makabren Humor. Als die vier ihre Stühle an den Konferenztisch schoben, warf Lindholm die Hochglanzfotografie eines Mordopfers auf den Tisch, das Bild eines erwachsenen, von Kugeln durchsiebten Mannes. ›Willy the Bird‹, ein lokaler Gangster, war vor seinen Schöpfer getreten. Lindholm sammelte solche Fotos, hatte einen Stapel davon im Schreibtisch und amüsierte sich über die erschreckten Reaktionen der Leute, denen er sie zeigte.

Lindholm war ein großer, fülliger Mann mit ausdruckslosem Gesicht, wenig Schliff und ohne jede Illusion über seine Arbeit oder das Rechtssystem. Richtig oder falsch, gut oder schlecht, schuldig oder unschuldig, darauf kam's überhaupt nicht an. Beweise vor Gericht waren das einzige, was zählte.

VanderWyst und Korolchuk, so stellte sich heraus, hatten Lindholm genug Material über den Fall Jurgens geliefert, um ihn zur Ermittlung zu veranlassen. Die Frage, ob es hier zu einer Anklageerhebung kommen würde, war noch offen.

Sie seien heute hier zusammengerufen worden, erklärte Lindholm, weil ein kleiner Junge in White Bear Lake an einem Blasenriß gestorben sei. Aus den Polizeiunterlagen und aus den Aussagen einiger Verwandte gehe ziemlich deutlich hervor, daß Dennis Jurgens mißhandelt worden sei. Es sei noch ein anderer Junge in diesem Haus, der fünfjährige Robert, und die Untersuchungsbehörde habe die Befürchtung, ihm könne das gleiche passieren. Müßten sie ihn dort rausholen?

Lindholm wartete auf die Reaktion der anderen. Poritsky war ein kluger, gelehrter Absolvent der Columbia Law School, aber er war noch jung und neu im Büro des Staatsanwalts. Schroeder, der Verbindungsmann zwischen der Wohlfahrtsbehörde und dem Jugendgericht, war gleichermaßen unerfahren.

Folglich richteten sich aller Augen auf Beatrice Bernhagen, die Direktorin der Sozialen Dienste der Wohlfahrtsbehörde.

Sie war eine kleine, dicke Person mit der typischen Ungeduld ›heller Köpfe‹. Um mit Bernhagen zurechtzukommen, hielten ihre Mitarbeiter es für das beste entgegenkommend und dienstbeflissen zu sein, denn sie stellte Anforderungen, war bestimmend und lebte in der Überzeugung, von inkompetenten Leuten umgeben zu sein.

Beatrice Bernhagen zögerte keinen Augenblick. »Wir sollten den Jungen da rausholen«, sagte sie. »Und zwar sofort.«

Lindholm hatte bereits einen Antrag aufgesetzt mit der Bitte an das Jugendgericht, einen Notfall-Entfernungsauftrag herauszugeben. Schroeder sollte der Antragsteller sein, und Poritsky sollte die Wohlfahrtsbehörde vor dem Jugendgericht vertreten.

Das Jugendgericht des Bezirks Ramsey bestand im Jahr 1965 aus einer einzigen Person. Am frühen Abend des Karfreitags begaben sich Schroeder und Poritsky daher zum Haus des Richters Archie Gingold.

Sie trafen Gingold nicht in seinem Haus an, sondern in dem seiner Mutter. Als der Richter die Haustür öffnete, konnte Poritsky über dessen rechte Schulter den reichhaltig gedeckten Tisch im Eßzimmer sehen. Gingold war Jude, seine Frau Protestantin, entsann sich Poritsky, deshalb feierten sie wohl Karfreitag und das Passahfest gleichzeitig. Großartig, dachte er. Wir haben es geschafft, gleich zwei Feiern auf einen Schlag zu stören.

Aber Gingold schien das nichts auszumachen. »Kommen Sie rein, kommen Sie rein«, sagte er. Er war ein kleiner, temperamentvoller Mann. Richter Gingold bestand darauf, die beiden Männer zuerst seiner Familie vorzustellen – seiner Mutter, seiner Frau, einer Schwester, drei Töchern –, bevor man sich in sein Arbeitszimmer zurückzog. Voller Entschuldigungen informierte Poritsky Gingold kurz über den Inhalt des Falles, während der Richter die vor ihm liegenden Dokumente durchsah. Gespannt saß Schroeder in seinem Sessel, denn Gingold, der an sich warmherzig und gesellig war, konnte gelegentlich auch reizbar und ausgesprochen jähzornig sein. Immer wenn Schroeder ihm eine Petition brachte, unterwarf der Richter ihn einem harten Test, und Paul hatte bereits vor langer Zeit gelernt, auf der Hut zu sein. Mir gefällt diese Formulierung oder jene Schlußfolgerung nicht, kritisierte der Richter häufig. Stets verlangte er vollständige Information, jede Menge Fakten, damit er später, im Verlauf der Angelegenheit, nicht auf die Nase fallen konnte.

Aber diese Petition im Fall Jurgens bereitete dem Richter keinerlei Schwierigkeiten. Nachdem er die Unterlagen kurz geprüft hatte, zog er einen Füllfederhalter hervor und unterschrieb die Papiere an der dafür vorgesehenen Stelle.

Als Korolchuk und VanderWyst kaum eine Stunde später an die Tür von Lois' Haus klopften, öffnete Harold die Tür. Die beiden Polizisten wappneten sich innerlich für die von ihnen erwartete Konfrontation. Falls nötig, überlegten sie, würden sie Verstärkung herbeirufen.

»Wir haben einen von Richter Gingold unterzeichneten Beschluß, Robert abzuholen«, sagte Korolchuk.

Noch in der Tür stehend, prüfte Harold das Papier. Er schien einen Schock zu haben, das offiziell aussehende Dokument und der Auftrag der Polizisten trafen ihn wie ein Keulenschlag.

»Ich denke, das war's dann«, sagte Harold.

Die Beamten konnten Lois hören, aber nicht sehen – sie stand direkt hinter der Tür und sprach mit Harold, aber auf den Stufen vor dem Haus konnte man die Worte nicht genau verstehen – bis auf diese Ausnahme: »Wir müssen ihm ein paar Sachen mitgeben. Eine Minute, ich hole einen Papiersack.«

Harold wandte sich wieder zu den Beamten um. »Ich wünschte nur, Doc Peterson hätte sich Dennis genauer angesehen«, sagte er. »Die müssen ihn in der Leichenhalle zusammengeschlagen haben. Als er von hier weggebracht wurde, hatte er diese ganzen blauen Flecken mit Sicherheit nicht am Körper.« Kurz danach brachte Harold den kleinen Robert zur Haustür und übergab ihn Korolchuk. Die Szene schien abzurollen wie unter Wasser, so langsam und verhalten ging alles vor sich. Niemand weinte oder schrie oder drückte irgendein Gefühl aus. Da VanderWyst den Jungen vor fünf Tagen schon einmal zu sich nach Hause gebracht hatte, kam der Junge ohne Zögern zu ihm. Schon wenige Minuten nach dem ersten Klopfen an die Tür hatten die Beamten ihren Auftrag erfüllt und kehrten zu ihrem Auto zurück. Die ganze Angelegenheit kam ihnen äußerst seltsam vor.

»Das haut mich aus dem Sattel«, sagte Korolchuk und sah seinen Partner an.

»Ja, wirklich, das haut mich um«, sagte VanderWyst.

Nachdem sie Richter Gingold verlassen und den beiden Polizeibeamten der White Bear Police den unterzeichneten Befehl übergeben hatten, verspürten Bertrand Poritsky und Paul Schroeder ein Gefühl der Niedergeschlagenheit. Sie waren erschöpft und brauchten dringend Entspannung.

»Kommen Sie auf einen Drink rüber«, schlug Poritsky vor.

Gegen 19 Uhr erreichten sie Poritskys zweistöckiges Fachwerkhaus in der McAlister-Groveland-Gegend von St. Paul. Poritskys Frau Joanie war in der Küche und bereitete Roastbeef zu, deshalb nahmen die beiden Männer in einem Nebenzimmer Platz und konzentrierten sich auf ihre Gin-Martinis. Sie tranken und redeten und füllten ihre Gläser nach.

Wie kann so was nur passieren, fragten sie sich. Sie waren ganz sicher, daß diese Frau das Kind getötet hatte. Die Details wirkten so schrecklich und furchtbar, daß man sie am liebsten sofort aus dem Gedächtnis verbannte. Poritsky und Schroeder gossen sich ein drittes Mal ein – der Gin half ihnen, die schlimmen Einzelheiten zu verdunkeln.

Als Robert an diesem Karfreitag gegen elf Uhr nachts im St. Paul-Ancker-Hospital eintraf, fiel den Sozialhelferinnen sogleich auf, daß er für einen fünfjährigen Jungen ein unnatürliches Interesse an Religion an den Tag legte. Bei sich hatte er Rosenkränze, ein Gebetbuch und ein Bild des Heiligen Franz von Assisi, über den er alles wußte. Dennis sei an Hunger gestorben, erzählte Robert einer Helferin. Seine Eltern hätten den Doktor gerufen und der Doktor habe die ›Cops‹ gerufen und die hätten Dennis abgeholt. Robert erzählte auch viel von seiner Mutter und weigerte sich, Süßigkeiten zu essen, die die Helferinnen ihm anboten. »Nein, nein«, sagte Robert standhaft. »Meine Mutter mag das nicht.«

Ein totes Pferd reiten

Die Geschichte, die Pete Korolchuk und Bob VanderWyst erzählten, variierte nur wenig. Die beiden saßen im Mannschaftsraum – Donnerstag nachmittag, 15. April, glaubten sie –, als Jerome Zerwas hereinkam. Sein Charme wirkte etwas dünn; »er war völlig verändert, man könnte sagen, er wirkte höhnisch«, sagte VanderWyst später. Jerome hatte ihnen etwas mitzuteilen.

»Er sagte zu Sergeant Korolchuk und zu mir, daß er alles in seiner Macht tun werde, um Lois da rauszuholen, und wenn es ihn seinen Job kosten würde«, sagte VanderWyst unter Eid aus, einen Monat später im Gerichtssaal.

Wieder einmal klingen Jeromes Erinnerungen gänzlich anders. Ebenfalls unter Eid stehend, stellte er nicht einfach nur den Gesprächsinhalt in Frage – er behauptete steif und fest, das ganze Gespräch habe überhaupt nicht stattgefunden.

Vielleicht, aber wenn Korolchuk und VanderWyst sich dieses Gespräch zusammenphantasierten, dann waren es zumindest besonders lebhafte Tagträume, denn schon bald sprachen sie auch mit anderen über dieses Ereignis. VanderWyst erzählte es seinem Kollegen Sergeant Howard Markuson, der es wiederum seinem Nachbarn, Donald Tomsuden, berichtete. Korolchuk erzählte es Buzz Harvey.

Harvey erinnerte sich später: »Ich konnte spüren, daß Pete und Bob Probleme hatten. Sie sagten mir, besonders Pete, daß Zerwas sie gewarnt hatte, er würde alles tun, um seine Schwester zu beschützen. Ich glaube, sie fühlten sich sogar physisch bedroht. Jerome war ein Riese und hatte einen Titel.«

Korolchuk und VanderWyst berichteten auch Paul Lindholm, dem Stellvertretenden Bezirksstaatsanwalt von Ramsey County, von dem Vorfall.

»Sie waren beunruhigt, weil Jerome Harold und Lois abschirmte«, erinnerte Lindholm sich Jahre später. »Sie sagten,

Jerome werde sie möglicherweise bei ihren Untersuchungen behindern.«

Weshalb auch immer, an diesem Osterwochenende fühlten sich Korolchuk und VanderWyst unbehaglich – sie brannten darauf, die Aussagen der Zerwas-Familie aufzunehmen und die Unterschriften, bevor die Leute anfingen, sich zurückzuziehen. Immerhin war dies eine fest zusammenhaltende Familie, und ganz anders als bei den Vertretern des ›Norton-Flügels‹ waren die, die tatsächlich geredet hatten, ziemlich zögerlich gewesen.

So fuhren sie am Montag gegen 14 Uhr zum Haus von Sharon Kopp, begleitet von VanderWysts Frau Kay, die mitstenografieren sollte. Lois' Schwester begrüßte sie an der Tür – oder besser, sie gebot ihnen an der Tür Einhalt.

Das ungute Gefühl der beiden Beamten, so stellte sich jetzt heraus, war keineswegs unbegründet gewesen. Korolchuk schrieb:

> Am Montag, dem 19. April 1965, fuhren Officer VanderWyst, ich und Mrs. Robert VanderWyst gegen 14 Uhr zum Haus von Mrs. Sharon Kopp, um von Mrs. Kopp eine Aussage zu erhalten ... Mrs. Kopp kam an die Tür und sagte uns dort, auf Anraten ihres Rechtsanwaltes werde sie uns keine schriftliche Aussage geben. Sie sagte, sie würde alle ihr bekannten Einzelheiten über den Fall vortragen, wenn sie eine Vorladung vor Gericht bekäme. Sie sagte, sie wünsche keinerlei schriftliche Aussagen, damit sie zu einem späteren Zeitpunkt nicht eine Zivilprozeßklage bekomme, falls ihre schriftliche Aussage vor Gericht nicht benutzt oder sie selber nicht vorgeladen würde. Sie hatte den Eindruck, man könne sie später nicht anzeigen, wenn sie als Zeuge vor Gericht vorgeladen würde. Mrs. Kopp bestätigte, daß alle Informationen, die sie uns gegeben habe, wahr seien. Sie sagte ferner, Mister und Mrs. John H. Zerwas würden auf Anraten ihres Rechtsanwalts die gleiche Haltung einnehmen. Mister und Mrs. Lorenzo Arsenal verhalten sich gleichermaßen.

Korolchuk und VanderWyst standen jetzt vor einem schwierigen Problem. Sie hatten Kopps mündliche Aussagen in ihren Unterlagen gar nicht festgehalten, weil sie davon ausgegangen waren, noch eine schriftliche Aussage zu bekommen. Da sie aber unbedingt eine Zusammenfassung der Äußerungen brauchten, kehrten sie später am gleichen Tag zu Mrs. Kopp zurück.

Korolchuk schrieb in seinem Bericht:

> Gegen 18.30 Uhr kehrten Officer VanderWyst und ich zu Sharon Kopps Haus zurück. Wir sagten Mrs. Kopp (Sharon), wir möchten ihre früheren mündlichen Aussagen noch einmal überprüfen, um sicher zu sein, daß wir sie korrekt in unserem Bericht wiedergegeben hätten.
>
> Mrs. Kopp sagte uns, Mrs. Jurgens sei sehr streng mit Dennis Jurgens. Ferner sei Mrs. Jurgens sehr religiös. Mrs. Kopp berichtete, während eines Telefongesprächs mit ihrer Schwester habe sie gehört, wie Mrs. Jurgens mit Dennis geschimpft habe, weil der auf seine Hose getröpfelt habe, als er zur Toilette ging, und Mrs. Jurgens habe sinngemäß gesagt, sie müsse sich um Dennis kümmern. Mrs. Kopp sagte, sodann habe sie am Telefon Geräusche von Schlägen gehört und Mrs. Jurgens habe geschrien. Mrs. Kopp sagte, sie habe diese Geräusche eine lange Zeit gehört, ferner das Schreien von Mrs. Jurgens und das Weinen eines Kindes. Sie (Mrs. Kopp) sagte, sie habe die Stimme eines Kindes gehört, das darum bettelte, nicht mehr geschlagen zu werden. Das Weinen und das Betteln habe sie derartig mitgenommen, daß sie den Hörer niedergelegt habe und in ein anderes Zimmer gerannt sei, um diese Geräusche nicht mehr hören zu müssen. Als Mrs. Kopp zum Hörer zurückkam, sagte sie, die Verbindung sei noch offen gewesen, aber Mrs. Jurgens sei nicht mehr in der Leitung gewesen. Nach einer Weile sei Mrs. Jurgens wieder an den Apparat gekommen und habe das Gespräch mit Mrs. Kopp fortgesetzt.
>
> Mrs. Kopp berichtete ferner, Mrs. Jurgens habe ihr von einem Vorfall erzählt, der nach ihrer (Mrs. Kopps) Meinung zwei Wochen vor Dennis' Tod passiert sei.

Als Bestrafungsmethode habe Mrs. Jurgens ihrem Mann befohlen, eine Wäscheklammer an der Spitze von Dennis' Penis anzubringen, ferner, daß Dennis während des Rosenkranzgebetes auf einem Besenstiel habe knien müssen. Während des Rosenkranzgebetes soll Dennis Jurgens darüber geklagt haben, die Wäscheklammer tue ihm weh, Mister Jurgens solle sie endlich abnehmen. Aber die Wäscheklammer blieb während des Rosenkranzgebetes an Dennis' Penis, und nach dem Rosenkranzgebet soll Mrs. Jurgens zu Mister Jurgens gesagt haben, Dennis könne die Wäscheklammer selbst abnehmen. Mrs. Kopp sagte, ihre Schwester (Mrs. Jurgens) habe gelacht, als sie ihr diesen Vorfall erzählte.

Kopps Aussagen waren schwergewichtig, doch sie lagen nur in den Worten der Beamten vor und waren von Mrs. Kopp nicht unterschrieben worden; auch hatte sie keinen Eid darauf geleistet. Mehr konnten Bob und Pete jedoch nicht erreichen. Später, unter Eid, leugnete Kopp, den Beamten jemals solche Informationen gegeben zu haben.

So erging es VanderWyst und Korolchuk während der ganzen zweiten Woche. Sie strengten sich an, fügten hier eine Anekdote und dort ein Detail hinzu, doch die Quellen ihrer Informationen trockneten aus. Sharon Kopp behielt recht – auch die anderen Familienmitglieder weigerten sich, Aussagen zu unterschreiben. Harold und Lois waren hinter dem Schutzschild eines Rechtsanwalts in Deckung gegangen, und die, die jetzt noch reden wollten, hatten nur wenig zu sagen. Am Ende unterschrieben nur die beiden Ehepaare des Norton-Flügels der Zerwas-Familie schriftliche Aussagen, ferner noch ein Ehepaar aus der Nachbarschaft der Jurgens.

Allmählich ging der Fall VanderWyst gehörig auf die Nerven. Er war zwar ein gewissenhafter Mensch, aber gewiß nicht besonders zielstrebig. Gegen Ende April 1965 kam er derart verwirrt nach Hause, daß er drei oder vier Stunden mit seiner Frau über den Tod des Kindes reden mußte, bevor er sich soweit beruhigt hatte, daß er schlafen konnte.

»Warum macht niemand Schluß mit diesem Theater?« fragte

er seine Frau. »Gibt es denn niemanden, der diesem ewigen Hin und Her ein Ende machen kann?«

Eines Morgens, in der Woche nach Ostern, rief Lois Pater Reiser in Coon Rapids an. Sie hatte eine Frage an den Priester: Würde er wohl nochmals einen Empfehlungsbrief für sie schreiben? Möglicherweise würden sie ein weiteres Kind adoptieren.

Nach wie vor lag der Adoptionsantrag der Jurgens auf dem Tisch von Norma Potter in der Wohlfahrtsbehörde von Ramsey County.

Pater Reiser sah keinen Grund, die 1959 geschriebene Empfehlung zu ändern. Der Tod ihres Kindes Dennis war eine schreckliche Sache, doch nach wie vor dachte er, daß diese Familie jedem Kind eine ideale Heimstatt bieten konnte.

»Ja, natürlich«, antwortete also der Priester am Telefon. »Ich werde ganz bestimmt einen Brief zu Ihren Gunsten schreiben.«

Dennoch hatte Lois keinen Grund, allzu optimistisch zu sein. So leicht ließ sich das Wohlfahrtsamt des Bezirks Ramsey nun doch wieder nicht täuschen. Am Montag nach Ostern informierte Beatrice Bernhagen von der Wohlfahrtsbehörde einen mittleren Aufsichtsbeamten über das, was sie auf der Karfreitagssitzung in Lindholms Büro erfahren hatte, und dieser Aufsichtsbeamte gab die Informationen an Norma Potter weiter.

An diesem Montagabend schrieb Norma Potter in ihr Arbeitsbuch:

> Ich erhielt Informationen, daß Robert Jurgens im Zuge der Nachforschungen über den Tod des Dennis Jurgens abgeholt und zum Ancker-Hospital gebracht wurde. Der Untersuchungsrichter hatte Fotos von den Verletzungen an Dennis' Körper, und der Bezirksstaatsanwalt hatte genügend Dokumente und Beweise über Mißhandlungen, um den Status des ›Geschlagenen Kindes‹ festzustellen. Ferner gab es Beweise für Verstümmelungen an Dennis' Penis und Ohren.

Einen Tag später, am Dienstag und nach einer weiteren Informationssitzung, machte Norma ihre Schlußeintragung:

> Ich erhielt einen vollständigen Bericht über den Tod des Dennis Jurgens. Angesichts der verdächtigen Umstände beim Tod des Dennis Jurgens und angesichts der Petition des Jugendgerichtes von Ramsey County, welche eine Vernachlässigung von Robert befürchtet, können wir den Adoptionsantrag der Jurgens für ein drittes Kind nicht weiter behandeln. Aus diesem Grund wird unsere Hausstudie geschlossen und erst wieder geöffnet, falls die Angelegenheit, die zur Zeit vor dem Jugendgericht anhängig ist, zufriedenstellend gelöst wurde. FALL GESCHLOSSEN.

Norma Potter hatte sich bemüht, ihre letzten Eintragungen so sachlich wie möglich zu gestalten.

Um 14 Uhr am Donnerstag dieser Woche fand vor Richter Archie Gingold eine vorbereitende Verhandlung im Gerichtsgebäude des Bezirks Ramsey statt. Auf der einen Seite des Konferenztisches nahmen Bertrand Poritsky und die von ihm repräsentierten Antragsteller Platz, nämlich Paul Schroeder und Beatrice Bernhagen. Gegenüber saßen ein Rechtsanwalt namens Joseph H. Rivard sowie die Beklagten, die er vertrat – Harold und Lois Jurgens.

Der Zweck dieses kurzen Verfahrens war es, beide Seiten ihre Grundhaltungen klarlegen zu lassen und ein Datum für die Verhandlung festzusetzen, bei der über die Petition des Bezirks für zeitweilige Vormundschaft über Robert wegen Vernachlässigung im Hause der Jurgens entschieden werden sollte.

Rivard erhob sich, um für die Jurgens zu sprechen. Er wies alle Behauptungen zurück und protestierte heftig dagegen, dem Ehepaar Robert zu entziehen. Er fragte, ob das Gericht sich bereit erklären könnte – bis zur Verhandlung –, die zeitweilige Vormundschaft über Robert entweder Harolds Eltern oder Mister und Mrs. Jerome Zerwas zu übertragen.

»Mister Zerwas ist Lieutenant der Polizei von White Bear Lake«, sagte Rivard. »Ich kenne ihn persönlich seit etwa fünfzehn Jahren. Ich halte ihn für eine hochqualifizierte Persönlichkeit, äußerst fähig, genauso seine Frau, die ein ordentliches Haus führt. Er hat selbst Kinder... Roberts Situation im Ancker-Hospital ist... nun, das Kind weint und ist dort sehr unglücklich. Wir meinen, wenn das Gericht die Vormundschaft entweder Mister Zerwas oder den Großeltern väterlicherseits überträgt, wäre das im Interesse des Kindes.«

Die Wohlfahrt kann diese vorgeschlagenen Familien prüfen, sagte Richter Gingold, und wenn sie die Entscheidung treffe, daß das Kind dort untergebracht werden könnte, würde das Gericht dem nicht widersprechen.

Während er ungeduldig die Petitionspapiere des Bezirks durchblätterte, als müsse er Unrat sortieren, befürchtete Gingold, die Verhandlung würde einen ganzen Tag beanspruchen. Als er weiterlas, entschied er sich für zwei Tage und setzte als Verhandlungstermin den 10. und 11. Mai 1965 fest.

Zu Beginn der dritten Woche ihrer Nachforschungen hatten VanderWyst und Korolchuk den Eindruck, daß ihre Spuren kalt geworden waren; sie beschlossen, einen allgemeinen Überblick ihrer Nachforschungen anzufertigen. Zwei Tage lang saßen sie abwechselnd im Mannschaftsraum und im ›Jantzen's Motel‹, breiteten ihre Notizblöcke aus und sortierten ihre Unterlagen.

Am Mittwoch ließ Korolchuk sich im Mannschaftsraum der Polizeistation nieder, Schreibzeug in der Hand. Zunächst setzte er, schön zentriert, eine Überschrift auf das erste Blatt – ›Analyse der Informationsberichte vom 11. bis 26. April 1965‹. Dann übersprang er eine Linie auf dem Berichtsblatt und formulierte seinen ersten Satz: »Es scheint eine Anzahl von Unstimmigkeiten in den Informationen zu geben, die wir von Mister und Mrs. Jurgens erhalten haben.« Er fuhr fort:

Der Rechtsanwalt der Jurgens wurde kontaktiert und gefragt, ob er Mister und Mrs. Jurgens für eine weitere Befragung mitbringen könne. Er sagte, er würde uns kontaktieren, hat aber bis zum jetzigen Zeitpunkt noch nicht wieder angerufen. Wegen der schlechten Kommunikation zwischen den Jurgens und uns haben wir die folgenden Bereiche, die noch nicht völlig geklärt sind:

Mister und Mrs. Jurgens, sagten aus, Dennis sei wohlauf gewesen kurz vor dem Zeitpunkt seines Todes, daß er seine Tischgebete gesagt habe, mit seinem Vater über eine kaputte Uhr gesprochen habe, zur Toilette gegangen sei und sich nach dem Stuhlgang abgewischt habe. Obwohl wir zum jetzigen Zeitpunkt keine fachlich kompetente Meinung darüber vorliegen haben, ob diese Art von Aktivität bei einer Person überhaupt möglich ist, die an einer Bauchfellentzündung leidet, also kurz vor dem Tode, wurde bei den untersuchenden Behörden über diese Art von Aktivität diskutiert und festgestellt, daß eine solche Aktivität wohl kaum möglich gewesen sein könne, und falls doch, dies höchst ungewöhnlich sei.

Ein weiterer unklarer Bereich ist der Bericht des Stellvertretenden Untersuchungsbeamten Sam Pitera, in dem es heißt, Dennis sei auf der Kellertreppe hingefallen. Diese Information habe er von Mrs. Jurgens erhalten. Officer VanderWyst, dessen Informationen ebenfalls von Mrs. Jurgens stammen, berichtet, Dennis sei auf dem Kellerfußboden hingefallen. Als Officer VanderWyst und ich am 11. April im Haus der Jurgens waren, zeigte uns Harold Jurgens eine Stelle auf dem Kellerfußboden, wo Dennis angeblich ausgerutscht und hingefallen sei, als er aus der Toilette im Keller kam. Dieser Punkt ist in einiger Entfernung von der Kellertreppe . . .

In Mister Jurgens Aussage gibt es mehrere unklare Bereiche, die weitere Nachforschungen erforderlich machen. Am 11. April sagte Mister Jurgens, eine Entzündung an der Wurzel von Dennis' Penis stamme von einer Verbrennung, die Dennis sich im letzten Sommer zugezogen habe, als er in der Badewanne stand und das heiße Wasser anstellte. Gemäß

Aussage von Dr. Roy Peterson hat er Dennis wegen dieser Verbrennung behandelt – seine Unterlagen zeigen, daß dies am 21. August 1963 der Fall war . . .

Mister Jurgens sagte ferner, einer der Gründe, weshalb er und seine Frau keine Kenntnis von den zahllosen blauen Flecken gehabt hätten, könne in der Möglichkeit liegen, daß Dennis unempfindlich gegen Schmerzen sei. Die Auffassung, Dennis sei unempfindlich gegen Schmerzen gewesen, wird vom Hausarzt der Jurgens zum jetzigen Zeitpunkt nicht bestätigt. Andere Personen, mit denen wir gesprochen haben, sagten, Dennis sei ihnen völlig normal vorgekommen, und wenn er sich verletzte oder gemaßregelt wurde, hätte er wie jedes andere normale Kind geweint . . .

Während unseres Gespräches mit Mister Jurgens am 11. April, als wir ihn wegen der vielen blauen Flecken an Dennis' Körper befragten, sagte Mister Jurgens, Dennis habe sich ungeschickt und unkoordiniert bewegt . . . Die meisten Verwandten sagten aus, Dennis habe sich völlig normal bewegt. Dies wird auch durch die Aussage von Dr. E. Dale Cumming bestätigt . . .

Als Mister Jurgens am 11. April hier war, befragten wir ihn wegen einer Wunde an der Spitze von Dennis' Penis. Mister Jurgens wiederholte die Verbrennungsgeschichte in der Badewanne, die eine Wunde an der Wurzel des Penis verursacht habe. Bezüglich der Wunde an der Spitze des Penis konnte Mister Jurgens keine Erklärung geben und gab zu verstehen, daß er von dieser speziellen Wunde keine Kenntnis habe. In bezug auf diese spezielle Wunde scheint es keine Übereinstimmung mit der mündlichen Aussage einer Sharon Kopp zu geben, die uns von einer Wäscheklammer berichtete, die an die Spitze von Dennis' Penis geklemmt wurde, während er auf einem Besenstiel kniete und den Rosenkranz aufsagte. Am heutigen Datum 28. 4. 1965 erhielten wir die Kopie eines Briefes von Dr. Robert Woodburn, datiert 26. 4. 1965. Dr. Woodburn ist der Pathologe, der die Autopsie an Dennis Jurgens vornahm. In seinem Brief stellt Dr. Woodburn fest, daß die Wunden am Penis durch punktuellen Druck hervorgerufen worden sein können, wie er durch eine Wäscheklammer bewirkt werde ...

Ein weiterer unklarer Punkt betrifft die Frage, warum am Tage vor Dennis' Tod kein Arzt im Haus war, wenn Dennis immerhin so krank war, daß Mrs. Jurgens Freitagnacht bei ihm wachen mußte.

Ein weiterer Punkt der Besorgnis liegt darin, daß wir von einigen Leuten, die wir wegen dieser Sache befragten, erfuhren, sie seien von einem Rechtsanwalt der Jurgens besucht worden. Wir erfuhren, daß Mrs. John Zerwas von einem Rechtsanwalt beauftragt worden war, ihren Kindern zu sagen, je weniger sie sagten, desto besser sei es. Infolgedessen merkten wir, daß eine Anzahl von Leuten, die beabsichtigt hatten, uns schriftliche Aussagen zu geben, dies jetzt ablehnten, weil sie Angst hatten, die Jurgens könnten später etwas gegen sie unternehmen. Sie erwähnten ferner, sie seien indirekt instruiert worden, sie sollten sich vorher genau überlegen, was sie sagten, sonst bekämen sie Schwierigkeiten. Dennoch informierten uns diese gleichen Leute, sie würden uns für unsere Unterlagen mündliche Aussagen machen, und sie seien zur Aussage vor Gericht bereit, wenn sie eine Vorladung bekämen.

Am Donnerstag suchten Korolchuk und VanderWyst Polizeichef Wayne Armstrong in seinem Büro auf und erklärten ihm, ihre Untersuchung bringe keine Fortschritte mehr. Dann überreichten sie ihm ihre siebenseitige Analyse.

Während Korolchuk redete, betrachtete VanderWyst seinen Chef. Er hielt nicht viel von Wayne Armstrong. Er erinnerte ihn an einen Putzlappen, der tagelang in Seifenwasser gelegen hat und dann in die heiße Sonne geworfen wird. Wenn man ihm eine Mitteilung machte, dachte VanderWyst, gibt er es sofort an jemand anderen weiter. Eine direkte Antwort wirst du von dem niemals bekommen. Kommt man an seinem Büro vorbei, pennt er die halbe Zeit, direkt in seinem Bürosessel. Der Mann war schlicht und einfach eine Fehlbesetzung.

Heute jedoch zeigte Armstrong keine Spur von Unentschlossenheit. Als Korolchuk ausgeredet hatte, sagte der Polizeichef seinen beiden Beamten, ihre Nachforschungen seien beendet.

Noch am gleichen Tag entschieden Korolchuk und VanderWyst selbständig, das Büro des Staatsanwaltes von Ramsey County solle eine Kopie der kompletten Unterlagen einschließlich der Analyse erhalten. Sie kletterten in einen Streifenwagen und fuhren zum Gericht in St. Paul. Fünf Blocks vor ihrem Ziel meldete sich knatternd ihr Radio. Kommen Sie nach White Bear zurück, sagte der Fahrdienstleiter. Der Chef will, daß Sie wenden und nach White Bear Lake zurückkommen.

Korolchuk und VanderWyst blickten sich an. Woher wußte Chief Armstrong, was sie machten? Korolchuk fuhr weiter die St. Peter Avenue entlang, VanderWyst griff nach der Sprechmuschel des Radios.

»Wir können Sie nicht verstehen«, sagte er dem Fahrdienstleiter. »Wir können Sie nicht hören ... Der Empfang ist hier sehr schlecht ... Falls Sie uns hören können, wir sind zum Büro des Bezirksstaatsanwalts unterwegs.«

Die Beamten rannten die drei Treppen zu Paul Lindholms Büro hinauf, warfen ihr Paket auf seinen Tisch und machten, daß sie wieder in ihr Polizeiauto kamen.

»Wir wußten, daß Sie uns riefen, aber wir wußten nicht, worum es sich handelte«, erklärte VanderWyst seinem Chef Armstrong. »Wir waren in der Nähe großer Gebäude und konnten einfach nichts hören.«

In diesem Augenblick wanderte die Sache betreffend den Tod des Dennis Jurgens aus der Hand von White Bear Lake hin nach Ramsey County. Der Untersuchungsrichter und der Chefankläger des Bezirks hatten einige Entscheidungen vor sich.

Nur aufgrund eines Tricks des Schicksals wurde Dr. Thomas Votel im Jahre 1965 Leichenbeschauer in Ramsey County. Kurz nachdem er 1955 seine Privatpraxis in dem Vorort Roseville eröffnete hatte, kam der Bezirks-Leichenbeschauer bei ihm vorbei und sagte, er brauche in der Region einen Stellvertreter, der die Totenscheine ausstelle. Votel, sanftmütig, wohlwollend und ohne jeden Ehrgeiz, hatte mit den Schultern gezuckt und zugestimmt. Vier Jahre später, als der Chefleichenbeschauer mit einer Kanone herumgefuchtelt und den Polizeichef bedroht hatte, wurde er einer psychiatrischen Anstalt zugeführt, und der oberste Untersuchungsbeamte des Büros hatte Votel gefragt, ob er den Job übernehmen würde. Teilzeit, 5000 $ im Jahr, hatte Tom Flaherty erklärt. »Ich leite die Nachforschungen, der Pathologe macht die Autopsie. Sie stellen lediglich den Tod fest.«

Der Bezirk war in einer Notlage, überlegte Votel danach. Warum sollte er nicht aushelfen?

Daß Votel nur wenig Erfahrung als Arzt für Allgemeinmedizin hatte, störte niemand – man war dankbar, daß sich überhaupt irgendein Arzt zu dieser Arbeit bereit fand. Damals verlangten die Gesetze lediglich, daß Leichenbeschauer einundzwanzig waren und keine Verbrechen begangen hatten, und in einigen Bezirken waren das auch die einzigen Qualifikationen, die die Leichenbeschauer vorweisen konnten. Die Gerichtsmedizin steckte noch in den Kinderschuhen und wurde erst seit 1951 als Sonderzweig der Medizin ernstgenommen. Als Votel Leichenbeschauer wurde, gab es im gesamten Oberen Mittelwesten nicht einen einzigen Gerichtsmediziner, der von der Ärztekammer bestätigt worden war.

Im Ramsey-Bezirk, das entdeckte Votel schon bald, gab es noch nicht einmal ein richtiges Büro für den Leichenbeschauer. Im Autopsieraum war eine Pumpe angebracht, die die Flüssigkeiten aus den Leichen durch Schläuche absaugte, die in die Toilette führten. Helfer mußten gelegentlich ein Dutzend Leichen wie Pfannkuchen übereinander stapeln, weil es nur Schubfächer für vier gab. Entscheidungen über Todesursachen wurden gelegentlich durch das Hochwerfen von Münzen getroffen – natürliche Todesfälle, die keine Autopsie erforderten, wurden willkürlich mal als ›Herzschlag‹ und mal als ›Thrombose‹ festgeschrieben. Votel begann schon bald, für ein neues Leichenschauhaus zu kämpfen und für neue Richtlinien, und mit der Zeit bekam er beides. Bei der nächsten Wahl besiegte Votel aufgrund seiner Erfolge seinen schärfsten Gegenspieler, Bill Heinje, einen Gebrauchtwagenhändler der Firma Long Cadillac.

Die toten Kinder machten ihm Sorgen. Kinder und Babys mit Leberrissen, Darmrissen, Schädelbrüchen – stets hatten die Eltern Erklärungen parat, die einfach nicht glaubwürdig klangen. Ein Kind fiel angeblich über einen Billardstock und holte sich eine zerrissene Milz. Bei einem anderen Fall warf der Vater das Baby spielerisch in die Luft – und es rutschte ihm aus der Hand. Zwischen 1961 und 1965 gab es in Ramsey County ein gutes Dutzend solcher Fälle, und in vier dieser Fälle war das Kind an Bauchfellentzündung aufgrund einer Unterleibswunde gestorben, die ihm eine andere Person zugefügt hatte.

Votel hatte versucht, den Bezirksstaatsanwalt Bill Randall in einige dieser Fälle mit einzubeziehen, aber das führte zu nichts. Nicht, daß Randall uninteressiert war, er war nur einfach zu pragmatisch. Sie wissen, daß solche Verdachtsmomente schwer zu erhärten sind, pflegte der Staatsanwalt dem Leichenbeschauer zu sagen. Wir müssen böswillige Absicht nachweisen. Und wir brauchen einen Augenzeugen.

Votel, weder ein Feigling noch ein Rebell, sah sich außerstande, die Initiative zu ergreifen – wenn der Staatsanwalt nichts wagte, konnte Votel auch nichts riskieren. Bei Todesfällen mit befremdlichen Begleitumständen schrieb er fortan ›ausgesetzt‹ auf dem Formular, in das er die Todesursache eintragen mußte.

Als er am Palmsonntag die Leiche des kleinen Jurgens zu Gesicht bekommen hatte, war Votel beunruhigt, aber nicht schockiert. Dergleichen hatte er nun schon des öfteren gesehen; er wußte sofort, daß Dennis mißhandelt worden war. Was darauf folgte, was nun zu unternehmen wäre, war weniger klar. Dann trafen die Berichte der Polizei von White Bear Lake beim Bezirksamt ein, und Votel erhielt Anweisungen von seinem Untersuchungsbeamten, Tom Flaherty.

Diejenigen, die Verschwörungstheorien den weniger schillernden, wenn auch komplexeren Erklärungsversuchen von menschlichem Versagen vorziehen, könnten bei der Einschätzung des inzwischen verstorbenen Tom Flaherty auf ihre Kosten kommen. Er war ein allseits beliebter Ire mit scharfem Witz, hochentwickeltem Geschmack am Alkohol und hatte im ganzen Bezirk viele Freunde, besonders bei den Polizisten. Zufällig kannte er auch Jerome Zerwas, die beiden wurden gelegentlich zusammen gesehen. Einige fanden es bedeutsam, daß ein Polizeibeamter aus White Bear Lake zweimal den Auftrag erhielt, den schwer angeschlagenen Flaherty aus der berüchtigten Bali-Hai-Bar herauszuholen und ihn ins Hilton Hotel zu schaffen. Niemand konnte sagen, wer dem Fahrdienstleiter den Befehl zu diesem Auftrag gegeben hatte. Schon eher ließ sich sagen, was es mit Flahertys Instruktionen an Votel auf sich hatte.

Dennis Jurgens ist eine Treppe hinuntergefallen und auf dem Kellerboden ausgerutscht, sagte er dem Leichenbeschauer. Die Polizei untersucht noch. Er würde Votel weiter informieren.

Der Tod eines mißhandelten Kindes konnte auch durch etwas anderes als die Mißhandlung bewirkt werden, argumentierte Votel. Es war möglich, daß ein Blasenriß durch einen zufälligen Sturz auf der Kellertreppe mit vierzehn Stufen entstand, besonders wenn das Kind auf etwas fällt, das auf dem Betonfußboden des Kellers liegt. Er kannte Leute, sie sich bei einem Sturz vom Fahrrad oder bei einem Schlittenunfall einen Blasenriß zugezogen hatten.

Votel entschied, die Polizei von White Bear Lake müsse diese Frage klären, bevor er etwas über die Todesursache sagen könne, und legte den Totenschein für Dennis Jurgens vorläufig zur Seite. Zwei Jahre später, als der Leichenbeschauer im Jahre 1967 aus diesem Amt ausschied, hatte er immer noch keine näheren Informationen von der Polizei erhalten.

Im Büro des Bezirksstaatsanwaltes blätterte Paul Lindholm in den Unterlagen der Polizei von White Bear Lake, dem Bericht des Leichenbeschauers und den Fotos, die am Palmsonntag kurz nach Mittag von Dennis' Leiche gemacht worden waren.

Korolchuk und VanderWyst waren in der ersten Woche nach

Ostern zu ihm gekommen; und Lindholm hatte den Eindruck gewonnen, daß die beiden Polizisten den Wunsch hatten, daß der Fall untersucht würde. Aber Lindholm sah da einige Probleme.

Zum Beispiel den Bericht des Leichenbeschauers. Für den Staatsanwalt war Votels fehlende Eintragung über die Todesursache kein Hindernis, aber die Verteidigung würde sich darauf stürzen. Wenn der Doktor es schon nicht sagen kann, wie sollen wir es dann können? Hätte Votel ›Totschlag‹ geschrieben, sähe der Fall anders aus.

Wegen Robert, des zweiten Kindes in der Familie Jurgens, sollte es eine Sorgerechts-Verhandlung geben; zur Zeit lebte er bei den Großeltern väterlicherseits. Vielleicht können wir die Eltern unter Druck setzen, überlegte Lindholm. Aber im Augenblick ist es einfach noch kein richtiger Fall. Halt dich an die Fälle, die du gewinnen kannst, setz dein Geld nicht auf ein totes Pferd – das war die Einstellung in Lindholms Büro. Und das war auch die Einstellung im Büro des Staatsanwalts.

Ende April 1965 erlebte White Bear Lake eine gute Zeit.

Am 24. April versammelten sich Hunderte von Menschen im Auditorium der White Bear Lake High School, um die offizielle Verleihung des All-America-City-Preises mitzuerleben. Und in der Woche nach Ostern war der Wasserspiegel des Mississippi zum erstenmal seit langer Zeit gefallen. Die abgekämpften Freiwilligen atmeten auf und entspannten sich. Endlich zog der Frühling in das Gebiet von White Bear Lake ein. Ein schöner blauer Himmel und angenehm warme Temperaturen ließen das Hochwasser rasch in Vergessenheit geraten. Golfschläger und Angelruten wurden zum erstenmal in diesem Jahr hervorgeholt.

Die Vormundschafts-Verhandlung

Camille Brass hatte keine Ahnung, wer an ihre Haustür im South Gardenette Drive klopfte. Es war ein kühler, sonniger Morgen Anfang Mai 1965. Die Kinder waren in der Schule, und ihr Mann Bob hockte in seinem Büro und beobachtete die Verkaufsräume seines Gemischtwarenladens. Während sie von der Küche ins Wohnzimmer ging, konnte Cam durch das vordere Fenster einen dicken Mann in dunklem Anzug erkennen, der vor der Haustür stand.

Er stellte sich als Ed Donohue vor und sagte, er sei einer der Rechtsanwälte der Familie Jurgens, die gegenüber wohne.

Cam hatte sich bereits gefragt, was bei den Jurgens vorging. Nachdem der Leichenwagen und die Polizei und der Doktor an diesem Sonntag wieder abgefahren waren, hatte sie nichts mehr gesehen oder gehört. Es war, als sei überhaupt nichts geschehen. Sie hatte darauf vertraut, daß die Behörden sich um diese furchtbare Sache kümmern würden.

Donohue stellte eine Frage: Hatte sie jemals gesehen, daß Lois ihre Kinder mißhandelte?

Cam überlegte. Was sie wußte, hatte sie von Dorothy Engfer und den DeMarses gehört. Sie selber hatte nie mit eigenen Augen gesehen, daß Lois ihren Jungen etwas antat. Außerdem war so etwas eine private Familienangelegenheit. Eines Tages war ein kleines Mädchen in die Schule gekommen, in der Cam unterrichtete, und hatte die Spuren einer mächtigen Ohrfeige im Gesicht gehabt, aber wer sollte darüber schon etwas sagen?

Nein, sagte sie, sie habe nicht gesehen, daß Lois ihre Kinder mißhandelte.

Donohue bedankte sich und ging.

Diese Szene wiederholte sich in den ersten Maitagen vor zahlreichen Haustüren am South Gardenette Drive, und Ed Donohue hatte schon bald eine lange Liste von Nachbarn zusammen, die sich in seinem Sinne äußerten. Kurz danach erhielten mehr als ein Dutzend dieser Nachbarn Vorladungen, für die Jurgens bei der Vormundschaftsverhandlung in Richter Gingolds Gerichtssaal auszusagen.

Donna Neely, die direkt neben Cam Brass wohnte, war entsetzt über den Zwang, aussagen zu müssen, denn sie hatte einmal eine Auseinandersetzung mit Lois gehabt. Die Nachbarskinder hatten jeden Morgen vor Lois' Haus an der Ecke auf den Schulbus gewartet. Lois schimpfte mit ihnen, obwohl sie gar nicht auf ihrem Grundstück standen. Eines Tages rief Lois die Schule an und beschwerte sich, die Lehrerin rief Donna Neely an, und die ging rüber zu Dorothy Engfer, um mit ihr darüber zu sprechen. Schließlich hatte Donna allen Mut zusammengenommen und rief Lois von Dorothys Haus an.

»Warum haben Sie mich nicht angerufen, und statt dessen die Schule?« hatte sie wissen wollen.

Lois antwortete mit einer Reihe gemeiner Bemerkungen über Donnas Kinder. Donna, die nach einer Antwort suchte, rief sich ins Gedächtnis, was sie von Dorothy und den DeMarses gehört hatte. »Sie sind eine schlechte Mutter«, sagte sie. »Wir wissen, wie Sie Ihre Kinder behandeln.« Lois hatte zurückgefaucht: »Ich behandle meine Kinder, wie ich will. Sie haben mir überhaupt nichts zu sagen.« Am Ende dieser Unterhaltung war es Donna angst und bange geworden.

Und jetzt diese Vorladung, die eine zweite Runde versprach! Sie hatte die Nase voll von Auseinandersetzungen mit Lois; fühlte sich eingeschüchtert durch das Polizeiauto, das regelmäßig vor Lois' Haus parkte. Donna wußte, daß das Auto Lois' Bruder, dem Polizisten, gehörte. Sie hatte den Eindruck, daß das Gesetz auf Lois' Seite stand. Was wußte sie denn auch schon? Würde es überhaupt einen Unterschied machen, wenn sie etwas sagte? Es gab mächtigere, einflußreichere Leute in der Stadt. Wo waren die Leute vom Wohlfahrtsamt? Dr. Peterson? Oder die Zerwas-Familie?

Da Donna im neunten Monat schwanger war, fand sie einen Ausweg. Sie rief ihren Arzt an, der sich direkt an Richter Gingold wandte – und kurz danach wurde Donna entschuldigt.

Meine Aussage würde ohnehin nicht den Ausschlag geben, beruhigte sie ihr Gewissen. Es gab ja genug andere Nachbarn, die aussagen würden.

Die zweitägige Verhandlung fand in einem Amtszimmer im sechzehnten Stock des Gerichtsgebäudes von Ramsey statt und glich einer Konferenz. Wie häufig bei Jugendgerichtsverfahren saß Richter Gingold nicht in seiner Richterrobe auf der Empore, sondern im Geschäftsanzug an einem großen Tisch zu ebener Erde. Vor ihm, etwa einen Meter zurück, hatten Harold und Lois Jurgens in bequemen Sesseln mit Armlehnen Platz genommen, flankiert von ihren Rechtsanwälten Ed Donohue und Joe Rivard und dem Stellvertretenden Bezirksstaatsanwalt des Ramsey-Bezirks, Bertrand Poritsky. Paul Schroeder von der Wohlfahrtsbehörde und der Polizeibeamte Robert VanderWyst von der White-Bear-Polizei saßen auf Stühlen an der Westwand des Zimmers und beobachteten das Verfahren von dort. Die Fenster in der Ostwand gaben den Blick auf den Mississippi frei.

Der 10. und 11. Mai waren heiße, schwüle Tage in St. Paul, der Raum in der sechzehnten Etage wurde schon bald stickig und unangenehm. Einen Ventilator gab es nicht, und die Fenster blieben geschlossen, um den Straßenlärm auszusperren. Die Rechtsanwälte warteten darauf, daß Gingold ihnen gestatten würde, die Jacketts abzulegen, doch sie warteten vergebens.

Gingold hatte eine fantastische Fähigkeit, Hitze auszuhalten – das war nur eine der Eigenschaften, die ihn im Ramsey County zu etwas wie einer Legende machten. Er war durchaus ein engagierter Mann im Jugendgerichtssystem, einem System, das er wesentlich mitgeformt hatte, als er seine Position im Jahre 1900 antrat. Gingolds Eltern waren europäische Einwanderer, die in Amerika buchstäblich ohne einen Pfennig Geld anfingen, Streichhölzer verkauften, Zigarren drehten. Gingold selber hatte sich durch die Schule gekämpft, indem er von Gemüse und Zeitungen bis hin zu Hausmeisterbedarfsartikeln alles verkaufte. Im Jugendgericht sah er eher die Funktion von

Ersatzeltern als ein Bestrafungsinstrument, aus diesem Grund saß er auch ohne Richterrobe an einem normalen Tisch. Gleichzeitig war Gingold ein Mann, der alles auf seine ganz persönliche Art erledigen wollte, ohne Fragen und Einmischung von außen. Er konnte charmant und liebenswürdig sein, aber auch kurzangebunden und kratzbürstig. Als ein Verteidiger mitten in seinen Ausführungen war, erteilte Gingold einem Beamten den Befehl, ein Kind wegzubringen. Oder er verließ mitten während der Verhandlung den Raum und suchte die Toilette auf, während die Teilnehmer der Verhandlung so taten, als hörten sie das Wasserrauschen der Toilette nicht. Gingold schätzte es, Sachen zügig zu erledigen.

Abgesehen von dem robusten Gingold gab es nur eine Person im Saal, welche die feuchte Hitze nicht zu bemerken schien: Lois Jurgens trug einen Hut mit Schleier, saß aufrecht, ohne mit der Wimper zu zucken, und blickte starr geradeaus – und das über zwei Zwölf-Stunden-Tage hinweg. Ihre Starrheit, das Ausbleiben jeder Gefühlsregung faszinierte einige Leute im Saal. Zu Beginn der Verhandlungen wurden die Fotos von der Autopsie gezeigt, aber Lois zeigte keinerlei Regung.

Kurz nach Beginn der Verhandlung um 8.30 Uhr am 10. Mai erhob sich Ed Donohue, Rechtsanwalt der Jurgens, und stellte eine Frage.

»Euer Ehren«, sagte er und deutete über Poritskys Schulter, »Ich bitte um Auskunft, wer der Mann dort hinten ist. Fürs Protokoll.«

Poritsky identifizierte den Mann als den Polizeibeamten Robert VanderWyst von der Polizeistation in White Bear Lake.

»Ich möchte das Gericht bitten, alle möglichen Zeugen von dieser Verhandlung auszuschließen, einschließlich des Beamten aus White Bear Lake . . .« fuhr Donohue fort. »Ich habe Kenntnis davon, daß er Nachforschungen angestellt hat mit dem Zweck, den Staatsanwalt in die Lage zu versetzen, eine Entscheidung über die Vorgehensweise zu treffen, soweit es sich um ein Strafverfahren gegen die Jurgens handelt. Ich denke, er sollte hier nicht anwesend sein, außer, um als Zeuge auszusagen.«

Für diese Bitte hatte Donohue gute Gründe. Als er die Beweise und die Autopsiefotos angesehen hatte, rechnete er fest mit einem Strafverfahren und hatte die Jurgens auch entsprechend gewarnt. VanderWysts Anwesenheit bei einem privaten Jugendverfahren erfüllte ihn mit bösen Vorahnungen.

»Er ist ein Polizei-Officer . . .« fuhr Donohue fort. »Ich weiß, daß er im Falle eines späteren Strafverfahrens mit Sicherheit einer der wichtigsten Zeugen sein würde. Aber ich halte es für äußerst unfair, daß er zum gegenwärtigen Zeitpunkt in diesem Gerichtssaal anwesend ist . . .« Poritsky meinte, wenn der Anwalt sich Sorgen darüber mache, was VanderWyst herausfinden könnte, sei es ein leichtes für den Bezirksstaatsanwalt, eine Abschrift seiner Aussage machen zu lassen und ihm diese zukommen zu lassen.

Dieser Gedanke alarmierte Donohue noch stärker.

»Euer Ehren«, sagte er. »Wir möchten darum bitten, daß niemand eine Abschrift dieser Aussagen erhält für Zwecke, die der Bezirksstaatsanwalt unter Umständen verfolgt, besonders . . .«

Der Richter unterbrach ihn mitten im Satz.

»Die Polizei hat grundsätzlich das Recht, bei Verfahren vor diesem Gericht anwesend zu sein«, sagte Gingold bissig. »Ich sehe überhaupt keinen Grund, diese Regel heute außer Kraft zu setzen, und ich werde sie auch nicht außer Kraft setzen.«

Im Verlauf der Verhandlung entwickelte sich das Verfahren in seltsamer Weise. Obwohl es ein Jugendverfahren war, bei dem der Bezirk Ramsey den Eltern Vernachlässigung des Kindes vorwarf und die Vormundschaft über Robert anstrebte, behandelten die meisten Aussagen Dennis' Leben.

Poritsky, der zunächst die Sache des Bezirks vortrug, rief die Nachbarn und Verwandten auf, die offen mit der Polizei von White Bear gesprochen hatten: ein Ehepaar aus der Nachbarschaft, die DeMarses, und zwei Ehepaare aus der Zerwas-Familie – Lloyd und Donna Zerwas, Richard und Donna Norton.

Im Zeugenstand wirkte der damals fünfundvierzigjährige Ivan DeMars unsicher und geradezu benebelt und verstand nicht, was gemeint war, als Poritsky ihn fragte, ob er im Laufe der Zeit irgendwelche Veränderungen an Dennis bemerkt habe.

»Ich dachte, er sei mit der Zeit etwas dünner geworden . . .« sagte DeMars. »Ich verstehe Ihre Frage nicht, was genau Sie wissen wollen.«

Gladys DeMars war da schon präziser. Sie hatte bei mehreren Gelegenheiten blaue Flecken an dem armen Dennis beobachtet und gesehen, wie Lois den Kleinen an den Ohren zog. »Sie ging rasch weiter, er konnte auf seinen kleinen Beinchen kaum nachkommen . . .« Kindern die Ohren langzuziehen war wohl ihre bevorzugte Strafmethode. Sie hatte beobachtete, wie Dennis verkümmerte: »Er sah einfach schrecklich aus . . . sein ganzes Gesicht sah so alt aus, wie bei einem kleinen alten Mann . . . so spitz und kränklich, sehr dünn . . . Sein kleines Gesicht schien so winzig zu sein, das kam mir einfach nicht normal vor . . .«

Auf Lois' Bruder Lloyd wußte von blauen Flecken, von ›Veilchen‹ unter den Augen zu berichten – und darüber hinaus von einem Fall von Zwangsfütterung am Erntedankfest im Jahre 1963.

»Dennis aß nicht so, wie er sollte . . . Ich sah, daß meine Schwester Meerrettich nahm und ihn zwang, diesen Meerrettich zu essen . . . Ich sah, wie sie ihm eine ganze Gabel voll davon gab . . . sie nahm das Zeug und stopfte es ihm in die Kehle, damit er es schlucken mußte . . . Nun, er würgte, und dann bin ich in ein anderes Zimmer gegangen . . . Von da an habe ich nichts mehr gesehen . . . Ach ja, ich hörte, wie er sich erbrach . . . später hörte ich, daß sie ihm das Erbrochene wieder gefüttert hat . . . Dennis' Gesicht war voller Angst. Für mich sah es aus, als habe er die halbe Zeit Angst, wenn ich ihn sah . . . Das beunruhigte mich, wirklich. Aber ich habe meine Nase da nicht hinein gesteckt . . . Eine Zeitlang habe ich gedacht, jawohl, irgend jemand müßte sich darum kümmern.«

Lloyds Frau, Donna, trug weitere Einzelheiten zu dieser Sache bei.

»(Lois) machte Schnitten zurecht, als sie krank war und im Bett lag . . . Sie ärgerte sich über ihn, weil er nicht aß, und sie sagte – sie gab ihm den Senf, weil er dann sein Essen runterschlucken mußte . . . Er weinte nicht. Er würgte. Sie sagte:

›Wenn du dich erbrichst, kriegst du es wieder zu essen.‹ Weil er daran erstickte. Er würgte an dem Essen ... (Dann) erbrach er alles ... Dieses schreckliche Essen mit dem Meerrettichsenf ... Lois fütterte ihn damit ... Kurz danach sind wir nach Hause gegangen.«

Dann erwähnte Donna Lois' sonderbares Toiletten-Training.

»Ziemlich oft klagte Lois, daß sie Dennis auf der Toilette helfen müsse. Er konnte seinen Darm nicht entleeren ... Sie behauptete, sie habe ihm den Finger in den After gesteckt ... Sie sagte – mein Hund hat Schwierigkeiten mit der Verdauung, daher füttere ich ihn mit seinem Kot. Das gleiche habe sie mit Dennis gemacht ... Ich glaube nicht, daß sie Witze machte. Vielleicht auch doch ... aber ich glaube es nicht.«

Nachdem Poritsky mit seinen Augenzeugen rasch fertig war, rief er Dr. Robert Woodburn in den Zeugenstand. Die Aussagen des Pathologen waren unmißverständlich. Bei einer Bauchfellentzündung muß der Mensch sich nicht vor Schmerzen krümmen. Die tödliche Verletzung konnte nur von einem äußeren Trauma stammen, das auf die Blase einwirkte. Es sei unmöglich, daß der Tod durch einen Schlag auf den Kopf eingetreten sei oder durch einen Sturz auf eine glatte, ebene Fläche. Nur fünf bis zehn Prozent von Dennis' blauen Flecken hätten durch solch einen Sturz entstehen können.

»Es ist für mich absolut unverständlich, daß er diese Art von Verletzung bekommen konnte, wo doch kein hervorstehendes Objekt auf dem Fußboden vorhanden war«, sagte Dr. Woodburn aus.

Dr. Roy Petersons Interpretation der Vorgänge unterschied sich allerdings wesentlich von der Aussage von Dr. Woodburn. Obwohl er eigentlich von Poritsky aufgerufen worden war, klangen die Aussagen des Hausarztes zum größten Teil günstig für die Jurgens.

»Ich habe viele gleichaltrige Kinder in meiner Praxis mit dem gleichen Problem. Lebhafte Kinder, die schon mal rasch blaue Flecken bekommen. Die Eltern haben mich gefragt, was man dagegen machen könne. Es ist also nicht wirklich etwas Seltenes.«

Frage: »Gab es irgend etwas Ungewöhnliches bei dieser Sache mit den verbrannten Genitalien?«

Antwort: »Nein, nichts Besonderes. Er war ein guter Patient... ganz selten aufgeregt.«

Punkt 8.30 ließ Ed Donohue eine lange Reihe von Zeugen im Gerichtssaal aufmarschieren – ein Dutzend Nachbarn und ein weiteres Dutzend Verwandte –, die sämtlich aussagten, sie hätten niemals eine Mißhandlung der Jurgens-Kinder gesehen. Vom Garnette Park kamen Bob Hatch, Margaret Dahlberg, Raymond Zetah, die Latchams, Thomas Fisher, Leon Brown, Myrtle Brown, aus der Familie Lois' Eltern und ihre Geschwister – Lyle, Joseph, Donald, Eleanor, Jerome –, ferner angeheiratete Verwandte, Nichten und Harolds Mutter. Tatsächlich hatte Donohue die Nachbarschaft derartig gründlich durchkämmt, daß er auch einen Burschen aufgetrieben hatte, der überhaupt nicht wußte, weshalb er eigentlich hier war.

»Kennen Sie Mister und Mrs. Harold Jurgens?« fragte Donohue Robert Edmund Buskirk, Verkaufsleiter bei Diebold Inc., der in Nummer 2161 South Gardenette Drive wohnte.

»Nein.«

»Sie kennen Sie nicht?«

»Nein.«

»Haben Sie diese Leute jemals gesehen?«

»Nein, ich würde sie nicht erkennen.«

Donohue scheuchte den Mann so schnell er konnte aus dem Saal, während Poritsky hinter vorgehaltener Hand grinste.

Lois' Eltern waren für Donohue schon eine größere Hilfe, auch wenn sich ihre Aussagen jetzt sehr von dem, was sie VanderWyst und Korolchuk eine Woche nach Dennis' Tod gesagt hatten, unterschied.

»Ich habe niemals etwas davon gehört«, meinte Lois' Vater auf die Frage, ob er Kenntnis von Mißhandlungen erlangt habe. »Habe nie dergleichen gesehen.«

»Ich würde sagen, nein«, fügte Lois' Mutter hinzu. »Sie hat ihre Kinder nicht vernachlässigt. Wenn alle Kinder so gut versorgt würden wie diese, wäre es besser auf dieser Welt... Sie haben ein wunderschönes Heim... ich habe die Kinder niemals schmutzig gesehen . . . wenn gebetet wurde, machten sie keinen Fehler . . . wir waren wirklich fasziniert, wie diese kleinen Kinder den Rosenkranz aufsagten.«

Dann waren die Brasses an der Reihe.

Auf die Frage, ob sie jemals irgend etwas Auffälliges im Haus der Jurgens gesehen hätten, was die Kinder betraf, antworteten sie: »nein.«

Pater Reiser klang nicht so unmißverständlich, als Donohue ihn fragte, ob er jemals davon gehört habe, daß die Jurgens ihre beiden Jungen mißhandelten.

»Nach bestem Wissen, und wie ich sage, interviewen wir Tausende von Leuten, kann ich mich nicht erinnern, jemals gehört oder gesagt bekommen zu haben, daß sie ihre Kinder mißhandelten oder auf andere als korrekte Weise behandelten«, sagte der Priester.

»Da sind drei Personen«, fragte Donohue weiter, »nämlich Lloyd Zerwas, Donna Zerwas und Mrs. Richard Norton – hat irgendeine dieser Personen bei Ihnen jemals darüber geklagt, daß die Jurgens-Kinder vom Vater oder der Mutter mißhandelt würden?«

Donohue hatte einen guten Grund für diese Frage – er reagierte auf die Aussagen dieser drei Zeugen vom Vortag.

Nur vierundzwanzig Stunden war es her, daß Poritsky Donna Zerwas gefragt hatte: »Haben Sie jemals mit Pater Reiser über dieses Problem gesprochen? Haben Sie ihm jemals von Lois erzählt?«

Antwort: Ja . . . ich habe mehrfach mit ihm gesprochen.

Frage: Haben Sie mit ihm darüber diskutiert?

Antwort: Ja.

Frage: Nach dem Erntedankfest?

Antwort: Ja.

Frage: Haben Sie Pater Reiser auch erzählt, Lois helfe dem Jungen bei der Darmentleerung, indem sie ihm einen Finger in den After stecke?

Antwort: Ja.

Frage: Sind Sie sich dessen ganz sicher?

Antwort: Ja.

Frage: Sie stehen unter Eid und sagen uns, daß Sie diese Dinge Pater Reiser erzählt haben?

Antwort: Ja.

Heute, am zweiten Verhandlungstag, blickte Pater Reiser ängstlich zu Richter Gingold hinüber, als er Donohues Frage beantwortete.

»Nun, wie ich sage, alles, was ich antworten kann, und ich denke, das Gericht wird dies verstehen ... in diesem Moment kann ich mich nicht daran erinnern, daß man mir etwas über eine Mißhandlung dieser Kinder gesagt hat. Wie ich sage, ich bin auch nur ein Mensch und nicht frei von Fehlern, aber ich entsinne mich nicht, daß mir jemand gesagt hat, sie mißhandelten ihre Kinder ...«

Kurz danach wurde Jerome Zerwas in den Zeugenstand gerufen.

Frage: Haben Sie in irgendeiner Weise an den Untersuchungen teilgenommen, die die Polizei von White Bear Lake am Tode des Dennis Jurgens angestellt haben mag?

Antwort: Nein, das habe ich nicht.

Frage: Haben Sie während der letzten fünf Jahre jemals erlebt, daß Harold oder Lois Jurgens Dennis oder Robert mißhandelt haben?

Antwort: Nein.

Frage: Haben Sie jemals an Harold oder Lois irgend etwas Ungewöhnliches bemerkt, das Sie auf den Gedanken brachte oder in Ihnen den Verdacht aufkommen ließ, daß sie eines oder beide Kinder in irgendeiner Weise vernachlässigten?

Antwort: Nein.

Bob VanderWyst, der hinter den Rechtsanwälten stand, flüsterte während der Befragung mit Poritsky. Die Bedrohung durch den Lieutenant, eingebildet oder nicht, beeinflußte immer noch einen Teil von VanderWysts Gedanken. Poritsky bereitete sich auf ein Kreuzverhör vor.

Poritsky: Haben Sie mit irgend jemand über diesen Fall gesprochen, nachdem Dennis gestorben war beziehungsweise vor dem Beginn dieses Verfahrens?

Jerome Zerwas: Sergeant Korolchuk und Officer VanderWyst.

Frage: Haben Sie mit Mitgliedern Ihrer Familie darüber gesprochen?

Antwort: Ja.

Frage: Mit wem haben Sie darüber gesprochen?

Antwort: Oh, meine Frau und ich haben viel darüber gesprochen.

Frage: Was ist mit Ihren Brüdern und Schwestern?

Antwort: Nein.

Frage: Haben Sie mit keinem davon gesprochen?

Antwort: Kann sein, daß man mal ein Wort oder so gesprochen hat. Ich weiß nicht, mit wem. Ich kann diese Frage nicht beantworten.

Frage: Haben Sie jemals etwas in dem Sinne gesagt, daß jeder, der eine Aussage macht, in Schwierigkeiten gerät?

Antwort: Nein.

Frage: Haben Sie irgendeinen der Zeugen jemals auf irgendeine Weise bedroht?

Antwort: Nein.

Frage: Haben Sie jemals eine Bemerkung in dem folgenden Sinne gemacht: ›Ich werde alles tun, was in meiner Macht steht, um Lois da rauszuholen, und wenn es mich meinen Job kostet‹?

Antwort: Nein.

Frage: Haben Sie eine Bemerkung dieser Art eine Woche nach dem Tod des Kindes in der Polizeistation von White Bear Lake gemacht?

Antwort: Nein.

Frage: Nichts in dieser Art?

Antwort: Nein.

Frage: Sie stehen unter Eid, und ich fordere Sie auf, sich nach besten Kräften zu erinnern.

Antwort: Nein.

Poritsky starrte Jerome an.

»Ich habe keine weiteren Fragen«, sagte er.

Aber der Polizist und der Staatsanwalt waren nicht gewillt, die Sache unter den Tisch fallen zu lassen. Später am Tag sprach Poritsky mit Richter Gingold und sagte, er habe einen Zeugen vorgeladen, um eine Aussage zu widerlegen, die Donohue ins Protokoll gebracht habe. Bob VanderWyst ließ sich auf der Zeugenbank nieder.

Frage: Waren Sie während der Woche nach Dennis' Tod zu irgendeiner Zeit mit Lieutenant Zerwas und Polizist Korolchuk abends in der Polizeistation von White Bear Lake zusammen?

Antwort: Ja, das war ich.

Frage: Hat Lieutenant Zerwas bei dieser Gelegenheit eine Äußerung zu diesem Fall gemacht?

Antwort: Ja, das hat er.

Frage: Können Sie uns sagen, wie diese Äußerung lautete?

Antwort: Er sagte zu Sergeant Korolchuk und mir, er werde alles tun, was in seiner Macht stünde, um Lois da rauszuholen, selbst wenn es ihn seinen Job kosten würde.

Als sich der zweite Verhandlungstag bis in den Nachmittag hinzog, bat Donohue um eine Unterbrechung. Er hatte sich Harold und Lois für zuletzt aufgehoben und mußte seine Mandanten jetzt für die Befragung vorbereiten.

Lois trat zuerst in den Zeugenstand. Sie trug ihren Schleierhut, den sie schon seit Beginn der Verhandlung trug. Mit neununddreißig war Lois immer noch attraktiv, doch die Jahre hatten ihre Züge verhärtet und strenger werden lassen. Sie saß kerzengerade, unbeweglich und mit steinernem Gesicht da.

In ihren privaten Gesprächen fand Donohue sie schrecklich leicht beleidigt. Sie hatte glattweg jede Verantwortung für Dennis' Tod abgelehnt und bestand darauf, sie sei eine großartige Mutter. Sie sei ein strenger Zuchtmeister, hatte sie ihrem Rechtsanwalt gesagt, doch sie ziehe die Kinder so auf, daß etwas aus ihnen werden könne.

Donohue bewegte sich mit seiner direkten Befragung auf sehr gefährlichem Gelände, wählte seine Fragen genau aus und formulierte sie sorgfältig. Poritsky konnte Lois im Kreuzverhör nur zu Punkten befragen, die direkt angesprochen worden waren, deshalb wollte Donohue hier keine neuen Möglichkeiten für die Staatsanwaltschaft bieten. Er wollte sich auf Robert konzentrieren und so wenig wie möglich über Dennis sprechen.

Vorsichtig und langsam begann er, Lois' familiären Hintergrund aufzurollen, und ging dann auf die Adoption von Robert und seine Erziehung ein. Rechtsanwalt und Klient sprachen über Windeln und Fläschchen und Eßgewohnheiten und Methoden der Bestrafung.

»Wenn er sich nicht benimmt«, sagte Lois, »dann muß er in der Ecke stehen, auf einem Stuhl sitzen, oder ich schicke ihn in sein Zimmer.«

»Spielt Robert im Hinterhof und in der Nachbarschaft?« fragte Donohue.

»Ja«, antwortete Lois. »Das heißt, nicht in der Nachbarschaft. Er spielt in unserem Hinterhof, denn in der Nachbarschaft gibt es eine Menge Halbstarker, und ich will nicht, daß meine Kinder auf der Straße spielen, deshalb habe ich die Gartentür abgeschlossen, und sie müssen im Hinterhof spielen.«

»Lieben Sie Robert?«

»Ja, sehr.«

Als Donohue wieder Platz nahm, konnte er sich selbst beglückwünschen, daß er die Befragung von gefährlichen Themen ferngehalten hatte.

Jetzt war Poritsky an der Reihe. Er versuchte, durch Türen zu kommen, die überhaupt noch nicht geöffnet worden waren.

»Wann wurde Dennis adoptiert?« fing er an.

Donohue sprang auf.

»Einen Moment mal. Ich protestiere gegen jede Frage über Dennis, weil dies nicht das Thema der direkten Befragung ist.«

Gingold mußte zustimmen.

»Ja«, sagte der Richter. »Das Protokoll kann beweisen, daß er ihr keine Fragen über Dennis gestellt hat und daß wir das Kreuzverhör auf Bereiche konzentrieren, die in der Direktbefragung angesprochen wurden.«

Poritsky versuchte einen anderen Weg.

»Haben Sie Robert gegenüber die gleichen Gefühle, die Sie Dennis gegenüber hatten?«

Donohue sprang schon wieder auf.

»Einen Moment mal. Protest aufgrund der Tatsache, daß dies nicht das Thema der Direktbefragung ist.«

»Euer Ehren«, antwortete Poritsky. »Er hat sie über ihre Gefühle für Robert gefragt, und das ist genau das, was meine Frage beinhaltet.«

Poritsky ist ein gerissener Bursche, dachte der Richter voller Anerkennung und sagte: »Ich denke, wir erlauben diese Frage. Wir gestatten, daß diese Frage gestellt wird.«

Damit hatte Poritsky eine ›offene Tür‹ gefunden. Er war erfolgreich in gefährliches Gebiet vorgedrungen, und Donohue wußte das nur zu gut. Wenn es dem stellvertretenden Bezirksstaatsanwalt gelang, eine Ähnlichkeit des familiären Hintergrundes bei Robert und Dennis festzustellen – wenn er Lois dazu bringen konnte, zu sagen, daß sie für beide Jungen die gleichen Gefühle hege –, dann konnte er argumentieren, daß Robert der gleichen Gefahr wie Dennis ausgesetzt war. Der einzige Weg, wie Lois dieser Falle entgehen konnte, war es, eine gewisse Animosität Dennis gegenüber zuzugeben, die sie Robert gegenüber nicht habe. Solch ein Zugeständnis würde als Beweis gelten, daß Robert in Sicherheit war, aber es würde Zündstoff für ein Strafverfahren wegen Dennis' Tod sein. Mit einer einzigen raffinierten Frage hatte Poritsky eine Falle gebaut, aus der es kein Entrinnen gab.

Mit Erlaubnis des Richters wiederholte er seine Frage: »Haben Sie jetzt Robert gegenüber die gleichen Gefühle, die Sie auch Dennis gegenüber hatten, vor seinem Tod?«

Ein nervöser Donohue trat an Lois' Seite und unterbrach.

»Nur eine Sekunde. Ich möchte meine Zeugin . . .«

»Moment mal«, unterbrach ihn Poritsky. »Er hat kein Recht, hinzugehen und die Zeugin zu beeinflussen.«

»Das ist richtig«, sagte Richter Gingold.

»Könnte ich die Gelegenheit bekommen, Euer Ehren, mit dieser Zeugin zu sprechen . . .?« fragte Donohue. »Privat, nur für einen Moment.«

»Nein, dieses Privileg bekommen Sie jetzt nicht . . . Nicht während des Kreuzverhörs, wenn gerade eine Frage . . .«

»Euer Ehren . . .« flehte Donohue.

»... wenn gerade eine Frage gestellt wurde«, sagte Gingold.

Donohue konnte es einfach nicht zulassen, daß Lois diese Frage beantwortete.

»Dann belehre ich die Zeugin zu diesem Zeitpunkt, daß sie die Antwort auf die Frage mit der Begründung ablehnen soll, daß die Antwort sie möglicherweise belastet«, sagte er.

Sich in einem Jugendgerichtsverfahren auf das *Fifth Amendment* zu beziehen, war absolut unüblich, und Poritsky zögerte nicht, das auch deutlich zu sagen. (Das Fifth Amendment ist der 5. Zusatzartikel im amerikanischen Strafrecht; er erlaubt es, eine Aussage zu verweigern, wenn sie dazu führen könnte, daß die aussagende Person sich damit selber belastet.) Welches Verbrechen konnte mit ihren Gefühlen ihrem Kind gegenüber verbunden sein? fragte er. Das war natürlich eine hinterhältige Frage, denn jeder wußte, daß das Thema Totschlag unausgesprochen über der Verhandlung schwebte.

Gingold betrachtete Donohue, den er überhaupt nicht mochte. Dennoch: Gesetz war Gesetz, und der Richter mußte die Empfehlung eines Rechtsanwaltes an seine Mandantin dulden. Donohue hatte nun einmal das Recht, die Schutzmöglichkeiten des Fifth Amendment in Anspruch zu nehmen.

»Ich respektiere das«, sagte der Richter. »Ich respektiere das.«

Harold Jurgens' Auftritt im Zeugenstand war weniger gefährlich. Gelegentlich bewegten sich seine Antworten weit vom Thema weg, und er beschrieb minutiös die Spiele, die er mit Robert machte, was soweit ging, daß Harold sich am Ende bemüßigt fühlte, seine ganz persönliche Meinung zum professionellen Ringsport zu erläutern. Die meiste Zeit jedoch sprach Harold in einfachen Worten von seiner Liebe, seinem Stolz und seinen Hoffnungen für Robert. Poritsky versuchte nicht, ihn so in die Mangel zu nehmen, wie er es bei Lois getan hatte.

Als Harold den Zeugenstand verließ, schloß Ed Donohue den Beweisvortrag ab.

Das Gespenst des Totschlags schwebte über Richter Gingolds Gerichtssaal an diesem Mai 1965, aber es landete nicht. Während der Pausen sprachen die Rechtsanwälte unter sich über das, was unausgesprochen über allem lag.

»Das verstorbene Kind war während seines Lebens Opfer zahlreicher brutaler und schwerwiegender Vorfälle . . .« schrieb Richter Gingold im Ergebnisprotokoll, das er den versiegelten Jugendgerichtsakten beifügte. »Das Ausmaß und die Gefährlichkeit der Verletzungen verbieten die Annahme, daß sie zufälliger Natur waren, und ließen dem Gericht nur die einzige Schlußfolgerung, daß Dennis aufgrund der Schläge von Lois verstorben ist.«

Aber um diese Frage ging es bei diesem Verfahren nicht. Hier ging es um ein Vormundschaftsverfahren wegen Robert und nicht um ein Strafverfahren wegen Dennis. Es gab ausreichend Beweise, um die Anklage wegen Kindesvernachlässigung aufrechtzuerhalten, und das war das einzige, womit Gingold sich hier zu befassen hatte. Der Richter war von Donohue's Zeugen-Aufmarsch nicht beeindruckt worden, doch Totschlag stand hier nicht zur Debatte.

»Sehen Sie«, sagte Gingold viel später, »so weit brauchte ich nicht zu gehen . . . Die Polizei von White Bear war keine Hilfe für den Bezirksstaatsanwalt, weil sie von Lois' Bruder beherrscht wurde. Die Unterlagen der Wohlfahrtsbehörde waren nichts wert. Die Sozialarbeiter können nicht gleichzeitig den Menschen helfen und nebenbei die Polizei rufen. Jede Menge Leute standen auf Lois' Seite. Auch die Ärzte hatten ihre Probleme – ein einfacher Arzt, der kann sich überhaupt nicht vorstellen, daß sein Patient umgebracht wurde. Damals wurden viele Babies beerdigt, ohne daß jemand etwas bemerkt hatte . . . All das gehört zum Bild, mein Freund. Damals interessierte sich niemand für so etwas. Ich glaube nicht, daß Harold wirklich wissen wollte, was für ein Mensch Lois eigentlich war. Ich war ganz sicher, daß es Totschlag war, ganz sicher, aber es war eine andere Zeit, eine andere Zeit.«

Als der zweite Verhandlungstag am frühen Abend des 11. Mai zu Ende ging, sprach der Richter an seinem Schreibtisch ohne weitere Beratung sein Urteil.

»Die Jurgens«, sagte er, »sind sehr ehrenwerte Leute. Ich glaube, sie beide haben nur die besten Absichten. Ich glaube nicht, daß sie die Absicht haben, irgend jemandem weh zu tun. Doch aufgrund der von diesem Verfahren gewonnenen Beweise und Erkenntnisse werden wir feststellen, daß tatsächlich eine Vernachlässigung besteht.«

Das Wohlfahrtsamt von Ramsey County werde die vorübergehende Vormundschaft über Robert erhalten, der vorerst weiterhin bei den Großeltern väterlicherseits leben solle. Gingold hoffe jedoch, »daß wir in allernächster Zukunft Bedingungen schaffen können, unter denen diese Leute ihr Kind zurückhaben können, denn ich weiß, daß sie es lieben.«

Gingold spürte, daß es ihm helfen würde, wenn Harold und Lois einer psychiatrischen Untersuchung zustimmen würden, »die das Gericht begutachten wird, sobald dieser Fall weiterverhandelt wird.« Bei dieser nächsten Verhandlung »wird das Gericht entscheiden, ob es die Vormundschaft zu diesem Zeitpunkt oder zu einem Zeitpunkt in naher Zukunft wieder auf Vater und Mutter übertragen kann.«

Damit wurde das Verfahren vertagt. Da es sich um ein ›geschlossenes‹ Jugendgerichtsverfahren handelte, war außer den Hauptbeteiligten niemand bei diesem Beschluß anwesend. Die Zeitungen von St. Paul hatten nach den beiden kurzen Notizen nach Dennis' Tod nichts mehr geschrieben, und die Lokalzeitung ›White Bear Press‹ hatte den Todesfall überhaupt nicht gemeldet.

Im Büro des Bezirksstaatsanwaltes von Ramsey County hatte Paul Lindholm sich weitere Schritte vorbehalten, falls das Verfahren neue Beweise an den Tag brächte, aber nachdem Poritsky ihm berichtet hatte, es habe sich nichts Neues ergeben, beschloß Paul Lindholm offiziell, es werde wegen Dennis' Tod keine Strafverfolgung der Jurgens geben. An diesem 11. Mai schrieb Tom Votel das Wort ›ausgesetzt‹ auf den Totenzettel von Dennis und unterschrieb mit seinem Namen. Das Wort ›Totschlag‹ wurde öffentlich nicht ausgesprochen. Dennis lag unter der Erde auf dem Friedhof von St. Mary's, ohne daß sein Tod einen Namen bekommen hätte.

Die Verhandlungen hatten jedoch einige andere Auswirkungen.

In den folgenden Tagen erhielten die beiden Ehepaare aus dem Zerwas-Clan, die gegen Lois ausgesagt hatten – Lloyd und Donna Zerwas sowie Richard und Donna Norton – wütende Anrufe, oft mitten in der Nacht. Später behaupteten sie, am anderen Ende der Leitung sei Lois gewesen. »Ich brenne Ihnen das Haus nieder«, waren Worte, an die sie sich erinnern konnten. Oder: »Ich werde die kleinen Arschlöcher in Ihrem Haus anzünden.« Lange nach Mitternacht konnten die beiden Familien manchmal hören, wie ein Auto langsam bei ihnen vorbeifuhr, und Karlene, Richard Nortons Tochter, hörte eines Nachts spät ein scharfes Geräusch an ihrem Fenster. Diese Anrufe dauerten mehrere Wochen, bis Norton sich schließlich veranlaßt sah, einen Rechtsanwalt aufzusuchen.

Ungefähr einen Monat nach der Verhandlung rief Lieutenant Jerome Zerwas den Polizeibeamten Robert VanderWyst in sein Büro und deutete auf einen Stapel Überstundenzettel, die VanderWyst für die bei der Verhandlung entstandenen Überstunden ausgefüllt hatte.

»Dafür können wir Sie nicht bezahlen«, sagte Jerome.

VanderWyst regte sich auf und drohte damit, sich an Chief Armstrong zu wenden, doch Jerome beschied ihm schulterzuckend, er könne nichts machen. »Wenn Sie freiwillig irgendwo hingehen, um zu erfahren, was los ist«, meinte er, »dann sollten Sie keine Überstundenzettel einreichen. Wir haben uns schließlich an unsere Vorschriften zu halten.«

Harold Jurgens Arbeitgeber, die Tony Muska Electric Company, feierte ihr jährliches Picknick in der dritten Juli-Woche im Carver Lake Park. Harold und Lois nahmen daran teil und brachten Robert mit – das County gestattete solche Sonntagsbesuche – und ihren zwölfjährigen Neffen Dennis Donald Zerwas. Die Eltern des Neffen hatten ihm gesagt, er gehe mit, weil den Jurgens jetzt ein Kind fehle und sie nicht wollten, daß Robert allein sei.

Dennis Donald war geteilter Meinung über diese Sache.

Er war ein bißchen vorsichtig bei Lois, denn es hatte da ein paar eigenartige Vorfälle gegeben. 1963, als Dennis Donald neun Jahre alt war, war Lois eines Tages bei ihm zu Hause in die Küche gekommen, hatte ihre Bluse aufgeknöpft und gesagt, er solle »ihre festen Brüste betasten.« Dennis Donalds neugierige Hand war gerade auf dem Weg dahin, als seine Mutter hereinkam und dazwischenfuhr. Anfang 1965 war Donald, sein Vater, eines Tages nach Hause gekommen und hatte erzählt, er sei gerade bei den Jurgens im Haus gewesen, und da sei Dennis aus dem Schlafzimmer gekommen, nur mit einem T-Shirt bekleidet, und habe eine Wäscheklammer an der Spitze seines Penis gehabt.

Als sie heute morgen zum Picknick fuhren, hatte Lois – mit einer langen Hose bekleidet, gesagt: »Ich will heute lange Hosen tragen, weil ich ja sowieso die Hosen in der Familie anhabe, nicht wahr, Harold?«

Trotz alledem liebte Dennis Donald die Jurgens sehr, sie kamen ihm einfach besser vor als seine Eltern und die anderen Erwachsenen im Zerwas-Clan, die er kannte. Für ihn waren sie die ideale Familie, wie er sie bis dahin nur aus dem Fernseher kannte. Er erinnerte sich, daß sie sich sonntags immer so nett anzogen und daß Harold seinen Jungen an der Hand hielt. Dennis Donald wäre selig gewesen, wenn sein Vater ihn einmal schlafend ins Auto getragen hätte – einmal stellte er sich schlafend, nur um diese Aufmerksamkeit von ihm erwiesen zu bekommen, natürlich vergebens. Die Jurgens waren anders. Sie interessierten sich für Musik, das Cello, das Klavier. Wenn er sie besuchte, zeigte Harold ihm seine Münzsammlung, und die beiden Kinder sangen zusammen. Dennis Donald sehnte sich danach, zu einer solchen Familie zu gehören.

Im Carver Park gefiel ihm das Muska-Picknick, das sich über Stunden hinzog. Bei strahlender Sonne gab es Spiele und Verlosungen – und Tische, die sich unter den Speisen bogen. Harold hielt seinen Sohn an der Hand, während sie gemeinsam durch den Park wanderten, und Lois, dunkelhaarig und sinnlich, war hübsch genug, Harolds Chef, Walter Moore, aufzufallen.

Am späten Nachmittag setzten die Jurgens Dennis Donald zu Hause ab, dann brachten sie Robert zu seinen Großeltern – und fuhren allein in ihr Haus am South Gardenette Drive zurück.

Von der anderen Straßenseite beobachtete Camille Brass, daß Lois offenbar immer noch Roberts Sachen wusch, denn sie konnte Kindersachen auf der Wäscheleine sehen. Cam hatte recht. Tatsächlich hielt Lois Dennis' und Roberts Zimmer in Schuß und ließ Kleider und Spielsachen so, als seien beide noch im Haus. Dennis' Steptanzschuhe standen am Kopfende seines Bettes, als könne er sie jeden Moment anziehen.

Etwas mehr Sicherheit

Am Schluß der Vormundschaftsverhandlung im Mai 1965 hatte Richter Gingold ein psychiatrisches Gutachten über Harold und Lois gewünscht, und zu diesem Zweck wandte sich der Rechtsanwalt der Jurgens nicht an einen Fremden. Ed Donohue empfahl seinen Klienten, einen Termin mit Dr. James T. Garvey zu machen, einem Psychiater, der als Berater am Bezirksgericht in Minneapolis arbeitete und seit 1955 regelmäßig die Richter zu Fragen des Kinderschutzes und der geistigen Verfassung von Mördern beriet.

Als die Jurgens am 7. September um Viertel vor drei in Garveys Büro an der Golden Valley Road eintrafen, wußte der Arzt bereits recht gut über seine Besucher Bescheid, denn Poritsky hatte ihn vor einigen Tagen angerufen, anschließend einen Brief geschrieben und Gingolds Protokoll beigefügt. Die Dokumente, die sich auf Garveys Tisch stapelten, lieferten eine genaue Aufstellung der Mißhandlungen, die Dennis erduldet hatte, desgleichen den ›einzigen Schluß‹ des Richters, daß das Kind aufgrund der Mißhandlungen durch Lois gestorben sein mußte.

Aber im Büro des Dr. Garvey stritt Lois alles ab. Sie gab zu, streng, vielleicht auch zu hart zu sein, aber sie habe Dennis nicht getötet. Manchmal habe sie Dennis in dessen eigenem Interesse bestraft, aber gestorben sei er nach dem Sturz von der Treppe.

Mehr hatten die beiden nicht zu sagen. Garvey bohrte und drängte, stellte Fragen über die beiden Jungen, über ihre eigene Kindheit, erfuhr aber so gut wie nichts. Er fand Lois' Antworten platt, gefühllos, sie war unfähig zu trauern oder Schuldbewußtsein zu entwickeln: eine kalte, rechthaberische Frau, die sich selbst keine Fehler zugestand.

Doch nichts von alledem war Gegenstand seiner Untersuchung. Garveys Aufgabe bestand allein darin, jene Fragen von Richter Gingold zu beantworten, die er in Poritskys Brief gelesen hatte.

Wurde die Mißhandlung von Dennis durch eine Geisteskrankheit oder durch emotionale Störungen hervorgerufen?

Falls eine der beiden Vermutungen zutraf, wäre dann eine psychiatrische Hilfe angezeigt?

Oder gab es einen anderen Grund für die Mißhandlungen?

Zum Beispiel eine feindselige Haltung seitens Lois gegenüber Dennis, dem verstorbenen Kind?

Gibt es Beweise für eine solche Haltung gegenüber Robert, dem überlebenden Kind?

Um eine Antwort auf diese Fragen zu finden, unterzog Garvey Harold und Lois dem ›Minnesota Multiphasic Personalty Inventory‹; hierbei handelt es sich um den weltweit meistbenutzten psychologischen Test, der alljährlich millionenfach in allen Sprachen angewandt wird. Das Ergebnis war eindeutig – Lois war keineswegs psychotisch. Zwar war sie eine Frau mit zahlreichen Problemen, so Garveys Überzeugung, aber im klinischen Sinn psychotisch war sie nicht. Dazwischen gab es eine haarfeine, aber deutliche Trennlinie. Was im Gardenette Drive geschehen war, konnte Garvey nicht einfach dadurch erklären, daß er Lois für verrückt erklärte. Tatsächlich hatte er keinerlei psychiatrische Erklärung dafür.

Am 29. September schrieb der Psychiater einen Brief an Poritsky:

»Ich will versuchen, Ihre Fragen zu beantworten, aber offen gesagt, habe ich weder bei Mister noch bei Mrs. Jurgens eine genau definierbare Krankheit entdeckt ... Ich glaube deshalb nicht, daß psychiatrische Hilfe als solche unbedingt erforderlich ist. Um Robert aus diesem Hause fernzuhalten, müßten daher andere Gründe gefunden werden ... Aus psychiatrischer Sicht scheint es keine definierbaren Gründe für eine schwere Mißhandlung des Jungen zu geben ...«

Diese Bewertung erschwerte Richter Gingold die Arbeit, als der Fall Jurgens am 14. Oktober wieder aufgenommen wurde. Die Rechtsanwälte und der Richter hatten gehofft, der Psychiater werde die Sache für sie erledigen. Das hatte er nicht getan, und jetzt gab es zwei besonders heikle Fragen, die vielen im Gerichtssaal Kopfzerbrechen bereiteten: Wenn Lois nicht verrückt war, wie sollte man dann erklären, was mit Dennis geschehen war? Und ließ sich dann Roberts Wegnahme aus dem Haus rechtfertigen?

Die Bezirksvertreter drückten den Wunsch aus, die Vormundschaft über Robert für ein Jahr zu behalten, in der Zwischenzeit sollten diese Fragen geprüft werden.

»Ich hoffe, daß wir innerhalb dieser Zeit etwas finden, was die Mißhandlungen von Dennis erklären kann«, sagte Poritsky. »Vielleicht können wir schon früher einen Plan ausarbeiten, um den Jungen wieder in seine Familie zu geben ... Wir wissen nichts über die Mißhandlungen von Dennis. Weder die Eltern noch der Psychiater konnten irgendeine Begründung dafür liefern.«

Der Unterton war fast schon unüberhörbar: Sagt uns, was mit Dennis passiert ist, dann könnt ihr vielleicht Robert zurückbekommen.

Der Richter schien mit dieser Taktik einverstanden zu sein. »Es gibt noch eine ganze Menge zu lernen in der Wissenschaft der Kindesmißhandlung, was ich nicht weiß«, räumte Gingold ein. »Wir sollten uns nicht einbilden, daß wir schon alles getan haben, das wir tun müßten ... Der Arzt hat nicht behauptet, Lois habe es nicht getan ... Er kann es nur nicht psychiatrisch erklären ... Ich weiß nicht, aber zum jetzigen Zeitpunkt möchte ich kein Risiko eingehen. Ich möchte mehr wissen ... Ich mache kein Jahr draus, wie die Wohlfahrtsbehörde es beantragt. Ich terminiere es auf sechs Monate. Während dieser Zeit soll die Wohlfahrtsbehörde den gesamten Fall neu bewerten, mit den Rechtsvertretern zusammen ...«

Donohue war ernüchtert, denn Wohlfahrtsbehörde bedeutete Beatrice Bernhagen. Da saß sie, dicht hinter ihm im Gerichtssaal, scharf, grimmig und männlich. Bei Hausbesuchen während des Sommers war sie mit ihm und seinen Mandanten aneinandergeraten, als sie vergeblich versuchte, Harold und

Lois Aussagen zu Dennis zu entlocken. Donohue krümmte sich bei dem Gedanken, daß das Schicksal der Jurgens jetzt weitgehend in der Hand dieser Person lag.

Der Rechtsanwalt räusperte sich. Er habe die größte Hochachtung vor Mrs. Bernhagen, sagte Donohue dem Gericht, doch jeder habe seine Fehler und Unvollkommenheiten. In der Beziehung zwischen Bernhagen und den Jurgens gebe es etwas, was sie gegenseitig behindere. Könnte Mrs. Bernhagen darüber nachdenken, sich von diesem Fall zurückzuziehen und die Hausbesuche jemand anderem zu übertragen?

Als Poritsky sich zu einer Antwort erhob, wiederholten seine Worte die Entscheidung, die Paul Lindholm vor Monaten getroffen hatte. Die Jurgens bräuchten sich wegen der Bernhagen keine Sorgen zu machen, denn sie seien nicht in Gefahr. »Ich möchte darauf hinweisen, Euer Ehren, daß wir an einer Strafverfolgung dieser Eltern zum jetzigen Zeitpunkt nicht interessiert sind«, stellte der Stellvertretende Bezirksstaatsanwalt fest.

Gingold griff dieses Stichwort auf – das Thema der Verhandlung bewegte sich erkennbar von den Ereignissen am Palmsonntag fort.

»Niemand redet hier von einer Bestrafung«, sagte er an Donohue gerichtet. »Wir wollen nur, daß alles ordnungsgemäß verläuft. Wir stehen beide auf der gleichen Seite.«

Gingold verlängerte die Vormundschaft der Wohlfahrtsbehörde über Robert und setzte eine neue Verhandlung für den 14. April an, sechs Monate später.

Während dieses halben Jahres besuchte Beatrice Bernhagen die Jurgens mehrere Male. In einer Studie, die sie dem Gericht später präsentierte, vermerkte sie einige ungewöhnliche Eigenschaften dieses Haushaltes, unter anderem Harolds und Lois' Eigenart, für Robert besondere Kleidung bereitzuhalten, die er während seiner Sonntagsbesuche tragen sollte.

Sobald Robert bei ihnen ist, ziehen sie ihn um, und wenn es dann Zeit wird für den Kleinen, in die Pflegefamilie zurückzukehren, stecken sie ihn wieder in die gleichen Sachen, in denen er gekommen war«, beobachtete sie. »Die Jurgens sagen, er solle ›perfekt‹ aussehen, wenn er mit ihnen zur Kirche gehe . . .« Bernhagen empfand die eheliche Situation als schwierig, da Harold seiner Frau gegenüber passiv sei und zurückstecke, während sie ihn wegen seiner Unfruchtbarkeit verächtlich mache. Es scheine eine schwere gefühlsmäßige Blockade in bezug auf Dennis' Tod zu geben, bemerkte Bernhagen. »Mrs. Jurgens ›weiß nichts‹ von den Verletzungen . . . Mrs. Jurgens glaubt nicht, daß Dennis vernachlässigt oder mißhandelt wurde. Sie erinnert sich nicht an irgendwelche blauen Flecken . . .«

Bernhagen hielt Dr. Garveys schriftliche Bewertung der Jurgens, angefertigt nach einem einzigen nachmittäglichen Besuch, für unbefriedigend und wenig hilfreich, besonders in der Schlußfolgerung, Lois zeige gegenüber Dennis keine feindseligen Gefühle. Aus diesem Grunde konsultierte sie Anfang März Dr. Richard Teeter, den Chef der Psychiatrischen Abteilung des St.-Paul-Ramsey-Hospitals – einen Arzt, den Richter Gingold sehr bewunderte.

Teeter studierte den inzwischen erheblich gewachsenen Vorgang Jurgens und drückte sein Bedauern darüber aus, daß es bei einem so schwerwiegenden Fall keine stationäre Beobachtung in einem Krankenhaus gegeben habe. Ohne die Jurgens zu sehen, sagte er, könne er keine schriftliche Empfehlung abgeben.

»Ist Robert im Haus sicher oder nicht?« fragte Bernhagen.

»Ich weiß es einfach nicht«, antwortete Teeter.

Als die Sache Jurgens am 14. April wieder auf Richter Gingolds Tisch lag, folgte der Staatsanwalt Dr. Teeters Vorschlag und verlangte eine Fortsetzung der Vormundschaft der Wohlfahrtsbehörde für weitere sechs Monate, innerhalb derer sich die Jurgens einer stationären psychiatrischen Untersuchung durch einen vom Bezirk genehmigten Psychiater unterziehen sollten. Zuvor hatten die Jurgens einen Arzt ihrer Wahl genommen, jetzt war die andere Seite an der Reihe.

Donohue platzte vor Ärger und lief wütend im Gerichtssaal hin und her, während er über die Fehler dieses gewissenlos ausgedehnten Prozesses schimpfte.

Seine Befürchtung war, Lois konnte dem Arzt etwas sagen, was sich in einem Strafverfahren gegen sie verwenden ließe. Folglich erhob sich der Anwalt der Jurgens, um anzukündigen, daß er eine Abschrift sämtlicher Zeugenaussagen dieses Falles verlangen werde – eine wenig feinfühlige Andeutung, daß er gegen das Urteil des Richters Berufung einlegen wolle.

»Sie können die Abschrift vom Protokollführer außerhalb des Gerichtssaals verlangen«, kanzelte Gingold ihn ab. »Sie brauchen das nicht fürs Protokoll zu tun. Ich fälle trotzdem die gleiche Entscheidung – um einen Monat zu verlängern...«

Die Verlängerung um weitere sechs Monate, die Poritsky verlangt hatte, erschien dem Richter offenbar doch zu lang.

»Während dieser Zeit«, fuhr Gingold fort, »empfiehlt das Gericht, daß Ihre Mandanten sich der Untersuchung unterziehen, die Dr. Teeter zur Zeit empfiehlt.«

Gut, dachte sich Donohue. Wenn das Gericht eine stationäre Untersuchung verlangt, wie sie Dr. Teeter vorschlägt, soll sie auch stattfinden – aber die Untersuchung wird von Dr. Garvey durchgeführt. So trat Lois am 8. Mai 1965 einen viertägigen Aufenthalt im Glenwood-Hills-Hospital an, wo Dr. Garvey Chef der Psychiatrischen Abteilung war. Als der Fall Jurgens erneut zur Verhandlung kam, am 18. Mai, war Garvey zu einer endgültigen Schlußfolgerung gekommen.

»Wir haben keine Anzeichen einer geistigen Verwirrung oder irgendwelcher sadistischen Züge bei Mrs. Jurgens gefunden«, bezeugte der Psychiater. »Es ist meine Überzeugung, daß Robert in dieser Familie in Sicherheit ist.«

In gewisser Weise bedeutet Garveys Urteil eine passende Ergänzung zu der Art und Weise, wie das legale System mit Dennis' Tod umgegangen war. Der Totschlag war in Gingolds Gerichtssaal kein einziges Mal laut ausgesprochen worden, und jetzt wurde er wie ein unwillkommener Gast auch in der psychiatrischen Begutachtung unter den Tisch gekehrt. Garvey hatte es ganz einfach vorgezogen, Lois sozusagen ›im luftleeren

Raum‹ zu beurteilen, ohne die Einzelheiten von Dennis' Behandlung und Tod zu bedenken.

In seinem Kreuzverhör hob Poritsky diesen Umstand deutlich hervor.

Frage: Haben Sie mit Mister und Mrs. Jurgens die Umstände bei Dennis' Tod besprochen?

Antwort: Die beiden sagten, das Kind habe sich bei einem Sturz verletzt ... Im Gespräch mit mir beteuerte Lois, dem Kind gegenüber niemals gemein oder ungerecht gewesen zu sein ... Sie denkt, daß sie für den Tod nicht direkt verantwortlich ist.

Frage: Haben Sie eine Meinung darüber, wie das Kind gestorben ist?

Antwort: Offen gesagt, ich weiß nicht, wie das Kind gestorben ist.

Poritsky starrte den Zeugen an.

Frage: Folglich habe Sie sich Ihre Meinung ohne Berücksichtigung der Umstände des Kindestodes gebildet?

Antwort: Nun, mein Urteil beeinhaltet diese Umstände, aber ich weiß nicht, ob es bei irgend jemand eine verbindliche Meinung über die Todesursache gibt, ich meine ... ich glaube, es ist nicht meine – selbst, wenn wir wüßten, ich glaube nicht, daß es meine Aufgabe ist, diesen Schluß zu ziehen.

Frage: Ihr Urteil über Roberts Sicherheit basiert also auf Mrs. Jurgens Behauptung, sie sei in keiner Weise für Dennis' Tod verantwortlich?

Antwort: Gewiß, wenn ich die genaue Situation kennen würde, wäre es sicher hilfreich, aber ich denke, mein Urteil darf sich einzig und allein nur auf meine Gespräche mit Mrs. Jurgens und meine Beobachtungen stützen, und nicht auf etwas, das sich früher zugetragen hat ... Ich muß einfach zu der Annahme kommen, daß wir tatsächlich nicht genau wissen ... Ich weiß einfach nichts Genaues über den Tod des Kindes.

Frage: Haben Sie die Ergebnisse des Gerichts erhalten, die ich Ihnen im letzten Sommer geschickt habe?

Das war natürlich der kritische Punkt bei der Sache. Die Anwälte, die entweder nicht in der Lage oder auch nicht Willens waren, Anzeige zu erstatten oder eine Schuld zu beweisen, hatten immer noch die Hoffnung, der Psychiater würde ihr Problem lösen, indem er eine geschickte Auswertung dieser Ergebnisse vornehmen würde.

»Es gab Ergebnisse bezüglich zeitweiliger Vormundschaft, aber meiner Meinung nach gab es keine eindeutigen Ergebnisse über die Todesursache . . .« antwortete Garvey. »So wie ich es verstanden habe, wurde die Todesursache nicht endgültig festgestellt . . . Ich habe keine Geisteskrankheit diagnostizieren können und war der Meinung, wenn das Kind nicht in diese Familie zurückkehren soll, kann dies nicht mit psychiatrischen Erkenntnissen begründet werden, sondern nur auf Grund anderer Vorbehalte.«

Als Garvey den Zeugenstand verließ, verlangte Donohue, daß Robert zu den Jurgens zurückkehren würde, doch ohne Erfolg. Das Hin und Her des Kampfes war zum Stillstand gekommen. Der Bezirksstaatsanwalt konnte keine Mordanklage erheben, der Psychiater half dem legalen System nicht aus der Klemme, indem er Lois als Psychopathin hinstellte, und Ed Donohue wollte seine Klienten nicht einer möglichen Strafverfolgung aussetzen.

Gingold machte einen weiteren Versuch: »Ich habe ein sehr unsicheres Gefühl bei dem Gedanken, das Kind zurückgehen zu lassen. Ich möchte die Angelegenheit noch gerne ein paar Wochen fortsetzen . . . damit Sie und Ihre Mandanten eine Untersuchung unter der Leitung von Dr. Teeter arrangieren können.«

Aber Donohue war einfach nicht bereit, Harold und Lois Jurgens diesem Dr. Teeter vorzuführen. »Ich habe dies in großer Ausführlichkeit mit den Jurgens besprochen«, sagte er dem Richter, »und sie haben mich beauftragt, diese Sache einer übergeordneten Stelle vorzutragen.«

»Ich verstehe«, sagte Gingold.

In der Folge erschien die Sache Jurgens jedes halbe Jahr, wenn auch nur kurz, vor Richter Gingold, später im Jahresabstand. Wie bei einer rituellen Vereinigung versammelten sich die Leute im sechzehnten Stock des Gerichtsgebäudes von Ramsey County – Juni 1966, Oktober 1966, April 1967, Oktober 1967, Oktober 1968. Jedesmal gaben die Jurgens an, sie seien nicht bereit, Dr. Teeter zu sprechen, und jedesmal verlängerte Richter Gingold die Angelegenheit, in der Hoffnung, das Ehepaar werde seine Meinung noch ändern. Robert verblieb unter der Vormundschaft des Bezirks Ramsey und lebte bei verschiedenen Familien. Lediglich am Sonntag durfte er die Jurgens besuchen, so sahen es die Vorschriften der Wohlfahrtsbehörde vor.

Ob es nun am Streß der sich hinziehenden Vormundschafts-Verhandlungen lag oder an den Erinnerungen an Dennis' Tod – auf alle Fälle litt Lois in dieser Zeit in zunehmendem Maße an Depressionen und Angstvorstellungen. Sie besuchte Dr. Garvey jetzt in regelmäßigen Abständen, und mehrfach – im Dezember 1966, Juni 1967 und August 1967 – hielt er es für erforderlich, sie stationär im Glenwood-Hospital zu behandeln. Um ihre Hauptbeschwerde zu lindern, fing er an, ihr das Barbiturat Tuinal zu verschreiben. Lois litt unter chronischer Schlaflosigkeit.

Entdeckung

Ende 1959 und Anfang 1960 trafen sich gelegentlich zwei Ärzte, der eine Kinderarzt, der andere Psychiater, auf den Fluren des Colorado General Hospital, welches zur University of Colorado in Denver gehört. Wenn sie stehenblieben, um etwas miteinander zu plaudern, bildeten sie ein seltsames Paar. Der Kinderarzt, Dr. C. Henry Kempe, damals siebenunddreißig, war ein lebhafter Mann mit hastigen Bewegungen, während der Psychiater, Dr. Brandt Steele, zweiundfünfzig, zurückhaltend und geradezu väterlich wirkte.

Kempes Gesprächsthema bei diesen Gelegenheiten war immer das gleiche.

»Ich habe schon wieder eines von diesen geprügelten Babys da«, pflegte Kempe zu sagen. »Ich kann nichts herausbekommen, niemand teilt mir etwas darüber mit. Die Mutter sagt dies, der Vater das, aber für mich ist es ganz klar, daß sie es getan haben, ich verstehe nur nicht, weshalb. Ich verstehe Leute einfach nicht, die so etwas tun.«

Kempe, der damals Chefarzt der Kinderabteilung war, hatte auf dem Fachgebiet der ansteckenden Krankheiten und der Virologie promoviert – Knochen- und Schädelbrüche und komische Erziehungsmethoden seitens der Eltern waren nicht die Dinge, die er während seiner Feldstudien in Indien kennengelernt hatte. Folglich versäumte Kempe es nie bei diesen Zusammentreffen auf dem Flur, Steele eine Frage zu stellen: Würde er als Psychiater wohl einmal mit diesen Eltern reden, mit den Leuten, die für die Verletzungen ihrer Kinder verantwortlich seien?

Wieder und wieder lehnte Steele ab. Er hielt Kempes Thema schon für sehr interessant, doch leitete er eine psychiatrische Abteilung für Erwachsene und hatte sich nicht mit Pädiatrie zu befassen – immerhin hatte das Krankenhaus ja bereits einen Kinderpsychiater angestellt.

Eines Nachmittags erwischte Kempe einen ›arbeitslosen‹ Steele auf dem Flur des Krankenhauses. »Wir haben schon wieder einen Fall, gerade erst eingeliefert, bitte schauen Sie sich das einmal an«, flehte der Kinderarzt. Der Psychiater, der spürte, daß er seinen Kollegen diesmal nicht abschütteln konnte, gab schließlich nach.

Das dreimonatige Baby lag mit einem Oberschenkelbruch und bandagiertem Kopf in seinem Kinderbettchen, nach einer Operation wegen innerer Blutungen. Steele stand an der einen Seite des Bettes, eine nette, attraktive Frau an der anderen. Mutter und Arzt kamen ins Gespräch; Steele fand die einundzwanzigjährige Mutter warmherzig, freundlich, offen und sehr nett – und ganz eindeutig verantwortlich für die Verletzungen ihres Kindes. Es war zu offensichtlich, die Wunden hatte sich das Baby geholt, als es allein mit der Mutter in der Wohnung war – ein dreimonatiges Baby schlägt sich nicht selber den Schädel auf.

Steele fühlte sich bedrückt, andererseits auch neugierig, und so saß er zwei Stunden an diesem Nachmittag mit der jungen Mutter zusammen und hörte zu, was diese über ihre Konflikte zu sagen hatte, die bei ihr bis in ihre schwierige Jugend zurückreichten. Sie erzählte ihm Dinge, die er nie zuvor gehört hatte. Natürlich kannte er viele Leute, die eine schlimme Kindheit hinter sich hatten, doch bisher hatte er noch niemanden getroffen, der sein eigenes Kind malträtierte. Das heißt, er hatte diese beiden Dinge nie zuvor in Zusammenhang gebracht. Es war, als habe ihm jemand eine Binde von den Augen genommen.

Steele war von dem ›normalen‹ Eindruck fasziniert, den diese Frau auf ihn machte. Als Tochter eines stellvertretenden Polizeichefs und als Ehefrau eines Ingenieurs wirkte sie gepflegt, natürlich und weiblich, ganz anders als viele Hausfrauen in Denver, die er kannte. Aber ihre Geschichte war beunruhigend – geprägt von einer Mutter, die ihre Geburt bedauerte und dieses Gefühl regelmäßig mit Fäusten, Rasierledern, Kleiderbügeln aus Draht und dergleichen ausdrückte. In den folgenden Wochen und Monaten sprach Steele mit zahlreichen Eltern, die ihre Kinder mißhandelt hatten, und er verstand schnell das typische Muster: Seine Klienten waren im Unterschied zu denen der Wohlfahrtsbehörden und allgemeinen Krankenhäuser gutsituierte und wohlbetuchte Bürger aus Denver, obere Mittelklasse, Ärzte und deren Ehefrauen, Rechtsanwälte, Banker, Mitglieder des Country Clubs. Die Einzelheiten mochten differieren, aber nicht der Kern der Sache. In ihrer Kindheit waren sie selber erheblich mißhandelt worden, jetzt mißhandelten sie als Eltern ihre eigenen Kinder.

Für den Psychiater Steele war es offenkundig, daß diese Eltern keineswegs im üblichen Sinne an einer psychischen Krankheit litten. Ihre Befindlichkeit konnte in psychologischen Terminologien erklärt werden, galt jedoch nicht als Syndrom, das in den gängigen psychiatrischen Handbüchern erläutert wurde. Während er seinen Patienten zuhörte, kam Steele nicht an der Erkenntnis vorbei, daß diese Leute bei ihren Kindern lediglich das wiederholten, was sie in ihrer eigenen Jugend als die richtige Erziehungsmethode kennengelernt hatten: Sie folgten Prinzipien, die sie von Kindesbeinen an kannten.

Dieser Einblick verwirrte Steele. Man konnte natürlich einen gewissen Trost darin finden, wenn man Kindesmißhandler als Psychopathen hinstellte. Es war jedoch viel schwieriger, sich klarzumachen, daß gesunde, normale Leute solche schrecklichen Dinge taten. Adolf Eichmann, zum Beispiel. Der Psychiater, der ihn während der Verhandlung untersuchte, hielt ihn für normal – und das war für Steele das schockierendste an diesem öffentlichkeitswirksamen Prozeß. Eichmann erledigte seine Arbeit in kompletter Übereinstimmung mit den Anweisungen seines Superegos – innerhalb der Grenzen dieses durch und durch verwerflichen Umfelds agierte er als ein sehr pflichtbewußter Mann. So stand es auch um jene Eltern, die ihre Kinder schlugen, vermutete Steele. Das waren keine Psychopathen, sie zeigten auch keine angemessenen Schuldgefühle wegen ihrer Handlungsweisen – denn sie folgten ja ›nur‹ den Befehlen ihres Gewissens.

Heute ist es üblich, Kindesmißhandlungen damit zu erklären, daß die Täter in ihrer Kindheit selber mißhandelt wurden. Daß diese Theorie inzwischen allgemein im Bewußtsein verankert ist, muß ganz wesentlich auf die Arbeit von Kempes Team zurückgeführt werden.

Zuerst begannen sie in ihrem eigenen Krankenhaus – Kempe, Steele, der Radiologe Fred Silverman, der Kinderarzt Henry Silver sowie mehrere Sozialarbeiter. Sie diskutierten über die Neueingänge der Woche und prüften alle Fälle von Knochenbrüchen bei Kindern unter zwei Jahren. Schließlich kamen sie zu der erschreckenden Folgerung, daß volle zehn Prozent ihrer traumatischen Notaufnahmefälle mißhandelte Kinder waren. An einem einzigen Tag im Jahre 1961 hatten sie nicht weniger als vier Fälle von Kindesmißhandlungen in ihrer Klinik. Aufgeschreckt sah sich Kempes Team in anderen Bereichen um; am 7. Juli 1962 veröffentlichte das ›Journal of the American Medical Association‹ einen Vortrag, in dem Kempe, Steele, Silverman, Silver und Droegemueller ihre Forschungen zusammenfaßten:

»Das *Syndrom des Geschlagenen Kindes* ist ein Ausdruck, den wir gebrauchen, um eine klinische Kondition bei kleinen Kindern zu beschreiben, die physisch schwer mißhandelt wurden, üblicherweise von einem Elternteil oder einem Teil der Pflegeeltern. Das ist ein bedeutender Grund für Schäden im Kindesalter und oft sogar Todesursache. Bedauerlicherweise wird dies häufig nicht erkannt oder vom Arzt unsachgemäß behandelt, weil gezögert wird, einen solchen Fall den zuständigen Behörden zu melden.«

Weitere Forschungsergebnisse waren:

»Eine deutliche Diskrepanz zwischen klinischen Befunden und den historischen Daten, welche von den Eltern beigesteuert werden, ist ein wesentlicher Bestandteil der Diagnose des Syndroms des Geschlagenen Kindes ... Das Schlagen von Kindern beschränkt sich nicht auf Menschen mit einer psychopathischen Persönlichkeit oder einem sozioökonomischen Status im Grenzbereich. Es tritt auf bei Menschen, die eine gute Erziehung genossen und einen stabilen finanziellen und sozialen Hintergrund haben ... Es gibt ferner Gründe für die Vermutung, daß die schlagenden Eltern in ihrer Jugend ebenfalls geschlagen wurden ... Häufig wird jegliches Wissen von dem

Kind zugefügten Verletzungen abgestritten und eine Haltung kompletter Unschuld bei beiden Eltern eingenommen ... Neben der Zurückhaltung der Eltern ... gibt es einen weiteren Faktor von erheblicher Bedeutung ... die Tatsache, daß Ärzte große Schwierigkeiten haben, zu glauben, daß Eltern ihre eigenen Kinder schlagen, und sich scheuen, eine eingehende Befragung der Eltern vorzunehmen ... Viele Ärzte tendieren dazu, solche Verdachtsmomente zu verdrängen, selbst angesichts detaillierter Beweislage ...«

Kempes Team hatte keine neue Droge oder eine Therapie oder ein neues Wissenschaftsgesetz entdeckt, doch es war, als sei in einem dunklen Raum ein Licht angezündet worden. Die Reaktionen auf den Artikel in JAMA und ein Symposium in Chicago zum gleichen Thema waren überwältigend. Die *Saturday Evening Post* zitierte aus Kempes Werk und brachte im Oktober 1962 einen mehrseitigen Beitrag unter dem Titel ›Eltern, die Kinder schlagen‹. *Life* folgte im Juni 1963 mit ›Schreie geschlagener Babies‹, *Time* im Januar 1965 mit ›Rettet geschlagene Kinder!‹.

1963 gab es eine Fernsehsendung über Kindesmißhandlung, die von etwa zweihundert Gesellschaften ausgestrahlt wurde. Anfang 1965 war das *Syndrom des Geschlagenen Kindes* eine spezifische und weithin bekannte Diagnose geworden. Eine Weile schien Kempes Name schon fast zur Alltagssprache zu gehören.

Zufällig war Minnesota neben Kalifornien der erste Staat, der diese Erkenntnisse auch in der Rechtssprechung berücksichtigte. Ende Mai 1963 – genau drei Monate, bevor Dennis mit verbrühten Genitalien und wundenbedecktem Körper im Mounds Park Hospital erschien – hatte der Gesetzgeber es für Ärzte und anderes Gesundheitspersonal zur Pflicht gemacht, die örtliche Polizei oder den Sheriff schriftlich und telefonisch zu benachrichtigen, wenn Verletzungen aufgrund von Mißhandlungen auffielen. Am 7. Dezember 1963 fand in St. Paul ein Symposium mit dem Titel ›Das Geschlagene Kind‹ statt als Teil der Jahresversammlung der Minnesota Civil Liberties Union. Kurz darauf veröffentlichten einige Jura-Professoren der

University of Minnesota Abhandlungen über die juristischen Aspekte dieser Angelegenheit, und im Bezirk Ramsey begann der furchteinflößende Richter Archie Gingold damit, Artikel über Kindesmißhandlungen im ›Jouvenile Court Judges Journal‹ zu sammeln.

Anfang 1965 dachten die gesetzgebenden Körperschaften des Staates Minnesota darüber nach, eine Ergänzung der bestehenden Vorschriften zu erlassen, die es jedem Mitglied des Gesundheitswesens zur Pflicht machte, Fälle von Mißhandlung der Wohlfahrtsbehörde und der Polizei zu melden. Zu diesen Überlegungen gehörte die Zusammenkunft eines Komitees für Wohlfahrt und Gesundheit am 23. Februar 1965 in St. Paul, bei der Aussagen zum *Syndrom des Geschlagenen Kindes* gehört wurden, und eine anschließende Diskussion über mögliche Optionen. Nach drei Monaten schaffte der Gesetzgeber es, Einigkeit über eine Gesetzesvorlage zu erzielen, die das Gesundheitspersonal verpflichtete, vermutete Fälle von Kindesmißhandlung sowohl mündlich wie schriftlich der Polizei und der Wohlfahrtsbehörde zu melden. Die Verantwortung für Nachforschungen über gemeldete Mißhandlungen und das Angebot von schützenden Maßnahmen sollte bei den Wohlfahrtsbehörden liegen, und jeder, der guten Glaubens Meldung machte, sollte Immunität gegen zivil- und strafrechtliche Verfolgung erhalten.

Am 25. Mai 1965 akzeptierte der Gesetzgeber Minnesotas bahnbrechende neue Statuten – sechs Wochen nach Dennis Jurgens' Tod und zwei Wochen nach der Vormundschafts-Verhandlung wegen Robert.

Stone Hill

Nachdem die Polizei Robert von Harold und Lois weggeholt hatte, lernte er viele neue Familien kennen. Die Zeit im Ancker-Hospital verging wie im Traum. Sein Vater besuchte ihn des öfteren, seine Mutter kein einziges Mal. Eines Tages kam ein fremder Mann zu Besuch und sagte: Du bleibst jetzt bei mir!

Robert, gerade fünf Jahre alt geworden, zog sich unter seine Bettdecke zurück. Nein, ich will zu meinem Dad, ich will nicht bei dir sein, flehte er. Ich will nach Hause und bei meinem Vater wohnen.

Nun, lockte der Mann, ich habe einen Hubschrauber.

Mit großen Augen setzte Robert sich aufrecht. Die Aussicht auf einen Hubschrauber war so verlockend, daß er dem Mann willig folgte. Sie fuhren in einem tollen Wagen, Robert auf der Rückbank, und erreichten schließlich ein großes, weißes Haus mit einer riesigen Pinie im Vorgarten. Das war das Hinz-Haus, ein Pflegeheim. Robert verbrachte die meiste Zeit in einem kleinen Schlafzimmer in der ersten Etage und nahm dort auch seine Mahlzeiten ein. Einen Hubschrauber bekam er nie zu sehen. Er mochte das Haus nicht, und die Hinzes mochten ihn schon nach ein paar Tagen nicht – Mrs. Hinz fand Robert ›komisch‹, und sie ärgerte sich über die unerlaubten und unangemeldeten Telefonanrufe und Besuche der Jurgens.

Auf Harolds und Lois' Bitte plazierte die Wohlfahrtsbehörde Robert bei seinen Großeltern väterlicherseits, Bob und Irene Jurgens, die am Ostrand von St. Paul lebten. Lois' Beziehungen zu ihrer starken, dominierenden Schwiegermutter waren immer noch schwierig, hatten sich jedoch in den letzten Jahren verbessert, deshalb machten Harold und Lois dort häufig Besuche – zu häufig, denn der Mißbrauch der Besuchsvorschriften veranlaßte die Wohlfahrtsbehörde, einen Brief zu schreiben und ein Treffen einzuberufen. Im Juli 1965 verlangten die Jurgens, daß

Robert erneut verlegt werden sollte, und zwar von den Großeltern ins Haus von Lois' Nichte Bonnie Welsch, die näher bei White Bear Lake wohnte. Dieser Wunsch wurde nicht sofort gewährt. Dann passierte ein Unglück. Eines Nachts im November 1965, als Robert mit Lungenentzündung im Krankenhaus lag, brannte das Haus der Großeltern ab, Harolds Mutter kam in den Flammen um. Schon bald danach lebte Robert, wo seine Eltern es gewünscht hatten – bei Bonnie und Mike Welsch auf der East Country Road D.

Beatrice Bernhagen, die im April 1965 für die Wohlfahrtsbehörde eine Beurteilung Roberts vornahm, fand, er sei eher ein Erwachsener als ein Kind. Jetzt aber, Monate später, Ende 1965, stand in einem Bericht des Harrison-Kindergartens, Robert habe ›gewisse Schwierigkeiten, Freundschaften zu schließen . . .‹ Er scheint zu wissen, daß er über bestimmte Themen nicht sprechen darf, und muß sich des öfteren herausreden, wenn ihm klar wird, daß er zuviel gesagt hat. Er hat ein leichtes, nervöses Augenzucken; beim Gebrauch von Scheren wirkte er sehr angespannt.

Doch Robert gefiel es bei der Familie Welsch. Sein Vater ging mit ihm zum Kegeln oder ins Kino oder in ein Restaurant. Er wurde jetzt sechs und gewöhnte sich langsam an seine Welt. In einem Bericht seiner neuen Schule, Hazelwood, hieß es im März 1966: »Seine Großsprecherei nimmt ab . . . Robert schließt rasch Freundschaften und hat ausgezeichnete Fähigkeiten, logisch zu diskutieren.« Im Mai fand Bernhagen, Robert habe sich prima angepaßt – anstatt über den Heiligen Franz von Assisi und die Bibel zu sprechen, redete er jetzt über Baseball.

Der Aufenthalt bei der Familie Welsch endete jedoch nach anderthalb Jahren – aus Gründen, die nicht völlig klar sind. Im Juli 1967 sprach Lois eine andere Verwandte an, ihre Cousine June Bol, und fragte, ob sie und ihr Mann Richard Robert für zwei Wochen in ihr Haus aufnehmen könnten, während sie versuchte, das Kind vom Gericht zurückzubekommen – sie hoffte wohl unmittelbar vor dem Erfolg zu stehen.

»Wir glauben, daß ihr gute Eltern seid«, erklärte Lois.

June Bol wußte nicht, was sie sagen sollte. Ihre Blutbande zu Lois waren indirekt – eigentlich war Richard Lois' Cousin, seine Mutter war die Schwester von Louis' Vater –, aber June kannte Lois seit der High-School und mochte sie. Dennis hatte sie nur ein einziges Mal gesehen, bei der Beerdigung von Lois' Schwester im Januar 1965 – sie erinnerte sich an die beiden kleinen Jungen, die niederknieten und laut und deutlich den Rosenkranz aufsagten. Sie hatten Gerüchte über Lois gehört, und sie wußte, daß diese Frau zeitweilig Beruhigungsmittel nahm, doch June war nachsichtig, denn Lois war immer nett zu ihr.

June Bol mochte beinahe jeden Menschen. Mit vierzig hatte sie ein rundes, volles Gesicht und lustige Augen. Wenn sie an ihrem Küchentisch saß, der mit dem Telefon, Scheckbüchern, Post und Notizzetteln übersät war, dann wirkte sie mit ihrer natürlichen, redseligen Art wie aus einer TV-Vorabend-Serie entsprungen.

Ihr Haus machte viele Leute neidisch: eine ausgedehnte Ranch auf einem Hügel, von dem aus sie ihr Land und das weite Tal überblicken konnten. Vor dem Haus erstreckte sich ein großflächiger Rasen, auf dem Blaufichten, Trauerweiden, Ahornbäume und Pappeln wuchsen. In den Stallungen standen neun Pferde, Tennessee Walkers, die Richard züchtete, aufzog, ritt und auf Ausstellungen vorführte. Im Winter konnten die Kinder mit ihren Schlitten direkt von der Haustür den wogenden, schneebedeckten Hang hinuntersausen. Sie nannten ihren Besitz ›Stone Hill‹ und ließen den Namen auf einem Schild in Holz schnitzen, das am Anfang des langen, kurvenreichen Fahrweges stand, der zu ihrem Haus führte.

Bevor sie eine eigene Familie hatte, war June sieben Jahre lang Lehrerin für das zweite Schuljahr der Grundschule gewesen. Nachdem sie ihre vier Jungen bekommen hatte, fragte sie ihren Mann, ob sie ein Kind adoptieren dürfte, weil sie diese Erfahrung machen wollte. 1966 bewarben sie sich über die Katholische Caritas. Schon bald riefen die Leute an und sagten, sie hätten ein kleines Mädchen, drei Monate alt, mit großen Augen, aber ohne Haare, »das zu Ihnen kommen und bei Ihnen leben möchte.« June sagte: »Ja, ja, das kann es.« – »Nun«, sagte die Dame am Telefon, »wollen Sie nicht mal zunächst herkommen, es anschauen, auf den Arm nehmen und sehen, wie es sich ›anfühlt‹.« – »Nein«, sagte June. »Als ich meine eigenen Kinder bekam, hat auch niemand gesagt, ob es sich schön anfühlt. Ich möchte jetzt sofort runterkommen und es mitnehmen.« Genau das taten sie auch, nahmen Kleider und Decken und fuhren nach St. Paul, wie sie es auch bei ihren eigenen Kindern gemacht hatten. Sie zogen dem kleinen Mädchen die Sachen an, nahmen es mit nach Hause und nannten es Carolee; June fühlte sich genauso glücklich wie nach der Geburt ihrer eigenen Kinder.

Bei Lois' Bitte brauchte June nicht lange zu überlegen. »Natürlich nehmen wir ihn«, sagte sie. Das wäre auch ihre Antwort gewesen, wenn sie gewußt hätte, daß die geplanten zwei Wochen sich auf zwei Jahre ausdehnen würden.

Robert war sieben, als er im Juli 1967 nach Stone Hill kam, und obwohl er sich schon vorteilhaft verändert hatte, kam er June sehr zurückhaltend vor. Er hatte Angst, sich schmutzig zu machen oder mal einen Fehler zu begehen. Sie mußte ihm beibringen, wie man sich ›einsaute‹ – ihre anderen Kinder halfen ihr dabei. Wenn er Milch über den Tisch kippte, mußte sie ihm klarmachen, daß an solchen Kleinigkeiten die Welt nicht untergehe. Einmal stieß Robert draußen ein Fahrrad um, und bevor es auf dem Boden aufschlug, war er wie der Blitz im Haus und entschuldigte sich bei Junes Mann.

Trotz vieler Versuche gelang es June auch im Laufe der Zeit nicht, eine gewisse Reserve bei Robert völlig zu überwinden. Sie umarmten sich häufig, doch ihre Gespräche stießen immer wieder an Grenzen. Vorsichtig versuchte June, seine Erinnerungen zu beleben. »Hast du jemals gesehen, daß Dennis verletzt wurde?« fragte sie. Darauf gab Robert nie eine Antwort. Er schien Angst zu haben, als versuche er, sich daran zu erinnern, was er sagen sollte, und oft genug kam nur das übliche »ich weiß nicht.«

Die Jurgens kamen jedes Wochenende, um ihn abzuholen, und behielten ihn meistens länger, als die Vorschriften es erlaubten, doch June verspürte wenig Neigung, dagegen zu protestieren. Zuerst kamen die Jurgens immer von White Bear Lake herüber, doch eines Tages verkündeten sie, sie zögen in die Gegend von Stillwater und würden Junes Nachbarn.

Wollten sie näher bei Robert sein? Wollten sie die Schatten der Vergangenheit abschütteln? Oder beides? Fest steht: Im Jahre 1967 verkauften Harold und Lois ihr Haus am South Gardenette Drive und kauften ein Fachwerkhaus, das versteckt auf einem bewaldeten Hügel lag, gerade anderthalb Meilen von den Bols entfernt.

Von diesem Zeitpunkt an beobachtete Lois Robert, während er auf den Schulbus wartete, und kontrollierte, ob er seine Mütze und die Handschuhe anhatte, und dann beklagte sie sich bei June. Instinktiv beschloß June, sich darüber nicht aufzuregen, sondern genau entgegengesetzt zu reagieren: »Danke, daß Sie mir Bescheid gegeben haben«, sagte sie. »Ich will natürlich, daß Robert seine Handschuhe trägt.« Eines Tages blieb Lois auf der Straße stehen und fragte Robert, ob er gefrühstückt habe. Nein, sagte der Junge, er sei zu spät aufgestanden und habe deshalb nicht gefrühstückt. Lois fing an, ihre Verwandten anzurufen, und schon bald stand Junes Telefon nicht mehr still. Robert kam weinend aus der Schule und fragte, ob er denn etwas anderes hätte sagen sollen. Nein, sagte June, das ist schon in Ordnung, ich bringe dir ja bei, die Wahrheit zu sagen. Du hast kein Frühstück gehabt, aber viele Leute stehen manchmal spät auf und bekommen kein Frühstück, das ist nichts besonderes.

Ungeachtet ihrer selbstbewußten Antwort verspürte June ein Gefühl der Angst. Sie dachte an die viel ernsthafteren Auseinandersetzungen, die die Zukunft bringen würde. Laß dich von Lois nicht unterkriegen, schwor sie sich. Du brauchst sie nicht niederzubrüllen. Aber vielleicht kannst du sie nieder-denken.

Spurlos verschwunden

Während sich das Vormundschaftsverfahren in Richter Gingolds Gerichtssaal im Halbjahresabstand dahinschleppte, bekam eine neue Sozialarbeiterin des Bezirks Ramsey den Fall Jurgens auf den Tisch: Marion Putnam war sechsundzwanzig, seit vier Jahren im Job und hatte Soziologie studiert. Im Sommer des Jahres 1967 gab ihr Vorgesetzter ihr eine umfangreiche Mappe. »Wir möchten, daß Sie diese Sache überprüfen«, sagte Donald Tomsuden. »Reden Sie mit der Familie und finden Sie raus, ob es Gründe dafür gibt, weshalb Robert nicht in die Familie zurückkehren sollte.«

Marion, die von dieser Sache keine Ahnung hatte, begann, die Akte durchzulesen. Was sie erfuhr, nahm ihr die Luft weg. Eine Geschichte der verhängnisvollen Fehler, beginnend mit Gerane Rekdahls ersten Besuchen, Dennis' Adoption, die Verbrennungen, Norma Potters Erfahrungen, Dennis' Tod, die Autopsie, der Blasenriß, die Bauchfellentzündung. Marion konnte sich einfach nicht vorstellen, daß die Behörden Dennis dieser Familie anvertraut hatten. Alles war doch offensichtlich – Lois hatte Dennis nicht gemocht!

Als Marion zur Polizei von White Bear fuhr und dort die Berichte der Polizisten Korolchuk und Vanderwyst las, verstärkte sich dieser Eindruck noch. Für sie war es ganz klar, daß es sich um vorsätzlich zugefügte Verletzungen handelte. Lois log, und der Familien-Clan deckte sie dabei. Daß Lois' Bruder bei der Polizei ist, überlegte Marion, erleichtert dieses Vorgehen noch. Trotz der Warnungen ihres Chefs befaßte sich Marion intensiv mit diesem Fall. Sie grub ein Dutzend Mitglieder des Zerwas-Clans aus und fragte sie, ob sie etwas von Mißhandlungen wüßten oder Gründe nennen könnten, warum Robert nicht zu den Jurgens zurückkehren sollte. Die meisten waren richtig abweisend, keiner half ihr weiter. Keiner wußte irgend etwas.

Dann kam sie nach Stone Hill, zu ihrem ersten von einem

halben Dutzend Besuchen während der kommenden zwölf Wochen. Eine lächelnde Frau mit lustigen Augen öffnete ihr die Tür und führte sie in ein Wohnzimmer mit Zwischenstockwerk und hoher Decke. »Nun, ich bin June Bol«, sagte sie, »und das ist Robert.« Marion erblickte einen dünnen, schmächtigen Jungen, der in einer Ecke hockte und ganz offensichtlich nur den einen Wunsch hatte, niemandem im Wege zu stehen. Marion sprach hauptsächlich mit June und fand sie warmherzig und mütterlich.

»Ist alles in Ordnung mit Robert?« fragte sie, als Robert zum Spielen nach draußen gegangen war. »Wissen Sie etwas über Mißhandlungen oder kennen Sie Gründe, weshalb er nicht zu den Jurgens zurückgehen sollte? Kennen Sie jemanden, mit dem ich darüber sprechen sollte?«

June fühlte sich plötzlich unbehaglich und zögerte, sie verlor den Blickkontakt mit Marion. Nein, sie wußte nichts von solchen Dingen, vielleicht sollte er nicht gerade jetzt zurückgehen. »Vielleicht nach einer Weile«, schlug sie vor.

Marion spürte, daß diese Frau etwas auf dem Herzen hatte, was sie unbedingt loswerden wollte, aber als June nichts mehr sagte, hielt Marion sich ebenfalls zurück. Trotz ihrer Impulsivität war sie höflich und diskret. Die beiden saßen da und sprachen über Robert – in unausgesprochener Übereinstimmung vermieden sie jedes Wort über Dennis' Tod.

Nach und nach, während der folgenden Wochen, lernten sich die beiden Frauen besser kennen. Keine von ihnen schien geneigt zu sein, Robert zu den Jurgens zurückgehen zu lassen. Eines Tages kam Marion mit aufregenden Neuigkeiten zu June. Am Ende jedes Besuches fragte Robert die Sozialarbeiterin: »Wann darf ich wieder nach Hause?« – was Marion wie ein eingeübtes Ritual vorkam –, aber beim letzten Besuch hatte Robert diese Frage vergessen, während er fröhlich mit den anderen Kindern draußen spielte. June und Marion mußten beide darüber lächeln.

Im Januar 1968 schrieb Larry Goodspeed, Marions unmittelbarer Vorgesetzter, eine Mitarbeiterbewertung und notierte über Marions Leistung:

Mrs. Putnams Arbeit mit Robert Jurgens war anspruchsvoll und schwierig. Robert wurde vor kurzem von seiner Familie in die Familie Bol gebracht, entfernte Verwandte. Obwohl die Bols zu Anfang mit der Auffassung der Jurgens über den Tod von Dennis Jurgens übereinstimmten, wurde ihnen Verständnis dafür vermittelt, warum unsere Behörde eingeschaltet wurde. Mittlerweile haben die Bols eine vertrauensvolle Beziehung zu Mrs. Putnam entwickelt und haben ein gemeinsames Interesse an Roberts Schutz. Sie haben jetzt den Punkt erreicht, daß sie Informationen mitteilen und Einzelheiten nennen, die unserer Behörde bei einem weiteren Verfahren zur Beendigung der Vormundschaft behilflich sein können.

Nachdem Goodspeeds Chef, Don Tomsuden, diese Bewertung unterschrieben hatte, sprachen die beiden Männer einen Moment offenherzig über den Fall Jurgens. Goodspeed stellte die gleiche Frage, wie die Sozialarbeiterin sie gestellt hatte.

»Warum ist dieser Fall nie weiterverfolgt worden? Warum können wir damit nicht jetzt noch vor Gericht?«

Tomsuden schüttelte den Kopf.

»Es gibt nicht genug Beweise ... Der Bezirksstaatsanwalt will keine Klage erheben.«

Nach diesem Gespräch hatte Goodspeed ein unbestimmtes, unangenehmes Gefühl und hielt die Akte Jurgens in seinem Schreibtisch unter Verschluß. Von Zeit zu Zeit holte er sie hervor und blätterte wieder einmal in den Beweisunterlagen.

Und dann verschwand die Akte eines Tage im Jahre 1968 aus seinem verschlossenen Schreibtisch – sie war einfach nicht mehr da, als er danach suchte. Goodspeed war schockiert und glaubte, er habe den Verstand verloren. Er sprach mit jemandem im Büro darüber – Jahre später sollte er nicht mehr wissen, mit wem – aber nichts passierte. Goodspeed nahm an, es gebe Leute, die nicht wollten, daß er in dieser Sache herumstochere, also ließ er es bleiben. Im Jahr danach verließ er die Wohlfahrtsbehörde des Ramsey County, doch während der folgenden Jahre dachte er immer wieder über die verschwundene

Akte nach, die er in seinem Schreibtisch unter Verschluß gehalten hatte.

Marion Putnam ging ebenfalls, ohne jemals einen endgültigen Bericht über den Fall Jurgens zu schreiben. Kurz nach der lobenden Beurteilung durch ihre Vorgesetzten im Januar 1968 nahm sie eine neue Stellung an und ließ alles zurück außer ihren Erinnerungen ... Jahre später, als ihre Ehe zerbrochen war, als sie aufgehört hatte, den Schmerz in Alkohol zu ertränken, als sie wie neugeboren und wieder verheiratet war und jetzt Marion Dinah Nord hieß, als sie glücklich auf einer Farm im Südosten von Minnesota lebte, da erinnerte sie sich wieder vermehrt an den kleinen Robert, die penible, förmliche Jurgens und den seltsamen Tod des Dennis Jurgens. Im Caledonia Health Care Center, in dem sie arbeitete, erzählte sie ihren Kolleginnen von diesem merkwürdigen, verwirrenden Fall, den sie mal bearbeitet hatte, und sie hörten ihr zu und wunderten sich.

Colorado

Anfang Mai 1969 landete ein interessanter Brief auf Richter Archie Gingolds Tisch, datiert vom 1. Mai und unterschrieben von Dr. Homer D. Venter, Chef der Kinderheilkunde des St. Paul-Ramsey Hospitals.

Sehr geehrter Richter Gingold,
Ihr Interesse und Engagement für die Probleme der kindlichen Gesundheitsfürsorge, besonders bei Fällen von Vernachlässigung, Kindesaussetzung oder Mißhandlungen, ist uns und anderen Abteilungen dieses Krankenhauses wohlbekannt und wird hochgeschätzt. Deshalb möchte ich Ihre Aufmerksamkeit auf einen Kursus lenken, der in diesem Monat in Denver stattfindet und bei dem Dr. C. Henry Kempe über Diagnose und Pflege des *Geschlagenen Kindes* referiert. Ich versuche, die Teilnahme einer Gruppe interessierter Leute an diesem Kursus zu koordinieren. Die Wohlfahrtsbehörde entsendet einen leitenden Beamten, das Büro des Bezirksstaatsanwalts ebenfalls, ferner nehmen zwei Sozialarbeiterinnen sowie die Doktoren Teeter, Mayerle und ich selber daran teil.

Es mag sein, daß der kurzfristige Hinweis die Teilnahme von Mitarbeitern Ihres Hauses erschwert oder daß Sie oder Ihre Behörde Probleme haben, Gelder für die Teilnahme an einem solchen Kursus bereitzustellen. Falls jemand von Ihnen interessiert ist, findet er zusätzliche Informationen in dem beiliegenden Prospekt.

Dr. Venter, ein aufmerksamer Arzt von freundlichem, sanftem Wesen, hatte 1951 promoviert und in Atlanta als Internist gearbeitet, bevor er 1963 nach St. Paul-Ramsey gekommen war. Während seiner Arbeit der letzten Jahre hatte er häufig eine merkwürdige Art von Verletzungen an Kindern entdeckt, eine Verletzung, die einen Bruch am langen Beinknochen hervorrief. Häufig hatte das Kind gleichzeitig innere Blutungen unter der Schädeldecke. In den frühen Jahren seiner Arbeit fand Venter keine Erklärung dafür, aber dann kam Dr. Kempes Team – und die Erleuchtung. Als der Prospekt aus Colorado auf seinen Tisch kam, verlor Dr. Venter keine Zeit.

Sein Brief an Richter Gingold und andere Beamte des Ramsey County rief sofortiges Interesse wach. Die Entwicklung des Interesses an Kindesmißhandlung hatte auch im Ramsey County, wie in anderen Gebieten der Vereinigten Staaten, ihre Wirkung gehabt. 1969 spürten die Verantwortlichen die Notwendigkeit für neue Programme und Verhaltensweisen, und Kempes Workshop versprach eine Flut neuer Gedanken und Ideen.

Aber für einige im Ramsey County gab es noch einen anderen Grund, aus dem ihnen Dr. Kempes Veranstaltung willkommen war – einigen schien dies ein Weg zu sein, um mit den Erinnerungen an den Tod von Dennis Jurgens fertig zu werden. Der Fall hatte die Wohlfahrtsbehörde von Ramsey County nicht losgelassen. »Wir alle hatten Schuldgefühle, weil wir Dennis nicht beschützt hatten«, sagte Paul Schroeder Jahre später. Und auch Richter Gingold hatte der Fall keine Ruhe gelassen. Freunden und Kollegen gegenüber machte der Richter keinen Hehl aus seinem Ärger über das juristische System im allgemeinen und den Fall Jurgens im besonderen. »Ich weiß, daß der Junge umgebracht wurde«, sagte er. »Ich konnte aber einfach nichts daran machen.«

Als jetzt Dr. Venters Brief vor ihm lag, dachte Gingold überhaupt nicht daran, einen Mitarbeiter seiner Behörde zu diesem Kursus nach Colorado zu schicken. Der Richter beschloß, selber teilzunehmen.

Zwei Sozialarbeiter und der Spezialist für Kindesmißhandlungen bei der Polizei von St. Paul, Lieutenant Carolen Bailey, entschlossen sich ebenfalls. Ferner Dr. Teeter sowie ein junger assistierender Rechtsanwalt des Ramsey County namens John Tuohy und Shirley Pierce vom St. Paul-Ramsey Hospital for Mental Health. Am Ende leitete Dr. Venter eine zehnköpfige

Gruppe bei diesem Workshop von Dr. Kempe, der am 21. und 22. Mai 1969 in Denver, Colorado, stattfand, die größte Gruppe von allen Staaten außer Colorado.

Bei einem späteren Rückblick sprachen die Teilnehmer der Colorado-Reise davon, daß man »sich besser kennengelernt habe« und »ein Vertrauensverhältnis aufbauen konnte«, was mit anderen Worten bedeutete, daß sie sich die halbe Zeit amüsiert hatten. Kaum hatten sie an jenem Abend Quartier bezogen, erhielt Carolen Bailey die Aufforderung, sich in Richter Gingolds Zimmer einzufinden – die anderen Teilnehmer waren schon da. Eine Party war im Gange. Im Vergleich zu St. Paul war Denver eine Stadt mit weit offenem Nachtleben, und die Besucher machten sich das zunutze. Lieutenant Bailey erinnerte sich daran, daß sie alle in einem Striptease-Club saßen und eine Frau ihre gewaltigen Brüste über Gingolds Kopf hängen ließ. Rechtsanwalt Tuohy erinnerte sich daran, daß er sich nach einem Abend ungezügelten Trinkens von seinen heiseren Kollegen zurückzog. Kaum war er in seinem Zimmer, hämmerten Bailey und Gingold an seine Tür und riefen »Tooooouohy, Tooouohy.«

Innerhalb weniger Wochen nach seiner Rückkehr aus Colorado fing Richter Gingold an, Hebel zu bewegen, wie nur er es konnte, und drängte auf die Installation eines Untersuchungsteams, aus den verschiedensten Behörden und Ämtern zusammengesetzt, um alle verdächtigen Fälle in Ramsey County untersuchen zu lassen.

Im September, gerade nach drei Monaten, war das Team heftig bei der Arbeit. Es umfaßte Personen der Wohlfahrtsbehörde, der Polizei, des Mental Health Center, des Familiendienstes, des Jugendgerichtes, der Abteilung für Kinderheilkunde und Psychiatrie und der sozialen Dienste von St. Paul-Ramsey. Unter Shirley Pierces Leitung als hauptamtlicher Koordinator richtete das Team Nottelefone rund um die Uhr ein, entwickelte Protokolle und Vorgehensweisen, stellte einen Zeitplan für regelmäßige Zusammenkünfte auf und legte Informations-Richtlinien fest. Vor Reportern und kommunalen Vereinigungen wiederholte Gingold selber die Argumente, die er seit dem

Sommer 1965 vorgetragen hatte: Sozialarbeiter befürchten die Belastung ihrer Beziehung zu den Eltern ... Verwandte und Nachbarn halten sich mit Aussagen zurück ... die Polizeiarbeit richtet sich ausschließlich auf Strafverfolgung ... den Ärzten fehlt das Vertrauen und ein Gefühl der Sicherheit, wenn sie Meldung machen ... Niemand war dabei, als das Kind geschlagen wurde, die Eltern sagen, die Verletzungen seien zufällig entstanden, die Ärzte können es einfach nicht fassen, daß Eltern so brutal sein können ... Das Gericht befaßte sich mit schrecklichen Fällen, hatte aber kaum Beweismaterial, und genau das braucht das Gericht, um handeln zu können.

Das Vermächtnis von Dennis' Tod klang gerade jetzt besonders deutlich in Gingolds Worten. Dieses Echo machte die zeitliche Folge der Ereignisse dieses Monats besonders merkwürdig. Im September 1969, gerade als das Team zur Erforschung von Kindesmißhandlungen in Ramsey County ins Leben gerufen wurde, schloß der Richter den Fall Jurgens endgültig ab. In diesem Monat beschloß Archie Gingold, Robert zu den Jurgens zurückgehen zu lassen.

Robert kehrt zurück

1968 steigerte Lois sich immer mehr in Rastlosigkeit, Grübelei und Schlaflosigkeit und nahm in steigendem Maße Medikamente wie Tuinal und Equanil, Tranquilizer, die zum Abbau von Angst und Spannungen verschrieben werden. In diesem Jahr mußte Dr. Garvey sie dreimal im St. Mary's Hospital stationär behandeln.

In einem Brief an einen konsultierenden Kollegen beschrieb Dr. Garvey seine Patientin als eine ›obsessiv neurotische Dame‹, die mit Druck nicht sehr gut zurecht kommt. Aufgrund ihrer Reaktion auf die Ereignisse des vergangenen Jahres hatte er ›ernste Zweifel an ihrer seelischen Stabilität‹.

Mitte 1968 zog ein aufgeriebener Ed Donohue sich aus dem Kampf um das Sorgerecht zurück und gab den Fall Jurgens an einen anderen Rechtsanwalt namens William Fink weiter. Dieser schrieb im Oktober einen Brief an Dr. Garvey und bat um eine umfassende Bewertung des gesamten Falles. Garveys Antwort vom November klang noch negativer als seine früheren Bewertungen.

Lois Jurgens sei als Persönlichkeit nur schwer zu verstehen, fing er an. Während der letzten drei Jahre habe er sie mehrfach stationär behandeln müssen, doch im Grund habe sich nichts geändert: die übliche Diagnose laute chronisch-neurotischer Typ mit Angstgefühl und Depression, zusätzlich schizoide Persönlichkeitsstruktur. Lois war egozentrisch und ließ Einsicht vermissen, und Garvey glaubte, so werde sie für den Rest ihres Lebens auch bleiben. ›Zum jetzigen Zeitpunkt hätte ich ganz entschiedene Zweifel daran, ob das Kind nach Hause zurückkehren sollte‹, schrieb Dr. Garvey zum Schluß. ›Es ist mein Eindruck, daß ihre Neurose sich nach und nach noch verschlimmert hat und daß sie nicht in der Lage ist, den Streß und die Mühe auszuhalten, die bei der Erziehung eines Kindes auftreten.‹

Bill Fink brauchte natürlich einen ganz anderen Brief, wenn er bei Gingold obsiegen sollte, deshalb bat er Garvey um eine neue Untersuchung. So führte Dr. Garvey am 22. und 27. Mai ein Gespräch mit Harold und Lois und fand bei dieser Sitzung offensichtlich etwas, was ihm ermöglichte, Bill Fink zu Gefallen zu sein. Als er am letzten Tag der Sitzung mit Harold und Lois seine Bewertung schrieb, gerade sechs Monate nach seiner letzten ziemlich düsteren Analyse, verfaßte er einen Brief, der auf ganz anderen Erkenntnissen zu fußen schien.

Lois Jurgens habe sich in den letzten sechs Monaten verbessert, schrieb er. Sie sei jetzt entspannter, weniger starr und neurotisch. ›Mrs. Jurgens ist mittlerweile in der Lage, ihre Gefühle zu kontrollieren, und stellt für Robert keine Gefahr mehr dar‹, schloß er. ›Zum gegenwärtigen Zeitpunkt scheint keine Gefahr für Robert zu bestehen, wenn er in das Haus der Familie Jurgens zurückkehrt.‹ Zwanzig Jahre später gab Garvey eine Erklärung für seinen erstaunlichen Sinneswandel ab: »Robert war älter geworden und befand sich deshalb nicht mehr in der gleichen Gefahr wie ein kleines Kind«, schrieb der Arzt. »Harold sehnte sich danach, daß der Junge nach Hause kam, und war auch in der Lage, aufzupassen und zu beschützen. Es gab keinen Grund, nein zu sagen – Lois war streng und beherrschend, aber nicht psychotisch, und davon gibt es viele Mütter, die ihre Kinder großziehen. Wenn Sie all die Kinder dieser Mütter wegnehmen würden, säße die Hälfte unserer Kinder in Pflegefamilien ... Es ist ein bißchen gefährlich, darüber nachzudenken, ob Big Brother das Recht hat, Kinder aus ihren Familien herauszuholen. Ich glaubte, Lois habe Dennis durch Zufall getötet, indem sie sich vielleicht hinreißen ließ, aber ich glaube nicht, daß sie es mit Absicht oder Vorsatz getan hat. Und erinnern Sie sich, sie wurde niemals angeklagt.«

Tage nach Erhalt des Briefes mit der ärztlichen Bewertung antwortete Fink, bedankte sich bei Dr. Garvey und erläuterte, wie er vorgehen wollte. Dieser neue Rechtsanwalt, der keinen Drang verspürte, Donohues langjährigen Kampf weiterzuführen, war bereit, Gingolds Bedingungen zu akzeptieren.

»Ich möchte, daß die Jurgens von Dr. Teeter im St. Paul-

Ramsey Hospital analysiert werden, weil das Jugendgericht dies wünscht«, schrieb Fink an Dr. Garvey. »Ich habe die Absicht, Dr. Teeter eine Kopie Ihres Berichtes zuzusenden, um ihn vorzubereiten ... Sind Sie damit einverstanden?«

Dr. Teeter traf die Jurgens knapp zwei Monate nach seiner Rückkehr von dem erfolgreichen Kempe-Workshop und interviewte Harold und Lois in getrennten Sitzungen am 28. Juli und 4. August 1969. Am 18. September setzte er sich hin, um den Brief zu verfassen, auf den Richter Archie Gingold nun schon seit vier Jahren wartete. Aber was der Psychologe aufsetzte, war nicht das, was der Richter erwartet hatte.

Dr. Teeter schrieb:

> Zum Zeitpunkt der Interviews wurden weder Mister Jurgens noch Mrs. Jurgens für psychotisch gehalten, auch fand man keine Anzeichen größerer geistiger Erkrankungen ... Mister und Mrs. Jurgens waren von durchschnittlicher bis überdurchschnittlicher Intelligenz. Vor allem gab es keine Anzeichen von geistiger Unterentwicklung oder Schwäche.
>
> Mrs. Jurgens, Alter 44, ist ein Mensch mit dem ausgeprägten Ziel, ihre Vergangenheit mit kulturellen, bildungsmäßigen, wirtschaftlichen und ästhetischen Mängeln zu überwinden oder dafür zu kompensieren. Als solche legt sie in hohem Maße Wert darauf, ihre Umgebung und konventionelle Schönheit in Ordnung zu halten, sie ist stark religiös und hat das Familien-Budget fest im Griff. Dies ist ein in sich geschlossenes System, wohlgeordnet, das gelegentlich dazu neigt, die Erfahrungen und den Rat anderer Leute zurückzuweisen. Ferner sorgt es für einen ordentlichen Haushalt. Diese Art persönlicher Organisation wird häufig als zwanghaft und streng bezeichnet, diese Eigenart ist bei Mrs. Jurgens in starkem Maße vorhanden ... Mrs. Jurgens ist ein Mensch, der von den Menschen seiner Umgebung Gehorsam und Anpassung verlangt und Probleme damit hat, die Unzulänglichkeiten dieser Menschen zu akzeptieren ... Mrs. Jur-

gens hatte in der Vergangenheit und wird wohl auch in Zukunft Schwierigkeiten dabei haben, die sozialen und persönlichen Unzulänglichkeiten eines Babys oder kleinen Kindes unter sechs Jahren zu akzeptieren. Ein älteres Kind würde in diesem Punkt weniger verletzlich sein und deshalb mehr im Einklang mit Mrs. Jurgens sein, weil es bereits Übung hätte und willfähriger wäre ...

Mister Jurgens ist eine anpassungswillige Person, die mit den Idealen der Ehefrau übereinstimmt, und ist in der Ehe ein starker Partner. Er ist gut organisiert und zeigt anderen gegenüber ein erhebliches Maß an Zuwendung, Wärme und Toleranz. Als solche ist diese Ehe ausgewogen und beständig. Er scheint eine warmherzige, tolerante, doch von hohen Erwartungen erfüllte Beziehung mit Robert, seinem Sohn, zu haben. Er war sehr zielstrebig in seinen Plänen für die Zukunft des Kindes, trotz der Probleme, die zwischen ihnen standen ...

Kurz, Lois war eine problembeladene, schwierige Frau der Mittelklasse mit entbehrungsreichem Hintergrund, jedoch nicht verrückt, und deshalb war Dr. Teeter am Ende genausowenig wie jeder andere bereit, sie als gefährlich oder mörderisch einzustufen. Trotz der verdienstvollen Arbeit des Kempe-Teams paßte Lois noch immer nicht in den diagnostischen Rahmen, der Psychiatern des Jahres 1969 bekannt war, genausowenig wie sie in die etablierten Schablonen des juristischen Systems paßte – Kempes erstes Buch zum Thema war gerade erst im Vorjahr erschienen. Fachleute der damaligen Zeit waren im allgemeinen der festen Überzeugung, eine Person, die ihr Kind zu Tode prügelt, müsse ganz einfach psychotisch sein. Zehn Jahre sollten Ärzte eine Person wie Lois als ›Grenzfall-Persönlichkeit‹ bezeichnen; Richter verurteilten einige davon zu Gefängnisstrafen oder zur Einweisung in psychiatrische Anstalten.

Teeter schloß mit der Anregung, die Jurgens sollten auch weiterhin ihren privaten Psychiater konsultieren, die Wohlfahrtsbehörde solle weiterhin regelmäßige Hausbesuche machen, und wenn man diesen Empfehlungen folge, sehe er keinen Grund, etwas abzulehnen.

»Ernsthafte Überlegungen sollten angestellt werden, Robert in seine Adoptivfamilie zurückzubringen«, empfahl der Arzt.

Richter Gingold fühlte sich hilflos. Seit Jahren hatte er größten Wert auf eine Beurteilung durch Dr. Teeter gelegt, und jetzt, wo er sie hatte, mußte er feststellen, daß sein Favorit die gleiche Auffassung vertrat wie der Hausarzt der Jurgens. Noch schlimmer war eigentlich, daß sich niemand mehr richtig um diese Sache kümmerte.

Beatrice Bernhagen war vor einigen Monaten an Krebs gestorben, die Sozialarbeiter der Behörde hatten sich anderen Fällen zugewandt. »Der Pfeffer war raus«, sagte Paul Schroeder Jahre später. »Wir hatten gekämpft und gefochten und versucht, eine faire psychiatrische Beurteilung zu bekommen, und dann dieses Beschwichtigungsschreiben von Teeter! Mittlerweile langweilte uns das Ganze. Der Fall schleppte sich über vier Jahre dahin, eine schrecklich lange Zeit. Für mich hatte die Sache in den späten Sechzigern einfach nicht mehr die Bedeutung wie 1965.«

Bertrand Poritsky hatte das Büro des Bezirksstaatsanwalts verlassen und eine eigene Kanzlei eröffnet; seine Nachfolger machten nicht mehr so viel Druck wie er. Pete Lopez, stellvertretender Bezirksstaatsanwalt, der den Fall 1969 auf dem Tisch hatte, sagte: »Als ich zu Beginn damit zu tun hatte, lag mir die Sache sehr am Herzen. Aber dann beginnt das juristische Verfahren, die Psychiater kommen dazu, die Zeit verrinnt ... Man ist einfach nicht mehr so in dem Horror drin wie zu Anfang.«

Eine andere Überlegung bereitete Gingold Kopfzerbrechen. Zufällig war Bill Fink, der neue Rechtsanwalt der Jurgens, ein guter Freund von ihm. Er wünschte sich, sein Freund hätte diesen Fall nicht übernommen. Wegen dieser freundschaftlichen Beziehung verkündete Gingold eines Tages im Gerichtssaal, er werde den Fall niederlegen, wenn es zu einer weiteren Verhandlung kommen sollte.

Aber soweit kam es nicht. Am 25. September 1969, eine Woche nach Dr. Teeters Brief, entschied Richter Gingold, daß Robert zu den Jurgens zurückkehren sollte, unter der Bedingung einer sechsmonatigen Probezeit. Die Frage, wieso es zu dieser Entscheidung kam, beschäftigte den Richter fortan immer wieder, aber er fand niemals eine befriedigende Antwort.

»Ich hatte keine Wahl, mein Freund«, sagte Gingold nach vielen Jahren. »Ich hatte schließlich den Punkt erreicht ... ich bin ein menschliches Wesen ... was sollte ich denn machen? Ich war nie glücklich mit diesem Fall ... ich habe ihn niemals vergessen.«

In der Folgezeit wußte Lois es zu verhindern, daß June Robert zu Gesicht bekam. Wenn die Kinder der Bols vorbeikamen, hieß es, Robert könne nicht nach draußen kommen. Wenn sie ihn anriefen, sagte sie, er sei zu beschäftigt.

Zweimal gelang es Robert, sich auf Schleichwegen zu verdrücken, und er stürmte ins Haus von June Bol. Er lief durch alle Räume und genoß den Anblick, wie er ihn gekannt hatte. Er rannte in sein altes Zimmer, sah sich um, lief zur Tür und sagte, er müsse wieder verschwinden. June beobachtete ihn, wie er wieder seine Schleichwege benutzte, anstatt auf der Nolan Avenue nach Hause zu gehen.

Bevor er zu den Jurgens zurückging, hatten June und Robert eine Absprache getroffen. Jeden Tag, wenn der Schulbus vorbeifuhr, stand June auf ihrem Hügel, von dem sie die Straße sehen konnte, und winkte Robert zu. Er streckte den Kopf aus einem der vorderen Busfenster heraus, und während der Bus langsam weiterfuhr, erschien sein Kopf an einem der hinteren Fenster, und er winkte, bis sie sich nicht mehr sehen konnten. Das war ihr einziger regelmäßiger Kontakt, und selbst der konnte nicht lange anhalten. Nach einiger Zeit erschien June nicht mehr auf dem Hügel, denn sie mußte sich wieder ihrem eigenen Leben und ihren fünf eigenen Kindern zuwenden. Nach und nach vermißte sie Robert immer weniger.

Aber Roberts Heimkehr, um die sie so lange gekämpft hatte, brachte Lois weder Frieden noch Ruhe. In diesem Herbst des Jahres 1969 wurde sie immer trauriger, weil das Leben, das sie sich so lebhaft vorgestellt und gewünscht hatte, sich nicht einstellen wollte. Mit vierundvierzig war ihr sinnlicher Körper fett geworden, ihr früher hübsches Gesicht hatte sich in eine starre Maske verwandelt. Lois litt immer noch unter Schlaflosigkeit.

Im Oktober schickte sie ein paar Zeilen an Dr. Garvey.

»Ich frage mich, warum die Schlaftabletten, die ich vor dem Einschlafen einnehme, mir nur fünf Stunden Schlaf bringen ...« schrieb sie. »Ich muß eine dritte Tablette nehmen, weil ich sonst einfach nicht genug Schlaf bekomme ... Vielleicht finden Sie eine Lösung dieses Problems. Ich wäre Ihnen für Ihren Ratschlag dankbar.«

Garvey schrieb seine Gedanken in sein Tagebuch. »Ich habe in dieser Sache einen Fehler gemacht. Sie hätte den Jungen doch nicht bekommen sollen.«

Am 25. Oktober, einen Monat nach Roberts Rückkehr, wies der Psychiater sie wieder ins Krankenhaus ein. Nach vier Tagen voller Tests und Beobachtungen stellte Garvey die Diagnose ›Angst-Reaktion‹ wegen Roberts Rückkehr und entließ sie mit Rezepten für ein sanftes Beruhigungsmittel und ein Anregungsmittel, das gelegentlich zur Bekämpfung von Depressionen benutzt wird. Seine offizielle Begutachtung blieb jedoch optimistisch. »Insgesamt scheint die Anpassung jedoch reibungslos zu erfolgen«, schrieb Dr. Garvey an Fink am 25. November. »Es gibt Anspannungen bei Mrs. Jurgens, aber insgesamt habe ich den Eindruck, daß sie sich beide gut der neuen Situation anpassen und daß besonders Robert zu Hause recht gut zurechtkommt.«

Dr. Teeter stimmte dieser Einschätzung zu – nachdem er sich Roberts schulische Beurteilungen angeschaut und die Jurgens erneut interviewt hatte. Am 5. März 1970, eine Woche nach Erhalt von Dr. Teeters Folgebewertung, ordnete der Richter offiziell die Schließung des Falles an, der die Bezeichnung trug: »In der Wohlfahrtssache des Robert Gerard Jurgens.«

Nach fünf Jahren schienen sich die Wogen um Dennis' Tod endlich geglättet zu haben.

ZWEITER TEIL

Konsequenzen

Kentucky

Zum gleichen Zeitpunkt, als Lois ihren langen Kampf um Robert siegreich beendete, versuchte eine andere Mutter in einem anderen Staat mit ähnlichem Nachdruck, ihre Kinder loszuwerden. Die Hauptstädte von Kentucky und Minnesota liegen gut 570 Meilen voneinander entfernt, doch die Ereignisse der einen Region sollten schon bald ihre Auswirkungen in der anderen finden. Das Versäumnis, die Jurgens für Dennis' Tod verantwortlich zu machen, sollte dauerhafte Konsequenzen für vier andere Kinder haben.

Alice Lou Howton war offensichtlich nicht sehr daran interessiert, überhaupt eine Mutterrolle zu übernehmen, was ein bemerkenswertes Licht auf die Tatsache wirft, daß sie zwischen 1954 und 1966 sieben Kinder zur Welt gebracht hatte. Als Vater galt in den meisten Fällen ein gewisser Lewis Wayne Howton, ein Trucker, den Alice Lou 1954 geheiratet hatte und von dem sie sich nach dreizehn Ehejahren scheiden ließ, nachdem es bereits mehrfach zu längeren Perioden der Trennung gekommen war. Sozialarbeiter in Hopkins County, Kentucky, hatten die Familie Howton seit dem Januar 1968 als fragwürdig eingestuft, was vor allem durch Alice Lous Angewohnheit hervorgerufen wurde, von zu Hause wegzugehen, ohne sich um ihre Kinder zu kümmern. Anfang 1969 erhielten die Sozialarbeiter mehrfach Anrufe von Leuten, die berichteten, eine Mutter habe versucht, ihnen ihre Kinder aufzudrängen. Ein solcher Anruf vom Leiter einer Grundschule, die die Howton-Kinder gelegentlich besuchten, berichtete davon, daß Alice Lou, damals sechsunddreißig, eines Tages dort aufgetaucht sei und eine Lehrerin und eine Mitarbeiterin des Frühstücksraums gefragt habe, ob sie einige ihrer Kinder haben möchten.

Ende März 1969 stellten die Sozialarbeiter vor Gericht den Antrag, die Kinder aus dieser Familie zu entfernen, ein Antrag, der sich aus verschiedenen Gründen auf die beiden ältesten und das jüngste Kind bezog, getrennt von den anderen. Am 8. April entschied das Jugendgericht des Hopkins County nach einer Verhandlung, daß die mittleren vier Kinder – Renee, Grant, Michael und Ricky, im Alter von neun, acht, sechs und vier Jahren – aus der Familie entfernt werden sollten. Nach einigen enttäuschenden Zwischenlösungen suchte die zuständige Sozialarbeiterin in Kentucky nach einer geeigneten Familie. Bald zog sie aber auch die Möglichkeit in Erwägung, eine private, auswärtige Adoptionsvermittlungs-Agentur in Anspruch zu nehmen, die in der Vergangenheit bereits größere Familiengruppen innerhalb Kentuckys vermittelt hatte. Mitte Oktober übertrug Howard die Akte dem Lutheran Social Service in Minneapolis, Minnesota.

Durch diesen Schritt schien der Erfolg in greifbare Nähe zu rücken. Lutheran Social Service koppelte Sue Howards Anforderungen mit den ihnen vorliegenden Wünschen adoptionswilliger Eltern und wurde fündig. Innerhalb von zwei Wochen erhielten die Behörden in Kentucky Informationen über eine Familie, die bereit war, vier Kinder zu übernehmen. Bei nur einem Jungen im Haus und vier Schlafzimmern schienen Harold und Lois aus Stillwater genau das zu sein, worauf sie so lange schon gewartet hatten.

Vier Monate zuvor hatten Harold und Lois bei den Lutheran Social Services einen Adoptionsantrag vorgelegt; offenbar waren sie der Auffassung, diese Agentur würde eher auf ihre Wünsche eingehen als das Büro der Katholischen Caritas oder die Wohlfahrtsbehörde des Bezirks Ramsey. Robert war inzwischen seit fast zwei Jahren wieder bei ihnen, und die Jurgens wünschten sich wieder einmal mehr Kinder ins Haus.

Ihr Antrag malte ein rosiges Bild. Sie gehörten zur Kirche ›Franz von Assissi‹ in Lakeland. Harold verdiente 16 000 Dollar im Jahre bei Muska Electronic, hatte eine Hypothek von 8 800 Dollar auf einem Haus, dessen Wert sie auf 35 000 Dollar schätzten, er verfügte über einen Kreditrahmen von 5 000 Dollar und Lebensversicherungen über 5 500 Dollar.

Wo sie Angaben über ihre Kinder machen sollten, hatten die

Jurgens Roberts Namen und Geburtsdatum – 22. Juni 1960 – hingeschrieben.

Dennis erwähnten sie mit keinem Wort. Auf ihrem Adoptionsantrag existierte er nicht.

In Kentucky zeigten Sue Howard, ihr Supervisor L. C. Wolfe und ein Sozialarbeiter namens Peter Crego großes Interesse an diesem Vertrag, wollten jedoch mehr über die Jurgens erfahren. Am 4. November schrieb Crego – er war ganz neu in der Abteilung – einen Brief an Robert M. Lageson, den Sachbearbeiter bei Lutheran Social Service in Minneapolis, der Harold und Lois Jurgens ins Spiel gebracht hatte. »Ich bin ganz sicher, daß die Familie akzeptabel ist«, schrieb, er, »doch werden weitere Informationen gewünscht.«

Am 23. November antwortete Lageson, schickte Fotos der Jurgens und fügte weitere Dokumente hinzu.

»Von Mister und Mrs. Jurgens bin ich sehr begeistert ...« berichtete Lageson. »Mister Jurgens ist ein Mann mit vielen Interessensgebieten und genießt das Leben ... Mrs. Jurgens ist eine attraktive, warmherzige Frau mit sehr tragfähigen Ansichten. Als eines von sechzehn Geschwistern ist sie der Meinung, daß ihre Herkunft aus einer Großfamilie sie zu der Persönlichkeit geformt hat, die sie ist ... Ich empfehle diese Familie ...«

Seinem Brief fügte Lageson zwei handschriftliche Papiere bei, eines von Harold, eines von Lois, worin sie dem Wunsch der Agentur nachkamen, über sich selber, ihre Herkunft und ihre Interessen zu schreiben.

Harolds Handschrift kurvte über das ganze Blatt, die Linien zogen sich am rechten Rand nach oben, verliefen zum Teil zu dicht beieinander, andere wieder in zu großem Abstand. Es schien ihm unangenehm zu sein, über sich selber etwas zu schreiben, er zog es vor, abzuschweifen und von ganz anderen Dingen zu schreiben.

Im Gegensatz zu Harold bot Lois' Handschrift ein gleichmäßiges Bild, jede Zeile gerade und ausgewogen, von einem Rand der Seite zur anderen. Ihre Ausdrucksweise ließ keinerlei

Zögern erkennen. »Diese Beschreibung Ihrer Person und Ihrer Lage könnte alles enthalten, was Ihnen jetzt wichtig erscheint«, hatte der Vordruck der Agentur gesagt. Lois, inzwischen sechsundvierzig, reagierte mit Offenheit auf diese Einladung.

Die Behörden in Kentucky reagierten herzlich und rasch auf diese Schreiben und dankten Lutheran Social Service »für dieses wunderbare Heim für unsere Kinder.« Spannung erhob sich im Hause der Collings. Peter Crego besuchte die Howton-Kinder im Dezember sechsmal und bereitete sie auf den Umzug in eine neue Familie in Minnesota vor. Zunächst verhielten sich die Kinder etwas abweisend, doch mit der Zeit verwandelte sich das Mißtrauen in Begeisterung. Sie wollten die Collings nicht verlassen, doch wenigstens war die lange, ungewisse Wartezeit vorüber.

Gegen Ende Dezember schickte Lutheran Social Service eine Kopie seiner fünfseitigen Jurgens-Beurteilung an die Adoptions-Abteilung der Wohlfahrtsbehörde des Staates Minnesota, was der üblichen Verfahrensweise entsprach. Die Wohlfahrtsbehörde ist die zuständige Behörde für zwischenstaatliche Adoptionen, mit denen private Agenturen befaßt sind. Dort legte ein Sozialarbeiter routinemäßig eine neue Akte mit dem Namen der Jurgens an und machte einen Cross-Check, um herauszufinden, ob der Staat bereits einen Vorgang über diese Familie besaß.

Dieser Cross-Check kam mit positivem Ergebnis zurück, denn die Jurgens waren bereits im staatlichen Register enthalten ... Ferner tauchte ein Name auf, der auf keinem der Antragspapiere genannt worden war – ein kleiner Junge namens Dennis.

Der Staat hatte lediglich aus einem einzigen Grund einen Vorgang Jurgens. Dennis war aus dem Bezirk Scott vermittelt worden, welcher wegen seiner geringen Größe – anders als Ramsey County – nicht befugt war, eigene Adoptionen zu vermitteln.

Als die Sozialarbeiterin den Inhalt der älteren bestehenden Jurgens-Unterlagen erkannte, packte sie sie mit den neuen Unterlagen des Lutheran Social Service zusammen und brachte alles zu Ruth Weidell hinüber, der Leiterin der staatlichen Adoptionsabteilung.

»Ich denke, Sie sollten sich das hier mal ansehen«, sagte die Sozialarbeiterin und legte das Paket auf Weidells Schreibtisch.

Weidell, eine energische, präzise arbeitende Frau, die in der Lage war, die verschiedensten Vorschriften aus dem Gedächtnis aufzusagen, sah die Unterlagen mit wachsender Besorgnis. Es war nicht die Aufgabe ihrer Abteilung, potentielle Adoptionsfamilien zu untersuchen – das war die Sache adoptionsberechtigter Behörden und privater Agenturen –, aber diese Informationen wirkten verwirrend. Und das um so mehr, als die Jurgens jeglichen Hinweis auf Dennis vermieden hatten, sowohl in ihren Adoptionsunterlagen wie auch im Gespräch mit der privaten Agentur. Wir können dieser Adoption nicht zustimmen, entschied Weidell.

Als Bob Lageson die Nachricht erhielt, besuchte er die staatliche Wohlfahrtsbehörde in St. Paul, um sich einen eigenen Eindruck von den Unterlagen zu beschaffen. Dann nahm er Verbindung mit den Jurgens auf, um ihre Seite der Darstellung zu hören.

Sie hätten niemanden über Dennis informiert, erklärten Harold und Lois, weil sie aufgrund früherer Erfahrungen wußten, wie Sozialbehörden Informationen gegen einen benutzten. Außerdem hätten sie Dennis nicht mißhandelt, seien niemals angeklagt worden und hätten nichts Böses getan.

Nach dem Gespräch mit Lageson riefen die Jurgens ihren Rechtsanwalt Bill Fink an. Dieser schickte der Sozialarbeiterin des Lutheran Social Service Kopien von zwei Briefen, welche von Psychiatern für das Jugendgericht des Bezirks Ramsey geschrieben worden waren – es waren die Gutachten von Dr. Garvey und von Dr. Teeter.

Als diese Gespräche und der Informationsaustausch beendet waren, hatte Lageson sich von der Aufrichtigkeit der Jurgens überzeugt und einem Rettungsplan zugestimmt, den Bill Fink entworfen hatte. In einer Mitteilung, die Lageson seinem Vorgesetzten am 2. Januar 1972 schrieb, kann man seine Ergebnisse nachlesen:

Mister und Mrs. Jurgens irrten sich, als sie die Information über die Vergangenheit nicht an uns weitergaben. Sie erklärten, sie seien in keiner Beziehung für Dennis' Tod verantwortlich und hätten ihn nicht mißhandelt. Wenn sie Probleme auf diesem Gebiet hätten, würden sie ihre Familie nicht vergrößern wollen und Kinder dadurch gefährden . . .

Aus den Zeitungsausschnitten in den Unterlagen der Wohlfahrtsbehörde geht hervor, daß Dennis an einem Blasenriß und an Bauchfellentzündung gestorben ist. Mister Jurgens sagte, er habe noch eine Stunde, bevor sie Dennis tot aufgefunden hätten, mit dem Kind gespielt und nicht den Eindruck gehabt, irgend etwas sei nicht in Ordnung.

Mister Fink hat das Gefühl, daß er Mister und Mrs. Jurgens inzwischen gut kennengelernt hat, und glaubt nicht, daß sie Kindern etwas antun würden . . . Er dachte, es sei für die Kinder und die Eltern eine gute Sache, zusammenzusein. Falls er darüber anders dächte, würde er ihre Sache nicht unterstützen . . .

Mister Fink bat mich, einen Gesprächstermin mit Ruth Weidell zu vereinbaren. Sie weigerte sich, uns zu sehen, gab bekannt, ihre Entscheidung sei endgültig und daß sie sich für diese Kinder verantwortlich fühle. Ich antwortete, ich habe nicht den Wunsch, einen schlechten Plan zu verfolgen oder einen, der diesen Kindern gefährlich werden könnte, daß ich jedoch eine Entscheidung haben möchte, die auf mehr Material basiert als sie es hat, und daß ich keine Entscheidung möchte, die von Angst diktiert ist. Nach längerer Diskussion stimmte sie zu, die kommende Bewertung zu prüfen und dann nochmals über ihre Entscheidung nachzudenken.

Mrs. Jurgens hat Dr. Teeter kontaktiert, den Chef der Psychiatrischen Abteilung am St. Paul-Ramsey-Krankenhaus, der gleichzeitig Mitglied des Teams gegen Kindesmißhandlung ist. Er hat sich bereit erklärt, eine Bewertung vorzunehmen, und wird einen Termin festlegen.

Dennoch war Lageson offenbar nicht besonders optimistisch, denn am 6. Januar rief er Peter Crego in Kentucky an und teilte ihm mit, die Jurgens würden die Howton-Kinder nicht adoptieren können, weil der Leiter des Amtes für öffentliche Wohlfahrt in Minnesota seine Zustimmung verweigere.

»Es scheint, daß gegen die Jurgens eine Anzeige wegen Kindesmißhandlung vorgebracht wurde, was ihren Adoptivsohn betraf«, notierte Crego in seinem Tagebuch an diesem Abend. »Das Kind starb, die Jurgens wurden freigesprochen. Einzelheiten sind im Moment nicht bekannt, doch es erscheint ziemlich unwahrscheinlich, daß die Kinder jemals in die Familie Jurgens kommen.«

Aber Harold und Lois Jurgens standen erst am Beginn ihres Kampfes. Lois sprach sogar mit ihrem Psychiater über die Kinder aus Kentucky. Dieses Interesse an einer weiteren Adoption alarmierte Dr. Garvey, denn Lois war inzwischen so abhängig von verschriebenen Drogen, vor allem Tuinal, daß der Arzt der Meinung war, sie sollte einen Monat ins Krankenhaus gehen, um ihr Blut gründlich zu reinigen.

»Sie kann nicht schlafen«, schrieb der Arzt in sein Buch. »Jetzt wollen sie vier Kinder adoptieren ... Sie wird sich niemals ändern ...«

Am 12. Januar schickte Bill Fink eine Kopie von Dr. Teeters Bewertung an Crego und versprach für die nahe Zukunft eine neue Bewertung. Das Amt für Öffentliche Wohlfahrt des Staates Minnesota versprach, diesen Fall zu überdenken, sobald Dr. Teeters neuer Bericht vorliege.

»Ich persönlich war der Meinung, daß es um den ursprünglichen Fall von Kindesmißhandlung eine Menge unnötiger Aufregung gegeben hat«, bemerkte Fink. »Nicht jeder, der wegen Kindesmißhandlung angezeigt wird, ist auch schuldig. Doch weil die Beschuldigung der Kindesmißhandlung so abscheulich ist, ist sofort eine Menge Gefühl darin verwickelt ... Zufällig weiß ich eine ganze Menge über die Familie Jurgens ... Ich zögere nicht, zu ihren Gunsten zu sprechen ... Robert Lageson, Sozialarbeiter bei Lutheran Social Service, ist darin mit mir einer Meinung ...«

Fink konnte Crego offensichtlich genausogut überzeugen wie Lageson. Am 3. Februar schrieb Crego eine Notiz an Sue Howard, die Adoptions-Spezialistin in Kentucky, um den Howton-Fall auf den neuesten Stand zu bringen. In Auszügen lautete die Notiz:

> Mister Fink schickte mir eine psychiatrische Bewertung der Jurgens. Es war eine sehr ausführliche Untersuchung durch einen Psychiater, der sich auf Kindesmißhandlungen spezialisiert hat. Aufgrund seiner Empfehlung konnte Robert in die Familie zurückkehren. Zum gegenwärtigen Zeitpunkt unternimmt Dr. Teeter eine weitere Untersuchung der Jurgens und wird in Kürze einen Bericht vorlegen ... Im Fall der Anzeige wegen Kindesmißhandlung gab es eine ganze Reihe unbeantworteter Fragen. Mister Fink bearbeitete diesen Fall und sagte mir, ein Schwager sei darin verwickelt, der die Anzeige gemacht habe und für geisteskrank gehalten werde. Mister Fink verbürgt sich für die Eignung dieser Familie als Eltern. Aufgrund des bewiesenen Interesses und der fehlenden Schlüssigkeit der Beschuldigungen spreche ich nach wie vor im Interesse der Jurgens.

Aber Crego vermochte seinen Enthusiasmus nicht auf seine Vorgesetzten zu übertragen. Sue Howard und Jackie Oliver äußerten Bedenken gegen die Vermittlung an die Jurgens – und zwar so vehement, daß Crego am gleichen Tage, an dem er an Sue Howard geschrieben hatte, es für nötig hielt, einen Warnungsbrief an Bill Fink zu schreiben.

»Wir haben bei dieser Sache Probleme mit unserem Hauptbüro«, meldete Crego. »Man fordert von uns Antworten auf Fragen, die wir nicht haben. Von besonderem Interesse ist die Art und Weise, wie das Verfahren betrieben wurde. War eine Jury anwesend, oder gab es eine Entscheidung des Vorsitzenden Richters? Ferner, wurden die Jurgens aus formalen Gründen freigesprochen oder aus Mangel an Beweisen? Vermutlich hätte unser Hauptbüro gerne eine Abschrift der Gerichtsprotokolle. Um Ihnen gegenüber ehrlich zu sein, muß ich feststellen, daß es zur Zeit starke Opposition von unserem Hauptbüro gibt.«

Beinahe vier Wochen später, am 28. Februar, beantwortete Fink Cregos Fragen mit einem zweiseitigen Brief und mehreren Dokumenten.

> Zunächst einmal, es hat nie ein Verfahren stattgefunden. Die Jurgens hatten ein weiteres Kind adoptiert, und es tauchte die Frage auf, ob dieses Kind in der Familie bleiben sollte oder nicht ... Soweit es die Wohlfahrt von Robert Jurgens betraf, wurde die Sache abgelegt, und zwar nicht aufgrund formeller Fehler, sondern nachdem handfeste Beweise vorgelegt worden waren. Das Protokoll des Verfahrens ist ein umfangreiches Werk von 798 Seiten. Ich habe eine Kopie, die ich Ihnen gerne schicke, wenn Sie es für wichtig halten ... Selbstverständlich enthält das Protokoll Beweisstücke im Sinne der Anzeige, aber auch Beweise gegen die Anzeige ... Die Beschuldigungen in der Anzeige sind ungeheuerlich. Sie wurden sämtlich von den Eltern erklärt, viele wurden zurückgewiesen. Viele davon waren nicht durch Beweise untermauert. In der Anlage finden Sie eine Teilabschrift des Protokolls – einige der Zeugenaussagen ... Anzeige erstatten ist eine Sache. Sie durch Beweise zu untermauern eine andere. Es ist wohl völlig klar, daß das Gericht Robert Jurgens nicht zu seinen Eltern hätte zurückkehren lassen, wenn man befürchtet hätte, daß er dadurch in große Gefahr geraten würde ... Sollten wir uns nicht mehr mit der gegenwärtigen Realität beschäftigen als mit Spekulationen über die Vergangenheit?

Unter den elf Seiten Abschrift, die Fink für Crego ausgewählt hatte, befand sich zufällig auch die Zeugenaussage von Dr. Roy Peterson. Es handelte sich nicht um fortlaufend numerierte Seiten, sondern um eine präzise Auswahl, die von einem Augenblick der Verhandlung zum anderen wechselte. Da die Jurgens sich geweigert hatten, Dennis' Tod in Richter Gingolds Saal zu diskutieren, bot Fink Petersons Zusammenfassung der Darstellung an, die er von den Jurgens erhalten hatte – angereichert durch die Meinung des Arztes zur Aussage seines Patienten.

Hier konnte Crego lesen, Dennis sei auf dem Kellerfußboden ausgerutscht und die Kellertreppe hinuntergefallen. Hier konnte Crego lesen, wie Lois Dennis am Sonntagmorgen in seinen letzten Zügen gefunden hatte. Und hier konnte Crego auch lesen, daß Dr. Peterson nichts Ungewöhnliches an Dennis' körperlicher Verfassung oder an der Todesursache finden konnte: Nein, mir ist nichts aufgefallen ... nichts Bemerkenswertes ... es ist nicht ungewöhnlich ...

Anfang März ergänzte Fink dieses Paket durch zwei neue Empfehlungsbriefe, die die Jurgens eingeholt hatten. Der eine stammte von Pater Reiser, der andere von Dr. Teeter.

»Dies möge Sie darüber informieren, daß ich Mister und Mrs. Harold Jurgens seit zwanzig Jahren kenne ...« schrieb der Priester. »Es sind Leute von ausgezeichnetem Charakter und starker religiöser Überzeugung. Ich halte sie als Adoptiveltern für im höchsten Maße geeignet. Ich empfehle sie Ihnen für die Adoption von Renee, Grant, Michael und Richard Howton. Ich bin davon überzeugt, daß die Kinder dort eine ideale Familie finden werden mit gutem Charakter und religiöser Einstellung.«

Dr. Teeter ließ es an Unterstützung ebenfalls nicht mangeln.

Mister und Mrs. Jurgens sind eine solide Familie mit positiver Motivation, die vier Kinder aufzunehmen, schrieb er. Aus sozialem, erzieherischem und finanziellem Blickwinkel heraus beweisen sie beeindruckende Fähigkeiten, weitere Kinder großzuziehen. »Mrs. Jurgens ist ... jetzt bei weitem sensibler und zufriedener als zu Beginn meiner Untersuchungen«, schloß er. »Aus ihren eigenen Aussagen, aber auch aus den Worten ihres Mannes und des Sohnes läßt sich schließen, daß sie sich eine entspanntere Haltung angeeignet hat ... Ich bin der Auffassung, daß die Jurgens zur Adoption der Kinder geeignet sind.«

Inzwischen kämpfte Crego unverhüllt für die Vermittlung. Er hatte die Howton-Kinder zwei- oder dreimal pro Woche besucht und Lois sogar erlaubt, die Kinder, besonders Renee, anzurufen und ihnen zu schreiben.

»Glauben Sie mir, wir wollen die Angelegenheit genau so

rasch beenden wie Sie«, schrieb er Fink am 14. März. »Erwachsene können eine gegebene Situation geistig verarbeiten, aber Kinder sind nicht so gut in der Lage, andere Bedeutungen als ›bin ich erwünscht‹ zu erfassen. Auch mir fehlen jetzt langsam die Erklärungen.«

Für die Staaten Minnesota und Kentucky verweigerten Ruth Weidell und Sue Howard weiterhin ihre Zustimmung, aber die Grundlage ihrer Opposition wurde schwächer. Am 17. März schickte Fink Ruth Weidell Kopien der neuen Empfehlungsschreiben von Pater Reiser und Dr. Teeter, und am Ende des Monats veranlaßte er, daß Sue Howard die kompletten Unterlagen über Roberts Aufenthalte in Pflegefamilien von 1965 bis 1969 zugeschickt wurden. Die komplette Abschrift des Verfahrensprotokolls jedoch brachte er niemals auf den Weg, und Kentucky wiederholte diese Bitte auch nicht mehr.

Weidell spürte schließlich den Druck. Sie hatte als erste den warnenden Finger erhoben, aber sie war eher zuverlässige Beamtin als eine weltfremde Außenseiterin. Die Jurgens hatten die Erlaubnis bekommen, zwei Kinder zu adoptieren, überlegte sie. Sämtliche psychologischen Beurteilungen waren positiv, desgleichen der Brief des Priesters. Selbst wenn sie vor fünf Jahren in eine Kindesmißhandlung verwickelt waren, konnten sie mittlerweile nicht völlig in Ordnung sein? Außerdem, die Howton-Kinder waren größer und älter – wußten die sich nicht schon sehr gut selbst zu verteidigen und zu schützen?

Ruth Weidell beschloß – mit einiger Angst freilich – der Vermittlung zuzustimmen.

Am 10. April unterzeichnete Webster C. Martin Jr., Direktor der Sozialbehörde, kraft der ihm vom Regierungsbevollmächtigten des Staates Minnesota (Amt für Öffentliche Fürsorge) übertragenen Autorität vier notariell beglaubigte Dokumente, die dem Lutheran Social Service die Erlaubnis erteilten, die Howton-Kinder in den Bundesstaat zu bringen mit dem Zweck der Adoption durch Mister und Mrs. Harold Jurgens in Stillwater.

Kentucky zögerte noch, vor allem, weil Sue Howard und Jackie Oliver nach wie vor große Einwände gegen die Vermittlung vorbrachten. In Wahrheit fochten sie einen bereits verlorenen Kampf. Hier war ein Ehepaar, das bereit war, alle vier Howton-Kinder zu übernehmen, Kinder, die seit zwei Jahren unerwünscht in einem Pflegeheim lebten und ausschließlich von der öffentlichen Fürsorge unterstützt wurden. Die Collings waren inzwischen geschieden; Cherie und alle Kinder lebten jetzt bei ihren Eltern. Lutheran Social Service galt als anerkannter Experte für Adoptionen. Mitte Mai, nach zahlreichen Abteilungsversammlungen in Frankfort, beschlossen Howards und Olivers Vorgesetzte, ihre Einwände zu übergehen.

Die Jurgens erhielten die Nachricht telefonisch von Bob Lageson.

»Sie können nach Kentucky fahren«, sagte er, »und Ihre vier neuen Kinder abholen.«

Am Donnerstag, dem 18. Mai, erreichten Harold, Lois und Robert Fredonia erst spät abends, so daß sie nicht wie geplant die Howtons besuchen konnten. Am nächsten Morgen trafen sie sich zunächst mit L. C. Wolfe, der ihnen weitere Hintergrundinformationen gab. Die Jurgens stellten zahlreiche Fragen über die leiblichen Eltern der Howton-Kinder, schienen sich aber mehr Gedanken über näherliegende Ereignisse zu machen, z. B. über die Ehescheidung der Pflegefamilie.

Wolfe war beeindruckt von Harold, Lois und Robert. Robert war der typische, ungelenke zwölfjährige Junge, doch er sah gesund aus und beteiligte sich lebhaft am Gespräch. Lois Jurgens wirkte zunächst etwas angespannter, als Harold, den Wolfe sofort als liebenswürdigen Burschen einstufte – locker, warmherzig und freundlich.

Wolfe fuhr die Jurgens zum Haus von Cherie Collings Eltern, den Buchanons. Die Howton-Kinder und Cherie waren noch in der Schule bzw. bei der Arbeit, doch die Buchanons umarmten die Jurgens an der Haustür und ließen sie auf dem Wohnzimmersofa Platz nehmen. Als die Howton-Kinder aus der Schule kamen, liefen die drei Jungens sofort zu den Jurgens, während Renee zurückhaltend war, denn sie hatte geweint, als sie sich von ihren Klassenkameraden verabschiedete. Lois ergriff die Initiative und ging auf sie zu, und Renee, die jetzt zwölf war, reagierte auch. Die Jurgens schenkten Grant einen neuen Basketball und ein T-Shirt – der heutige 19. Mai war zufällig sein elfter Geburtstag.

Die Jurgens, Buchanons, die Howton-Kinder und Cherie Colling verbrachten drei Stunden miteinander und aßen gemeinsam zu Mittag. Die beiden älteren Howton-Kinder, Renee und Grant, fanden das Treffen sehr nett. In Briefen und am Telefon hatten die Jurgens den Kindern erzählt, was sie ihnen alles bieten konnten, und jetzt, auf dem Wohnzimmersofa der Buchanons, sprachen Harold und Lois von Musikunterricht, Instrumenten, die sie kaufen würden, von Reisen und von dem großen Haus, in dem sie lebten. Renee und Grant waren traurig, daß sie die Collings nun verließen, freuten sich aber auch auf ihr neues Heim.

Nach einem Leben in Armut fand Grant die Jurgens auch deshalb sympathisch, weil sie den Eindruck machten, als verfügten sie über ein großes Vermögen. Das stimmte ja auch, denn die Jurgens hatten doppelt so viel Geld wie die Collings. Grant fühlte sich wie in einem Märchenland.

Als L. C. Wolfe später am Tage nochmals vorbeikam, wurde gerade gepackt, und er hatte den Eindruck, daß alle zufrieden waren. Die Howton-Jungen hatten Robert mit Beschlag belegt, neckten und spielten mit ihm, und obwohl er nur ungern die Aufmerksamkeit seiner Eltern teilen wollte, fand er es doch prima, Geschwister zu haben.

»Wir mögen die«, flüsterten die Howton-Kinder Wolfe heimlich zu. Harold und Lois äußerten sich ähnlich.

Später am Tag standen Cherie und Wolfe und die Buchanons draußen vor dem Haus und winkten, während Harolds Auto, vollgestopft mit Kindern und Gepäck, langsam aus ihrem Blickfeld verschwand. Cherie wollte sie zurückhalten, ihre Stimme protestierend erheben, aber sie wußte, daß sie nichts mehr tun konnte, denn sie war jetzt geschieden, und die Adoption war genehmigt worden.

L. C. Wolfe war wesentlich zufriedener. Als er am Abend in

sein Büro zurückkam, schrieb er ein paar Zeilen für Sue Howard.

»Die Übergabe erfolgte heute nachmittag und erscheint mir sehr vielversprechend zu sein . . .« schrieb er. »Ich habe ein sehr gutes Gefühl dabei.«

Die Reise von Kentucky nach Minnesota dauerte zweieinhalb Tage. Die Jurgens hielten bei Restaurants und Sehenswürdigkeiten an, und die Howton-Kinder fanden die Reise sehr angenehm. Renee war gespannt auf ihr neues Heim und was die Jurgens zu bieten hatten – immerhin sollten sie nach all der Zeit jetzt richtige Eltern bekommen.

Nur ein seltsamer, kurzer Zwischenfall trübte die Reise ein wenig. Am späten Nachmittag des zweiten Reisetages erreichte Harold eine kleine Stadt und fragte die Kinder, welches Motel an der Straße ihnen am besten gefalle.

»Nun, Kinder, wollt ihr über Nacht in diesem Motel bleiben oder in dem dort oder in dem dort drüben?«

»Nein, Harold«, fuhr Lois plötzlich mit schriller und unfreundlicher Stimme dazwischen. »Wir werden dieses hier nehmen.«

Grant sah den Blick seiner Geschwister, aber dann sah er zur Seite. Eine so zornige Frau hatten sie noch nie zuvor erlebt. Einen Moment lang fragte sich Grant, worauf sie sich da eingelassen hatten. Aber der Gedanke verflog rasch wieder, und schon bald kletterten die Kinder aus dem Auto und rannten um die Wette auf die Tür des Motels zu.

Stillwater

Im Jahre 1839 errichteten John McKusick und drei andere Burschen aus dem Osten eine Sägemühle am Westufer des Lake St. Croix. Die friedliche Umgebung der Sägemühle brachte McKusick auf den Gedanken, seine Siedlung Stillwater zu nennen. In einem überraschend üppigen Tal gelegen, günstig plaziert am Ufer des rauhen St. Croix River, der unterhalb der Twin Cities in den Mississippi mündet, entwickelte Stillwater sich rasch zum regionalen Mittelpunkt der Holzindustrie.

Hundertzwanzig Jahre später war Stillwater mit seinen eleganten Läden und schicken Restaurants zu einem Anziehungspunkt für Touristen geworden. Dies war die Gegend, in der sich die Jurgens 1967 nach ihrem Wegzug aus White Bear Lake niedergelassen hatten – für die Howton-Kinder war es ein Phantasieland, als sie dort eintrafen; so stellten sie sich auch ein Sommercamp vor. Die letzten fünf Meilen der Reise von Kentucky hierher waren die aufregendsten gewesen, denn sie waren über eine gewundene, enge Landstraße gekurvt inmitten von fruchtbarem Farmland und dem dichten Gehölz von Ulmen und Eichen. Die Howtons konnten ihr neues Heim erst sehen, als Harold den Wagen die steile Auffahrt hinaufjagte, denn das Haus lag in einem Ulmenwäldchen. Die Jurgens hatten hier keine Nachbarn.

Für die Howton-Kinder war ihr neues Leben genau das, was sie sich vorgestellt hatten. Harold und Lois kauften ihnen alles, was sie ihnen versprochen hatten – neue Kleider, Sportgeräte wie Baseballschläger und Handschuhe und vor allem Musikinstrumente. Grant bekam ein Schlagzeug, Mike eine Trompete, Ricky eine Gitarre, Renee ein Klavier, und alle nahmen Musikstunden in der Schule. Die Kinder und Robert bildeten schon bald ihre eigene Gruppe, die ›Jurgs 5‹, hatten diesen Namen auf ihren Lautsprechern angebracht, traten in Kinderheimen, bei Hochzeiten auf, und einmal gewannen sie sogar einen dritten Preis bei einem Wettbewerb. Harold spielte mit ihnen sein geliebtes Hockey, fuhr sie zum Training und war bei all ihren Spielen dabei.

Bob Lageson machte seine ersten Besuche nach der Vermittlung und war hochzufrieden. »Die Jurgens und ihre fünf Kinder machen sich prächtig«, schrieb er Sue Howard am 2. Juni nach Kentucky. »Alles deutet darauf hin, daß die Sache ein wirklicher Erfolg wird.«

Mit der Zeit jedoch änderte sich das Verhalten von Lois gegenüber den Kindern unmerklich. Als Grant und seine Geschwister drei Monate im Haus waren, fing sie an, ihnen zu erklären, wie man das Haus saubermacht. »Ihr müßt lernen, Verantwortung zu tragen«, sagte sie ernst, aber nicht böse. Sie ging in die Knie, um es vorzumachen. Die Betten müssen verstellt werden, wenn man staubsaugt, erklärte sie, damit man darunter kommt. Schon bald wischten die Howton-Kinder gemeinsam mit Robert Staub und wuschen die Fenster mit der gewünschten Präzision.

Aber einige von Lois' Ansprüchen waren schon etwas seltsam. Sie bestand zum Beispiel darauf, daß die Jungen die Kellertreppe so lange schrubbten, bis man keine einzige Trittspur mehr erkennen konnte. In den Schlafzimmern fuhr sie mit dem Finger hinter die Möbel und über die Schränke, um Staub zu finden. Vorhänge mußten exakt zur Seite gebunden werden, Kleiderbügel vorschriftsmäßig im Schrank hängen.

Das Musizieren, zunächst eine schöne Beschäftigung, nahm bald den Charakter einer Zwangsveranstaltung an. Lois verlangte, daß die Kinder jeden Tag eine Stunde übten, am Samstag und am Sonntag jeweils zwei Stunden, wenn sie sich oft verspielten, sogar vier Stunden. »Noch ein Stündchen«, pflegte Lois dann zu sagen. Grant übte im Stehen Schlagzeug, und manchmal trieben die Rückenschmerzen ihm die Tränen in die Augen.

Eine Zeitlang strengten sich die Howton-Kinder auch an, Lois zu Gefallen zu sein. Vielleicht sind richtige Eltern eben so, dachten sie, vielleicht ist das in Familien üblich, die Geld haben.

Am 17. Oktober, ein halbes Jahr nach der Ankunft der Howton-Kinder und nur einen Monat, nachdem sie in Stillwater in die Schule gekommen waren, rief ein Grundschulrat namens Mike Hedloff beim Lutheran Social Service an und drückte Bob Lageson gegenüber seine Sorge über die Behandlung der Kinder durch die Jurgens aus.

Mrs. Jurgens, erklärte Hedloff, habe Mike die Teilnahme an einer Exkursion untersagt.

Solche Vorfälle betrübten die Lehrer, sagte Hedloff, weil sie diese Kinder aus Kentucky so sehr mochten – einige fänden sie so nett, daß sie sie von einer Minute zur anderen mit nach Hause nehmen möchten.

Lageson rief Lois zwei Abende darauf an, um ihr mitzuteilen, was er erfahren hatte. Lois sagte, sie halte einige der Punkte des Schulrats für reine Mäkelei. Daß Mike nicht an der Exkursion teilnehmen durfte, sei eine einmalige kleine Strafe gewesen, von der sie auch den Lehrer in Kenntnis gesetzt habe. Sie freue sich, zu hören, wie beliebt die Kinder in der Schule seien.

Aber Lois hatte ein ganz anderes Problem im Kopf. Sie und Mister Jurgens hätten sich überlegt, daß sie noch gern ein weiteres Kind adoptieren wollten – ein kleines Mädchen.

Lageson, dem die Probleme mit der Vermittlung der Howton-Kinder noch zu frisch im Gedächtnis haften, wiegelte ab. Der Gedanke, daß sich die Wohlfahrtsbehörde des Staates Minnesota erneut mit der Akte Jurgens befassen würde, machte ihn ganz unruhig. Ein Kind aus einem anderen Staat zu bekommen, erklärte er Lois, sei so gut wie unmöglich.

Lageson dachte, daß Mrs. Jurgens mit aller Kraft versuchte, eine gute Mutter zu sein, und dabei den Fehler beging, sich zu intensiv um die Kinder zu kümmern, sie mehr als erforderlich zu kontrollieren. Nichtsdestoweniger strahlten die Kinder das Gefühl aus, glücklich und zufrieden zu sein. Als die Probezeit nach einem halben Jahr endete, hatte Lageson diese Auffassung nicht geändert und sah keinen Grund zur Beunruhigung. Am 27. April 1973 erhielt er die offizielle Bestätigung über die Adoption der vier Howton-Kinder durch die Jurgens. Lageson heftete das Original in seinen Unterlagen ab und schickte eine

Kopie an das Staatliche Amt für Kinderfürsorge. In seinem Tagebuch vermerkte er: ›Fall abgeschlossen‹.

Wochen und Monate verstrichen, und die Howton-Kinder mußten feststellen, daß sie Lois' Ansprüchen trotz größter Anstrengung nicht gerecht werden konnten. Zuerst im Herbst 1972 und vermehrt dann in den folgenden beiden Jahren drückte Lois ihre Unzufriedenheit durch immer heftigere Wutausbrüche aus. Aus einem ernsten Tadel wurde hemmungsloses Geschrei, dann schlug sie die Kinder zur Strafe, zuerst mit der Hand, später mit einem Ledergürtel und mit einem Brett. Oft riß Lois die Kinder an Haaren und Ohren. Es bedurfte keiner groben Ordnungsverstöße, um diese Wutausbrüche hervorzurufen – ein schief hängender Kleiderbügel, ein Streifen auf einem Spiegel waren schon Anlaß genug. Als Grant es einmal versäumt hatte, einen leeren Kleiderbügel aus seinem Schrank zu nehmen, packte Lois ihn bei den Ohren und knallte seinen Kopf gegen die Wand.

Diese gestrenge Mutter verlangte, daß alle fünf Kinder ihre Socken und die schmutzige Unterwäsche auf einem altmodischen Waschbrett wuschen, wobei scharfe Waschseife benutzt wurde, wie es in ihrer Jugend üblich gewesen war. Mehr als einmal passierte es, daß die Jungens die Wäsche nicht sauber genug gewaschen hatten und Lois von ihnen verlangte, die umgedrehte Wäsche auf dem Kopf zu tragen – zu Hause und in der Öffentlichkeit, am Küchentisch, beim Einkaufen und Ballspielen.

Wenn sie Ricky unter Verdacht hatte, sich die Ohren nicht ordentlich gewaschen zu haben, bohrte Lois mit den Fingern in seinem Gehörorgan herum, bis es blutete und der Junge vor Schmerzen schrie. Manchmal mußten Mike und Ricky auf dem Bett liegen, die Hosen herunterziehen und sich von der wutschäumenden Mutter mit dem Pfannenheber verdreschen lassen.

Als bei Renee die Menstruation einsetzte, verlangte Lois, daß sie die blutigen Binden in Toilettenpapier einpackte und in einem Sack aufbewahrte, bis ihre Tage vorüber waren und sie den Papiersack zu Harold bringen konnte, der ihn verbrennen sollte. Als Renee einmal vergaß, den Sack abzugeben, kippte Lois den Inhalt wütend aus – in Anwesenheit der gesamten Familie; anschließend mußte Renee barfuß draußen im Schnee stehen. Manchmal nannte die tobsüchtige Ordnungsfanatikerin Renee eine Hure und zwang sie, vor ihren Brüdern die Hose herunter- und eine Tracht Prügel auf sich herabregnen zu lassen.

Robert, das erste Adoptivkind der Jurgens, wurde ebenfalls Opfer solcher Mißhandlungen, aber in geringerem Maße als die anderen Kinder. Das Ergebnis war, daß sich zwischen den drei in etwa gleichaltrigen Kindern ein von Eifersucht geprägtes Konkurrenzdenken entwickelte. Die Howtons argwöhnten, Robert werde bevorzugt. Vermutlich hatte Robert der pure Überlebenswille gelehrt, wie er seine Mutter halbwegs zufriedenstellen konnte. Doch auch er bewegte sich zuweilen in gefährlichem Fahrwasser.

»Hast du das so auch mit Dennis gemacht?« zischte er seine Mutter an, wenn sie ihn an den Ohren riß.

Die Kinder aus Kentucky hatten keine Ahnung, worauf Robert anspielte. Sie wußten lediglich, daß die Jurgens einen Sohn gehabt hatten, der vor drei Jahren gestorben war und dessen Grab sie ein paarmal besucht hatten. Ein eingerahmtes Bild dieses Kindes stand auf einem Sideboard im Wohnzimmer, aber die Kinder durften nur selten in dieses Zimmer, dessen Möbel Lois in Plastikhüllen vor Staub schützte. Und noch ein weiteres Zimmer war für die Kinder Tabuzone – Lois' Schlafzimmertür blieb immer verschlossen; den Schlüssel trug sie am Hosengürtel. Die Türangeln quietschten ganz erbärmlich; wenn die Kinder dieses Geräusch hörten, erschauerten sie vor Angst, es war das Signal, daß Lois aus ihrem Schlafzimmer herauskam.

Lois verprügelte den kleinen Grant mit einem Ledergürtel, und der Sportlehrer bemerkte dunkelblaue Striemen an dem Körper des Jungen. Nach der Ursache dieser Wundmale gefragt, täuschte Grant einen Sturz vom Fahrrad vor. Wenn ich die Wahrheit sage und Lois erfährt davon, wird sie mir an den Kragen gehen, fürchtete der Junge.

Mit der Zeit hatten die Kinder Angst davor, von der Schule nach Hause zu kommen. Wenn sie nachmittags den Schulbus verließen, spähte Mike sofort, ob der Wagen vor der Tür stand – und entspannte sich, wenn er nicht zu sehen war. Renee pflegte beim Näherkommen ängstlich zum Fenster ihres Zimmer hinaufzuschauen – wenn die Vorhänge nicht sichtbar waren, wußte sie, daß Lois sie heruntergerissen hatte, weil die Schwungfalten nicht ordentlich genug gebunden gewesen waren. War Lois nicht zu Hause, mußten die Kinder draußen an der Haustür sitzen bleiben und warten, auch bei Eiseskälte, doch selbst das Warten zogen die Kinder der Gesellschaft von Lois vor.

Wenn sie dann endlich im Haus waren – einen Hausschlüssel gab Lois ihnen nicht –, ging es an die Reinigungsarbeiten, es folgten die musikalischen Exerzitien, Schularbeiten, anschließend Baden und Abendessen. Vor dem Schlafengehen versammelten sie sich im Fernsehzimmer und beteten kniend den Rosenkranz. Während alle anderen schon in ihren Betten schliefen, suchte Lois das ganze Haus inklusive Keller ab, bis sie etwas gefunden hatte, was nicht an seinem richtigen Platz stand. Mike und Ricky, die gemeinsam in einem Zimmer schliefen, graute schon davor, ihre Namen zu hören, denn das bedeutete, daß Lois wieder etwas mißfallen hatte.

Manchmal versuchte Harold, sich einzumischen, aber die Kinder spürten, daß auch er Angst vor Lois hatte, denn er trug seine Bedenken viel zu halbherzig vor.

»Nun, Lois, reg dich nicht auf, sie haben es nicht böse gemeint«, pflegte er die Kinder in Schutz zu nehmen, aber sie schnitt ihm einfach das Wort ab. »Halt den Mund!« Ab und zu versuchte er, sie von ihren Strafexekutionen zurückzuhalten, indem er sie am Arm packte, und einmal schlug er sie sogar, (sie hatte ihm zuvor Kaffee über den Anzug geschüttet), doch dann kratzte sie und schlug zurück, bis er aufgab. Eines Abends griff sie zu einem gefrorenen Fisch, um ihrem werten Gatten damit eins überzuziehen.

Gelegentlich, wenn einer der Jungen sich schlecht benahm und Lois anderweitig beschäftigt war, befahl sie Harold, den

Jungen in den Keller zu nehmen und ihm dort eine Tracht Prügel zu verabreichen. Dann gingen die beiden die Treppe herunter, setzten sich in den Sessel, und Harold klatschte laut auf sein eigenes Bein, während der Junge in ein Schmerzensgeschrei ausbrechen mußte. Einmal, als sie wieder nach oben kamen, beklagte Lois sich, sie sehe keine Tränen in den Augen des Jungen. »Kannst du ihn nicht ordentlich verdreschen?« fragte sie Harold.

Harold ermahnte Lois nur selten und verlor nie seine Kontrolle. Wütete Lois mit den Kindern herum, verließ er häufig das Zimmer und manchmal das Haus. So oft es sich einrichten ließ, nahm er die Kinder mit, um sie dem flammenden Zorn seiner Gattin zu entziehen – dann ging er mit ihnen ins Kino oder zu McDonald's. Als sie einmal zurückkamen, fanden sie Lois auf dem Fußboden liegend vor, rundherum Bier verschüttet, Pillen weithin verstreut, aber die Szenerie wirkte so gestellt, daß selbst Grant sofort wußte, wer hier einen Selbstmordversuch vortäuschte.

Friedlicher verliefen die Sonntage; Harold pflegte die Kinder in die Kirche des Hl. Franz von Assissi zu begleiten, Lois hingegen zog es inzwischen vor, ihre Religion privat in ihrem Schlafzimmer auszuüben. Bei diesen Gelegenheiten versuchten die Kinder, mit ihrem Vater über alles zu sprechen.

»Mann, sie verprügelt uns, sobald ein Staubkorn auf dem Regal liegt«, jammerte Grant. »Immer sind wir an allem schuld.«

Harold pflichtete ihnen wohl bei, daß Lois es übertrieb mit der Sauberkeit, aber seine Solidarität mit den Kindern hatte enge Grenzen. »Ihr habt Mist gebaut«, sagte er. »Ihr Kinder wißt doch, was passiert, wenn ihr Mist baut. Dann laßt es doch bleiben.«

Lois hatte ihre eigene Antwort auf die Beschwerden der Kinder, und die wiederholte sie bei jeder Gelegenheit. »*Ich ziehe euch auf die gleiche Art und Weise groß, wie meine Eltern mich großgezogen haben.* Glaubt ihr im Ernst, das wäre streng? Ihr hättet mal in der Zeit leben müssen, als ich noch ein Kind war!«

Inzwischen besuchte Lois regelmäßig Dr. Garvey, der ihr Tuinal verschrieb. Lois' Bemühungen, ihre Arzneimittelabhängigkeit zu durchbrechen, endeten stets nach spätestens drei Tagen. Am 3. August 1973 überwies Dr. Garvey Lois ins North Memorial Hospital, um sie von den verschiedenen Medikamenten wegzubringen, die sie seit 1965 geschluckt hatte.

Harold fuhr sie ins Krankenhaus und sprach dann mit der Sozialarbeiterin, die ihre Aufnahmeformulare vorbereitete. In ihrem Bericht faßte die Sozialarbeiterin zusammen, was Harold ihr über die gegenwärtige familiäre Situation gesagt hatte:

> Während des letzten Jahres hat der Ehemann Veränderungen bei der Patientin festgestellt. Sie ist in zunehmendem Maße reizbar geworden und regt sich über die geringste Kleinigkeit auf. Sie kann keine Irrtümer zugeben und mäkelt ununterbrochen an ihrem Ehemann herum . . . Seit einiger Zeit ist sie den Kindern gegenüber sehr kurz angebunden, obwohl ihr klar ist, was sie damit anrichtet, und sie es selber nicht gut findet. Sie kritisiert ihren Ehemann, weil er bei den Kindern zu großzügig sei, während er ihr übergroße Strenge vorhält; so bildet er eine Art Puffer zwischen Lois und den Kindern. Nach eigenem Bekunden unternimmt Harold kaum noch sexuelle Annäherungsversuche, da sie ihn fortwährend verächtlich mache. Er sitze nur einfach da, höre sich ihre Kritik an und rege sich nicht darüber auf, sagt er.

Lois blieb zwei Wochen im North-Memorial-Krankenhaus und verließ es am 17. August. Dr. Garvey war der Meinung, ihr Zustand habe sich gebessert, gab diese Prognose jedoch nur unter Vorbehalten. Bei der Entlassung stufte er Lois als eine Patientin ein, die über Jahre hinweg zuviel Tabletten, vor allem Schlaftabletten, genommen habe. Während der Zeit im Krankenhaus, sagte er, sei es ihr gelungen, den Tablettenkonsum stark einzuschränken. »Die Patientin, so ist es mein Eindruck, war weder in intellektueller noch in gefühlsmäßiger Hinsicht ehrlich zu mir; dennoch hat sich ihre Verfassung verbessert . . .« schrieb er. »Die Patientin ist sich jedoch darüber im klaren, daß sie zum jetzigen Zeitpunkt noch weit davon entfernt ist, gesund zu sein, und daß weitere Behandlungen erforderlich sein werden ...«

Worin auch immer der Vorteil ihres Krankenhausaufenthaltes gelegen haben mag, an ihrer Stimmung und ihrem Verhalten im Hause der Jurgens änderte sich nichts. Harold nahmen die fortgesetzten Streitigkeiten derartig mit, daß Dr. Garvey im Februar 1974 es für erforderlich hielt, ihn stationär zu behandeln. Aber nach einer Woche konnte der Arzt – anders als Lois – nichts Auffälliges an ihm entdecken.

Bei der Entlassung am 9. Februar beschrieb Dr. Garvey Harold als einen Mann von zweiundfünfzig Jahren, dessen Frau erheblichen Streß für ihn produzierte, so daß eine Paartherapie angezeigt wäre.

Immerhin fuhren Harold und Lois an zwei Sonntagabenden nach Coon Rapids zu Familiengesprächen mit Pater Reiser. Zunächst saß die ganze Familie zusammen, dann gingen die Kinder mit dem Geistlichen in ein anderes Zimmer. »Ihr müßt euch mehr anstrengen«, forderte der Priester, und die Kinder stimmten ihm zu, denn sie hatten Angst, Lois könnte es erfahren, wenn sie ihm ihr Herz ausschütteten. Doch beim zweiten Besuch fühlten sich die Howton-Kinder offenbar sicher genug, Pater Reiser von den Kleiderbügeln im Schrank und anderen Streitpunkten zu erzählen. Die Erinnerungen der Beteiligten weichen an dieser Stelle voneinander ab, doch später berichtete der Priester den Untersuchungsbeamten, er habe die Sache bei Harold und Lois zur Sprache gebracht. Mit dem Ergebnis, daß die Familie Jurgens nach diesem zweiten Besuch sich in Coon Rapids nicht mehr blicken ließ.

Waren sie zu Beginn ihres Aufenthalts in Stillwater geradezu trunken vor Lebensfreude gewesen, so verspürten die Howton-Kinder und auch Robert jetzt nur noch Angst und Schrecken. Schimpfkanonaden und Prügel waren an der Tagesordnung. Die Teilnahme am Schulfest wurde ihnen untersagt. Renee führte regelmäßig tränenreiche Telefongespräche mit Lois' Nichte, Bonnie Welsch, und ab und zu auch mit Lois' Schwester Sharon Kopp; mit beiden hatte sie sich auf Familientreffen angefreundet. In der Schule wurden Renee und ihre Brüder von anderen Kindern ausgelacht, denn Lois kleidete sie mittlerweile mit Hosen und Hemden aus jenem Billigladen ein, in dem schon ihre eigenen Eltern eingekauft hatten. Wenn sie ihre Lage mit der anderer Kinder verglichen, mußte den Howton-Zöglingen klarwerden, daß sie kein normales Leben führten. In Gesprächen mit Klassenkameraden fanden sie heraus, daß die meisten ihrer Bekannten zu Hause niemals geschlagen wurden.

Eines Morgens im Frühjahr 1975 klingelte das Telefon in June Bolds Küche. Lois' ältere Schwester Eloise war am Apparat, ihre Stimme zitterte vor Unsicherheit.

»Renee hat angerufen und mir gesagt, Lois mißhandele sie«, erzählte Eloise. »Die Kinder haben Angst und brauchen Hilfe. Falls die Kleinen ausreißen müssen, können sie dann zu Ihnen kommen?«

Eloise hatte lange gezögert, bevor sie anrief, aber sie wußte, daß June eine prima Frau war und nur eine halbe Meile von Lois' Haus entfernt wohnte.

»Würden Sie ihnen helfen, wenn es nötig ist?« fragte Eloise nochmals, als June nicht sofort antwortete.

June hatte es die Sprache verschlagen. Sie hatte die neuen Adoptivkinder von Lois nur ein paarmal gesehen und kannte sie nicht genug, um sie voneinander unterscheiden zu können. Und dann fand sie es merkwürdig, daß Eloise anrief, denn normalerweise fürchteten Lois' Schwestern sich sehr davor, irgend etwas Nachteiliges von Lois zu sagen. Immer wenn June Eloise auf Dennis angesprochen hatte, war diese ausgewichen und hatte behauptet, gar nichts zu wissen. Und jetzt rief sie an und kümmerte sich um diese Kinder aus Kentucky.

»Nun, ich denke schon«, willigte June schließlich ein.

In den Jahren seit Roberts Rückkehr zu den Jurgens hatte sich Junes Beziehung zu Lois soweit verbessert, daß sich die Familien bei Gelegenheit besuchten; June wollte keinen Ärger mehr mit Lois haben, andererseits es auch nicht zulassen, daß so etwas wie mit Dennis noch mal passierte. Daher konnte sie Eloise unmöglich nein sagen. Die Kinder konnten kommen, aber sie wollte nicht in die Sache verwickelt werden.

Kurz nach diesem Anruf erhielten die Bols eine dieser gelegentlichen Einladungen, die Jurgens zu besuchen. Dort verbrachte June den Abend, indem sie der Kinder-Band ›Jurgs 5‹ zuhörte, während Lois vor den Musikanten stand, wie ein Dirigent mit den Armen wedelte und den Kindern befahl, ohne Pause weiterzuspielen.

»Macht weiter! Wir wollen noch mehr hören«, forderte sie, sobald die Kinder einen Moment zögerten.

June wußte, wie Kinder sich vor einem Auditorium fühlten, und versuchte, ihnen zu helfen. »Oh, das ist genug«, sagte sie. »Ich bin sicher, daß sie jetzt müde sind.«

Grant sah diese kleine, dicke Fremde mit dankbaren Augen an.

Als Lois einen Moment danach das Zimmer verließ, sprach June ihn an. Sie wollte sich nicht einmischen, aber »wenn du jemals einen Platz brauchst, um zu verschwinden, kannst du zu mir kommen«, flüsterte sie ihm zu.

An einem Sonntagmorgen Ende April fuhr Harold mit den Kindern zum Frühstück hinaus, während Lois in ihrem Schlafzimmer blieb.

»Ich glaube, ich muß eure Mutter in eine Klinik bringen«, sagte er. »Haltet ihr das auch für eine gute Idee?«

»Ja«, sagten die Kinder. »Ja!«

Am letzten Tag des Aprils rief Harold bei Lois' Schwester Beverley an und bat sie, zu ihm zu kommen, er brauchte ihre Hilfe.

An Nachmittag fuhr Bev zu den Jurgens und klopfte an die Tür; da sich niemand meldete, ging sie zum Wagen zurück und fuhr wieder auf die Straße, wo sie wartete, bis die Kinder aus der Schule kamen. Als sie die Kinder sah, hupte sie, und alle quetschten sich ins Auto, um mit ihr die Einfahrt hochzufahren. Diesmal reagierte Lois auf das Klopfen und öffnete die Tür.

Beverley sah etwas, was wie eine große Flasche Ketchup aussah, die auf den Boden gefallen war, dicke rote Sauce und Glasscherben lagen überall herum.

»Das ist Renees Aufgabe, hier sauberzumachen«, sagte Lois. Kaum daß Lois sich umgedreht hatte, kam Harold heran und schob Bev rasch und heimlich einen Zettel in die Hand: Sie zog sich in die Toilette zurück und überflog hastig die Botschaft:

Morgen bringe ich Lois in die Klinik, kannst du dich um die Kinder kümmern?

Am nächsten Morgen, am 1. Mai 1975, begab sich die Familie Jurgens auf die 45-Meilen-Fahrt entlang dem St. Croix River zur Hazelden Foundation, dem bekannten Rehabilitationszentrum für Drogen- und Alkoholabhängige in Center City, Minnesota. Die Howtons bewahren die Erinnerung an dieses denkwürdige Datum als den Tag auf, an dem sie Lois ›einlieferten‹, und gewisse Polizeiberichte und später angefertigte Notizen der Wohlfahrtsbehörde sprechen ebenfalls von einer ›Einlieferung‹; andere Unterlagen freilich deuten an, daß Lois sich freiwillig in die Hazelden Foundation verfügt habe. Wie auch immer, Lois betrat das Rehabilitationszentrum einmal mehr mit der festen Absicht, sich aus ihrer Tablettensucht zu befreien. Während die Kinder begeistert smaragdgrüne Felder, urtümliche Cañons und dicht bewaldete Flußlandschaften betrachteten, saß Lois stumm und wie von Dumpfheit maskiert auf dem Beifahrersitz.

Langsam näherte sich der Wagen Center City, Harold bog auf eine Privatstraße ein, und plötzlich fanden sie sich zwischen gepflegten Rasenflächen und modernen Gebäudekomplexen wieder. Erst als sie beim Haupteingang aus dem Wagen stiegen, wandte Lois sich mit einer Ermahnung zu den Kindern um.

»Erledigt bloß ordentlich eure Aufgaben und Arbeiten, oder es ist der Teufel los, wenn ich zurückkomme.«

Während der fünf Wochen, die Lois in Hazelden verbrachte, genossen die Kinder ihr Leben. Zum ersten Mal seit ihrer Adoption durch die Jurgens hatte Grant das Gefühl, daß er und seine Geschwister wie andere Kinder auch lebten. Sie erledigten ihre

Arbeiten, aber sie streiften auch durch die Gegend, angelten stundenlang, verpaßten Mahlzeiten und vergaßen die qualvollen Übungsstunden auf ihren Instrumenten.

Eines Tages rief Harold sie alle zusammen.

»Eure Mutter kehrt bald nach Hause zurück«, sagte er. »Jetzt müssen wir das Haus in Ordnung bringen.«

Die Kinder hatten Angst, denn sie waren sicher, daß Lois schon etwas finden würde, aber sie machten sich an die Arbeit in der vagen Hoffnung, die Mutter könnte sich inzwischen ja vielleicht etwas geändert haben.

Als Lois am 6. Juni nach Hause kam, marschierte sie sofort in ihr Schlafzimmer, ohne die Kinder zu beachten. Renee glaubte schon, sie habe sich gegenüber früher etwas beruhigt; Grant vermutete, die Ärzte hätten ihr eine Tablette gegeben. Was immer sie mutmaßten, ihre Hoffnungen zerstoben schon bald. Innerhalb weniger Stunden bekam Lois schon wieder wegen Kleiderbügel und anderer Bagatellen Tobsuchtsanfälle. In Wahrheit hatte das Hazelden-Programm bei Lois nicht angeschlagen, und sie hatte sich ohne Zustimmung der behandelnden Ärzte selber entlassen.

»Lois streitet viel ab und unterdrückt auch sehr viele ihrer Probleme . . .« schrieb ein Berater aus der Rehabilitationsklinik wenige Tage nach ihrem Weggang. »Bei der Beratung und in der Gruppentherapie war Lois überhaupt nicht zugänglich, die Notwendigkeit, sich zu ändern, konnte sie überhaupt nicht einsehen. Sie schob all ihre Schwierigkeiten auf ihre Kindheitserfahrungen, auf ihre Mutter, ihren Vater, auf ihren Ehemann und die Verwandten. Als sie die Behandlung abbrach, war sie nach wie vor überzeugt, mit ihrer Selbsteinschätzung völlig richtig zu liegen. Insgesamt muß gesagt werden, daß die Reaktion des Patienten auf die Behandlung unbefriedigend war . . .«

Die folgenden Ereignisse sind zwar bekannt, aber einige Details bleiben ungewiß, denn die Erinnerungen der Kinder an diese Tage sind unscharf, und die vorliegenden Unterlagen des Jugendamtes sind unvollständig.

Robert gab offenbar als erster auf. Er spürte sofort, daß Lois sich nicht geändert hatte, und die Enttäuschung darüber nahm dem fünfzehnjährigen Jungen jede Hoffnung auf eine richtige Familie. Zehn Tage nach Lois' Rückkehr, am 16. Juni 1975, stand er vor dem Familiengericht des Bezirks Washington; die Anzeige nannte ihn einen jugendlichen Ausreißer. Der Richter ordnete eine Untersuchung an und stellte Robert unter die Vormundschaft der Wohlfahrtsbehörde des Bezirks Washington, die ihn in einer Pflegefamilie in der nahe gelegenen Stadt Newport unterbrachte. Fast sechs Jahre nachdem die Jurgens das Sorgerecht über ihren Jungen erlangt hatten, war Robert wieder einmal ihrem Zugriff entzogen.

Es bleibt unklar, ob die Behörden zu diesem Zeitpunkt die Lage der anderen Kinder im Hause der Jurgens untersuchten. Man weiß, daß Renee und Grant bald danach ihre eigene Flucht zu planen begannen. Grant erinnerte sich an die nette Dame, die an dem Vorspielabend so freundlich zu ihnen gewesen war, und suchte ihre Nummer im Telefonbuch heraus. Er fühlte, daß sie dort sicher sein würden – June Bol würde sie schon nicht zu den Jurgens zurückschicken.

Renee und Grant, inzwischen fünfzehn und vierzehn Jahre alt, weihten ihre jüngeren Brüder in ihren Fluchtplan ein, doch Mike und Ricky, zwölf und zehn, hatten Angst, mit ihnen zu gehen, denn sie fürchteten Lois' Prügel, wenn man sie zu einer Rückkehr zwingen würde.

»Wir kommen zurück und holen euch«, versprach Grant.

Am 9. Juli warteten Renee und Grant nach Schulschluß nicht wie sonst auf den Schulbus. Statt dessen betrat Grant eine Telefonzelle und zog einen Zettel mit der Telefonnummer aus der Tasche, die er am Morgen notiert hatte. June Bols Telefon klingelte dreimal, bevor sich jemand meldete, und dann war es nicht June, sondern eine männliche Stimme, die Grant schließlich begrüßte.

June war nicht zu Hause, da sie gerade in ihrem ›Weight-Watcher‹-Kurs Unterricht erteilte. Ihr Sohn Todd war am Apparat.

»Wir sind in der Nähe von unserer Schule«, sagte Grant.

»Wir wollen nicht mehr nach Hause gehen, wir möchten zu Ihnen.«

Als June am Nachmittag nach Hause kam, saßen Renee und Grant schon in der Küche. Die Frau beschloß, ihren Priester im Ort anzurufen. Der konnte die Sache in die Hand nehmen, dachte sie, dann würde sie nicht hineingezogen. Aber der Priester war außer Haus, also wurde aus diesem Plan nichts. June setzte sich wieder zu den beiden Kindern und betrachtete sie. Sie kannte nicht einmal den Namen des Jungen, denn immerhin waren es ja inzwischen drei.

An diesem Tag kamen Mike und Ricky ohne ihre Geschwister von der Schule nach Hause, und sie hatten große Angst. Lois, die offenbar ahnte, daß irgend etwas nicht in Ordnung war, empfing die beiden Brüder bereits an der Haustür – was sie bis dahin noch nie getan hatte.

»Wo sind Renee und Grant?« fragte die Mutter.

»Das wissen wir nicht«, antwortete Ricky.

Lois explodierte vor Wut. »Ihr wißt es! Ihr wißt es!« schrie sie, packte und riß die Kinder an den Haaren und zerrte sie am Schopf zum Wagen, ununterbrochen schreiend und Schläge austeilend. Noch unterwegs, während sie den Wagen steuerte, verpaßte sie den Kindern schallende Ohrfeigen. »Ich werde schon rausfinden, wo eure Geschwister stecken.«

In der Schule stürmte Lois ins Lehrerzimmer, aber niemand konnte ihr einen Hinweis auf den Verbleib ihrer Kinder geben. Die Lehrer waren alle davon ausgegangen, daß Renee und Grant nach Schulschluß den Bus bestiegen hatten und nach Hause gefahren waren.

Auf der Suche nach den Kindern verschlug es Lois am Abend in das Haus der June Bol. Die beiden Frauen nahmen am Küchentisch Platz.

»Wo sind Renee und Grant hingegangen?« fragte Lois. »Ich bin wütend auf sie.«

Größer noch als ihre Wut schien ihre Sorge zu sein – daher kam June sich vor wie eine Ratte.

Sie hatte Angst, weniger vor Lois als vielmehr vor der unvermeidlichen Auseinandersetzung, denn bei Streit und Diskussionen zog June meist den kürzeren. Als sie Lois so hochaufgerichtet und steifnackig vor sich sitzen sah, wünschte June sich an einen anderen Ort fort.

Renee und Grant hielten sich oben hinter Junes verschlossener Schlafzimmertür versteckt; mit pochendem Herzen und um Hilfe betend.

»Wo sind sie?« fragte Lois mit unverhohlenem Mißtrauen. »Sind sie hierher gekommen? Sind sie hier?«

June schluckte und sah Lois in die Augen.

»Nein«, antwortete sie. »Nein, sie sind nicht hier.«

Eine todsichere Sache

June Bol war in einem ärmlichem Umfeld aufgewachsen, ohne sich jedoch jemals arm zu fühlen, denn ihre Mutter, die kochte und backte und nähte, schützte ihre drei Kinder wie hinter einem Schild vor Mühsal und Not. Junes Vater, Herb Pattridge, war 22 Jahre lang Polizeichef in North St. Paul gewesen.

Aus diesem Grunde wußte sie auch, was sie zu tun hatte, als sich Renee und Grant in ihr Haus flüchteten. Früh am nächsten Morgen, am 10. Juli, nahm sie die beiden in ihren Wagen und fuhr direkt ins Büro von Ed Westphal, dem Sheriff in Stillwater.

»Ich bin Herb Pattridges Tochter«, sagte sie am Empfang, und diese Bemerkung brachte sie auf dem schnellsten Weg ins Büro des Sheriffs.

»Was ist los, Kinder?« fragte Westphal, nachdem alle Platz genommen hatten. Nach einem hilfesuchenden Blick zu June begannen Renee und Grant zu sprechen, zunächst langsam und zögernd, dann immer freier und offener. Sie sprachen von den Schlägen mit dem Ledergürtel, vom Haarreißen und An-den-Ohren-Zerren und dem erbarmungslosen Drill im Haus der Jurgens. Der Sheriff fing an, sich Notizen zu machen; sein Gesicht wurde immer grimmiger, je länger die Kinder sprachen. Am Ende füllten seine Notizen vier Seiten.

Als die Kinder fertig waren, zog Renee einen kleinen Umschlag aus ihrer Handtasche und reichte ihn dem Sheriff. Als er hineinblickte, fand er ein Büschel menschlicher Haare. Dann bemerkte er, was Renee außen auf den Umschlag geschrieben hatte. »Mein Haar, das Mom mir am 3. Januar 1975 ausgerissen hat.« Der Sheriff griff nach dem Telefon und begann, Anrufe zu machen.

Wir bringen den Stein ins Rollen, dachte June. Sehnsüchtig sah sie zur Tür, denn jetzt, da sich der Sheriff um die Angelegenheit kümmerte, wünschte sie nichts sehnlicher, als still und leise aus dem Büro zu verschwinden.

Am späten Vormittag klingelte das Telefon auf dem Schreibtisch von Carol Felix, der Sozialarbeiterin im Wohlfahrtsamt im Bezirk Washington. Die Gerichtssekretärin war am Apparat.

»Eine Mrs. June Bol ist hier«, sagte die Sekretärin. »Sie hat ein paar Kinder bei sich, die dringend Schutz brauchen – wegen der Gefahr von Mißhandlung. Richter Albertson wünscht, daß Sie sofort hierherkommen.«

Carol war überrascht, denn sie hatte die Erfahrung gemacht, daß die meisten Leute Kindesmißhandlung einfach ignorierten. Und die wenigen, die einen solchen Fall meldeten, gerieten in die Tretmühle einer schwerfälligen Bürokratie. Wenn sie es überhaupt schafften, am Telefon durchzukommen, mußten sie ihre Meldung schriftlich nachreichen, die wurde dann zu einem Abteilungsleiter geschickt, der sie einem Sozialarbeiter übertrug, der sich dann am nächsten Tag mit der Untersuchung beschäftigte – oder auch nicht.

Carol traf Richter Howard Albertson vor seinem Büro. Die Anrufe des Sheriffs hatten Albertson derart aufgeschreckt, daß er sich ohne die üblichen Umwege direkt mit der Wohlfahrtsbehörde in Verbindung setzte.

»Diese Kinder stecken in Schwierigkeiten«, sagte er zu Carol, »aber lassen Sie mich aus der Sache raus.«

Die Sozialarbeiterin fand June, Renee und Grant in einem kleinen Sitzungszimmer neben der Halle. June sprach zuerst, ganz ruhig, und auch das kam Carol merkwürdig vor. Normalerweise traf sie Leute, die wütend waren, die manipulierten, Messer wetzten und Kinder als Schachfiguren in ihrem persönlichen Intrigenspiel benutzten. Wieso war diese Dame überhaupt daran beteiligt?

Nur sehr allmählich verlor Carol im Laufe dieses Gesprächs ihre Skepsis. Sie hatte Gründe für ihre vorsichtige Haltung. Felix stammte aus einer Familie der oberen Mittelklasse eines Vorortes von Chicago, sie hatte Alkoholismus und seelische Grausamkeit kennengelernt, und diese Erfahrungen hatten ihren Tribut gefordert. Sie kam spät zur Sozialarbeit, erst vor fünf Jahren, im Alter von sechsundvierzig, früher war sie Lehrerin gewesen, hatte zwei Kinder großgezogen, und nach dem Tod ihres ersten Mannes hatte sie ein zweites Mal geheiratet. Sie verstand ihre Klienten, weil sie sich in ähnlichen Situationen befunden hatte, und das isolierte sie von den Kollegen im Amt.

Die beiden Kinder saßen still neben ihnen und überließen es June, zu reden, doch nachdem sie den Hintergrund erläutert hatte, bestand June darauf, daß sie der Sozialarbeiterin selber ihre Geschichte erzählten.

Carol erkannte das Muster auf Anhieb. Eine wütende Mutter, eine Perfektionistin, die immer nur kontrollierte und mit nichts zufrieden war. Carol hatte während ihrer Arbeit viel zu viele Mütter dieses Typs kennengelernt. Die Kinder sprachen lebhaft und spontan und in einer Art, die Carol davon überzeugte, daß sie sich ihre Geschichte nicht ausgedacht hatten. Renee und Grant waren nicht nur einfach rebellische Teenager.

»Wir haben ehrlich versucht, ordentliche Kinder zu sein«, beteuerte Grant.

»Wir haben Angst um unsere beiden jüngeren Brüder«, sagte Renee und flehte Carol an, sich um deren Situation zu kümmern.

Carol sah die beiden Halbwüchsigen an. »Ihr müßt vor Gericht gehen«, sagte sie. »Es wird schwierig, aber ihr könnt von mir und dem Richter eine faire Behandlung erwarten.«

In Wirklichkeit hatte Carol über die Jahre hinweg ihren Glauben an die Effizienz der Jugendgerichtsbarkeit weitgehend verloren. Andererseits war sie der Meinung, daß Richter Albertson mit offenen Ohren dem lauschen würde, was June Bol vorzubringen hatte. Der Fall war spektakulär genug. Carol rechnete nicht damit, daß sie gegen den Strom schwimmen mußte.

Um die juristischen Verfahren auf den Weg zu bringen, reichte die Sozialarbeiterin noch am gleichen Tag beim Familiengericht im Bezirk Washington einen Abhängigkeits-Antrag für Renee, Grant, Mike und Ricky ein. Damit eine Untersuchung durchgeführt werden konnte, stellte Richter Albertson Renee und Grant unter die vorläufige Pflegeaufsicht, Vormundschaft und Kontrolle der Wohlfahrtsbehörde des Bezirks

Washington, während Mike und Ricky weiterhin im Haus der Jurgens verblieben, jedoch unter der beschützenden Aufsicht der Wohlfahrtsbehörde.

Auch hier erlauben unklare Erinnerungen und spärliche Dokumente nur ein allgemeines Bild von dem, was dann geschah. Man weiß, daß Grant nach einiger Zeit zu June Bol zog und Renee zu Bonnie Welsch in St. Paul. Weniger klar ist, wie ›die beschützende Aufsicht‹ der Wohlfahrtsbehörde über Mike und Ricky im Hause Jurgens aussah. Mit Sicherheit läßt sich sagen, daß die vier bedauernswerten Howton-Kinder im August, nach mehreren Verhandlungen vor dem Familiengericht, in drei verschiedenen Häusern untergebracht waren. Die Bemühungen der Kentucky-Behörden, die Kinder zusammenzuhalten, waren nicht von Erfolg gekrönt.

Zumindest Grant hatte schließlich ein neues Heim gefunden. Während der ersten Wochen im Hause Bol schlief er zusammengerollt wie ein ungeborenes Kind und wachte mitten in der Nacht, in Schweiß gebadet, auf. Ähnlich wie vor Jahren mit Robert streichelte June ihm den Rücken, um ihn zu entspannen, und versicherte ihm immer wieder, er sei nicht in Gefahr.

Lois zeigte angesichts dieser Ereignisse keine offene Feindseligkeit gegenüber June, denn eine Gerichtsverhandlung war angesetzt. Und doch schaffte sie es, June ihren Ärger spüren zu lassen. Als sie gebeten wurde, Kleider zu schicken, sandte Lois einen alten Sack, der unter anderem schmutzige Socken und ein Stück Bleirohr enthielt. Kurz danach rief Lois an und erkundigte sich, wie den Kindern die Kleider gefielen.

June wollte mit dieser Frau keinen Streit haben.

»Nun«, sagte sie. »Sie fanden eine Menge Sachen, nach denen sie gesucht hatten.«

Nach einem kurzen Besuch bei den Jurgens – Lois warf den Howton-Kindern Disziplinlosigkeit und Undankbarkeit vor – suchte Carol auch noch Robert auf.

Zwar hatte der seine eigene Betreuungsperson, aber das Gericht hatte seinen Ausreißer-Fall mit dem seiner Geschwister verknüpft, deshalb mußte sie ihn in ihrem Bericht erwähnen. Sie fand, daß Robert sich gut in seine neue Pflegefamilie eingelebt hatte. Für einen Fünfzehnjährigen war er außergewöhnlich nachdenklich und verantwortungsbewußt, über seine Eltern sprach er ernsthaft und distanziert.

Obwohl er sich stark verbunden fühle mit den Jurgens, so sagte er, könne er die ewige Spannung im Haus nicht mehr aushalten. Er wolle seinen Eltern nicht vorsätzlich weh tun, aber er habe inzwischen die Hoffnung aufgegeben, mit ihnen unter einem Dach wohnen zu können. Carol entschied spontan, Roberts Wunsch, in seiner neuen Pflegefamilie zu bleiben, nach Kräften zu unterstützen.

Schwerer fiel es ihr, Mikes und Rickys Situation zu beurteilen. Carol besuchte sie noch zweimal bei den Jurgens. Sobald sie mit ihnen allein im Zimmer war, bestanden die Kinder darauf, daß Harold und Lois dazu kämen. Und wenn Carol sie einzeln interviewte, benutzten sie fast die gleichen Worte; Carol fragte sich, welchen Wert ihre Aussagen eigentlich hatten.

Um Licht in diesen Fall zu bringen, verbrachte Carol ungezählte Stunden im Haus der June Bol. Besuche bei Grant gehörten zu ihrem Job, aber Carol hatte auch noch einen anderen Grund – sie wollte mit June sprechen. Bei dieser Frau war alles so normal, so wie es sein sollte, aber fast nirgendwo war in der Welt, in der Carol arbeitete. Immer wenn Carol eine bestimmte Entscheidung getroffen oder einen Entschluß gefaßt hatte, ging sie damit zu June, und wenn die der gleichen Meinung war, dann wußte die Sozialarbeiterin, daß sie auf dem richtigen Weg war.

Eines Tages hatte June einen Vorschlag für Carol: Könnte sie nicht einmal die Akte Jurgens aus dem Bezirk Ramsey County studieren? Das wäre bestimmt mal eine interessante Lektüre.

Carol machte sich für einen halben Tag frei und fuhr zwanzig Meilen nach St. Paul. Die Akte, die sie in der Wohlfahrtsbehörde von Ramsey County bekam, war gespickt mit Dokumenten – insgesamt viel umfangreicher, als Carol sich das vorgestellt hatte. Sie setzte sich in eine Ecke und begann zu lesen. Während sie die Seiten weiterblätterte, stieg ihr das Blut zu

Kopf, bis sie sich schwindlig fühlte. Die Einzelheiten über Dennis' Adoption und seinen Tod, lauter Neuigkeiten für sie, trafen sie wie tausend Nadelstiche.

Carol hatte keinen Zweifel daran, daß Lois Dennis umgebracht hatte. Roberts Rückkehr vier Jahre später schockierte sie nicht in gleichem Maße – Sozialarbeiter versuchten immer, die Kinder in die Familie zurückzubringen, und üblicherweise verlief die ganze Sache dann auch im Sande.

Carol fotokopierte die Akte und gab sie einer Kollegin zu lesen, die genauso schockiert über den Inhalt war wie sie.

Kurz danach bekam Carol auch einen Teil der Kentucky-Unterlagen in die Hände, und zwar mit Hilfe des Lutheran Social Service und ihrer eigenen Behörde, und verfolgte jetzt den Weg, den die Howton-Kinder ins Haus der Jurgens zurückgelegt hatten. Sie rief Jackie Oliver und Sue Howard und Peter Crego in Kentucky an, konnte Bob Lageson jedoch nicht erreichen, denn er hatte den Lutheran Social Service verlassen. Oliver bestätigte, was sie sich schon gedacht hatte – Kentucky hatte den Antrag der Jurgens so sehr gefördert, weil dieses Ehepaar gleich alle vier Kinder zusammen adoptieren wollte.

Und dann, im August, traf Carol die erste Pflegemutter der Kinder, Cherie Colling, die nach ihrer Scheidung wieder geheiratet hatte und jetzt Cherie Riley hieß. Cherie Riley kam nach Minnesota.

June Bol hatte Renee und Grant vorgeschlagen, ihre Eltern in Kentucky anzurufen, weil die sich so gut um sie gekümmert hatten. Die Kinder wußten die Telefonnummer nicht, doch sie erinnerten sich daran, daß Cheries Eltern ein Geschäft hatten – ›Buchanons Fliesen und Teppiche‹ – in der Kleinstadt Eddyville in Kentucky. June zeigte ihnen, wie man ein Ferngespräch führt, und schon nach ein paar Minuten konnte Renee mit ihrer Pflege-Großmutter sprechen.

Donna Buchanon fiel fast in Ohnmacht, als sie hörte, was alles passiert war, seitdem sie die Kinder zum letztenmal gesehen hatte. Am nächsten Tag flog sie mit Cherie nach Minnesota, mietete einen Wagen und kam direkt zu Junes Haus. Aus der tränenreichen Begrüßung wurde rasch eine regelrechte Sitzung. Renee sprach von Briefen, die sie an Cherie geschrieben hatte und die von Lois abgefangen worden waren, bevor sie sie zur Post bringen konnte. June erwähnte Dennis' merkwürdigen Tod. Renee und Grant beschrieben ihr Leben bei der Familie Jurgens; vor lauter Erregung ballten sie die Fäuste, ihre Schultern verkrampften sich. Von Junes Haus fuhren Cherie Riley und Donna Buchanon die halbe Meile die Nolan Avenue entlang, um Mike und Ricky bei den Jurgens zu besuchen. Und wieder bestanden die beiden Kinder darauf, alles sei bestens, doch ihre Augen waren unruhig und zuckten ängstlich hin und her.

Cherie war schockiert über alles, was sie hier und bei June gesehen hatte. Diese vier Kinder, die früher so zutraulich und offen gewesen waren, wirkten jetzt wie verängstigte Tiere, die nur noch ans Überleben dachten. Welch eine Veränderung in nur drei kurzen Jahren.

Als sie sich verabschiedeten, beugte sich Cherie zu Mike und Ricky hinab und flüsterte: »Ihr zwei solltet auch weglaufen.«

Später an diesem Tag, trafen Cherie Riley und Donna Buchanon Carol Felix. Die Sozialarbeiterin zeigte ihnen den Stapel von Berichten und ein gräßliches Foto eines toten Kindes, eines Jungen, der im Hause der Jurgens gelebt hatte. Als die drei Frauen mit gedämpften Stimmen über die Sache sprachen, spürte Carol tiefe Sympathie für diese starken, offenen Südstaatenfrauen, die außer sich waren. Es wurde Zeit zu handeln.

Das war jetzt keine simple Vormundschaftsangelegenheit mehr. Carol verlangte Bestrafung, Wiedergutmachung. Sie dachte nicht an eine Mordanklage, denn sie wollte das System anprangern, nicht Lois. Ihr Zorn richtete sich gegen die Leute und Behörden, die all dies zugelassen hatten, die, wenn man sie nicht wachrüttelte, weiterhin Mißhandlungen, ja Mord dulden würden. Schon bald bewegte sich ein Strom von Briefen von ihrem Schreibtisch nach draußen. Sie fand nirgendwo Interesse daran, etwas auszugraben, was sie für einen Skandal hielt. Ihre eigenen Vorgesetzten ermutigten sie ebenfalls nicht.

Da kam ihr plötzlich ein Gedanke: Warum sollten diese Leute auch Interesse daran haben, die ganze Sache wieder aufzurollen? Schließlich waren Fehler gemacht worden. Anstatt sich an diese Leute zu wenden, wollte sie sich auf das Gericht konzentrieren. Sie beschloß, alles, was sie erfahren hatte, in den Bericht zu packen, den sie für Richter Albertson erstellen mußte.

Die ganze traurige Geschichte, zusammen mit Carols Einschätzung, beanspruchte sieben engbeschriebene Seiten.

»Mein Zorn bei der nachträglichen Betrachtung dieser Angelegenheit ist so groß, daß ich der Meinung bin, Lutheran Social Service und die Behörde in Kentucky sollten wegen grober Nachlässigkeit bei der Bearbeitung dieser Vermittlung bestraft werden«, schloß sie ihren Bericht ab. »Es stimmt, daß die Angelegenheit inzwischen drei Jahre zurückliegt, aber ich bin der Auffassung, daß bei dieser Sache ein Exempel statuiert werden sollte, um zu verhindern, daß sich eine derartige Nachlässigkeit in der Zukunft wiederholt.«

Am 19. September 1975 fand die Verhandlung vor dem Familiengericht des Bezirks Washington statt. Cherie Riley und ihr neuer Ehemann Jerry nahmen teil, ferner June Bol, Bonnie Welsch und Carol Felex. Lois und Harold kamen mit Ed Donohue, dem Anwalt, der für sie auch schon gegen Richter Archie Gingold gekämpft hatte.

Donohue, altgedienter Gerichtsfuchs, der er war, hatte die Jurgens nachdrücklich gebeten, diesmal nicht so hartnäckig für ihren Standpunkt zu kämpfen, und sie hatten eingewilligt. Die Kinder seien jetzt alt genug, sagte er, um sich selbst vor Gericht zu wehren. Natürlich hatte der Rechtsanwalt einen weit gewichtigeren Grund für seine taktische Vorgabe: Donohue befürchtete, ein heftig umstrittenes Verfahren könne sehr schnell dazu führen, daß etwas aufgerollt wurde, was er mit soviel Mühe unter Verschluß gehalten hatte: Dennis' Tod im Jahre 1965.

June Bol mußte ihre Aussage machen, während Lois Jurgens direkt vor ihr saß. Mehr als einmal reagierte Lois auf das, was June im Zeugenstand sagte, mit Zischen und Kopfschütteln. Als Cherie Riley zu ihr herübersah, streckte Lois ihr die Zunge raus. Bei anderen Gelegenheiten weinte sie. Ihr Schluchzen war so ergreifend, daß June Schuldgefühle bekam; sie haßte es, jemandem weh tun zu müssen.

»Ich mache mir deshalb keine Sorgen«, versicherte der Richter June in seinem Büro. »Ich bin nicht hier, um mich um Lois zu kümmern. Ich bin hier, um diese Kinder zu beschützen.«

In ihrem Bericht hatte Carol Felix vorgeschlagen, die Kinder Mike und Ricky getrennt von den anderen zu interviewen, um ihre wirklichen Vorstellungen herauszufinden. Kurz vor dem Ende der Verhandlung lud Albertson die beiden in sein Büro ein. Als der Richter sie fragte, wo sie gerne leben möchten, sahen Mike und Ricky sich an, zögerten – und sagten nichts.

Jetzt oder nie, entschied Ricky schließlich. »Yeah, ich will woanders leben, aber Mike und ich müssen zusammenbleiben. Wir haben immer zusammengelebt.« Er drehte sich zu seinem Bruder um.

»Okay«, sagte Mike.

Im Gerichtssaal saßen die beiden Kinder auf Harolds Knien, als der Richter ihren Wunsch bekanntgab. Trotz allem, Ricky hatte Mitleid mit seinem Adoptivvater. Minuten später stellte Richter Albertson die Kinder unter die Vormundschaft des Bezirks Washington.

Zu diesem Zeitpunkt lebte also Grant bei June Bol, Renee bei Bonnie und Mike Welsch, Mike und Ricky in einer dritten Pflegefamilie und Robert in wieder einer anderen. Es dauerte nicht lange, und Mike und Ricky zogen nach Kentucky und kehrten zu Cherie Rileys Familie zurück. Ein halbes Jahr später, am 19. März 1976, nach einer weiteren Verhandlung, nahm der Richter den Jurgens endgültig alle elterlichen Rechte über diese fünf Kinder. Damit war Lois Jurgens großer Traum, eine Familie zu gründen, ausgeträumt.

Aber auf die Sünden der Vergangenheit ging Albertson in seinem Richterspruch nicht mit einem Wort ein. Er hielt die Vorfälle, die Carol Felix so eindringlich angeprangert hatte, offenbar keiner Erwähnung wert. Jahre später sollte er sogar abstreiten, jemals etwas von dem toten Dennis gehört zu haben.

Nun ja, sagte sich Carol, dieser Fall war eine todsichere Sache. Seltsam, ich habe es Dennis' Tod zu verdanken, daß die Sache mit den Howton-Kindern so glatt über die Bühne ging.

DRITTER TEIL

Stimmen der Gegenwart

Es ist mir nie in den Sinn gekommen

Trotz der zahlreichen Wechselfälle ihres Lebens vergaß Jerry Puckett Sherwood niemals das Baby, das sie im Alter von 17 Jahren geboren und gleich wieder verloren hatte. An jedem 6. Dezember wurde sie traurig, weil dies sein Geburtstag war. Sie zählte die Jahre seit 1961 und berechnete Dennis' Alter. Sie betrachtete ihre anderen vier Kinder und überlegte, welches von ihnen Dennis ähnlich sah. Artete er ihr nach oder mehr seinem Vater? War er glücklich?

Jerrys eigene Kindheit war nicht sehr glücklich verlaufen. Sie hatte nie begriffen, aus welchem Grund ihre Mutter ihren Mann und ihre kleinen Kinder sitzengelassen hatte und weggegangen war. Das zurückgelassene Foto gab darauf keine Antwort – auf dem Bild saß Jean Puckett, jung und hübsch und mit langem dunklen Haar, sie hatte die drei Monate alte Jerry unter ihrem rechten Arm, mit dem linken umschlang sie Jerrys ältere Geschwister. Ihr Vater verdiente seinen Lebensunterhalt als Fernfahrer. Eine Stiefmutter erschien; ein paar Jahre später, als die Familie nach Minnesota umzog, kam eine andere. Jerry wurde von der ersten mißhandelt und drangsalierte die zweite. Mit zehn lief sie zum erstenmal von zu Hause fort, in den frühen Teenagerjahren betrieb sie offene Rebellion, widersetzte sich ihren Eltern, schwänzte die Schule und gab den Leuten freche Antworten – auch der Sozialarbeiterin im Jugendzentrum von Minneapolis, an die sich die Eltern hilfesuchend gewandt hatten. Als sie mit dreizehn in einem Drugstore Diebstahl beging und an einem Wochenende von zu Hause weglief, brachten ihre Eltern sie schließlich vor Gericht, wo sie als schwer erziehbar eingestuft und in einem Erziehungsheim untergebracht wurde.

Später vagabundierte sie gleichsam durch das Gebiet der Twin Cities, lief aus Pflegeheimen davon, nur um in einem anderen zu landen – bis das Gericht sie endlich, mit vierzehn, in die Sauk Centre Reform School steckte, einer Besserungsanstalt. Dort lernte sie schon bald, daß sie im täglichen Leben nur die Wahl hatte, unterzugehen oder sich durchzuschlagen. Ohne zu zögern, wählte sie das Überleben. Kurz nach ihrem Eintreffen in diesem Institut schloß sie sich einer Meuterei an, demolierte eine Hütte und ließ Fenster zu Bruch gehen, danach ergriff sie zusammen mit acht anderen Mädchen die Flucht. Mit Spürhunden nahm die Polizei die Verfolgung auf, mit raschem Erfolg, Jerry wurde zu dreißig Tagen Einzelhaft verurteilt, die sie in einem schrankgroßen Zimmer absaß, dessen Einrichtung aus einem Bett, einem Porzellantopf und einer Bibel bestand.

Sie wurde wieder in diese Besserungsanstalt gesteckt, bis sie dort nach elf Monaten entlassen wurde und in ein anderes Heim auf einem Bauernhof in Waterton, Minnesota, kam, aber als der Alte auf dem Hof sich an sie ranzumachen versuchte, nahm sie schnell Reißaus und landete wieder im Sauk Centre. Einige Zeit danach schickte man sie erneut in ein anderes Heim, und wieder riß sie aus, und wieder landete sie in der Besserungsanstalt. Sauk Centre wurde so etwas wie eine Heimat für Jerry. Sie hatte gelernt, mit diesem System zu leben.

»Wissen Sie, ich glaube nicht, daß ich in einer Stadt zurechtkäme«, sagte sie eines Tages ihrer Sozialarbeiterin. »Ich möchte lieber in einem kleinen Dorf wohnen.«

Diesmal schickte man sie in eine Pflegefamilie in St. Cloud, und hier lernte sie Dennis McIntyre kennen. In der Schule war er der Junge, den sich jedes Mädchen wünschte, schlank und hübsch und männlich. Mit sechzehn war Jerry ziemlich beliebt, denn sie war voll erblüht, ihr langes blondes Haar und ihr sinnlicher Körper erregten Aufsehen. Als sie sich drei Monate kannten, lud Jerry den hübschen Dennis eines Abends zu sich nach Hause ein; die Pflegeeltern waren außer Haus. Jerry hatte gehört, Sex sei phantastisch, aber diese erste Nacht war für sie eine Enttäuschung, und schon bald ließ Dennis sich nicht mehr blicken. Als die Pflegefamilie an ihrem Lebenswandel herumzumäkeln begannen, lief sie erneut weg. Diesmal wurde sie von der Polizei in Handschellen in die Besserungsanstalt zurückgebracht. Die nach Einlieferungen übliche Untersuchung förderte unerwartete Neuigkeiten zutage – Jerry war im zweiten Monat schwanger.

An die Möglichkeit, gleich bei ihrem ersten sexuellen Erlebnis schwanger zu werden, hatte sie nicht einmal im Traum gedacht. »Es ist mir nie in den Sinn gekommen«, sagte sie später.

An einem Sonntag spürte sie zum erstenmal, wie sich das Baby in ihrem Bauch bewegte. Sie las gerade die ›Saturday Evening Post‹ und hatte die Zeitung auf dem Bauch aufgestützt. Plötzlich flog die Zeitung in die Luft. Jerry fand das irgendwie schön. Immerhin war sie jetzt nicht mehr allein.

Dennis wurde am sechsten Dezember geboren, nach neuneinhalb Stunden schwerer Wehen. Als die Krankenschwestern ihr das Baby zum erstenmal gaben, zog Jerry es aus, zählte seine Finger und Zehen und betrachtete seinen ganzen Körper. Dennis war groß und stark, hatte dicke Backen, ein rundliches Gesicht und spärlichen blonden Flaum auf dem Kopf. Während der paar Tage, die sie zusammen im Krankenhaus verbrachten, arrangierte Jerry, daß Dennis wie sein Vater katholisch getauft wurde. Dann nahmen die Behörden von Scott County ihr das Kind weg und gaben es in eine Pflegefamilie.

Jerry hatte keinen Plan zustande gebracht, mit dem sie die Behörden davon hätte überzeugen können, daß das Kind bei ihr gut aufgehoben wäre. Sie hatte einen Job, bei dem sie die beiden Kinder einer Frau beaufsichtigte. Die Frau hatte gesagt, als Teil der Bezahlung könne sie ein Zimmer in ihrem Hause haben. Jerrys Sozialarbeiterin konnte sich nicht vorstellen, daß das gutging. Jerry wurde von ihrer Schwester aufgenommen, obwohl diese selbst drei Monate vor der Niederkunft stand. Die Sozialarbeiter glaubten auch diesmal nicht, daß das eine Möglichkeit für Jerry wäre, ihr Kind großzuziehen. Nach einiger Zeit gab Jerry auf.

Vier Monate nach Dennis' Geburt riefen die Behörden sie vor Gericht, damit sie eine Verzichtserklärung auf sämtliche elterlichen Rechte unterschreibe. Jerry brach in Tränen aus. »Das Baby hat alles, was es braucht«, sagte die Sozialarbeiterin. »Es hat eine Mutter und einen Vater. Es wird glücklich sein. Er bekommt ein Leben, das Sie ihm niemals bieten könnten ... Es bekommt alles, was man im Leben bekommen kann.«

Jerry nahm einen Stift und setzte ihren Namenszug auf die gestrichelte Linie. Es war an diesem Tag, daß Jerry Puckett Sherwoord den kleinen Dennis zum letzten Mal lebend sah – in dem kleinen Raum im Keller des Gerichtshauses. Sie stellte ihn auf ihren Schoß, er hielt sich an ihren Fingern fest, roch nach Babypuder und lachte, während er sich vor- und zurückwiegte.

Kurz danach merkte Jerry, daß sie erneut von Dennis McIntyre schwanger war, dem sie in der Zwischenzeit wieder begegnet und verfallen war. Wieder einmal lief sie aus einem Heim fort, und wieder einmal landete sie in Sauk Centre, denn sie war erst siebzehn. Diesmal brachte sie eine Tochter zur Welt, nannte sie Misty, weigerte sich, irgendwelche Papiere zu unterschreiben, und nach einiger Zeit fanden die Behörden dann eine Pflegefamilie in Shakopee, die Mutter und Kind aufnehmen konnte.

Monate später, am 22. Juni 1963, als Dennis sich noch zur Probe im Haus der Jurgens befand, heiratete Jerry den Vater ihrer Kinder, Dennis McIntyre. Nach Misty bekam das Paar noch drei weitere Kinder, zwei Mädchen und einen Jungen – Jerry nannte ihn ebenfalls Dennis – bevor sie sich 1970 scheiden ließen. Danach strampelte Jerry sich ab so gut sie konnte, um ihre vier Kinder zu ernähren. Sie war Packerin in einem Warenhaus, verwaltete ein Apartmentgebäude, bezog Wohlfahrtsunterstützung. Mehrere Jahre arbeitete sie in Alarys Club Bar in St. Paul und trat unter dem Namen Rhonda im Bikini auf.

Nach einiger Zeit heiratete Jerry erneut, und zwar den Geschäftsführer einer Reparaturfirma namens Richard Sherwood, doch diese Verbindung endete 1976 mit einer Scheidung. Jerry zählte die Jahre. Mit Absicht wartete sie bis zum Dezember 1980, bevor sie die Suche nach ihrem ersten Kind aufnahm. Er wäre jetzt neunzehn, so dachte sie, damit wäre er jetzt volljährig.

»Ich bin Realistin genug«, sagte sie, »um mich auf seine

Ablehnung gefaßt zu machen. Aber ich möchte, daß er weiß, daß er Blutsverwandte hat.«

Eines Morgens, ein weiterer Geburtstag von Dennis war verstrichen und hatte sie mit einer unüberwindbaren Depression zurückgelassen, rief Jerry die Wohlfahrtsbehörde von Scott County an. Sie erklärte, wer sie war, und lieferte Einzelheiten – wo und wann Dennis geboren wurde, seinen Namen, ihren Mädchennamen, das Krankenhaus.

»Ich habe das Recht«, sagte sie. »Ich habe ein Recht darauf, zu erfahren, wo er ist.«

Die Stimme am Telefon sagte, man werde tun, was man könne, und sich wieder bei ihr melden.

Sechs Wochen später kam ein Brief, jedoch vom Ramsey County, nicht vom Scott County. Mit zitternden Fingern öffnete Jerry den Umschlag.

»Wir bedauern, Ihnen mitteilen zu müssen, daß Dennis am 11. April 1965 an Bauchfellentzündung gestorben ist . . .«, fing der Brief an.

Da stand irgend etwas über einen Blasenriß, die Buchstaben verschwammen vor ihren Augen, Jerry nahm nebelhaft an, das habe etwas mit einer Blindarmentzündung zu tun. Aber egal, Dennis war fort, war wieder fort. Dennis war mit dreieinhalb Jahren gestorben. Sie hatte sich auf Ablehnung gefaßt gemacht, aber nicht darauf. Sie holte tief Luft und suchte nach Worten.

»Es wollte mir nicht in den Kopf, daß er tot war«, sagte sie.

Nach einigen Tagen, als sich ihre Nerven ein wenig beruhigt hatten, rief Jerry den Mann von Ramsey County an, der den Brief unterschrieben hatte. Mit einigem Druck entlockte sie ihm zwei Informationen: Dennis war auf dem Friedhof St. Marys Cemetery in der Stadt White Bear Lake beerdigt worden, und sein Adoptiv-Familienname lautete Jurgens.

Zwei Monate lang dachte Jerry darüber nach, was sie erfahren hatte. Was konnte sie unternehmen? Er war tot, und sie hatte schon vor langer Zeit alle Rechte aufgegeben. Zumindest wollte sie sein Grab besuchen, wußte aber nicht, wie sie diese kleine Stadt zehn Meilen nördlich von St. Paul erreichen konnte.

Da kam eines Tages im Februar ein Freund zu Besuch, der einen Wagen hatte. »Laß uns zu dem Friedhof fahren«, sagte Jerry.

Schon bald waren sie auf der Interstate 35 E in Richtung White Bear Lake unterwegs. Jerrys jüngere Tochter Dawn war mit dabei. St. Marys Church fanden sie rasch, doch der Friedhof lag mehr als eine Meile nordwestlich davon, am Stadtrand, wo er an ein Siedlungsgebiet reichte, das auf dem Marschland hochgezogen wurde. Umgeben von diesen modernen, holzgedeckten Einfamilienhäusern wirkte der Friedhof von Anlage und Größe wie ein kleiner Park in der Nachbarschaft.

Jerry kletterte aus dem Wagen ihres Freundes, hüllte sich tiefer in ihren Mantel, um sich gegen den kalten Winterwind zu schützen, und ging durch ein unverschlossenes Tor aus schwarzem Schmiedeeisen, das von zwei Steinsäulen auf farbigen Steinen mit Kreuz flankiert wurde. Links daneben stand eine einzelne, große Pappel. Alles war still – bis auf das Geräusch eines Traktors, der an einer Ecke des Friedhofs das Laub zusammenfegte.

Jerry und ihre Begleiter gingen durch die Grabreihen und lasen die Namen. Obwohl sie die Geburts- und Sterbedaten und den Namen hatten, konnten sie Dennis' Grab nicht entdecken. Jerrys Freund schlug vor, dort vorzusprechen, wo die Unterlagen aufbewahrt wurden.

Also suchten sie sich ihren Weg zum Friedhofsamt, das direkt gegenüber von der Kirche an der Ecke Fourth und Bald Eagle Street lag, neben einer Reparaturwerkstatt und der White Bear Lake Oil Company. Das einstöckige Gebäude hatte sich in den sechzehn Jahren, die inzwischen seit Dennis' Tod verstrichen waren, kaum verändert. Ein Mann mit einem langen, zerfurchten Gesicht begrüßte die Besucher in der Eingangshalle.

»Haben Sie im Jahre 1965 einen Dennis Jurgens hier beerdigt?« fragte Jerry.

Jim Honsa wußte sofort, wovon die rotblonde Frau sprach. Jetzt, Anfang 1981, war er schon zwanzig Jahre Leichenbestatter von White Bear Lake, aber diesen Fall hatte er nie vergessen. Er wußte nicht, wer diese füllige Blondine mit den zornigen blauen Augen war, holte jedoch bereitwillig seine alten Registerbücher und Unterlagen hervor.

Jerry blätterte die Seiten um. Bei einigen der Beerdigungsunterlagen waren Zeitungsausschnitte angeheftet. Entsetzt betrachtete Jerry das Bild eines Motorrads, das wie eine Ziehharmonika zusammengestaucht worden war. Dann drehte sie die Seite um und hatte gefunden, was sie suchte: Jurgens, Dennis Craig. Sie verfolgte den Namen mit dem Finger und studierte das beigeheftete Zertifikat. Sekunden später erreichten ihre Augen den unteren Rand des Blattes, wo ein kleiner Zeitungsausschnitt eingeklebt war, ganze drei Absätze lang. Mittlerweile war die Meldung vergilbt und verwittert.

»Baby an Bauchfellentzündug gestorben«, lautete die Überschrift. Das Datum lautete 13. April 1965.

Jerry las weiter:

»Die Autopsie der Leiche des dreieinhalbjährigen Dennis Jurgens, Sohn von Mister und Mrs. Harold R. Jurgens, wohnhaft in 2148 South Gardenette Drive, White Bear Lake, ergab, daß er an Bauchfellentzündung infolge eines Blasenrisses verstorben ist. Das sagte Dr. Thomas W. Votel, Leichenbeschauer des Ramsey County, heute. Die Leiche wies zahlreiche Verletzungen und blaue Flecken auf, sagte Dr. Votel. Die Polizei und das Büro des Untersuchungsrichters ermitteln in dieser Sache . . .«

Jerry hatte ein Gefühl, als ob etwas in ihr explodierte. Sie brach in Tränen aus. »Mein Gott«, stammelte sie schluchzend. »Sie haben mein Baby zu Tode geprügelt.«

Das Trio fuhr zum Friedhof zurück und machte sich erneut auf die Suche nach dem Grab, ohne Erfolg. Der Traktor rumpelte noch im Hintergrund. Jerrys Freund wies auf den Fahrer, der sich in diesem Moment mit zwei anderen Männern unterhielt.

»Den wollen wir fragen, weil er hier für Ordnung sorgt«, schlug Jerrys Freund vor. »Vielleicht weiß der, wo Dennis liegt.«

Jerry trat zu den Männern. »Ich suche das Grab von Dennis Craig Jurgens«, sagte sie.

Einer der Männer, die mit dem Traktorfahrer sprachen, wandte sich zu Jerry um. Er war groß und schlank. »Direkt da drüben«, sagte er. »Direkt da drüben.«

Jerry sah sich verwirrt um. »Wo?«

»Ich zeige es Ihnen.«

Sie gingen nach links, dann nach rechts und an einer Gräberreihe entlang.

»Da ist es«, sagte der Mann.

Das Grab hatte weder Blumen noch Schmuck. An der linken Seite des Grabsteins war die Gestalt eines Engels eingemeißelt. Rechts standen vier kurze Zeilen:

Unser kleiner Engel
Dennis C. Jurgens
6. Dezember 1961
13. April 1965

Plötzlich räusperte sich der Mann.

»Dennis war der Sohn meiner Schwester.«

Jerry fand niemals heraus, welcher der Zerwas-Brüder dieser Mann war, denn in ihrer Überraschung vergaß sie, ihn danach zu fragen. Statt dessen kam eine Frage von ihm.

»Wer sind Sie?«

»Ich bin seine leibliche Mutter.«

»Der Junge war so glücklich und lebhaft«, sagte der Mann beinahe feierlich. »Meine Schwester Lois liebte ihn und gab ihm alles – Musikinstrumente, Steptanzschuhe, alles. Sie konnte es sich leisten. Harold, ihr Mann, ist Elektriker. Er arbeitet bei Muska Electric.«

Jerry starrte ihn an. »Nun, und was ist mit den zahlreichen Verletzungen und Flecken, von denen ich in den Unterlagen gelesen habe?«

Der Mann sagte kein Wort mehr, drehte sich um und ging fort.

Wieder daheim, planten Jerry, ihr Freund und ihre Tochter die nächsten Schritte.

Als erstes rief sie die Wohlfahrtsbehörde des Ramsey-Bezirks an, wo man ihr aber jede Auskunft über den Tod ihres Kindes verweigerte. Dann wählte sie die Privatnummer der Jurgens, die sie über den Arbeitgeber von Harold herausbekommen hatte.

»Hallo.« Die Stimme klang freundlich und großmütterlich.

»Ich möchte Mrs. Jurgens sprechen.«

»Am Apparat.«

Jerry nannte ihren Namen und erklärte, wer sie war. »Ich habe gerade herausgefunden, daß Dennis gestorben ist.«

»Ich dachte, man hätte Sie bereits vor langer Zeit informiert«, sagte Lois. Sie klang liebenswürdig und höflich.

»Nein, das war nicht so . . .« Jerry mußte schlucken. »Ich rufe an, um herauszufinden, wie er als kleiner Junge war.«

Lois gab bereitwillig Auskunft. Dennis war ein guter Junge, ein nettes, glückliches Kind, hübsch und gesund. So sei er natürlich nicht gewesen, als er aus dem Pflegeheim zu ihnen gekommen sei. »Damals war er dreckig, hatte Würmer und Läuse und Milchschorf. »Ich wünschte, Sie hätten ihn vorher und nachher gesehen.«

Sein Tod sei eine mysteriöse Sache, erklärte Lois. Als sie ihn tot in seinem Bettchen fanden, hatte er am ganzen Körper schwarze Flecken. Sie habe keine Ahnung, woher die stammten.

Jerry bat um ein Foto von Dennis in seinem Taufkleidchen, das sie ihm während der Tage im St. Michaels Hospital gekauft hatte. Lois war sofort einverstanden, eines zu schicken, und das Taufkleid dazu. Jerry hinterließ ihre Telefonnummer und ihre Anschrift und legte auf. Der Anruf hatte sie ein wenig beruhigt und getröstet. Vielleicht waren ihr die Gedanken einfach davongelaufen, überlegte sie. Lois Jurgens schien eine fantastische Person zu sein.

Als nach sechs Wochen immer noch nichts in der Post war, rief Jerry nochmals bei Lois Jurgens an, doch vergebens. Sie hatte eine neue Telefonnummer erhalten, und diese neue Nummer war nicht eingetragen.

Es läßt sich nur schwer beschreiben, wie Jerry sich in diesem Augenblick fühlte. Damals lebte ihre Familie von der Sozialhilfe, und sie fürchtete die Konsequenzen, wenn sie sich mit den Behörden anlegte. Schließlich sind Adoptionsunterlagen vertraulich, und sie hatte ja – wie ihr immer wieder entgegengehalten wurde – sämtliche Rechte aufgegeben.

Aus welchen Gründen auch immer, Jerry gab ihre Suche auf. Gegen Ende 1980 und zu Beginn des Jahres 1981 hatte sie verstohlene Blicke in die Vergangenheit geworfen, doch jetzt zuckte sie zurück. Jerry Sherwood entschied ganz einfach, da sei nichts mehr, was sie noch tun könne.

Die Jahre vergingen – drei, vier, fünf. Gelegentlich, wenn sie mit Freunden an der Bar saß oder zu ihnen ins Haus eingeladen wurde, brachte Jerry die Sprache auf den Tod ihres ersten Kindes, und die Freunde reagierten mit Zorn und Sympathie, bevor sie sich anderen Themen zuwandten. Eines Abends Anfang September 1986 erzählte Jerry einem neuen Freund ihre Geschichte, und dieser Freund war anders als die anderen. Er war tief erschüttert, als Jerry ihre Befürchtungen und Verdachtsmomente aussprach.

»Du brauchst keine Angst vor der Justiz zu haben«, argumentierte er. »Die können dich nicht kontrollieren . . . Zum Teufel mit deinen offiziellen Rechten. Wo bleiben deine moralischen Rechte?«

Und so nahm Jerry nach fünfeinhalb Jahren einen neuen Anlauf. Sie schickte ihren Sohn Sohn Dennis Craig in die Stadtbibliothek, wo er die Zeitungen nach Artikeln über den Tod seines gleichnamigen Bruders durchsehen sollte, und ihre Tochter Ronda ins Landgericht, um eine Abschrift des Totenscheins zu bekommen. Rondas Suche blieb nicht ohne Ergebnis. Sie kam mit einem Dokument zurück, das Jerry höchst merkwürdig vorkam.

Der Totenschein schien nicht vollständig ausgefüllt zu sein. In der Spalte ›Todesursache‹ hatte der Leichenbeschauer das Wort ›ausgesetzt‹ eingetragen.

Jetzt ging Dennis Craig unter Anleitung seiner Mutter ans Telefon. Er rief das Büro des Leichenbeschauers an, wo Jim Essling ihm erklärte, sie brauchten einen Gerichtsbeschluß, um die Unterlagen einsehen zu können. Er rief das Büro des Bezirksstaatsanwaltes an, wo Jim Konen ihm vorschlug, die Polizeidienststelle anzurufen, die seinerzeit die Untersuchung vorgenommen hatte. Er rief die Polizei von White Bear Lake an, wo seine Nachricht auf dem Tisch von Lieutenant Buzz Harvey landete.

Buzz Harvey studierte die Jurgens-Unterlagen auf seinem Schreibtisch.

›Möchte über den Mord an seinem Bruder sprechen‹, hatte die Sekretärin gesagt. ›Dennis Jurgens.‹

Buzz konnte kaum fassen, daß dieser Fall nach einundzwanzig Jahren noch mal hochkam. Damals war er nicht in seine Zuständigkeit gefallen, doch diesmal schon. Unerwünschte Erinnerungen stoben durch das Zimmer.

»Ron!« Harvey rief den Namen der massigen Gestalt, die an seiner offenen Bürotür vorbeiging.

Ron Meehan drehte sich um und kam zurück. Seit mehr als dreizehn Jahren saß er nun an dem Schreibtisch von Jerome Zerwas; der nach einer Verletzung am Knie und Umstellungen in der höheren Verwaltung 1975 den Dienst quittiert hatte.

»Ron«, sagte Buzz Harvey. »Erinnerst du dich an den Fall Jurgens?«

Eine Tür zur Vergangenheit

Man kann nicht behaupten, daß sich die Ereignisse nach Jerry Sherwoods turbulentem Besuch in Buzz Harveys Büro am 18. September überstürzt hätten. Man hielt Konferenzen, man telefonierte, wühlte in Erinnerungen – aber diejenigen, die mit der Sache zu tun hatten, hingen irgendwie im luftleeren Raum.

Diese größte Initiative ging noch von Ron Meehan aus, der die kompletten Jurgens-Unterlagen am nächsten Tag zu Jim Konen ins Büro des Bezirksstaatsanwaltes von Ramsey County brachte.

»Buzz Harvey hat mich wegen der Geschichte angerufen«, sagte Konen. Der Chef der Kriminalabteilung grinste und inhalierte den Rauch einer Zigarette, die er sich von Ron geliehen hatte. Offensichtlich hatte er eine ganze Menge von Buzz gehört. »Yeah, Jerome hat die Sache im Jahre 1965 verkorkst«, sagte er.

Meehan überlegte, wie er darauf antworten sollte, denn seine eigene Meinung über Jerome Zerwas war geteilt. Er hielt Jerome für einen gerissenen Geschäftemacher, dennoch mochte er den früheren Lieutenant.

Immerhin waren sie gute Freunde gewesen. Als Meehan 1960 zur Polizeitruppe stieß, mußte er sich kräftig ins Zeug legen, um über die Runden zu kommen – ein Polizist von sechsundzwanzig Jahren mit drei Kindern und einem Monatsgehalt von 400 Dollar. Jerome hatte ihm geholfen, wo und wann immer er konnte.

Später rief Ron Meehan Pete Korolchuk an, der 1983, vor genau drei Jahren, von seinem Posten als Polizeichef zurückgetreten war. Jetzt lebte er in Mackensack, einer kleinen Stadt in Minnesota, etwa 150 Meilen nordwestlich.

»He, Pete«, begann Meehan. »Hier ist Ron.« Ohne weitere Umschweife kam er sofort zum Kern der Sache.

»Erinnern Sie sich an den Fall Jurgens? Die leibliche Mutter hat ihre Nase in die Sache gesteckt und etwas herausgefunden. An was können Sie sich erinnern?«

»Die leibliche Mutter?« Korolchuk klang überrascht.

»Yeah«, sagte Meehan. »Was ist aus dem Fall geworden?«

In der Leitung hörte man nur das Atmen der beiden Männer. Typisch für Korolchuk, dachte Meehan. Läßt sich Zeit, um nachzudenken und sich alles zurechtzulegen, bevor er spricht. So hat er es als Polizeichef auch immer gemacht.

Soweit er sich erinnern könne, hob Korolchuk an, hätten er und VanderWyst den Vorgang zum Bezirksstaatsanwalt weitergegeben, als sie ihre Ermittlungen abgeschlossen hatten. Er entsann sich, daß es eine Art Verhandlung zu diesem Zeitpunkt gegeben habe. Er meinte, es sei eine Anklagekammer gewesen, oder vielleicht auch eine gerichtliche Leichenschau. Er konnte sich daran erinnern, daß der Verteidiger der Jurgens – war's nicht Donohue gewesen? – ihnen geraten hatte, sich auf das *Fifth Amendment* zu berufen. Nach der Verhandlung, glaubte er, seien die Unterlagen bei der Anklagebehörde verblieben, weil Paul Lindholm von Lois Jurgens nicht die Erklärung bekam, die er brauchte. Der Bezirksanwalt brachte die Sache statt dessen vor das Jugendgericht und sorgte dafür, daß Robert, der andere Sohn der Jurgens, das Haus verlassen mußte.

Das war alles, was Korolchuk anzubieten hatte.

Meehan überdachte, was er soeben erfahren hatte. Selbst wenn es keinen Prozeß gegeben hatte, wenn Pete recht hatte, dann war es in jedem Falle zu einer Art Verhandlung gekommen. Eine Verhandlung, auf die es in dem mehr als zwanzig Seiten umfassenden Bericht von VanderWyst und Korolchuk keinerlei Hinweis gegeben hatte.

Diese Seiten lieferten Meehan alles, was er über den Fall wußte, und das ließ ihn irgendwie unbefriedigt dastehen. Der Bericht war nicht nur dünn – er war unvollständig. Es war ganz klar, daß bestimmte Seiten fehlten. Pete und Bobs Berichte bezogen sich auf Aussagen, die sie von den Nachbarn und Verwandten der Jurgens erhalten hatten – insbesondere von Ivan und Gladys DeMars, Lloyd und Donna Zerwas, Richard und

Donna Norton –, aber keine einzige Aussage befand sich in dem Ordner, den Heidi aus dem Archiv geholt hatte. Auch gab es keine Fotos. Bei einem Fall wie diesem mußte es ganz einfach ein paar Fotos geben.

»Was ist mit Fotos und Aussagen?« fragte Meehan Korolchuk. »In den Unterlagen ist nichts zu finden.«

Wieder überlegte Korolchuk, bevor er sprach. Soweit er sich erinnern könne, antwortete er schließlich, habe er die Fotos und Aussagen im Büro des Bezirksstaatsanwaltes gesehen.

Die Tür zur Vergangenheit hatte sich wieder einmal ein Stück weit geöffnet. Ende September 1986 hatten der Bezirksstaatsanwalt des Ramsey County und die Polizei von White Bear Lake den verwirrenden Fall Jurgens auf dem Tisch, ein Stapel Papiere, die eindeutig sagten, daß andere Papiere fehlten. Die Beamten debattierten, lasen abermals die Berichte und überlegten, was zu tun sei. Währenddessen stattete Jerry Sherwood, die immer ungeduldiger und mißtrauischer wurde, dem ärztlichen Leichenbeschauer Jim Esslinger einen Besuch ab und rief Brian Bonner von der Zeitung *St. Paul Pioneer Press Dispatch* an. Und das war der Stoß, durch den die Tür nun endlich ganz aufsprang.

Leichenbeschauer Michael McGee hatte bei unzählig vielen Babies eine Autopsie vorgenommen, was er auch jedem erzählte, der es hören wollte. Als er jetzt die vielen Verletzungen von Dennis bedachte, dessen Blase nach dem Tod voller Eiter gewesen sein sollte, hatte er üble Gedanken. Für ihn barg der Fall Jurgens keine medizinischen Geheimnisse, es war nicht einmal ein komplizierter Fall.

Nur um seine eigene Meinung zu bestätigen, ließ McGee eine befreundete Kollegin die Unterlagen einsehen. Dr. Janice Ophoven, Kinderärztin und forensische Pathologin, gelangte schon nach wenigen Minuten zu der Schlußfolgerung, daß es sich hier um Totschlag handelte, und zwar um einen besonders heimtückischen. Das Kind hatte stundenlang die schlimmsten Schmerzen aushalten müssen, und es hätte gerettet werden können, sagte Ophoven. Daß dem Kind die Hilfe verweigert worden war, schockierte Ophoven mindestens genausosehr wie die Brutalität der Verletzungen.

Die Post war McGee nicht schnell genug. Am Morgen des 7. Oktober schickte er einen Kurier mit Dennis' korrigiertem Totenschein ins Büro des Bezirksstaatsanwaltes.

Zwei Tage später, am Donnerstag, dem 9. Oktober 1986, rief Brian Bonner bei Lois Jurgens an, um seinen Artikel für die nächste Samstagsausgabe der örtlichen Zeitung vorzubereiten.

Inzwischen war Lois einundsechzig Jahre alt; ihre jugendliche Schönheit war längst unter Ärger und Enttäuschung begraben worden. Elf Jahre war es jetzt her, daß ihre fünf Kinder in jenem aufregenden Sommer des Jahres 1975 aus ihrem Hause geflohen waren, und die Zeit hatte den Schmerz nicht betäubt. Ihre religiöse Besessenheit hatte Lois sogar noch gesteigert. Einmal besuchte sie einen Heiligenschrein in Wisconsin, wo angeblich die Heilige Jungfrau Maria gesichtet worden sein sollte, und kehrte mit einem ganzen Arsenal von Rosenkränzen, Kruzifixen und sonstigen Devotionalien nach Stillwater zurück. Sie klebte religiöse Sticker auf die Stoßstangen ihres Autos und sandte fromme Erbauungsliteratur an die Zerwas-Familien. Bei einem Begräbnis trat sie als Exorzistin auf und hielt mehreren Gästen ein Kreuz vor, um ihnen den Teufel auszutreiben. Bei einem gemeinsamen Essen der ganzen Familie sprach sie urplötzlich von Dennis: »Ich habe ihn gesehen, es geht ihm gut, er ist jetzt erwachsen« – Dann stand sie vom Tisch auf und schritt in die Regennacht hinaus. Häufig blieb sie den größten Teil des Tages im Bett, umgeben von Zeitungen und Zeitschriften. Ab und zu ging sie zum Einkaufen aus und gab soviel Geld aus, daß Harold sich Sorgen machte und seinem Priester sein Leid klagte. Ihr einst so penibel saubergehaltenes Haus hatte sich in einen Saustall verwandelt.

Die Stimme des Journalisten am Telefon zog Lois in die ungeliebte Vergangenheit zurück.

»Nun, wer macht das eigentlich?« antwortete Lois. »Ich bin

sehr überrascht . . . Ich verstehe überhaupt nicht, was hier vorgeht. Das kommt mir sehr weit hergeholt vor.«

Verwirrt wandte sich Lois am nächsten Tag an die einzige Person, von der sie sich Hilfe erhoffte. Sie rief jenen Adoptivsohn an, der es in ihrem Haus noch am längsten ausgehalten hatte.

Robert Jurgens, der Zufall wollte es so, arbeitete inzwischen bei der Polizei einer kleinen Stadt von achttausend Einwohnern in der äußersten Nordwestecke von Minnesota, gute vier Stunden Autofahrt vom Gebiet der Twin Cities entfernt.

Daß der inzwischen 27jährige Robert auf der guten Seite des Gesetzes gelandet war, konnte man durchaus als Wunder bezeichnen. Nachdem er im Juni 1975 aus dem Haus von Lois geflohen war, floh er von einer Pflegefamilie zur anderen. Er geriet an Drogen – Marihuana, Speed, Acid – und verließ die Schule im elften Schuljahr, bevor die Behörden des Bezirks Washington ihn in ein Behandlungszentrum für Drogenabhängige steckten. Er nahm Reißaus und landete für zehn Tage im Gefängnis von Stillwater, aber als er per Gerichtsbeschluß in das Rehabilitationszentrum zurückgebracht wurde, beschloß er, dort auszuhalten und gegen die Sucht anzugehen, die ihn zu bezwingen drohte. Von diesem Behandlungszentrum kam er ins Shanti House, ein Haus für ›Halbzeit‹-Leute, und von dort in eine Gruppe in Cottage Grove. Als er dort entlassen wurde, war er siebzehn und drogenfrei.

Zwei Jahre später bestand er einen dem High-School-Abschluß entsprechenden Test und begann seine Karriere bei der Polizei. Viereinhalb Jahre arbeitete er in North Dakota, es folgten anderthalb Jahre im U. S. Marshals Office, und 1986 kam er schließlich nach Crookstown. Inzwischen war er verheiratet und hatte einen dreijährigen Sohn.

In all diesen Jahren hatte Robert den Kontakt zu Lois und Harold nie ganz abreißen lassen. Er wollte einen Schlußstrich unter die Vergangenheit ziehen, spürte aber gleichzeitig Sehnsucht nach seiner Familie und seinen Wurzeln. Dieses Gefühl war so stark, daß er den Jurgens von Zeit zu Zeit sogar seinen Sohn Joshua anvertraute. Und als er und seine Frau Joanne von

Bismarck nach Crookstown umzogen, Anfang 1986, ließen sie Joshua drei volle Wochen bei den Jurgens.

Heute klang Lois am Telefon überaus verängstigt. Sie sei von einem Reporter des *St. Paul Dispatch* angerufen worden, die Behörden seien dabei, den Fall Dennis Jurgens neu aufzurollen.

»Das ist alles vollkommen lächerlich«, empörte sie sich. »Wie können sie nur? Was wollen sie damit beabsichtigen?«

Robert fühlte sich unangenehm berührt. Wenn der Fall jetzt noch einmal aufgegriffen wurde, konnte das nur den einen Grund haben, daß eine Mordklage erwogen wurde. Jede andere Straftat wäre längst verjährt gewesen.

»Robert«, drängte Lois, »sie können mich doch nicht wegholen, nicht wahr?«

Ihr Ton und die Bedeutung ihrer Worte ließen Robert frösteln. Wie oft schon hatte er sich gefragt, was damals am Palmsonntag mit Dennis passiert war! Alles, was seine Eltern ihm damals verraten hatten, war der Spruch, Dennis sei krank geworden und in den Himmel gekommen; Robert hatte keine weiteren Fragen gestellt. Wenn er im Familienalbum Bilder von sich und seinem kleineren, stämmigen Bruder sah, sagten seine Eltern nur: »Ihr Kerlchen wart so hübsch zusammen.«

»Nein«, sagte Robert. »Sie können das Verfahren nicht wieder eröffnen, es sei denn, sie würden irgendwie eine Mordanklage erheben.«

Diese Worte waren nicht geeignet, Lois zu beruhigen.

»Sie können mich doch nicht wegholen, nicht wahr, Robert?«

»Nein«, sagte Robert mit fester Stimme. »Nein.«

Nach diesem Gespräch mit Lois rief Robert Jim Essling im Büro des Leichenbeschauers von Ramsey County an. »Was ist an der Sache dran?« fragte er. »Warum machen Sie meine Eltern verrückt? Warum bringen Sie die ganze Sache wieder hoch?«

Sie hätten die Sache wieder aufgegriffen, erklärte Essling, weil die leibliche Mutter aufgetaucht sei und die Wahrheit über den Tod von Dennis wissen wollte. Sie hätten herausgefunden, daß der Totenschein unvollständig ausgefüllt worden sei. Nachdem Dr. McGee den Vorgang geprüft habe, habe er die Todesursache als ›Mord‹ eingetragen.

Robert umkrampfte den Telefonhörer und dachte über Esslings Worte nach. Der Mann teilte ihm nichts Geringeres mit, als daß sein Bruder ermordet worden sei. Blieb die Frage nach dem Täter.

Robert wußte Bescheid. Ohne jeden Zweifel war ihm klar, wer Dennis getötet hatte. Er rief Harold bei Muska Electric an.

»He, ich habe gerade mit dem Leichenbeschauer gesprochen. Der sagt, die Sache wird wegen Totschlags neu aufgerollt . . .« fing er an. »Ist jemals formell Anklage gegen Lois erhoben worden?«

»Nein, niemals«, sagte Harold.

»Nun, wie viele Tage nach seinem Tod bin ich weggebracht worden?«

»Fünf Tage danach«, antwortete Harold.

Robert hatte das nicht gewußt. Fünf Tage.

Am Abend rief er Harold und Lois zu Hause an. Sie waren auf der Hut und wortkarg. »Glaube nichts von dem, was man dir sagt«, bedrängten sie ihn, »und sprich mit niemandem darüber. Wir haben uns einen guten Rechtsanwalt genommen. Er sagte, wenn wir auch nur die Lippen bewegen, haben wir schon zuviel gesagt. Sprich mit niemandem darüber!«

Die Worte seiner Eltern machten Robert wütend. Wie konnten sie einfach dasitzen, ohne ihm endlich zu sagen, was passiert war? Wenigstens hätten sie lügen oder ihre persönliche Darstellung der ganzen Sache geben können. Aber nein, sie mußten den Mund halten! Was gab es noch zu verbergen?

Dennoch hatte Robert keine Ahnung, was er jetzt tun sollte. Er wollte genau wissen, was damals mit seinem Bruder passiert war, aber er wollte auch nicht seine Beziehung zu den Jurgens gefährden, mit denen er sich in den letzten Jahren gut verstanden hatte. Was würde geschehen, wenn er jene Erinnerungen ausspräche, die er lieber verdrängte?

Ja, Robert konnte sich an Dennis erinnern. Er entsann sich, daß Dennis zu Anfang, wenn er geschlagen oder herumgezerrt wurde, weinte und wegzulaufen versuchte, später hingegen weinte er nicht mehr so viel und lief auch nicht mehr weg. Er hatte sich mehr oder weniger wimmernd in sein Schicksal gefügt.

Tags darauf ging Robert zu seinem Chef, Lieutenant Douglas Qualeey, und bat ihm um Rat und Hilfe.

Brian Bonners Artikel stand am nächsten Tag in der Zeitung, und auch die abendlichen Fernsehnachrichten berichteten über den Fall. Obwohl die Berichte den Namen Jurgens nicht erwähnt hatten, erhielt Ron Meehan innerhalb der nächsten vierundzwanzig Stunden fünf Telefonanrufe, unter anderem von Carol Felix, der Sozialarbeiterin.

Auch im Büro des ärztlichen Leichenbeschauers läutete das Telefon Sturm, es waren Anrufer, die in den vergangenen Jahren einen bestimmten Verdacht über den Tod von Kindern gehegt hatten, die sie kannten oder liebten oder von weitem gesehen hatten.

Zum Beispiel rief Lori Jetter an, vierundzwanzig Jahre alt, aus Hastings, um über den frühen Tod zu sprechen. In den späten sechziger Jahren waren ihr Bruder und sie durch Adoptionsagenturen voneinander getrennt worden; ihr Bruder war damals drei Jahre alt. Später erfuhr sie, er sei in Wisconsin gestorben, konnte den Grund jedoch nie herausfinden. Er sei absolut gesund gewesen, sagte Lori Jetter. Wieso stirbt ein kerngesundes Kind?

Schon bald stellte sich nach einer Kontrolle der Unterlagen heraus, daß Tausende von Todesfällen im Bezirk Ramsey niemals klassifiziert worden waren. ›Ungeklärt‹ oder ›ausgesetzt‹ hieß es auf den Totenscheinen, auf denen der Leichenbeschauer eigentlich hätte vermerken müssen, ob die Todesursache natürlicher Art war oder ob es sich um Mord oder Totschlag oder Unfall handelte. Wenige Tage nach den ersten Anrufen gab Michael McGee dem verblüfften Jim Essling den Auftrag, alle ungeklärten Fälle der Jahre 1958 bis 1978 in Ramsey County zusammenzustellen.

Essling zog sich mit zwei Assistenten in einen Konferenzsaal zurück und begann, die rot eingebundenen Sammelbände mit Totenscheinen durchzuarbeiten. Jeder Band enthielt 1500 Totenscheine – Überdosen von Morphium, verhungerte Kinder, Gewehrschüsse in den Unterleib, Schüsse in den Kopf, ein einjähriges Kind mit Verletzungen des Gehirnstammes. Essling suchte nach ungeklärten Fällen. Seite für Seite kamen die merkwürdigsten Todesfälle ans Licht. Ein zweijähriges Mädchen bricht zusammen und stirbt, während es am Eßtisch sitzt. Ein kleiner Junge von sechzehn Monaten ertrinkt in der Badewanne. Ein sechsjähriges Mädchen stirbt, nachdem es offenbar von einem Auto angefahren worden war.

Bei 350 der merkwürdigsten Fälle holte sich Essling die kompletten Unterlagen aus einem Lagerraum im Keller und kämpfte sich durch Autopsieberichte, Polizeiberichte, Toxikologieberichte und Fotos hindurch. Doch er hatte Zweifel, ob seine Arbeit zum Erfolg führen würde. Die meisten Unterlagen enthielten zuwenig Informationen, als daß McGee eine Entscheidung hätte treffen können, und Strafverfolgung bei den Fällen, die komplett waren, schien unwahrscheinlich.

Wegen der Flut von Anrufen benötigte Ron Meehan Hilfe, deshalb stellte Buzz Harvey einen weiteren Polizisten für die in Gang kommende Jurgens-Untersuchung ab, einen Spezialisten für Verbrechen an Jugendlichen namens Greg Kindle.

Die Affäre Jurgens geschah vor Kindles Zeit – er kam 1969 zur Polizei –, aber Greg hatte davon gehört. Während seines Rekrutenjahrs debattierte er einmal über Vorteile und Nachteile der Polizeiarbeit mit einem älteren Polizeisergeanten. Der altgediente Veteran lehnte sich zu Greg vor und flüsterte: ›Wenn du es nicht für möglich hältst, daß Leute einen Mord begehen und trotzdem mit heiler Haut davonkommen, dann bist du verrückt, denn Jeromes Schwester hat genau das geschafft.‹

Ron und Greg waren ein ungleiches Paar. Kindle, einundvierzig, sah aus, als ginge er in Flammen auf, wenn ihm jemand mit einem brennenden Streichholz zu nahe kam. Er starrte die Leute an, als wolle er durch sie hindurchblicken oder verborgene Dinge entdecken – seine flachen, starren Augen wirkten schon fast bedrohlich, und er neigte dazu, jeden schief anzuschauen, der eine Krawatte trug oder in einem schönen Büro saß. Er lebte in den Wäldern zweiundzwanzig Meilen nordöstlich des White

Bear Lake und kam meistens auf seiner 500er Honda zur Arbeit. Meehan hielt Greg für einen prima Partner.

»Greg und Ron sind eins plus eins gleich drei«, pflegte Meehan den anderen zu sagen. »Wir sind zwar nicht immer der gleichen Meinung, aber diese Sache macht eine Menge Arbeit, und ich brauche einfach jemand, der sie mit mir durchzieht.«

Die beiden Detektive wußten, wo sie anfangen wollten. Am Montag, 13. Oktober, verließen sie nach der Mittagspause die Polizeistation in einem unmarkierten Auto und fuhren auf der Interstate 94 nach Osten, eine Fahrt durch die sanfte, rollende Prärie, die für den Oberen Mittelwesten so typisch ist. An der Grenze zu Wisconsin senkte sich die Straße plötzlich, und der Blick öffnete sich dem St. Croix River Valley, ein Anblick, der Ron jedesmal aufs neue faszinierte, so oft er auch hier herkam. Hier war Minnesota am schönsten, mehr Nordland als Mittlerer Westen – der Blick konnte in die Weite schweifen, unter einem gewaltigen Himmel erhoben sich die Berge aus dem Flußbett, dichte Ahornwälder, durchsetzt von weißen Birken mit gelb-grünen Blättern, bildeten einen lebhaften Kontrast zu den dunklen Eichen.

Hierher hatte sich VanderWyst zurückgezogen, als er im März letzten Jahres an Knochenkrebs erkrankt war. Die Detektive drückten ihm nach der Begrüßung den Polizeibericht über den Fall Jurgens aus dem Jahre 1965 in die Hand. Während VanderWyst die Seiten umblätterte und die alten Berichte las, wurden seine Erinnerungen wieder wach.

O ja, murmelte der inzwischen 55jährige Ex-Cop, als er seine alte Handschrift las. Er entsann sich an die vielen Gespräche, an die Reaktionen der Leute. Als er die Akte bis zum Ende durchgeblättert hatte, blickte er Meehan und Kindle an.

»Da fehlen ja die meisten Seiten«, sagte er. »Die Zeugenaussagen sind nicht mehr da . . . Wir haben mit den DeMarses und den Verwandten gesprochen. Kay kam mit uns und stenographierte die Aussagen. All das fehlt hier. Alles fehlt, außer den Berichten, die wir selber geschrieben haben.«

Meehan fragte: »Wohin gingen die Berichte zum Zeitpunkt der Untersuchung? Was habt ihr damit gemacht?«

»Sie wurden sämtlich in Armstrongs Büro eingeschlossen«, sagte VanderWyst.

Ein düsterer Gedanke kam ihm in den Sinn; der schmerzliche Ausdruck in seinem Gesicht schien auf einmal mehr Gründe zu haben als nur gesundheitliche.

»Was ist, Bob?« fragte Meehan.

»Ich hatte irgendeine unsaubere Sache geahnt und seinerzeit von allem, was wir schrieben, ein Duplikat gemacht. Ich hatte einen kompletten zweiten Satz der Unterlagen. Ich habe es mit nach Hause genommen und in einen feuersicheren Safe gelegt . . .«

Meehan und Kindle fingen an zu grinsen.

». . . aber vor zwei Wochen bin ich nochmals alles durchgegangen. Ich wollte nicht, daß meine Kinder es in die Finger bekommen, es ist so schrecklich, und ich weiß ja nicht, wieviel Zeit mir noch bleibt. Da habe ich alles weggeworfen. Hab' alles in kleine Fetzen zerrissen und in die Abfalltonne geworfen.«

Die drei Männer sahen sich mit leeren Gesichtern an. Bellender Husten erschütterte VanderWyst. Nach einer Weile schüttelte er den Kopf.

»Genau vor zwei Wochen . . . Ich habe die ganzen Papiere zwanzig Jahre lang aufbewahrt, und nichts ist geschehen. Ich konnte mir nicht vorstellen, daß sie jetzt plötzlich noch mal damit anfangen . . .«

»Bob, könnten Sie unsere Papiere langsam und sorgfältig durchlesen und alles aufschreiben, woran Sie sich während des Lesens erinnern?« fragte Meehan.

VanderWyst schluckte zwei Teelöffel seines Morphiums und steckte sich eine neue Zigarette an. Er war erschöpft, seine Stirn schweißnaß, sein Atem ging in flachen, schnellen Zügen. Die Vergangenheit schien außerhalb seiner Reichweite zu liegen.

»Es wäre sicher hilfreich, wenn ich das gemeinsam mit Pete Korolchuk erledigen könnte«, sagte er.

Meehan wollte noch einen einzigen Anruf machen, bevor er zu Bett ging. Um acht Uhr wählte er eine Nummer in Elk River.

Sein alter Freund Jerome Zerwas meldete sich nach dem zweiten Klingeln.

»Was kannst du mir darüber sagen, Jerome«, fragte er.

Die Jahre hatten ihren Tribut von Jeromes Fitneß gefordert, der an einer bösen Knieverletzung litt, doch er klang immer noch so selbstsicher wie eh und je.

Harold habe sie an jenem Palmsonntagmorgen um zehn Uhr angerufen und Dennis' Tod gemeldet, sagte Jerome. Er habe daraufhin die Polizei angerufen und darum gebeten, daß VanderWyst bei ihm vorbeikommen möchte, sobald er vom Ort des Geschehens abfahre. VanderWyst sei auch später am Morgen gekommen und habe lediglich gesagt, Dennis habe an der Stirn eine Wunde von der Größe eines Groschens. Am nächsten Tag sei er, Jerome, zur Arbeit gekommen und habe Chief Armstrong gesagt, er wolle nicht an diesem Fall arbeiten, da seine Schwester darin verwickelt sei. Er fände es besser, wenn der Chief den Fall einem Untersuchungsbeamten des Ramsey County übertragen würde. Er habe keinen der Berichte von Korolchuk und VanderWyst gelesen, weil er sich so weit wie möglich von dieser Angelegenheit fernhalten wollte. Er habe mit der Sache nichts zu tun.

Meehan hatte wegen dieser Berichte eine Frage. Er hatte Stunden damit verbracht, alle Strafakten des Jahres 1965 durchzusehen; alle Akten sahen völlig unberührt aus – alle bis auf Nummer 651 514, die Akte Jurgens. Die schien unvollständig zu sein.

»Da fehlen Unterlagen, Jerome. Hast du eine Ahnung, wo die sein könnten?«

»Davon weiß ich nichts. Ich habe diese Berichte niemals gesehen.«

Doch Jerome bemühte sich, zu helfen. Er gab Meehan eine Liste der Namen und Rufnummern der Verwandten und fügte Hinweise bei, welche sich am besten interviewen ließen. Er sagte ihm, wo er Wayne Armstrong finden konnte, der jetzt in Colorado eine Pferdezucht betrieb.

»Ich führe eine Untersuchung wegen Totschlags durch«, sagte Meehan, bevor sie das Gespräch beendeten. »Ich melde mich wieder, damit du deine Aussage auf ihre Richtigkeit hin überprüfen kannst.«

»Das ist in Ordnung«, sagte Jerome.

Nachdem der Staatsanwalt und der Stadtdirektor dem Polizeichef auf einem Treffen ihr Einverständnis signalisierten, den 21 Jahre alten Fall neu aufzurollen, besuchten die Polizisten Ron Meehan und Greg Kindle Robert Jurgens in Crookstone. Robert sprach mit sanfter, freundlicher Stimme und vermittelte den Eindruck einer unkomplizierten Integrität, die die beiden Beamten ungewöhnlich fanden.

»Wir untersuchen einen Totschlagsfall, und wer der Täter auch immer sein mag«, sagte Kindle, »wir werden ihm den Kopf abreißen.«

Robert zögerte keine Sekunde.

»Ich kann Ihnen sagen, wer es ist«, sagte Robert gleichmütig. »Es ist meine Mutter.«

Kindle nickte und schaltete das Tonbandgerät ein.

Das Interview begann um zehn Uhr. Greg stellte die Fragen. Robert sprach frei heraus und wurde mit der Zeit lebhafter. Beim Zuhören fühlte Ron sich in den Gardenette Drive zu Beginn der sechziger Jahre versetzt.

> Greg: Als Dennis in die Familie kam, haben Sie da bemerkt, daß er irgendwie anders behandelt wurde als Sie?
>
> Robert: Ja, ziemlich stark sogar . . . Bei uns kleinen Kindern gab es immer mal wieder Streit um irgendwelche Spielsachen, oder der eine tat dies, der andere das, oder einer ließ die Tür offen oder so . . . Dennis war immer der, der am meisten bestraft wurde. Er wurde immer strenger bestraft als ich.
>
> Greg: Auf welche Weise hat Ihre Mutter Dennis normalerweise bestraft?
>
> Robert: Nun, sie zog ihn an den Haaren und den Ohren, sie schlug ihn, ich erinnere mich an einen Ledergürtel . . . ich erinnere mich, daß wir mit irgendwelchen Küchengeräten

geschlagen wurden, so was wie hölzerne Kochlöffel ... ich entsinne mich eines Nudelholzes ... solche Gegenstände.

Greg: Können Sie sich an irgendwelche besonderen Vorfälle mit Dennis erinnern?

Robert: Der erste Vorfall, an den ich mich klar erinnern kann, war im Keller des Hauses ... ich saß auf einem kleinen hölzernen Dreirad und beobachtete, wie meine Mutter Dennis bestrafte, indem sie ihn hochhob ... sie packte ihn an den Ohren ... da stand eine Waschwanne, in die das Seifenwasser aus der Waschmaschine hineinlief. Ich erinnere mich, daß sie ihn an den Ohren packte und seinen Kopf einige Male unter Wasser drückte. Drückte ihm den Kopf unter Wasser, hielt ihn unten, hob den Kopf aus dem Wasser und drückte ihn wieder unter ... Ich sehe ihn noch in der Situation, wie er auf ihren Knien hockte, die gegen diese Waschwann stießen, und wie sie ihn an den Ohren reißt und ihm mehrere Male den Kopf unter Wasser drückt ...

Greg: Okay, können Sie sich noch an andere Vorfälle erinnern?

Robert: Ja, ich erinnere mich, daß ich wieder auf diesem Dreirad saß und sah, wie Dennis die Kellertreppe runterfiel und am Fuß der Treppe hinschlug, und wie er hochgenommen wurde, angebrüllt und geschlagen wurde ... ich konnte nicht sehen, wer ihn tatsächlich die Treppe runtergeworfen hat; jedenfalls war meine Mutter die erste, die unten an der Treppe war, ihn hochriß und schlug und brüllte.

Greg: Okay, möchten Sie vor Detektiv Meehan und mir darüber sprechen, an was Sie sich bezüglich des 11. April 1965 erinnern können?

Robert: Ja, ich erinnere mich, daß ich zu Bett ging. Also, alle gingen zu Bett. Und dann, ich glaube, es war eine stürmische Nacht. Ich erinnere mich an Donner, etwas, vor dem ich als Kind Angst hatte ... Dann erinnere ich mich, daß das Badezimmerlicht oder irgendeine Lampe angemacht wurde und mein Vater Dennis ins Badezimmer brachte. Ich glaube, ich sah sie sogar im Badezimmer, wie mein Vater Dennis half, zur Toilette zu gehen. Irgendwas weckte mich auf, entweder der Donner oder das Licht im Badezimmer, aber das weiß ich ganz genau ... Als nächstes hörte ich jemanden im Schlafzimmer schreien, und jetzt war es morgen ... Ich weiß nicht, ob die Schreie von Dennis oder von meiner Mutter kamen. Ich weiß jedoch noch, daß ich in das Schlafzimmer ging und sah, wie meine Mutter sich über ihn beugte und ihn auf den Rücken schlug und ihn packte und schüttelte ... es schien ziemlich lange zu dauern. Ich wurde nicht aufgefordert, das Zimmer zu verlassen. Also blieb ich drin und beobachtete das. Lois war sehr aufgeregt. Sie war richtig wütend, soweit ich mich entsinne. Dann nahm sie Dennis hoch, hielt ihn und fing an, ihn mehrfach auf den Rücken zu schlagen. Ich entsinne mich nicht, daß mein Vater dabei war oder daß er im Zimmer war ...

Greg: Und weinte Dennis?

Robert: Nein, da ... da war nichts. Er machte kein Geräusch, er tat gar nichts. Er war einfach schlaff ... Es gab überhaupt keine Reaktion von ihm ...

Greg: War in der Nacht davor irgend etwas zwischen Ihrer Mutter und Dennis passiert ... War sie zuvor wütend auf ihn gewesen?

Robert: Nach meinem besten Wissen ... über die Jahre hinweg, also ich dachte, der Vorfall mit der Waschwanne und der Kellertreppe ist vor dem Tag gewesen, an dem er im Schlafzimmer gefunden wurde. Mit anderen Worten, das kann in der Nacht gewesen sein, bevor er in seinem Bettchen gefunden wurde. Es kann ... Diese drei Vorfälle hängen sehr eng zusammen. Diese drei kommen mir immer wieder in den Sinn ... Deshalb glaube ich, daß sie alle dicht beieinander lagen und genau in diese Zeit fallen.

Greg: Okay. Nachdem Dennis im April 1965 gestorben war, haben Ihre Eltern da jemals mit Ihnen über die Tatsache seines Todes gesprochen ... Haben sie ... sich jemals mit Ihnen hingesetzt und über die Vorgänge dieser Nacht Klarheit geschafft?

Robert: Nein, das ist nie passiert. Das ist vermutlich der Grund für den Zorn, den ich hatte. All diese Jahre habe ich

meinen Vater gefragt: ›Nach allem, was sie getan hat . . . was sie in all den Jahren der ganzen Familie angetan hat, auch dir – warum hast du dich da nicht einfach von ihr scheiden lassen? Warum hast du uns nicht da rausgeholt? Warum mußte das alles passieren?‹, da hat er nichts gesagt. Und wir haben uns nie richtig zusammengesetzt, und ich habe nie etwas über Dennis' Tod herausgefunden, bis sie mich anriefen und sagten, der *Dispatch* belästige sie . . . Da habe ich meinen Vater auf seiner Arbeitsstelle angerufen . . . aber er wollte nicht viel dazu sagen . . . Ich denke, was mich wirklich wütend macht, ist, daß sie jetzt anrufen und so tun, als sei das alles eine Kleinigkeit . . . ›Glaube nichts von dem, was du hörst, und wir haben uns einen guten Rechtsanwalt genommen.‹ Genau das ist es, was mich so aufregt . . . Mann, das ist Totschlag . . . ich meine, sie erzählen einem, daß Dennis getötet wurde . . . Ohne jeden Zweifel, ohne den geringsten Zweifel, sie war es, die Dennis umgebracht hat!
Greg Kindle mußte herausfinden, ob sie es hier mit einer vorübergehenden Woge des Gefühls zu tun hatten. Sorgfältig wählte er seine Worte.

Bob, sind Sie sich in diesem Augenblick darüber im klaren, daß die Informationen, die Sie uns jetzt gegeben haben, es erforderlich machen können, daß Sie als Zeuge vor Gericht aussagen, wenn Ihre Mutter angeklagt wird? Sind Sie bereit, bezüglich der Informationen, die Sie uns heute gegeben haben, Aussagen vor Gericht zu machen?

Ja . . . ich habe mich dafür entschieden, daß ich das tun werde . . .«

Es war 11.35 Uhr. Sie hatten anderthalb Stunden gesprochen. Kindle streckte die Hand aus und stellte das Tonbandgerät ab.

Das wird einen Kampf geben

Doug Thomson stand vor seiner Bücherwand in seinem Büro in der St. Peter Street und fragte einen Besucher:

»Mann, wenn sie einen Film aus der Affäre machen, glauben Sie, daß ich dann mich selber spielen kann?«

Wie viele Leute in seinem Beruf hatte auch Rechtsanwalt Thomson, ein kleingewachsener Mann von siebenundfünfzig Jahren, keineswegs Scheu vor Publicity. Lange bevor die Jurgens mit ihrem Problem zu ihm kamen, hatte Thomson sich einen Ruf als einer der schillerndsten Strafverteidiger Minnesotas geschaffen. Er hatte einmal einen Killer verteidigt, der sich auf Gott, Jesus Christus, den Heiligen Geist und die Jungfrau Maria berief, und später einen anderen Verbrecher, der seine Schwiegermutter mit einem Kissen erstickt hatte, um an eine riesige Erbschaft zu kommen. Solche und andere Fälle hatten Thomson immer wieder in die Schlagzeilen der lokalen Presse gebracht.

Im Gerichtssaal hatte er eine Vorliebe für leidenschaftliche Reden bewiesen, bei denen er Zitate von großen Männern wie Abraham Lincoln vortrug. Anstatt seine eigene ausgeklügelte Verteidigung vorzutragen, zog er es vor, die Ausführungen der Anklagevertreter zu attackieren. Er galt als ein überaus scharfer Kreuzverhörer, der nicht zögerte, einen Zeugen am Boden zu zerstören.

Ferner stand Thomson in dem Ruf, ein Freund der Flasche, der Rennbahn und weiterer Zerstreuungen des Nachtlebens von St. Paul zu sein. Leute, die des öfteren die Bars der Innenstadt besuchten, konnten es nicht vermeiden, ihm immer mal wieder zu begegnen; gelegentlich stand er redenschwingend neben seinem Barhocker, die linke Hand in die Weste seines dreiteiligen Anzugs geschoben, während er mit dem rechten Zeigefinger in der Luft herumfuchtelte, um seine Worte zu unterstreichen. Doch im Frühjahr 1987 erzählte er den Leuten, er wolle jetzt etwas kürzer treten.

»Die Nächte, in denen die flimmernden Barlampen um ein Uhr zum ›Last Call‹ riefen, sind vorbei«, informierte er Paul McEnroe vom *Minneapolis Star and Tribune* kurz vor Lois' Prozeß.

Einige Leute in der Stadt vertraten die Meinung, seine Tage als bedeutender Strafverteidiger seien bereits vorbei. Seit zehn Jahren hatte er keinen Fall mehr, der an das Feuerwerk früherer Auftritte auch nur herankam. Thomson widersprach manchmal, wenn die Reporter ihn als Stammgast in den Bars oder auf dem Rennplatz bezeichneten – »Sie haben dummes Zeug über mich geschrieben« –, aber in Wirklichkeit erfüllte er ihren Wunsch nach schillernden Charakteren. Was ihn wirklich wurmte, waren ihre gelegentlichen Andeutungen, er habe seine beste Zeit hinter sich. »Ich habe gute Fälle gehabt. Es ist halt pressetypisch – in den letzten fünf Jahren hat kein Verteidiger einen Fall dieses Kalibers gehabt; jetzt habe ich einen solchen Fall, und deshalb fällt es jedem auf«, sagte er einem Reporter.

Thomson genoß ganz sicher die steigende Aufmerksamkeit und auch die Komplexität dieses Mordverfahrens. In seinen Kommentaren konnte er seine Aufregung nicht verbergen.

»Dieser Fall umfaßt vermutlich mehr Herausforderungen, als ich jemals hatte . . .« erklärte er dem Journalisten Paul McEnroe. »Es ist alles drin – von forensischer Pathologie bis zur Psychiatrie – eine absolute Bombe, wenn man den Fall mit anderen vergleicht . . . Er hat nicht die Brisanz eines Mordfalles, bei dem es um eine Frau geht, auch ist das Element des gedungenen Mörders nicht vorhanden. Dafür hat er die tragischen Komponenten des Todes eines kleinen Kindes, und eine Frau, deren ruhiges Leben nach zweiundzwanzig Jahren zerstört wird. Es wird einen tüchtigen Kampf geben, aber es besteht kein Grund, gemein zu werden. Wenn es aber dazu kommt, ich bin bereit.«

Als die Jurgens ihn nach Brian Bonners erstem Zeitungsartikel angesprochen hatten, war er zunächst unsicher gewesen, was er von der Aufgabe halten sollte. Harold war geschwätzig und seiner Frau ergeben, Lois war zornig, hackte auf ›diesen Nortons‹ (die inzwischen sie belastende Aussagen gemacht hatten) herum und schien nicht willens oder nicht fähig zu sein, beim Thema zu bleiben und hilfreiche Informationen zu geben. Beide erwähnten eine Jugendgerichtsverhandlung im Jahre 1965, doch insgesamt nahm der Rechtsanwalt ihre Sorgen nicht besonders ernst.

»Wir brauchen überhaupt nichts zu tun«, informierte er die Jurgens. »Wegen des Alters der Sache wird vermutlich nichts aus der ganzen Sache werden.«

Und dann waren die Briefe der Schwurgerichtskammer eingetroffen, die mitteilten, daß die Jurgens Gegenstand von Nachforschungen waren und eingeladen wurden, zum Verhör zu kommen. Aber Thomson dachte immer noch, viel könne daraus nicht werden. Einundzwanzig Jahre waren eine verdammt lange Zeit.

Als der Bezirk die Schwurgerichtskammer zusammenstellte und Harold als Zeugen vorlud, was bedeutete, daß Harold nicht das Ziel der Nachforschungen war, war Thomson überrascht – er hatte angenommen, beide Jurgens stünden im Mittelpunkt des Prozess. Er focht die Vorladung an, indem er argumentierte, die Gesetze des Jahres 1965 verhinderten die Aussage gegen seine Ehefrau, doch Richter Marsden entschied, das gegenwärtige Gesetz anzuwenden, welches derartige Aussagen zuläßt, wenn es sich um Fälle von Kindesmißhandlungen drehte. Das hieß, Harold brauchte einen eigenen Verteidiger, da seine juristischen Interessen jetzt andere sein könnten als die von Lois, und deshalb zog Thomson seinen früheren Partner Joe Friedberg hinzu.

Dann saßen sie da mit leeren Händen und warteten. Solange es keine Anklage gibt, darf die Verteidigung die Unterlagen der Anklagevertreter und der Polizei nicht einsehen; sie hat deshalb keine Vorstellung davon, was die andere Seite zu tun beabsichtigt. Thomson versuchte sich vorzustellen, welche Art der Anklage der Bezirk von einer Schwurgerichtskammer erwarten könnte, und fragte sich, ob er diese Anklage vom Tisch bekommen könnte. Er hoffte, die Anklage würde Totschlag in Tateinheit mit einem anderen Verbrechen lauten, denn dies war von der Verjährung ausgeschlossen. Er begann, einen Vortrag über die Fehlerhaftigkeit von Erinnerungen, die ein Vierteljahrhundert zurücklagen, vorzubereiten.

Als die Anklage zustande kam und Thomson schließlich die Unterlagen der Anklagevertreter zu Gesicht bekam, brach seine Strategie jedoch weitgehend zusammen. Die Berichte und Aussagen stellten zweifellos ein Problem dar, doch das war es gar nicht, was Thomson Sorgen machte. Es waren die alten gerichtsmedizinischen Bilder von Dennis' Leiche, die seine Verteidigungsstrategie vernichteten. Die Fotos waren vernichtend, Thomson stellte sie sich auf Plakatformat vergrößert vor, wie sie vor den Geschworenen auf einem Gestell präsentiert würden.

Thomson gewöhnte es sich an, jeden Tag sehr früh aufzustehen und fünf Meilen am Mississippi entlangzuwandern, um sich eine neue Strategie auszudenken. Er würde gegen die Anklage vorgehen. Er wollte vor Gericht sofort zugeben, daß Lois ihren Sohn geistig und körperlich mißhandelte – die Fakten waren derartig überwältigend, daß es überhaupt keinen Zweck haben würde, diese Straftat zu leugnen. Die Mißhandlung wollte er zugeben, aber dagegen kämpfen, daß diese Mißhandlung den Tod des Kindes herbeigeführt hätte. Wo war denn der Beweis für diese Behauptung? Wo waren die Beweise, die eine bestimmte Tat von Lois mit dem Blasenriß bei Dennis miteinander verknüpften, die seinen Tod herbeiführten? Alle Ohrfeigen und Prügel und alles Geschrei führten nicht zu einem Loch im Darm eines kleinen Jungen. Auch ein mißhandeltes Kind konnte immer noch eine Treppe hinunterfallen.

Am 30. April besuchte Lois die Abteilung für Erwachsenen-Psychiatrie im St. Paul-Ramsey-Hospital für eine neunzig Minuten dauernde Sitzung mit Terry Zuehlke, zugelassener beratender Psychologe, der für die Staatsanwälte arbeitete. Er führte mit ihr den sogenannten ›Personality-Inventory‹-Test durch, später fragte Zuehlke Lois, ob sie wisse, weshalb sie unter Mordverdacht stehe.

»Weil mein Sohn vor zweiundzwanzig Jahren tot in seinem

Bett gefunden wurde«, sagte Lois. »1980 entschloß sich die leibliche Mutter, ihren erstgeborenen Sohn aufzuspüren. Ich finde, diese Frau versucht, durch das, was sie jetzt macht, die Schande zu kompensieren, daß sie damals ihr Kind weggegeben hat.«

Lois ärgerte sich über das Gesetz, das es der leiblichen Mutter erlaubte, ein Kind zu ›verfolgen‹, das sie vorher weggegeben hatte. Lois hielt das nicht für richtig. In der Vergangenheit, sagte sie, seien solche Unterlagen für immer unter Verschluß gehalten worden.

»Ich war nur ein Mensch, der Kinder liebte und sich sehnsüchtig Kinder wünschte ...

Dennis, sagte sie, »bekam jede Menge Liebe, obwohl einige behaupten, das sei nicht so gewesen. Wir haben für Robert nichts anderes gekauft als für Dennis ... Das gab es nicht, daß ein Kind mehr geliebt wurde als das andere.«

Ihr Familienleben, sagte sie, »war wunderbar ... Ich stammte aus einer großen Familie. Es war immer ein großes Kommen und Gehen von allen möglichen Leuten im Hause meiner Eltern. Als ich heiratete, wollte ich nur meinen Mann, mein Haus und meine Kinder ... Das war alles, was ich mir vom Leben wünschte.«

Der Psychologe befragte Lois nach der Geschichte ihrer psychischen Veranlagung.

»Jeder Mensch hat irgendwelche psychischen Probleme«, sagte sie. »Ich war ein Workaholic ... Mein Garten war wie ein Park. Solche Dinge hatte ich nicht, als ich ein Kind war.«

Sie gab zu, zum Zeitpunkt von Dennis' Tod unter Depressionen gelitten zu haben, doch sie war der Meinung, keine wirklichen psychischen Probleme zu haben.

»Ich hab' nichts Verrücktes gemacht«, sagte sie.

Am Tag darauf kam Lois nochmals in die psychiatrische Abteilung des St. Paul-Ramsey-Hospitals zu einer langen Sitzung mit dem von den Staatsanwälten ausgesuchten Psychiater, Dr. Dennis Philander. Das war am Donnerstag, dem 30. April, gerade vier Tage vor Beginn des Prozesses. Lois schien verärgert zu sein.

Philander bat Lois, von der Zeit zu erzählen, als sie Dennis bekam.

Wir holten ihn eines Tages in Shakopee ab, sagte Lois – am Tag nach seinem ersten Geburtstag.

»Hatten keine Ahnung, wo er wohnte. Die Sozialarbeiterin erzählte mir, diese Dame . . . nehme alle Arten von Kindern auf, geistig zurückgebliebene Kinder, blinde Kinder, und daß sie einen großen Raum mit einem halben Dutzend Kindern drin habe . . . Vermutlich wirft sie die Fläschchen einfach in diese Zimmer rein, zusammen mit Spielzug und Katzen . . . Der arme Dennis war ebenfalls darin, überaktiv, schien sehr unglücklich zu sein. Sie hatten Katzen da und Spielzeug. Vielleicht kämpften sie alle miteinander wegen dieses Spielzeugs. Als ich Dennis abholte, war er schmutzig, seine Kleidung war verdreckt. Er trug eine Cordjacke mit leichtem Flanellfutter . . . dazu eine Mütze mit Schirm und Ohrenklappen und einem Kinnband und einer Schnalle an der rechten Seite, auf der einen oder anderen Seite; Ich weiß nicht, wie Jungen die Schnallen tragen . . . Er hatte nicht einmal ein Paar Handschuhe; er besaß mitten im Winter auch keinen Schneeanzug, er trug eigentlich nur Lumpen. Die Windeln in der Tüte sahen aus, als seien sie in braunes Wasser geworfen worden und dann getrocknet. Als ich nach Hause kam, habe ich sie verbrannt . . .«

Als Philander versuchte, Lois' Umgang mit Dennis zu diskutieren, fing sie statt dessen wieder von ihrer Kindheit an. Sie sei der Babysitter für alle jüngeren Geschwister gewesen, sagte sie. »Ich mußte alles erledigen, überall aushelfen.«

Wieder versuchte Philander, das Gespräch auf Dennis zu konzentrieren, aber Lois redete weiter von ihrer Herkunft. Ihre Mutter war immerzu schwanger. Jerome und Lyle und Lloyd und Donald . . . sie mußte neun Jahre warten, bis sie eine weitere Schwester bekam. »Man könnte meinen, meine Mutter wolle die ganze Erde bevölkern . . . All diese anderen Kinder waren unter mir. Sie waren wie Puppen für mich – ich kümmerte mich um sie, fütterte sie und legte sie trocken. Ich verwöhnte sie. Ich kümmerte mich um sämtliche Kinder, ich schleppte sie mit mir herum, sogar Lloyd.«

Schließlich gelang es Philander doch noch, ihre Aufmerksamkeit auf das Wochenende zu lenken, an dem Dennis starb. Lois redete offen und ausführlich darüber. Der Kern ihrer Geschichte hatte sich nicht geändert, doch wirkten die Einzelheiten jetzt deutlicher und lebhafter, und in gewisser Weise gaben sie mehr her als jede andere ihrer Versionen.

Ende 1964 und Anfang 1965 gab es einen harten, schneereichen Winter, sagte Lois; der Keller stand an diesem Wochenende unter Wasser.

»Ich mußte das Wasser mit einem Garagenbesen auskehren, nahm Dennis mit runter und setzte ihn auf die Toilette, dann ging ich wieder an meine Arbeit. Er kam raus, und ich sagte noch, er müsse vorsichtig sein, weil der Boden voller Wasser war. Er rannte und fiel hin ... Soviel ich weiß, war er gesund und kräftig. Ich ernährte ihn gut, er bekam das gleichen Essen wie Robert. Er hat immer gutes Essen bekommen. Wir aßen immer zusammen am Tisch. Wenn wir Fisch hatten, bekamen die Kinder auch Fisch; wenn wir Fleisch bekamen, bekamen sie ebenfalls Fleisch; wenn wir Kartoffeln hatten, aßen sie auch Kartoffeln ...«

Lois erinnerte sich an ihr letztes Gespräch mit Dennis. Er war eingeschlafen, aber Donner und Blitz mußten ihn wieder aufgeweckt haben, dachte sie.

»Es ist so traurig. Es ging alles so schnell. Was noch schlimmer ist, ich sagte: ›Der liebe Gott rückt da oben die Möbel zurecht‹, als er wissen wollte, woher der Donner und die Blitze kamen. Ich wollte nicht, daß er vor Blitz und Donner Angst bekäme, denn ich selber hatte als Kind furchtbare Angst vor Gewitter.«

Als sie am nächsten Morgen durch das Wohnzimmer ging, um in der Küche Kaffee zu machen, kontrollierte sie auch Dennis' Zimmer.

»Ich öffnete die Tür. Ich dachte, es sei sehr ruhig im Zimmer, dann dachte ich, er bete vielleicht ... Er lag da und starrte an die Decke. Er sagte nichts, er sagte überhaupt nichts. Dann streckte ich die Hand aus, um zu sehen, ob er der Handbewegung mit den Augen folgte. Ich dachte, er wäre vielleicht blind geworden. Ich rief meinem Mann zu, das Kind könne nichts sehen; dann kam mein Mann ins Zimmer. Mein Mann hob ihn hoch und schüttelte ihn in seinen Armen, um zu sehen, ob er merkte, was mit ihm vorging. Er war noch warm. Dann versuchte ich, in seinen Mund zu atmen . . . Ich brachte ihn nicht dazu, zu atmen. Dann fing sein Gesicht an, seltsame Flecken zu zeigen – blaue, grüne und gelbe –, als ob jemand glänzende Punkte aufgetragen hätte. Dann bat ich meinen Mann, Dr. Peterson anzurufen.«

Lois sagte, sie habe Dennis eine Weile gehalten und dabei gehofft und gebetet. »Ich dachte, er würde nur einfach blind. Am Abend vorher war er noch in Ordnung gewesen.« Dann sei Dr. Peterson, ihr Hausarzt, gekommen und habe gesagt, Dennis sei tot.

Als Lois mit dieser Geschichte zu Ende war, begann Philander, mit ihr die verschiedenen Polizeiberichte des Jahres 1965 durchzugehen, und bat sie, einzelne Punkte zu erklären oder zu kommentieren. Schon bald kamen Lois' Markenzeichen – Zorn und Abstreiten – wieder zum Vorschein, zusammen mit ein paar Hinweisen auf ein möglicherweise durcheinander geratenes Gedächtnis.

Mister Jurgens sagte aus, er habe in der Nacht vom 10. auf den 11. April 1965 mehrfach nach Dennis gesehen. Dazu Lois Kommentar:

»Ich war furchtbar müde, als ich zu Bett ging, ich bin sofort eingeschlafen. Mein Mann ist ein Einzelkind gewesen, er ist ein leichter Schläfer und denkt nicht an Brüder und Schwestern. Warum er nach den Kindern gesehen hat, müssen Sie ihn schon selber fragen. Ich fiel ins Bett und schlief sofort ein. Drei Tage lang habe ich im Keller gegen das Wasser gekämpft, meine Heizung wäre sonst verrostet und zusammengebrochen.«

Um halb zehn am 11. April 1965 kämpfte Dennis um Atem oder röchelte, hieß es in einer Aussage, dazu Lois' wirrer Kommentar:

»Das ist gelogen, ein Haufen Mist, soweit es mich betrifft. Ich habe geheiratet, um einen Mann, ein Haus und Kinder zu haben. Ich bin nicht dazu geschaffen, irgendeine Tippse zu sein; den Job würde ich für nichts in der Welt annehmen.«

Cheryl Bartholmy (Schwiegertochter von Lois' Schwester Eloise) berichtete, Lois habe Dennis hochgehoben und ihre Hand auf Dennis' Mund und Nase gehalten, damit er nicht weinte, so lange, bis Dennis rot im Gesicht wurde. Dazu Lois:

»Cheryl ist ja nicht mal blutsverwandt. Sie hat einen Neffen geheiratet. Sie war nur ein einziges Mal in meinem Haus . . . die ist ja völlig verrückt. Die moralisiert nur.«

Zur offenen Stelle an der Peniswurzel meinte sie:

»Ich laß' meine Kinder nicht an ihrem Penis spielen. Er könnte sich mit irgendwas gestoßen haben . . . aber nicht mit seinem Penis spielen.«

Zu den möglichen Anzeichen für Unterernährung an der Leiche:

»Ich hatte als Kind Rachitis und war unterernährt . . . ich komme aus einer großen Familie; manchmal wußte ich nicht, ob wir Brot zum Essen im Haus hatten. Im Hause Jurgens hatten wir Gemüse, Früchte, Milch, Fleisch, Fisch, Käse, Vitamine, einfach alles . . .«

Über Ivan DeMars (Nachbar am Gardenette Drive):

»Diese Idioten, die nebenan wohnten; hatten zwei große Hunde, die in ihren Garten kackten; Kinder heben die Hunde hoch; die arme Frau, hatte nie ein anständiges Leben; wenn die Kinder etwas falsch gemacht hatten, nahmen sie sie mit in den Keller.«

Über Clarence Bartholmy (Ehemann ihrer Schwester Eloise)

»Ein versoffener Alkoholiker . . . Der ist seit 1940 nicht mehr trocken gewesen.«

Über Sharon Kopp (ihre Schwester), die behauptete, Lois hätte eine Wäscheklammer an die Spitze von Dennis' Penis geklemmt, während er auf einem Besenstiel knien und den Rosenkranz beten mußte:

»Nein, warum sollte ich so was machen? Die Leute haben eine komische Phantasie.«

Lois zog Dennis so hart an den Ohren, bis das Blut floß:

»Wer behauptet das, und wer hat das selber gesehen?«

Lois verprügelte Dennis mit einem Trommelschlegel:

»Alles Einbildung. Ich habe überhaupt keine Trommelschlegel.«

Dennis lag in seinem Bett und war mit Nylonstrümpfen an Händen und Füßen gefesselt:

»Haben diese Leute Alpträume? Ich... ich habe so was niemals getan. Das ist alles eine einzige Lüge...«

Die Sitzung endete gegen zehn Uhr, nach mehr als vier Stunden.

Wie stets, wenn beide Seiten in einem Prozeß Experten zu Rate ziehen, lieferten die Ärzte auch hier unterschiedliche Meinungen, je nachdem, ob sie für den Verteidiger oder für die Ankläger arbeiteten.

Für die Verteidigung stellte Dr. Stephans fest, Lois sei 1965 psychotisch gewesen und habe unter paranoider Schizophrenie und Selbsttäuschung gelitten. Ihre Krankheit, sagte er, habe ein oder zwei Jahre vor dem Jahr 1951 begonnen.

Für die Anklagevertreter stellte Dr. Philander fest, Lois habe nicht an irgendeiner Psychose gelitten, sondern an einer Verwirrung ihrer Persönlichkeit. Genauer gesagt, er sei der Meinung, die Tests hätten eine gemischte Persönlichkeits-Verwirrung ergeben mit stark entwickelten passiv-aggressiven, zwanghaften und schauspielerischen Eigenschaften.

Philanders Beurteilung zeigte eine bemerkenswerte Ähnlichkeit mit den Auswertungen anderer Psychiater, die Lois während der Jahre besucht hatte, einschließlich Dr. Teeter und Dr. Garvey. Die Übereinstimmung hatte sich in dreißig Jahren nicht geändert: Lois Jurgens war neurotisch, unflexibel, unterdrückt, ärgerlich und voller Ablehnung – aber verrückt war sie nicht. Wer Lois' Haltung und Handlungen verstehen wollte, mußte sich innerhalb der Grenzen üblichen Verhaltens umsehen, exakt so, wie es vor zweiundzwanzig Jahren in Richter Gingolds Gerichtsverhandlung der Fall gewesen war.

»Das Patientenprofil gibt keine Hinweise auf emotionale Probleme im Ausmaß einer psychotischen Störung«, schrieb der

Experte der Anklagevertreter namens Terry Zuehlke »Ich sehe in dieser Frau ... Fantasien über ein ideales Familienleben und starke Gefühle der Ablehnung und des Zorns wegen der Strafen, auf die sie sich gefaßt machen muß.«

Die wiedergewonnene Vergangenheit

Wegen des bevorstehenden Prozesses brachte die ›St. Paul Pioneer Press Dispatch‹ in ihrer Sonntagsausgabe vom 3. Mai eine Balken-Überschrift über die ganze erste Seite, zusammen mit einem Foto des lachenden Dennis Jurgens kurz vor seinem Tode. ›Verstrichene Zeit ist Hauptproblem im Jurgens-Prozeß‹, lautete die Überschrift. Der dann folgende Artikel war von Brian Bonner geschrieben.

Der Mordprozeß gegen Lois Jurgens beginnt am Montag in einem juristischen, medizinischen und sozialen Umfeld, das sich in den zweiundzwanzig Jahren nach dem Tode ihres Adoptivkindes dramatisch verändert hat.

Die verstrichene Zeit könnte sich als wertvoller Verbündeter des Bezirksstaatsanwaltes von Ramsey County, Tom Foley, herausstellen ... oder sie könnte sich auch zum Vorteil für den Strafverteidiger, Doug Thomson, auswirken ... Die Geschworenen werden die Aussagen von Experten der Gerichtsmedizin hören, die heute besser in der Lage sind, Verletzungen als Zeichen für Kindesmißhandlung zu erkennen, als dies vor zwei Jahrzehnten der Fall war. Diese Tatsache zusammen mit der gestiegenen Sensibilität der Gesellschaft beim Thema Kindesmißhandlung könnte die Strafverfolgung unterstützen. Doch die Zeit-Verzerrung könnte auch der Verteidigung eine Hilfe sein. Die Zeugen der Anklage können nebelhafte und nicht zuverlässige Erinnerungen haben, die die Geschworenen nicht zu überzeugen vermögen. Originale der Polizeiberichte fehlen in den Akten. Und nur wenige der Experten und Autoritäten, die aussagen werden, haben exakte Kenntnisse der früheren Untersuchungen.

Das ist ein zweischneidiges Schwert, sagte Staatsanwalt Foley. Die Zeitfrage behindert den Fall in verschiedenen Aspekten. In anderen Punkten kann sie hilfreich sein ...

Thomson sagte, es werde für die Jury sehr schwer werden, festzustellen, wie der Junge exakt gestorben sei.

Wenn sich der ganze Nebel hier lichtet, dann bleibt die Tatsache übrig, daß Dennis Jurgens an einem speziellen Typ von Krankheit oder Verletzung gestorben ist ... sagte der Anwalt der Jurgens. Die Frage lautet doch: Wie ist es passiert? Das ist die einzig wichtige Frage in diesem Fall. Wie weit können sie gehen? ... Sie wissen nicht, weshalb die Blase gerissen ist ... Ich habe keinerlei Hinweis dafür, daß irgend jemand die Todesursache als Zeuge miterlebt hat.

Dieser Artikel unterstrich lediglich das, was die Ankläger Melinda Elledge und Clayton Robinson bereits wußten – neben einer segensreichen Entwicklung der Einstellung zum Thema hatten die vergangenen zweiundzwanzig Jahre auch Probleme aufgeworfen wie schwammige Erinnerungen und indirekte Beweise. Aber noch mehr Sorgen machten sich die Vertreter der Anklage wegen Harold – würde er aussagen und alles durcheinanderbringen bei seinen Bemühungen, Lois ›herauszuhauen‹? Diese Taktik hatte er nämlich bei den ersten Vorladungen vor die Anklagekammer eingeschlagen. Neben der Untermauerung der medizinischen Beweislage war es der Kernpunkt ihrer Verfahrensstrategie, Harold nicht in den Zeugenstand treten zu lassen und zu beweisen, daß er an dem Wochenende von Dennis' Tod nicht im Hause war. Als sie am Montag, dem 4. Mai, mit der Wahl der Geschworenen begannen, suchten die Anklagevertreter immer noch nach dem direkten, eindeutigen Beweis, den sie zum Erreichen ihres Zieles so dringend benötigten. Sie hatten nie aufgehört, nach dem Wortprotokoll der Jugendgerichtsverhandlung des Jahres 1965 zu suchen, doch die Flut von Vorladungen und Hausdurchsuchungsbefehlen hatte rein gar nichts zutage gefördert – das Dokument schien verschwunden zu sein. Und jetzt lief ihnen die Zeit davon.

Während der Vorgespräche mit den Geschworenen achtete Thomson raffinierterweise darauf, Lois als eine unsympathische Mutter darzustellen, deren Verhaltensweise verabscheuungswürdig war und die Dennis mißhandelte. Er hatte die Absicht, solche Geschworenen aus dem Gerichtssaal herauszuhalten, die sich von solchen Dingen abgestoßen fühlten, und diejenigen auf die Geschworenenbank zu bekommen, die fähig waren, Lois' abscheulichen Charakter unberücksichtigt zu lassen. Die Ankläger dagegen konzentrierten sich auf die Grundtatsachen – sie errechneten, daß die zwölf Geschworenen, die schließlich gewählt wurden, insgesamt einundzwanzig Kinder hatten.

Nach der Mittagspause am Freitag, dem 8. Mai, als die Anwälte gerade den letzten Geschworenen befragten, betrat Staatsanwalt Tom Foley den Gerichtssaal mit einer Nachricht für Melinda Elledge und Clayton Robinson.

»Habe soeben einen Anruf vom Büro des Bezirksstaatsanwaltes aus Washington County bekommen«, sagte Foley. »Ich denke, die haben etwas, was ihr gebrauchen könnt, irgendwelche Dokumente.«

Da sie nicht genau wußten, worüber Foley überhaupt sprach, fuhren Melinda, die von ihren Freunden immer Mindy genannt wurde, und Clayton mit der Befragung der möglichen Geschworenen fort. Eine Stunde verging. Am späten Nachmittag erschien ein Bote und brachte eine schriftliche Nachricht von Foley. Als Clayton das einzelne Blatt auseinanderfaltete, sah er zwei kurze Sätze in Foleys krakeliger Handschrift: »Dick Arney hat das Wortprotokoll. Er wartet auf Sie.«

Dick Arney war der Bezirksstaatsanwalt des Washington County. Wie sich herausstellte, hatte eine Aushilfssekretärin ausgerechnet an diesem Tag damit begonnen, einen lange vergessenen Schrank mit alten Unterlagen zu durchforsten. Und dort, inmitten von Stapeln staubiger, vergilbender Dokumente, stieß sie auf einen umfangreichen Vorgang mit dem Titel ›State ex rel Jurgens v. Bol‹. In den Mappen fand sie verschiedene Gerichtspapiere, die sich auf einen Antrag aus dem Jahre 1968 bezogen, in dem ein Rechtsanwalt namens Donohue im Auftrage eines Ehepaars namens Jurgens versuchte, für dieses Ehepaar das Sorgerecht über ein Kind zu erwirken, das zum damaligen Zeitpunkt im Haus von Richard und June Bol lebte. Bei dem Antrag war ein den Antrag unterstützendes Dokument von insgesamt 780 Seiten. Ed Donohue hatte das komplette Wortprotokoll der Jugendgerichtsverhandlung wegen des Sorgerechts über Robert Jurgens als Anlage beigefügt.

Bei sämtlichen Vorladungen und Suchbefehlen der vergangenen vier Monate hatten Mindy und Clayton immer nach einem Wortprotokoll unter dem Namen Robert Jurgens gesucht. Die Vertreter der Anklage hatten einfach nicht auf den Gedanken kommen können, daß die Sache eventuell unter dem Namen Bol lief. Selbst wenn sie diese Möglichkeit in Erwägung gezogen hätten, wäre ihre Suche aller Wahrscheinlichkeit nach ergebnislos geblieben, denn der Antrag machte den Vorgang ›State ex rel Jurgens v. Bol‹ zu einer Zivilrechtssache und nicht zu einer Jugendgerichtssache. Hinzu kam, daß die Indexkarte des Katalogs über Gerichtssachen des Washington County Court verschwunden war.

Ohne das glückhafte ›Schrank-Aufräum-Projekt‹ wäre das Protokoll sicher nicht am Vorabend des Prozesses entdeckt worden, doch schon davor hatte das Schicksal eine besondere Rolle gespielt. Die Feindseligkeit, die vor zweiundzwanzig Jahren zwischen Richter Archie Gingold und dem verbissenen Ed Donohue geherrscht hatte, war so weit gegangen, daß der Rechtsanwalt der Jurgens damals bei einem anderen Gericht Beschwerde einlegte, und nur aus diesem Grund war das Wortprotokoll überhaupt angefertigt worden. In gewisser Hinsicht hatten die Jurgens damals bereits die Schritte eingeleitet, die das Protokoll jetzt in die Hände ihrer Ankläger spielten.

An diesem Freitagabend stürzten Mindy und Clayton aus dem Gerichtsgebäude des Ramsey County und machten sich auf den Weg nach Stillwater. Wegen einer Baustelle auf der Interstate 694 kroch der mittelstarke Wochenendverkehr langsam vor sich hin, Clayton begann vor Ungeduld und Wut zu schäumen. Sein Eifer mischte sich mit seinen Ängsten. Was würden sie in dem Protokoll finden? Was war, wenn sich wesentliche Unterschiede zu den Aussagen seiner Zeugen herausstellten? Würde diese Entdeckung den Prozeß verzögern? Falls ja, was war mit den komplizierten Reisen der Zeugen, die jetzt aus dem ganzen Land auf dem Weg waren?

Die beiden Anklagevertreter erreichten das Gerichtsgebäude des Washington County nach 17.30 Uhr – das Gebäude war für das Wochenende geschlossen. Man hatte ihnen gesagt, sie sollten eine bestimmte Tür versuchen, doch sie wußten jetzt nicht, welche gemeint war. Als sie wie wild gegen Türen und Fenster hämmerten, gerieten sie zufällig auch an das Bürofenster des Bezirksstaatsanwaltes des Washington County.

Dick Arney öffnete eine Seitentür und führte seine Besucher ins Büro seiner Sekretärin. Auf dem Weg erklärte er ihnen, wie sie auf die Dokumente gestoßen waren. Einen Moment später standen sie in dem Büro und sahen den umfangreichen Dokumentenstapel vor sich. Arney zog sich in sein eigenes Büro zurück und überließ es Mindy und Clayton, ihre Beute zu besichtigen. Sie stürzten sich auf die Papiere, blätterten hin und her, lasen gerade genug, um sicher zu sein, daß dies genau das war, wonach sie so lange gesucht hatten. Im Moment waren sie besonders an einem Verzeichnis aller Leute interessiert, die damals ausgesagt hatten. Da war es – und, ja, da gab es Listen für Harold und Lois Jurgens.

Mindy und Clayton blätterten direkt zu Harolds Aussage weiter und begannen zu lesen. Auf Seite 612 stand die kritische Frage, die der assistierende Staatsanwalt Bertrand Poritsky an Harold gerichtet hatte.

Frage: Mister Jurgens, waren Sie am Abend des neunten April auswärts? Das wäre Freitag abend gewesen.

Antwort: Wenn das der Tag vor Dennis' Tod war – ja.

Frage: Und waren Sie auch am folgenden Tag, einem Samstag, auswärts?

Antwort: Einen Teil des Tages.

Clayton und Mindy blätterten rasch weiter zu Seite 616.

Frage: Als Sie von zu Hause fort waren, wo waren Sie da?

Antwort: Hawthorne, Wisconsin.

Frage: Ist es korrekt zu sagen, daß Sie das Haus am Morgen des neunten April verließen und nach Hawthorne fuhren?

Antwort: Wenn wir noch immer über den gleichen Freitag morgen sprechen . . .

Frage: Ich sagte, am neunten.

Antwort: Ja.

Frage: Um welche Zeit verließen Sie das Haus?

Antwort: Etwa halb sieben, Viertel vor sieben.

Frage: Ist es also korrekt, zu sagen, daß Sie von 6.30 Uhr am neunten bis etwa 9 oder 9.30 Uhr am zehnten April nicht zu Hause waren?

Antwort: Ja.

Harold hatte der Anklagekammer gesagt, er sei am Samstag aus dem Haus gegangen, nicht am Freitag, und seine Absicht, Lois ›herauszuhauen‹, hing an dieser Behauptung. Die Worte im Protokoll des Jahres 1965 zerstörten die Glaubwürdigkeit dieses Mannes. Als sie an diesem späten Freitag abend in Stillwater auf die Unterlagen starrten, wußten Mindy und Clayton, daß Harold unter keinen Umständen in den Zeugenstand durfte. Er durfte nicht nur nicht aussagen, er steckte in Schwierigkeiten – Mindy und Clayton verspürten den Wunsch, ihn wegen Meineids, begangen vor der Anklagekammer, zu verklagen. Für eine so kurz zurückliegende Tat gibt es keine Verjährungsfristen, bemerkte Mindy.

Draußen auf dem Parkplatz führten die beiden Arm in Arm einen Freudentanz auf. »Zeit für eine Pizza-Party«, sagte Clayton.

Auf dem Highway 36 hielten sie bei Carboneri's und schleppten ihre umfangreiche Beute mit sich ins Lokal. Während Clayton die Pizza bestellte, rief Mindy ihren Mann an, um ihm mitzuteilen, daß sie einen Gast fürs Abendessen mitbringen würde. Weil sie auf ihre Bestellung ›zum Mitnehmen‹ warten mußten, setzten sie sich in eine Ecke und begannen zu lesen.

Da waren Bob VanderWyst und Pete Korolchuk, die Nachbarn, Lloyd und Donna Zerwas – alle sagten genau das gleiche, was sie Ron und Greg zweiundzwanzig Jahre später gesagt hatten. Absolut alles paßte zusammen. Hier fanden sie auch Leute, die inzwischen verstorben waren – Lois' Schwester Donna und den Deputy des Leichenbeschauers, Saveiro Pitera. Hier fanden sie Ärzte, die mit frischen Eindrücken aussagten und aufgrund von inzwischen verschwundenen Unterlagen und Notizen. Hier waren die speziellen Daten und die genaue Zeitfolge, die sich während der Jahre in den Erinnerungen verwischt hatten. Und hier war auch Jerome Zerwas.

Es war wie die Lektüre eines großen Geschichtsbuches, dachte Clayton, wie wenn man eine Tür zur Geschichte öffnet. Er konnte sich den Gerichtssaal im Jugendgericht vorstellen. Die Lektüre versetzte ihn direkt in die Verhandlung.

Die Aussage, Mindy und Clayton wären begeistert gewesen, würde das Ausmaß ihrer Verblüffung nur ungenügend beschreiben.

»Mindy und ich hielten es für eine göttliche Fügung«, sagte Clayton später zu Freunden. »Dieses Erlebnis hat mich fast gläubig werden lassen. Es gibt keinen erklärbaren Grund, warum das passieren mußte. Ein verstaubter Schrank an diesem besonderen Tag ... Irgend jemand hat uns geholfen.«

Später, bei genauerem Hinsehen nach den ersten begeisterten Blicken, zeigte es sich, daß das Wortprotokoll nicht ohne Probleme war. Als Clayton die Papiere am Wochenende sorgfältig durchlas, entdeckte er genau das, was er befürchtet hatte. So wie die Verhandlung von 1965 Unstimmigkeiten bei Harolds Aussage zutage gefördert hatte, so deutete sie auch auf Fehler bei einem der wichtigsten Zeugen der Anklage hin.

Während der ganzen Untersuchungen hatten die Detektive und Staatsanwälte jede Menge von Verwandten gefunden, die zur Aussage bereit waren gegen Lois, doch die meisten waren entweder nur sehr entfernte Verwandte oder Mitglieder des Norton-Zweigs der Familie. Es würde mit Sicherheit hilfreich sein, überlegten sie, wenn sie zumindestens einen Hauptzeugen ohne diese verwandtschaftliche Beziehung finden könnten.

So hatte Ron Meehan eines Nachmittags Anfang Januar 1987 darüber nachgedacht, ob er Lois' unverheiratete Schwester Beverley anrufen sollte, die damals in Lemon Grove, einem kleinen Ort zehn Meilen östlich von San Diego, wohnte. Doch er zögerte, und zwar aus gutem Grund.

Ron kannte Bev von früheren Zeiten als ein hartes, starkes Mädchen, das wahrscheinlich die Hälfte ihrer Brüder vertrimmen konnte – nicht gerade die Sorte Mensch, die mit der Polizei gegen eine Verwandte zusammenarbeiten würde. Er rechnete sich Chancen neun zu eins aus, daß sie nicht einmal am Telefon mehr als ein paar Minuten sprechen würde, von einem offiziellen Interview ganz zu schweigen. Doch er fühlte sich an diesem Tag so richtig in Stimmung und voller Energie. Er griff zum Telefon und überlegte sich die ersten Worte.

»Hier spricht der alte Ron Meehan aus White Bear Lake, ein Tower der Power in einer gefrorenen Tundra«, fing er an.

Bev lachte. Ron betrachtete das als ein gutes Zeichen.

»Ich möchte mich mit dir treffen und über den Fall Jurgens von 1965 sprechen«, sagte er. »Wie du weißt, stellen wir Nachforschungen an und möchten wirklich gern mit dir reden, weil du auf der Zeugenliste von 1965 stehst.«

»Nun, und wann willst du?« fragte Bev. Einfach so, klar und direkt.

Ron hatte Bev seit zwanzig Jahren nicht mehr gesehen, als er sie nun am 12. Januar in Lemon Grove traf, aber er erkannte sie sofort wieder. Alle Zerwas-Mädchen sahen sich ähnlich – Bev war stämmig, trug Polyesterhosen und wirkte ein bißchen ruppig. Als sie zum Justizgebäude von San Diego fuhren und sich mit Clayton zusammensetzten, klang sie energisch, direkt und selbstsicher. »Ich habe mit meiner Mutter geredet«, erklärte Bev, »und die hat mir gesagt, ich solle die Wahrheit sagen.« Ihr Gedächtnis war gut, ihr Verhalten ruhig, und sie sprach zwei Stunden lang ungezwungen und lebhaft. Das wichtigste war, daß Bevs Aussagen – blaugeschlagene, von großen Sonnenbrillen versteckte Augen, von Wunden übersäte Ohren, Dennis an Armen und Beinen an sein Bett gefesselt – alle Aussagen von Mitgliedern des Norton-Zweiges der Familie bestätigt hatten. Nein, gab sie zu, sie habe Lois wegen der blauen Flecken niemals befragt, denn sie habe gedacht, das gehe sie überhaupt nichts an, außerdem war sie von Natur aus nicht neugierig, aber als sie einen Monat nach Dennis' Beerdigung vorgeladen wurde, um bei einem Jugendgerichtsverfahren auszusagen, da habe sie die Wahrheit gesagt. Clayton, der sich eifrig Notizen machte, beglückwünschte sich innerlich.

Als er jetzt ihre Aussage von 1965 durchlas, stellte Clayton fest, daß Bev eigentlich mehr ein Zeuge zugunsten der Jurgens als für die Ankläger gewesen war. Während des Lesens sah er Poritsky vor sich, wie der sich weitgehend vergeblich bemühte, Bev zu einer vernichtenden Aussage über ihre Schwester zu bewegen. Bei einem Gespräch über den Tag, an dem sie Dennis angebunden in seinem Bettchen gefunden hatte, fing Bev an, sich in Allgemeinplätze zu flüchten.

Frage: Haben Sie an diesem Arrangement bei Dennis irgend etwas Ungewöhnliches bemerkt? Antwort: Nichts Ungewöhnliches.

Frage: In Ordnung. Was haben Sie an Dennis bemerkt?

Antwort: Ah, nur, daß Mrs. Jurgens sagte, sie habe Mühe, ihn im Bett zu halten, er sei bereits ein paarmal herausgefallen . . . Sie band seine Beine im Bett fest, damit er nicht herausfallen konnte.

Frage: Als Sie Dennis in seinem Bett liegen sahen, hatten Sie da den Eindruck, er sei wie ein Gefangener?

Antwort: Ich würde sagen, es war zu seinem eigenen Schutz.

Frage: Hat es Sie irgendwie schockiert?

Antwort: Nein.

Frage: Hatten Sie aufgrund dieser Beobachtung das Gefühl, das Kind werde mißhandelt?

Antwort: Nein.

Frage: Haben Sie eine Meinung darüber, ob Lois Jurgens den beiden Kindern gegenüber eine gute Mutter war?

Antwort: Ich würde sagen, sie war eine gute Mutter.

Frage: Und haben Sie eine Meinung darüber, ob Mister und Mrs. Jurgens geeignete Personen sind, um das Sorgerecht über Robert zu bekommen?

Antwort: Ich denke, das sind sie.

Frage: Gab es irgend etwas bei Ihren Beobachtungen, das darauf hindeutete, daß die Behandlung dieser beiden Kinder durch Lois in irgendeiner Form ungewöhnlich war?

Antwort: Nein.

Clayton wurde zornig, als er diese Aussage las. Sie hat uns belogen, dachte er. Sie schien eine ideale Zeugin zu sein, aber sie hat uns angeschmiert, und in diesem Moment sitzt sie in St. Paul und wartet darauf, ihre Aussage zu machen. Clyton hatte keinen Zweifel, daß Doug Thomson diese Diskrepanz herausfinden würde – darin war er ein wahrer Meister. Nun hatte der Rechtsanwalt der Jurgens eine Gelegenheit, die Aussage der Zeugin in Mißkredit zu bringen, die er vorher nicht gehabt hatte.

Montag morgen, am 11. Mai, einen Tag vor dem Beginn des Prozesses, bestellte Clayton noch einmal Bev zu einem Gespräch ins Büro des Bezirksstaatsanwaltes. Er legte ihr zwei Dokumente auf den Tisch – eine Kopie ihrer Aussage von 1965 und eine Kopie von dem, was sie ihm in San Diego gesagt hatte.

»Ich werde Sie jetzt hier allein lassen«, sagte er. »Sehen Sie sich die Papiere an. Ich komme nachher wieder rein.«

Nach genügend langer Zeit, in der sie ihre früheren und ihre heutigen Aussagen vergleichen konnte, trat Clayton wieder in das Büro.

»Da gibt es einen Unterschied«, sagte er. »Diese beiden Aussagen stimmen nicht überein. Welche ist wahr?«

Bev sah dem Ankläger in die Augen. Ihr stand der Mund offen, als sie Clayton in San Diego zum erstenmal gesehen hatte – Bev kam nicht aus Kreisen, in denen es viele junge schwarze Rechtsanwälte in dreiteiligen Anzügen gab –, aber er hatte sie entwaffnet, wie es ihm meistens in solchen Fällen gelang, indem er sie freundlich und offen begrüßte.

»Was ich Ihnen gesagt habe«, sagte sie jetzt.

»Warum gibt es diesen Unterschied?«

»Nun, Mr. Robinson, Sie müssen sich darüber im klaren sein, was für eine Familie wir sind. Mein Vater hämmerte uns ein, wir müßten zusammenhalten. Ich log damals, um meine Schwester zu beschützen.«

»Das kann gegen Sie verwandt werden«, warnte Clayton.

Bev zuckte die Schultern, hielt Claytons Blick jedoch stand.

»Ich bin nach wie vor bereit, in den Zeugenstand zu treten, wenn Sie das wollen.«

Clayton überlegte. Diese Frau war nicht aufgrund einer Vorladung hier und mußte nicht unbedingt aussagen. Sie konnte ihre Sachen nehmen und verschwinden.

Aber dann entschied er sich spontan anders. »Okay, packen wir es an!«

Der Prozeß

Das Justizgebäude des Bezirks Ramsey war in den dreißiger Jahren erbaut worden und hatte zur Zeit des Jurgens-Prozesses schwerfällige handbetriebene Aufzüge und ein etwas altväterlich wirkendes Design. Richter Marsden hatte die Renovierung des größten Gerichtssaales angeordnet, den er finden konnte, es war der im achten Stock mit der Nummer 801. Die zwei Reihen zylindrischer Lampen aus Glas und Messing waren auf Hochglanz poliert, und die überpinselten Fenster, die den ganzen Raum so düster wirken ließen, waren herausgebrochen und durch helles, durchsichtiges Glas ersetzt worden.

Trotz all dieser Verbesserungen wirkte der Saal immer noch alt und ein wenig heruntergekommen. Er war kompakt und ziemlich schmal, in den zwölf Reihen fanden gerade mal 150 Zuschauer Platz. Da eine Klimaanlage fehlte und die Temperaturen Mitte Mai gut fünfundzwanzig Grad erreichten, ließ Marsden die Fenster offen, wodurch er die Ruhe dem Komfort opferte. Die Verkehrsgeräusche der Autos und Busse auf der Kollogg Avenue und die dumpftönenden Sirenen der Frachter auf dem nahegelegenen Mississippi erfüllten den Saal bei jeder Gesprächspause.

Mit seinen dreiundsechzig Jahren machte Marsden selber den Eindruck einer Gestalt aus der Vergangenheit, mit seinem mächtigen, weißmähnigen Kopf, dem starken Schnurrbart und der üblichen Fliege. Doug Thomson, bekannt geworden durch Fälle, die zehn und zwanzig Jahre zurücklagen, war gezwungen, Papiere und Berichte wenige Zentimeter vor sein Gesicht zu halten, weil er schlechte Augen hatte. Lois erschien jeden Morgen in komischen Schals und altmodischen Hüten, was den Zuschauern die Frage in den Sinn kommen ließ, aus welcher Zeit diese Leute eigentlich kamen.

Nach einer Konferenz der Rechtsanwälte in Marsdens Büro am 12. Mai 1987 konnte das Verfahren offiziell beginnen.

Die Teams der Verteidiger und der Anklagevertreter saßen sich an Einzeltischen gegenüber, im rechten Winkel zu Richter Marsdens Sitz, wobei Mindy, Clayton und Tom Foley auf der rechten Seite des Richters saßen. Lois, die dicht bei Doug Thomsons Mitstreiterin Deborah Ellis und direkt Tom Foley gegenüber saß, trug einen schwarzen Schal, ein Halstuch aus schwarzem Chiffon und einen Hut mit schwarzem Band und schwarzer Schleife.

Ein Prozeß kann eine überraschungsreiche Reise zu einem dramatischen Höhepunkt sein, doch das wäre keine genaue Beschreibung dessen, was sich im Mai 1987 im Saal 801 des Justizgebäudes des Ramsey County abspielte. Zuerst trug Mindy Elledge die Argumente der Anklage vor. Was sie sagte, war nicht so überzeugend wie die drei Fotovergrößerungen, die sie den Geschworenen vorführte. Das erste zeigte Dennis zu der Zeit, als er zu den Jurgens kam, lachend, mit dicken Backen und einem runden Gesicht, mit strahlenden Augen. Das zweite, kurz danach aufgenommen, zeigte Dennis in kurzen Hosen, wie er neben Robert saß und glücklich einen Ball festhielt, der größer war als sein eigenes, strahlendes Gesicht. Das dritte war eine Aufnahme von Dennis' Leiche auf dem Tisch des Leichenbeschauers, aufgenommen am Palmsonntag 1965, abgemagert und verprügelt, die Fäuste geballt, die Arme hochgestreckt, das Gesicht noch im Tod schmerzverzerrt.

»Sie werden Aussagen hören«, sagte Mindy, »daß Dennis Jurgens zum Zeitpunkt seines Todes so ausgesehen hat.«

Jetzt war es an Doug Thomson, die Initiative zu ergreifen.

Lois Jurgens sei eine schlimme und unsympathische Person, sagte er in seinen Eröffnungsworten. Sie habe Dennis heftig geschlagen, doch die Mißhandlung, der Dennis durch Lois ausgesetzt gewesen sei, habe nicht seinen Tod herbeigeführt.

»Man hätte Lois Jurgens niemals erlauben dürfen, ein Kind zu adoptieren . . .« argumentierte er. »Das ist keine Entschuldigung für Mord, es beweist einen Mord jedoch auch nicht.«

Als Thomson an seinen Platz zurückkehrte, warf er einen Blick auf seine Mandantin, weil er ihren Zorn wegen der wenig schmeichelhaften Worte fürchtete, die er über sie gesagt hatte.

Was er sah, beruhigte und überraschte ihn gleichzeitig. Lois sah ihn nicht einmal an. Sie zeigte überhaupt keine Reaktion.

Mit der Zeit, als die Stunden und dann die Tage dahingingen, spürte jeder, der Lois beobachtete, eine gewisse Faszination. Jeden Morgen trat sie mit erhobenem Kopf und anmaßendem Gehabe aus dem Aufzug, die Hände vor sich gefaltet, und bewegte sich wie eine Königin zur Tür des Gerichtssaals. Als eine Kamera sie eines Tages belästigte, machte sie mit ihrer Handtasche einen Schwinger nach dem Fotografen, der sie beleidigt hatte. Die Hüte wechselten täglich. Die Zuschauer empfanden Lois als geheimnisvoll. Gelegentlich machten sie sich Gedanken darüber, in welchem Aufzug sie am nächsten Tag erscheinen werde. Und manchmal überlegten sie, ob Lois jemals eine Gemütsbewegung auf ihrem steinernen Gesicht zeigen würde. Barbara Peterson, Gerichtsreporterin, saß so, daß sie Lois direkt sehen konnte, und nach dem Prozeß schwor sie, sie habe Lois nicht ein einziges Mal auch nur mit den Augen blinzeln sehen. Fernsehreporter, die live von den Stufen des Gerichtsgebäudes berichteten, boten die geläufigen psychologischen Erklärungsmuster an — ›Kinder zu haben war wichtig für Lois, weil sie selber in einer Familie aufwuchs, die sechzehn Kinder hatte‹ — und wiederholten die Fragen der zunehmend ungläubigen Mitarbeiter in den Nachrichtenstudios. »Hat Lois irgendeine Reaktion gezeigt«, fragten die Leute jeden Abend, als ob das die wichtigste Sache des ganzen Prozesses wäre. »Nein«, antworteten die Reporter feierlich. »Sie hat keinerlei Reaktion gezeigt.«

Doug Thomson hatte es schwer und kämpfte einen scheinbar aussichtslosen Kampf gegen die zahlreichen Zeugen der Anklage. Selbst Beverley Zerwas konnte ihm nicht helfen. Während der direkten Befragung schaffte Clayton es behutsam, Bev dazu zu bewegen, ihre Lügen bei der Befragung im Jahre 1965 zuzugeben, bevor Doug Thomson das mit großem Theater getan hätte.

»Nein, ich habe nicht die Wahrheit gesagt . . .« sagte sie, »vermutlich, weil ich dachte, die Familie müßte zusammenhalten.«

Während eines Kreuzverhörs versuchte Thomson, sie an den

Pranger zu stellen. »Und Sie erklären also hier vor diesem Gericht, daß Sie einen Meineid begangen haben?« donnerte er.

Bev zuckte nicht mit der Wimper. »Das ist genau das, was ich tue«, sagte sie.

Clayton, der aufmerksam zuhörte, frohlockte. Niemand gibt einen Meineid zu, aber sie hatte genau das gerade getan. Kein Geschworener würde jetzt noch ihre Worte anzweifeln. Sein Schachzug war erfolgreich gewesen.

Eine Reihe anderer Verwandter – Lloyd und Donna Zerwas, Nancy Baker, Richard Norton, seine Tochter Karlene Hilsgen und seine Schwester Darlene Gary – wiederholten Bevs Aussagen und zeichneten insgesamt ein Bild ununterbrochener Mißhandlung. Als Lloyd Zerwas' Frau Donna in den Zeugenstand trat, bekamen die Zuschauer endlich das, worauf sie schon so lange warteten – eine Reaktion von Lois.

Frage: Was hat sie Ihnen gesagt, bezüglich ihrer Reaktion auf Dennis' Fähigkeiten, zur Toilette zu gehen?

Antwort: Daß sie ihm half, zur Toilette zu gehen, indem sie ihm einen Finger in den After steckte und seinen Kot herausholte.

Frage: Können Sie sich an Lois' Fingernägel zu diesem Zeitpunkt erinnern?

Antwort: Ja, das kann ich... Sie hatte lange, sehr hübsche, lange Fingernägel.

Als Donna Zerwas diese Worte sprach, schürzte Lois protestierend die Lippen, dann hielt sie ungeduldig die Hand vor Debby Ellis' Gesicht und spreizte die Finger, um ihre kurzen, stummeligen Fingernägel zu zeigen.

Clayton setzte seine Befragung bei Donna Zerwas fort.

Frage: Ist Ihre Erinnerung an all diese Dinge schwächer geworden?

Antwort: Nein... wegen der Art, in der die Kinder

behandelt wurden, und ich liebe Kinder ... Ich habe fünf Enkelkinder ... So was wie bei Dennis haben wir noch nie gesehen. Es war unwirklich damals, und das ist es auch heute.

Frage: Mrs. Zerwas, können Sie den Geschworenen sagen, warum Sie sich weder an die Wohlfahrtsbehörden noch an die Polizei oder an irgend jemand sonst gewandt haben, obwohl Sie sahen, was mit Dennis passierte?

Donna mußte heftig schlucken und starrte zu Boden.

Antwort: Ich wünschte, ich könnte diese Frage wahrheitsgemäß beantworten. Aber ich kann es nicht. Ich hatte selber Pflegekinder und meine Tochter ... Ich hatte wirklich keinen Grund. Ich weiß es nicht.

Als Donnas Aussage beendet war, trat eine Freundin an den Zeugenstand und legte die Arme um die aufgewühlte Zeugin. Mit ihrer Hilfe konnte Donna den Zeugenstand verlassen.

Barbara Venney machte ihre Aussage unter dem Schatten einer Drohung, denn am Abend vor dem Beginn der Verhandlung hatte ein Neffe der Zerwas mit dem Wagen neben ihrem Mann und ihrer Tochter gehalten und die Hand mit etwas geschüttelt, was sich später als Spielzeugpistole herausstellte. Venney zeigte den Vorfall bei der Polizei an, bestätigte Clayton jedoch, daß sie unter allen Umständen aussagen werde.

Jetzt, im Zeugenstand, wirkte sie verletzlich und zerbrechlich.

»Können Sie sich an Dennis' Begräbnis erinnern?« fragte Clayton.

»Er hatte eine Krone aus Rosen auf der Stirn, und Dennis war sehr blond und hatte helle Haut, und durch die Rosen konnte man Wunden und Stellen auf seinem Kopf sehen; es sah aus, als seien die Rosen auf den Kopf gelegt worden, um diese Wunden zu verstecken.«

Clayton legte Barbara eines der Fotos von Dennis' Leiche vor. »Wer ist die Person auf diesem Bild?« fragte er.

Barbara konnte kaum noch sprechen.

»Das ist Dennis«, flüsterte sie.

»Sie müssen etwas lauter sprechen«, sagte Clayton.

Barbara holte tief Luft.

»Dennis.«

Im Laufe dieses denkwürdigen Prozesses tauchten die Gestalten der Vergangenheit der Reihe nach wieder auf und betraten den Zeugenstand – Dr. Peterson, Dr. Votel, Gerane Wharton-Park, Pater Reiser, Jim Honsa. Sie kamen als wertvolle Informationsgeber, um für die Ankläger gegen Lois Jurgens auszusagen, und deshalb wurden sie auch von den Rechtsanwälten nach Informationen befragt, nicht nach Erklärungen über ihr eigenes Verhalten. Pater Reiser konnte sich an ›nichts Besonderes‹ bei dem Begräbnis von Barbara Zerwas im Januar 1965 erinnern, meinte aber, für ein dreieinhalbjähriges Kind sei es ›außerordentlich schwierig‹, den Rosenkranz zu sprechen. Dr. Peterson, der Hausarzt der Jurgens, konnte sich ›entsinnen, ein paar (Verletzungen) gesehen zu haben‹, war sich aber ›nicht sicher‹. Gerane sagte, die Wohlfahrtsbehörde des County ›hatte keine exakte Begründung, um den Antrag dieser Familie abzulehnen‹.

Beim Kreuzverhör dieser Zeugen ging Doug Thomson bei jeder sich bietenden Gelegenheit zum Angriff vor, und verschiedentlich schafften seine Bemühungen es, Mindy Elledges Eifer in Ärger zu verwandeln.

»Ich weiß, daß sie den Zeugen anleitet«, sagte er bei einer Gelegenheit, als der Richter andeutete, daß sein Einspruch etwas vorschnell war. Mindy schluckte den Köder.

»Ich protestiere gegen Mister Thomsons Behauptungen. Er weiß durchaus, wie man Einspruch erhebt, Euer Ehren. Er hat schließlich Jura studiert.«

Marsden mußte besänftigen. »Nun kommen Sie aber, Frau Rechtsanwältin, beruhigen Sie sich . . .«

Bei anderer Gelegenheit argumentierte Thomson vor dem

Sitz des Richters, außerhalb der Hörweite der Geschworenen. Sein lautes Sprechen regte Mindy auf – sie fürchtete, die Geschworenen könnten seine Worte hören.

»Sprechen Sie bitte leise«, sagte sie. Thomson sprach in unverminderter Lautstärke weiter. »Könnten Sie bitte etwas leiser sprechen«, sagte sie erneut. Er redete weiter. »Würden Sie bitte leise reden?« drängte sie. Als Thomson endlich fertig war, kochte die Anklägerin vor Zorn.

»Euer Ehren, als allererstes möchte ich darum bitten, daß Mister Thomson angewiesen wird, leiser zu sprechen, wenn er sich vor dem Richtersitz zu etwas äußert, damit die Geschworenen ihn nicht hören können.«

»Ich glaube nicht, daß die Jury das gehört hat«, sagte Marsden.

Trotz der brutalen Enthüllungen, die die Zeugen der Reihe nach machten, konnten nur wenige der im Gerichtssaal 801 anwesenden Zuschauer der Versuchung widerstehen, diese Art von Zwischenspiel zu beobachten und zu beklatschen. Viele fanden Mindys energische Art wirkungsvoll und scharfsinnig, während Claytons Auftreten aufgesetzt und leicht aufgeblasen wirkte – nicht zuletzt dank Formulierungen wie ›vielleicht darf ich das Hohe Gericht erleuchten‹. – Tom Foley saß tagein, tagaus dabei, den leeren Schreibblock vor sich – ungewöhnlich für einen Staatsanwalt mit so wenig Prozeßerfahrung. Nach einiger Zeit schien es, als zögen Doug Thomson und seine Mitstreiterin Deborah Ellis sich in eine beschützende Hülle zurück. Deborah sagte später, sie habe es vermieden, sich in der Kaffeepause in der Nähe des Richterbüros aufzuhalten, weil Mindy sie böse angestarrt habe. Sie hätten sich wie Eindringlinge gefühlt, erklärte sie, die einen Saal voller Leute auf wichtiger Mission an der Arbeit hinderten. Da gab es nur wenig Chancen für Thomsons ausgefeilte Reden.

Am Morgen des 20. Mai, eine Woche nach Prozeßbeginn, betrat Robert VanderWyst den Zeugenstand. Der fortschreitende Knochenkrebs hatte ihn fast bewegungsunfähig gemacht, doch Pete Korolchuk hatte am 3. Mai einen schweren Herzanfall bekommen, deshalb mußte VanderWyst für ihn aussagen.

Mindy versuchte mit allen Mitteln, VanderWysts Geschichte über Jeromes Drohung ins Protokoll zu bekommen, doch die Vorschriften über Beweise aufgrund von Hörensagen bildeten ein gewaltiges Hindernis. VanderWyst konnte nicht dazu aussagen, was Jerome ihm wörtlich gesagt hatte – ein Zeuge kann nur die Worte des Angeklagten wiederholen, Jerome war jedoch nicht angeklagt. Was er unter Eid bei der Jugendgerichtsverhandlung des Jahres 1965 und vor der Anklagekammer ausgesagt hatte, durfte VanderWyst in einem Strafprozeß nicht wiederholen, und die Wortprotokolle dieser beiden früheren Verfahren waren nicht öffentlich. VanderWyst konnte sich also nur in allgemeinen Worten dazu äußern, was er als Jeromes Drohung bezeichnete. Eine ausgedehnte Befragung, die fünfmal durch Thomsons erfolgreiche Einsprüche unterbrochen wurde, ergab nur das folgende magere Ergebnis.

> Frage: Hatten Sie jemals während der Ermittlungen, die Sie durchführten, daß Gefühl, daß sich Jerome Zerwas einmischte?
>
> Antwort: Ja, das hatten wir.
>
> Frage: Machten Sie sich nach dieser Unterhaltung Sorgen wegen der weiteren Ermittlungen?
>
> Antwort: Ja.
>
> Frage: Und was unternahmen Sie?
>
> Antwort: Wir gingen zum Polizeichef und zum stellvertretenden Bezirksstaatsanwalt.
>
> Frage: Wegen Ihres Gespräches mit Lieutenant Zerwas?
>
> Antwort: Ja.

Das war schon alles. Mindy, die sich anstrengte, wenigstens soviel herauszuholen, versäumte es, VanderWyst zu fragen, warum er seine Nachforschungen nach nur drei Wochen einstellte. Auch ging sie nicht weiter auf die Sache mit den verschwundenen Unterlagen ein. Den Geschworenen und den

Zuschauern blieb es überlassen, herauszufinden, worauf sich VanderWysts indirekte Äußerungen bezogen.

Einige der Reporter, die den Prozeß verfolgten, bemerkten diese Ungereimtheiten und sprachen VanderWyst am Ende des Tages darauf an, doch ohne Erfolg. Der pensionierte Police Officer äußerte sich nicht weiter – Richter Marsden hatte es den Zeugen verboten, mit Reportern zu sprechen. VanderWyst befolgte diese Vorschrift. Jerome hingegen war weit weniger zurückhaltend. Als Reporter Dan Oberdorfer vom ›Minneapolis Star and Tribune‹ ihn abends in Elk River aufstöberte, sprach der frühere Lieutenant frei heraus. Damals habe VanderWyst ihm, Jerome, lediglich gesagt, das Kind sei die Treppe hinuntergefallen und habe an der Stirn eine Wunde von der Größe eines Groschens. Wenn er gewußt hätte, daß Dennis in Wirklichkeit zahlreiche Verletzungen hatte, wäre Korolchuk wegen Lügens vom Dienst suspendiert worden.

Oberdorfers Interview mit Jerome Zerwas erschien am nächsten Tag in der Zeitung. ›Die Ergebnisse des gestrigen Tages werfen neue Fragen auf, warum Lois Jurgens 1965 nicht angeklagt wurde ...‹ endete Oberdorfers Artikel.

Robert Jurgens trug einen blauen Nadelstreifenanzug und eine gelbe Krawatte, als er nach VanderWyst in den Zeugenstand trat. Mit seinem kurzen, blondgelockten Haar und dem Oberlippenbart wirkte er noch ziemlich jungenhaft – ganz und gar nicht wie ein Polizist. Es war Mittwoch abend, der 20. Mai, in einem Monat würde er seinen siebenundzwanzigsten Geburtstag feiern. Während er von Ereignissen sprach, die zu einer Zeit passierten, als er noch keine fünf Jahre alt war, redete er mit sanfter Stimme und warf ab und zu einen Blick auf Lois, die ein paar Meter von ihm entfernt saß. Während seiner Aussage bezeichnete er sie gelegentlich als ›meine Mama‹ oder ›meine Mutter‹. Mindy Elledge stellte die Fragen: Roberts Antworten gaben wieder – wenn auch etwas besser formuliert –, was er Meehan und Kindle vor einem halben Jahr gesagt hatte.

Frage: Haben Sie eine Erinnerung daran, wie es war, bevor Dennis in Ihre Familie kam?

Antwort: Ich erinnere mich, daß es ein sehr ruhiges Haus war. Ich fühlte mich einsam und hatte Angst.

Frage: Können Sie sich an Dennis erinnern?

Antwort: Ja, ich entsinne mich, daß ich richtig glücklich war, als er zu uns kam, denn jetzt hatte ich jemand, mit dem ich spielen konnte. Er war voller Energie, wir hatten viel Spaß zusammen.

Frage: Was ist das erste, woran Sie sich unmittelbar vor Dennis' Tod erinnern können?

Antwort: Ich erinnere mich daran, daß ich auf diesem Holzdreirad im Keller herumfuhr, und ich erinnere mich, daß Dennis dort unten war, wir spielten, und meine Mutter war die ganze Zeit im Keller ... Dann erinnere ich mich, daß sie ihn bei den Ohren packte und mit dem Kopf mehrmals in das Wasser in dieser Wanne drückte ... Sie packte ihn an den Ohren und drückte seinen Kopf unter Wasser, hob ihn hoch, drückte ihn wieder unter, hob ihn hoch, drückte ihn unter ... Dennis rang nach Luft und schrie – beim erstenmal –, und anschließend konnte er nur noch nach Luft schnappen, nur noch nach Luft schnappen.

Frage: Wie haben Sie sich zu diesem Zeitpunkt gefühlt?

Antwort: Ich war entsetzt. Ich hatte Angst – ich – ich wußte nicht, was ich tun sollte. Ich – es sah schrecklich aus.

Frage: Haben Sie noch andere Erinnerungen an die Ereignisse unmittelbar vor Dennis' Tod?

Antwort: Ja.

Frage: Was ist das?

Antwort: Ich fuhr wieder auf meinem Dreirad im Keller, und dann hörte ich einen lauten Aufschlag oder mehrere solcher Aufschläge und fuhr auf meinem Dreirad rüber zum – am Fuß der Treppe – und da landete Dennis, nachdem er schnell runtergerollt war, er landete am Fuß dieser Treppe ... Ich sah den letzten Teil seines Sturzes, und er landete sehr hart auf dem Bauch, da am Fuß der Treppe ... er, wissen Sie, flog fast die Treppe hinunter.

Frage: Was sagten Sie, mit welchem Körperteil landete er am Fuß der Treppe auf dem Boden?

Antwort: Ich erinnere mich, daß er auf dem Bauch landete.

Frage: Nachdem Dennis am Fuß der Treppe am Boden lag, woran können Sie sich dann erinnern?

Antwort: Ich erinnere mich, daß meine Mutter rannte – oder die Treppe hinunterkam ... als ob sie die Treppe runterrannte ... Dann fing sie an, Dennis anzubrüllen, und dann hob sie ihn hoch und fing an, ihn zu schlagen und zu schütteln ... schüttelte ihn und brüllte ihn an und rief seinen Namen ...

Frage: Wie fühlten Sie sich in diesem Moment?

Antwort: Ich hatte Angst, was sollte ich tun, wissen Sie?

Frage: Was machte Dennis?

Antwort: Er schrie ... er hatte Schmerzen, er schrie.

Frage: Nun, nach diesem Vorfall mit dem Kopf unter Wasser und dem Vorfall am Fuß der Treppe, an was können Sie sich sonst noch im Zusammenhang mit dem Tod von Dennis Jurgens erinnern?

Antwort: Ich erinnere mich an eine Nacht, in der es stürmisch war, es donnerte und blitzte, und ich hatte Angst, ins Bett zu gehen ... Irgend etwas muß mich aufgeweckt haben ... Auf dem Flur brannte Licht ... Es war dunkel, die Vorhänge in meinem Zimmer waren zugezogen, soweit ich mich erinnere, war es Nacht oder noch vor Sonnenaufgang ... Dann erinnere ich mich, daß ich meinen Vater und Dennis sprechen hörte, irgend etwas über eine Uhr, sonst weiß ich von dem Gespräch nichts mehr. Ich erinnere mich nur an irgend was wegen einer Uhr ... Sie waren im Badezimmer.

Frage: An was können Sie sich als nächstes erinnern?

Antwort: Das nächste, woran ich mich erinnern kann, sind Schreie und Rufen, da stand ich auf und ging in Dennis' Zimmer, weil das Rufen und Schreien aus diesem Zimmer kam ... Ich glaube, zu diesem Zeitpunkt brannte Licht im Wohnzimmer, draußen war es schon hell ... Ich erinnere mich an meine Mutter – Ich kam gerade rein, als sie ihn aus seinem Bettchen heraushob, und sie war wieder so aufgeregt, und Dennis' Körper war irgendwie so verhüllt, seine Arme hingen nur so runter, und er war nicht wie immer ... er bewegte sich nicht und gar nichts, er war ganz einfach schlaff.

Frage: Was hat sie dann gemacht?

Antwort: Sie fing an, Dennis heftig zu schütteln und seinen Namen zu schreien, aber sie erhielt keine Antwort, sie schlug Dennis und schlug ihn ziemlich heftig auf den Rücken, das ist genau das, was sie die ganze Zeit machte, und dann brüllte sie nach meinem Vater und sagte: »Harold, komm mal sofort her« oder so was in der Art wie »Harold komm jetzt hier rein« oder ...

Frage: An was können Sie sich als nächstes erinnern?

Antwort: Nun, bevor Dad in das Zimmer kam, hatte sie Dennis wieder in sein Bett gelegt, und er lag auf dem Rücken, glaube ich, und mir wurde gesagt, ich solle ins Wohnzimmer gehen, das tat ich auch und saß dort auf einem Stuhl ... ich entsinne mich an einen Mann mit einer schwarzen Tasche, eine Ärztetasche, und dann weiß ich noch, daß ein paar Polizeibeamte da waren ...

Im Gerichtssaal war es jetzt totenstill, eine Stille, die nur gelegentlich von einem scharfen Luftholen und den Verkehrsgeräuschen acht Etagen weiter unten, auf der Straße, unterbrochen wurde.

Am Verteidigertisch ließ Doug Thomson den Wortlaut der Aussage Revue passieren und glaubte etwas zu finden, was sich zu Lois' Gunsten verwenden lassen könnte. Immerhin bestätigten Roberts Erinnerungen exakt eine Aussage der Jurgens: Dennis war die Treppe runtergefallen. Dennis lebte und sprach ganz normal kurz vor seinem Tod. Thomson machte sich eine Notiz, um diese Punkte in seinem Schlußwort zu verwenden.

Ein paar Minuten später, als Mindy Robert eine Reihe von

Aufnahmen seines früheren Hauses in White Bear Lake zeigte, die erst vor kurzem aufgenommen worden waren, da begann die Stimme des Zeugen zu zittern.

Frage: Mister Jurgens, waren Sie im Haus 2148 Gardenette in White Bear Lake anwesend, als kürzlich Leute der Mordkommission diese Aufnahmen dort machten?

Antwort: Ja.

Frage: War dies das erstemal, daß Sie wieder in diesem Haus waren, nachdem Sie nach Dennis' Tod das Haus verlassen hatten?

Antwort: Ja.

Frage: Welches Gefühl hatten Sie, wieder in diesem Haus zu sein?

Antwort: Es war ein sehr unheimliches Gefühl.

Frage: Als Sie in diesem Haus waren, während die Aufnahmen gemacht wurden, erinnerten Sie sich da an irgend etwas in Dennis' Leben?

Antwort: Ja, und an mein eigenes Leben.

Frage: An was wurden Sie erinnert?

Antwort: Nun, als ich zum erstenmal wieder in das Zimmer kam, da – es war noch genau so wie in meiner Erinnerung. Durch das Haus zu gehen und besonders, in Dennis' Zimmer zu kommen, war schon sehr hart, ich ...

Robert verstummte, versuchte, weiterzusprechen, aber er konnte es nicht. Als der Richter ihn von seinem Sitz aus ansah, erkannte er, daß der Zeuge weinte. Sofort klopfte er mit seinem Hammer.

»Wir machen eine Pause von zehn Minuten«, sagte er. In Wahrheit war Marsden selber gerade dabei, seine Fassung zu verlieren.

Später bat Mindy Robert, einmal zu beschreiben, wie Dennis' Reaktionen auf seine Mutter sich veränderten.

Antwort: Soweit ich mich erinnern kann, weinte Dennis, verstehen Sie, so wie ich es tat, und wenn er was auf den Po bekam, versuchte er, zu entwischen, oder wenn sie versuchte, ihn an den Ohren oder den Haaren zu reißen, dann versuchte er, wegzukommen, aber später weinte er nicht mehr so viel und versuchte auch nicht, wegzulaufen. Ich erinnere mich, daß er sich mehr oder weniger unterwarf, ergab, und nur noch irgendwie wimmerte und nicht mehr richtig weinte.

Frage: Können Sie sich daran erinnern, ob es Unterschiede gab zwischen Ihrer Beziehung zu Ihrer Mutter und Dennis' Beziehung zu Ihrer Mutter?

Antwort: Ich – ich kenne den Grund nicht genau, aber ich – ich liebte meine Mutter. Ich hatte Angst vor ihr, aber für mich war sie die Hauptperson, weil ich alles tat, was sie forderte, ich aß mein Essen, sammelte mein Spielzeug ein, hielt mich sauber – und Dennis tat das alles nicht, und deshalb bekam Dennis die traumatischen Bestrafungen ab.

Mindy gab Robert eines der Fotos des Leichenbeschauers, das dieser an Dennis' Todestag von seiner Leiche aufgenommen hatte.

Frage: Haben Sie Dennis jemals mit solchen Verletzungen gesehen?

Antwort: Ja.

Frage: Was würden Sie sagen, wie oft Sie Dennis mit solchen Verletzungen gesehen haben?

Antwort: Die meiste Zeit.

Frage: Mister Jurgens, wie kommt es, daß Sie jetzt hier stehen und über diese Dinge reden?

Antwort: Ich habe immerzu Fragen gestellt, aber nie Antworten bekommen, und nachdem er gestorben war, hatte ich keinen Bruder mehr, und ich meine, irgendwie bin ich ihm das schuldig.

»Keine weiteren Fragen«, sagte Mindy.

Doug Thomson hielt Robert für eine Petze, und sah die einzige Angriffsmöglichkeit darin, diesen Eindruck noch zu verstärken. Im Kreuzverhör führte er Robert deshalb durch die Telefongespräche und Interviews, die er seit Oktober mit der Polizei von White Bear Lake geführt hatte, und hob so gut er konnte hervor, wie Robert seine Eltern um Informationen bedrängt hatte, die er dann an die Ermittlungsbeamten weitergegeben hatte.

Frage: Ist es richtig, daß Sie am 6. November 1986 ein Gespräch mit Ihrer Mutter geführt haben?

Antwort: Ja.

Frage: Und einer der Gründe für dieses Gespräch war es, soviel wie möglich an Informationen aus ihr herauszuholen, damit Sie diese Informationen an die Polizei von White Bear Lake weitergeben konnten – ist das richtig?

Antwort: Ja.

Frage: Haben Sie Kindle und Meehan gesagt, daß Sie mit ihr lieb Kind machten, um diese Informationen zu bekommen, und daß Sie sie nicht mal mehr mögen?

Antwort: Ja, das stimmt.

Reglos beobachtete Lois ihren früheren Adoptivsohn.

Kurze Zeit später zeigte sie jedoch eine Reaktion auf Roberts Aussage.

»Wie groß ist Ihre Mutter?« fragte Thomson Robert.

»Ich glaube, sie ist einsfünfundfünfzig . . . oder einssechzig.«

Als Robert die erste, zu niedrige Schätzung nannte, spitzte Lois die Lippen und schüttelte den Kopf.

Am Ende des Kreuzverhörs richtete Thomson eine Frage an Robert, die die Anklagevertreter liebend gerne gestellt hätten, wenn die Regeln es ihnen erlaubt hätten.

»Sie glauben, Ihre Mutter habe Dennis' Tod verursacht, nicht wahr?« fragte er.

Im Gerichtssaal war es totenstill, als Robert mit der Antwort zögerte.

»Ja«, sagte er mit leiser Stimme.

Thomson, der Roberts Aussage als günstig für Lois ansah, wollte, daß die Geschworenen verstanden, daß Robert nicht auf Lois' Seite stand und voreingenommen war. Aber Richter Marsden oben auf seiner Richterempore dachte bei sich: Da hat der alte Dougie gerade einen bösen Fehler gemacht.

Während der emotionale Höhepunkt des Prozesses Roberts Aussage war, lag das juristische Schwergewicht fraglos bei Michael McGee. Für die Anklagevertreter war die Aussage des medizinischen Leichenbeschauers besonders kritisch. Indem er den Zeitrahmen festlegte, in welchem Dennis sich seine tödliche Verletzung zuzog, stellte McGee Lois, die allein im Haus war, als den einzig in Frage kommenden Täter dar. Und durch die Erläuterung der Art der Verletzungen konnte McGee zufällige Verletzungen wie zum Beispiel einen Sturz auf den Fußboden als Todesursache ausschließen. Durch seine Erläuterungen zum Syndrom des Geschlagenen Kindes brachte er die Geschworenen dazu, zu verstehen, was sich im Haus der Jurgens am Palmsonntag-Wochenende des Jahres 1965 zugetragen hatte.

Bei seinen Antworten auf Claytons Fragen erwies McGee sich als ein meisterhafter, geistesgegenwärtiger Zeuge, der präzise antwortete und durchaus gewandt auftrat.

Frage: Ist es Ihnen mit vernünftiger medizinischer Sicherheit möglich, den Zeitpunkt anzugeben, zu dem die zum Tode des Dennis Jurgens führende Verletzung zugefügt wurde?

Antwort: Ja ... mit vernünftiger medizinischer Sicherheit ... Wenn der Zeitpunkt des Todes mit 9.30 Uhr morgens angegeben wurde, ist es meine Überzeugung, daß das Opfer achtundvierzig Stunden vorher einen Schlag auf den Unterleib bekam, der zur Bauchfellentzündung führte, also am 11. 4. 1965.

Frage: Wenn man also von 9.30 Uhr am 11. 4. um achtundvierzig Stunden zurückrechnet, würde man auf den Zeitpunkt 9.30 Uhr am 9.4.1965 kommen – ist das korrekt?

Antwort: Das ist korrekt.

Frage: Wäre das der äußerste Zeitrahmen?

Antwort: Das ist mein äußerster Zeitrahmen ... Ich kann Ihnen nur Größenordnungen nennen ... Die gehen für mich von acht bis achtundvierzig Stunden.

Frage: Können Sie Ihre Meinung dazu sagen, ob ein Kind, das auf einen flachen Kellerfußboden fällt, sich einen Blasenriß zuziehen könnte?

Antwort: Das glaube ich nicht ... Ich glaube vielmehr, daß irgend ein Gegenstand benutzt wurde, um diese Unterleibswunde zuzufügen ... Die inneren Verletzungen an dieser Leiche passen nicht mit einem Sturz auf der Treppe überein.

Frage: Bevor jemand an Bauchfellentzündung stirbt, würde er fürchterliche Schmerzen zu erdulden haben?

Antwort: Ja.

Frage: Würden Sie meinen, daß eine solche Person etwa anderthalb Stunden vor dem Tod in einem todesähnlichen Zustand, im Schock sein würde?

Antwort: Ja, ich denke, das stimmt.

Frage: Ist es Ihre Meinung, daß die Behauptung, Dennis Jurgens sei kurz zuvor noch im Badezimmer gewesen, nicht stimmen könne?

Antwort: Ich kann mir nicht vorstellen, daß das möglich sein könnte ... Sein Zustand war kurz vor einem Herz-Kreislauf-Kollaps ... und er war vielleicht schon dabei, das Bewußtsein zu verlieren ...

Es ist sicher richtig zu sagen, daß McGee den Anklägern alles geliefert hatte, was sie brauchten, als Clayton seine direkte Befragung beendete. Es ist ebenfalls richtig, zu sagen, daß er es vermieden hatte, ihnen etwas zu geben, was sie nicht brauchten. McGees Aussagen waren unvollständig.

Bei der Fragestellung und den Antworten auf diese Fragen hatten Clayton und McGee als offizielle Zeit des Todes den Sonntagmorgen um 9.30 Uhr akzeptiert, denn das hieß sehr günstig, daß der kritische Zeitraum sich bis Freitagmorgen um 9.30 Uhr ausdehnte, gut drei Stunden nachdem Harold das Haus verlassen hatte, um nach Wisconsin zu reisen. Obwohl McGee bei Claytons Mutmaßung mitspielte, war der medizinische Leichenbeschauer keineswegs sicher, daß Dennis wirklich um 9.30 Uhr gestorben war.

McGee hatte bereits vor der Anklagekammer ausgesagt. Die Zeugenaussage des medizinischen Leichenbeschauers war dort absolut eindeutig gewesen: Wenn die Fotos von Dennis' Leiche auf dem Seziertisch des Leichenbeschauers zwischen 12 und 14 Uhr am Palmsonntag aufgenommen worden waren, dann deuteten das Maß der Leichenstarre und die Blutablagerungen im Inneren der Leiche darauf hin, daß das Kind bereits etwa acht Stunden tot war.

Wenn Polizeimann VanderWyst die Arme der Leiche um 11.30 Uhr so steif vorfand, daß er Angst hatte, sie zu zerbrechen, was sagte das zur Frage Zeitpunkt des Todes aus? hatte Clayton McGee vor der Anklagekammer gefragt.

»Das sagt mir, daß das Kind zum Zeitpunkt, als er es untersuchte (11.30 Uhr), bereits einige Zeit tot gewesen sein muß . . .« hatte McGee da geantwortet. »Ich denke, man kann ruhig sagen, daß das Opfer da bereits mindestens sechs Stunden tot war, möglicherweise auch länger, etwa zwischen acht und zwölf Stunden . . .«

Falls McGee recht hatte, hieß das, daß Dennis spätestens um 5.30 Uhr gestorben war. Er hätte bereits um 3.30 Uhr oder um 23.30 Uhr des Vortages sterben können. Doch jetzt beim Prozeß war Clayton nicht bereit, diesen kritischen Punkt auszubreiten. Das hätte einige unbeantwortbare Fragen bedeutet, die das Gesamtbild nur getrübt hätten. Während des gesamten Tages, den McGee im Zeugenstand verbrachte, fragte Clayton nicht ein einziges Mal, wann Dennis denn nun wirklich gestorben sei.

Doug Thomson war jedoch keineswegs bereit, diesen Punkt so einfach zu übergehen, denn seine ganze Verteidigungsstrategie hing an den möglicherweise nachweisbaren Unterschieden bei den Zeugenaussagen. Da der Grad der Leichenstarre und der Blutverdickung ein zu unpräzises Instrument ist, wenn es um die Festsetzung des Todeszeitpunktes geht – besonders bei kleinen Kindern mit Infektionen –, sah Thomson hier die Chance, McGees Glaubwürdigkeit zu erschüttern.

Frage: Ich glaube mich zu erinnern, als Sie vor der Anklagekammer aussagten, daß Sie da den Zeitpunkt des Todes etwa auf Mitternacht festlegten.

Antwort: Ich erinnere mich nicht, diese Aussage gemacht zu haben.

Frage: Doktor, kennen Sie irgendwelche Fachleute, die behaupten, der Grad der Leichenstarre und der Blutverdickung sei ein verläßlicher Weg, den Zeitpunkt des Todes festzustellen?

Antwort: Wenn Sie den exakten Zeitpunkt meinen, nein.

Frage: Aber genau das versuchten Sie bei Ihrer Aussage vor der Anklagekammer zu tun, oder?

Antwort: Ich habe versucht, eine Schätzung abzugeben ... Ein exakter Zeitpunkt wurde nicht genannt ...

Als McGee nach dem Prozeß in seinem Büro darüber sprach, war der medizinische Leichenbeschauer keineswegs so ausweichend.

»Niemand kann nach der Leichenstarre den Todeszeitpunkt bestimmen«, sagte er, »aber 9.30 Uhr bis 11 Uhr ist für den Eintritt der Leichenstarre einfach nicht genug. Das habe ich noch nie zuvor gesehen. Ich kann Ihnen nicht sagen, wann Dennis gestorben ist. Aber war es wirklich um 9.30 Uhr? Nein. Kann ich Ihnen sagen, wann? Nein. Kann ich Ihnen sagen, wie sehr die offizielle Zeit danebenliegt? Stunden. Kann ich das ganz sicher sagen? Nein. Aber ich glaube einfach nicht an 9.30 Uhr, und Sie glauben selber auch nicht daran.«

Warum er das nicht im Prozeß gesagt habe?

»Ich hätte das schon gesagt, aber Clayton hat ja nicht danach gefragt. Niemand hat danach gefragt.«

Es war nicht etwa so, daß Mindy und Clayton sich der eigenartigen, unbeantworteten Fragen im Falle Jurgens nicht bewußt waren. Ihnen war durchaus klar, daß Roberts Erinnerungen und McGees Aussagen über den Zeitpunkt von Dennis' Tod auseinanderklafften. Sie wußten auch, daß Roberts Aussage über die Szene im Badezimmer nicht in Einklang zu bringen war mit der Tatsache, daß Dennis während mehrerer Stunden vor seinem Tod erhebliche Schmerzen zu ertragen hatte. Sie wußten ferner, daß die Jurgens Dennis überhaupt nicht in seinem Bett tot aufgefunden haben konnten, denn sie hatten gut zugehört, als McGee ihnen privat sagte, Dennis' erhobene, steife Arme bedeuteten, daß der Körper nach Eintritt des Todes bewegt worden war.

Die Anklagevertreter hatten sich bei den Vorbereitungen für den Prozeß nicht auf diese Fragen konzentriert, sie nicht einmal diskutiert, denn die Antworten würden nicht den Beweis dafür liefern, daß Lois die tödliche Verletzung zugefügt hatte. Mindy und Clayton sahen nicht, wie die Kenntnis des genauen Todeszeitpunktes ihnen helfen könnte, Lois zu verurteilen oder sie zu entlasten. Diese Informationen halfen lediglich, festzustellen, ob Lois bei den Einzelpunkten log oder nicht log. Hinzu kam, daß sie beide und McGee aus Erfahrung wußten, daß die Aufmerksamkeit der Geschworenen verbraucht sein mußte, wenn sie über eine Stunde den Aussagen des medizinischen Leichenbeschauers zuhören mußten. Sie hielten es für erforderlich, McGees Aussage zu verkürzen und auf die wesentlichsten Punkte zu konzentrieren.

»Ich könnte nicht sagen, daß wir bei diesen Fragen eine spezielle Theorie entwickelten«, sagte Clayton später.

»Was Robert auch immer aussagte, die medizinischen Beweise waren so stichhaltig, daß es darüber nichts zu diskutieren gab.«

Natürlich gab es flüchtige Momente, in denen Mindy und Clayton sich selber kritische Fragen stellten. Wann war Dennis denn nun gestorben, und wo und in welcher Position? Warum waren die Arme der Leiche erhoben? Wann wirklich war Dr. Peterson gerufen worden? War Jerome zuerst angerufen worden? Hätte Dennis gerettet werden können? Wer hatte sich außer den Jurgens noch strafbar gemacht?

Obwohl diese Fragen zweifellos interessant waren, verschaffte das juristische System den Anklagevertretern keinen Grund, nach den Antworten zu suchen, und auch keine Möglichkeit dazu. Trotz der Zielsetzung, die die Behörden bei der Eröffnung des Falles formuliert hatten, arbeiteten sie jetzt auf einen Schuldspruch hin und nicht auf eine Untersuchung der Vergangenheit. Als Tom Foley am Vorabend des Prozesses mit Reportern sprach, sagte er: »Ich bin keineswegs glücklich über die Antworten, die wir gehört haben. Aber wir ließen es dabei bewenden und mußten weitermachen. Wir können wirklich nichts mehr an dem ändern, was damals passiert ist.«

Das Erbe das Falles ›State v. Loss‹ – jener ersten Verurteilung wegen Kindesmißhandlung – war in der grundlegenden Strategie der Anklagevertretung deutlich sichtbar. 1987 brauchten Mindy und Clayton nicht nachzuweisen, wodurch der Blasenriß bei Dennis zugefügt worden war. 1987 brauchten sie weder einen Augenzeugen noch ein Geständnis, noch eindeutige Erkenntnisse über die Art und Weise von Dennis' Tod. Die Geschworenen waren mehr als bereit, etwas zu akzeptieren, was sie zwanzig Jahre zuvor überhaupt nicht für möglich gehalten hätten. Im Prozeß gegen Lois Jurgens spielte es keine Rolle, was sich exakt im Haus der Jurgens am Palmsonntag-Wochenende des Jahres 1965 zugetragen hatte.

Ein anderer Aspekt des Falles Lois Jurgens kam im Gerichtssaal 801 überhaupt nicht zur Sprache – die Ankläger riefen die vier Kinder aus Kentucky nicht ein einziges mal in den Zeugenstand, machten deren Erfahrungen auch nicht zu einem Teil des Verfahrens. In Vorgesprächen hatte Richter Marsden festgelegt, daß der Kentucky-Aspekt lediglich zur Charakterisierung von Lois beitragen könne, nicht aber als Beweis für ihre Neigung zur Mißhandlung. Falls Thomson die Familie und die Nachbarn aufrufen würde, um Lois' Charakter zu beschreiben, dann würden die Ankläger damit kontern, die Kentucky-Kinder aufzurufen, aber sonst nicht. Die Reise der Detektive aus White Bear Lake nach Georgia im vergangenen November war umsonst gewesen.

Nach drei Wochen waren Mindy und Clayton zum Schluß gekommen. Sie hatten alles präsentiert, was sie in der Hauptsache vorzubringen hatten. Trotz Roberts ergreifender Aussage hatten sie letztendlich nur wenig mehr als das zusammengetragen, was man auch schon 1965 gewußt hatte – selbst Michael McGees Aussage hatte im Grunde nur das wiederholt, wenn auch in besserer Form, was Dr. Woodburn dem Richter Archie Gingold vor zweiundzwanzig Jahren gesagt hatte. Am Nachmittag des 27. Mai schloß das Gericht den Beweisvortrag ab.

Doug Thomson, der jetzt an der Reihe war, sah sich einem Dilemma gegenüber. Es hatte wenig Sinn, jetzt eine Reihe von Verwandten und Nachbarn auftreten zu lassen, die zu Lois' Gunsten aussagen sollten, wie Ed Donohue das 1965 getan hatte, denn er hatte selber bereits zugegeben, daß Lois eine verabscheuungswürdige Person sei. Seine einzige Hoffnung war jetzt Harold Jurgens. Wenn Lois' Ehemann zugab, daß er Dennis geschlagen hatte, könnte man bei den Geschworenen berechtigte Zweifel über die wirkliche Todesursache hervorrufen.

Doch würde Harold überhaupt aussagen? Würde er, wenn Doug ihn in den Zeugenstand rief, sich auf sein Recht der Aussageverweigerung wegen möglicher Selbst-Beschuldigung berufen?

Als die Ankläger Doug Thomson vor und während der Verhandlung diese Fragen stellten, bestand Thomson immer darauf, er wisse es nicht – schließlich war Harold nicht mehr sein Mandant. Mindy und Clayton waren mit dieser Antwort nicht zufrieden. Falls Harold aufgerufen und sich auf das *Fifth Amendment* berufen würde, hieße das für die Geschworenen, daß er tatsächlich etwas Schlimmes getan hatte. Exakt aus diesem Grund verhindern die Prozeßregeln es, daß ein Zeuge in den Stand gerufen wird, wenn der Rechtsanwalt von vornherein weiß, daß der Zeuge sich auf sein Recht der Aussageverweigerung berufen wird. Und das war auch der Grund, daß

Thomsons zugegebene Unkenntnis von Harolds Absichten die Ankläger so ärgerte.

Mindy und Clayton hatten in den Vorgesprächen versucht, diese Frage zu klären, indem sie einen Antrag stellten, Harold solle gezwungen werden, seine Absichten offenzulegen, doch der Richter hatte dazu keine Entscheidung getroffen. Jetzt, am 28. Mai, einen Tag nach dem Ende des Beweisvortrags, rief der Richter Harold und seinen Anwalt Joe Friedberg, Doug Thomson und die Anklagevertreter zu einem Gespräch in sein Büro.

Das Gericht: Ich hielte es für angebracht . . . sich Klarheit über die Absichten von Mister Jurgens zu verschaffen.

Mister Friedberg: Ich habe Mister Jurgens beraten . . . Ich habe ihm geraten, nicht auszusagen, weil er sich nach meiner Auffassung in der Gefahr befindet, daß das Gericht seine Antworten dazu benutzt, ihn zu beschuldigen . . . Er hat mir gesagt, daß er meinem Ratschlag folgen wird.

Das Gericht: Haben Sie die Absicht, ihn zu befragen?

Mister Friedberg: Mister Jurgens, habe ich Sie beraten, daß es meiner Meinung nach besser ist, nicht auszusagen?

Mister Jurgens: Das haben Sie getan, Sir.

Mister Friedberg: Werden Sie meinem Ratschlag folgen?

Mister Jurgens: Ganz sicher.

Da Thomson mit dieser Entwicklung gerechnet hatte, hatte er am vergangenen Wochenende den Antrag gestellt, Harold solle seine Aussage, die er vor der Anklagekammer gemacht hatte, den Geschworenen einfach vorlesen.

»Nun, ich habe über beides nachgedacht . . . (Harolds) Aussage von 1965 . . . und die Januar-Aussage vor der Anklagekammer«, sagte der Richter. »Ich bin verpflichtet, die Position des Staates zu vertreten, und lehne deshalb den Antrag des Verteidigers ab, Harold aufzurufen, damit er seine Aussage vor der Anklagekammer vor den Geschworenen vorträgt. Es gibt einen vollständigen Mangel an unabhängigen untermauernden Beweisen, die den Wahrheitsgehalt der Aussage anzeigen . . . Mehr habe ich dazu nicht zu sagen.«

Clayton und Mindy hatten recht gehabt – das Wortprotokoll von 1965 blockierte jetzt Harolds Schritt in den Zeugenstand und damit jede Chance, seine Frau zu retten.

Sekunden später gab es in dem überfüllten Gerichtssaal ein kollektives, hörbares Luftschnappen, als Doug Thomson verkündete, die Verteidigung habe ihren Beweisvortrag ebenfalls abgeschlossen, ohne einen Entlastungszeugen aufzurufen. Die Ankläger waren nicht so sehr überrascht. Er kann Harold nicht aufrufen, und er kann den Zerwas-Clan nicht aufrufen – wir haben ihn in der Kiste.

Es war Zeit für die Plädoyers.

Kurz nach 9 Uhr am Freitag morgen erhob sich Clayton Robinson, um vor die Geschworenen zu treten. Schritt für Schritt behandelte er die einzelnen Beweise und beschrieb noch einmal jede einzelne Verletzung, die Dennis davongetragen hatte. Er drückte sein Bedauern darüber aus, daß Sozialarbeiter und Ärzte ›Lois' Jurgens Ausflüchte nicht durchschaut‹ hatten und daß Nachbarn und Verwandte sich nicht früher gemeldet hatten, um zu berichten, was sie beobachtet hatten. Dann sprach er über die Dimensionen dieses Falles, den ein Ankläger im Jahre 1965 nicht erfolgreich hätte durchfechten können. Er bat die Geschworenen, aus den Indizienbeweisen, die der Staat nicht direkt liefern konnte, den Schluß zu ziehen, daß Lois den Schlag geführt hatte, der zum Blasenriß bei Dennis führte.

»Ich gebe Ihnen zu bedenken, daß geschlagene Kinder nicht die Art von Menschen sind, die man nach einem harten Schlag gegen den Unterleib mit einem stumpfen Gegenstand auf der Straße herumlaufen sieht«, sagte er. »Das ist ein Verbrechen, das zu Hause geschieht. Es stimmt mit den privaten Züchtigungen überein, die Lois Jurgens ausführte ... Sie als Geschworene sind besonders wegen Ihres gesunden Menschenverstandes zu Geschworenen berufen worden, und als Geschworene sind Sie nicht aufgerufen, diesen gesunden Menschenverstand über Bord zu werfen ... Die Anklage muß beweisen, daß Lois Jurgens den Tod des Dennis Jurgens herbeigeführt hat, aber das

Gesetz erlaubt es nicht, daß die eine Form des Beweises einer anderen vorgezogen wird . . . Es ist korrekt für Sie, zu glauben, daß Lois Jurgens Dennis die tödliche Wunde zugefügt hat . . .«

Als Clayton fertig war, machte Richter Marsden eine Pause von zehn Minuten. Dann war Doug Thomson an der Reihe. Seine einzige Hoffnung war es, die Argumente der Ankläger in Zweifel zu ziehen.

»Dies ist kein Mordfall, dies ist ein Fall von Kindesmißhandlung«, begann er. »Auf der einen Seite die Mißhandlung des Dennis Jurgens, auf der anderen Seite die Mißhandlung der Vernunft und des gesunden Menschenverstandes. Der einzige Grund, daß Sie und ich uns Auge in Auge gegenüberstehen, liegt nicht in den Bemühungen eines Teams; der Grund sind Launenhaftigkeit und Marotten einer einzigen Person, Dr. Michael McGee.

Am 7. Oktober des vergangenen Jahres veränderte er den Totenschein eigenmächtig auf Mord. Dr. Votel, der 1965 der Leichenbeschauer war und der hier ausgesagt hat, stellte fest . . . ›es war mein Eindruck, daß Dennis durchaus geschlagen worden sein konnte, aber der Tod konnte auch durch etwas anderes herbeigeführt worden sein, etwa einen Sturz oder einen Unfall, und ich war bereit, so lange zu warten, bis die Informationen dazu vorlagen . . .‹

Am 7. Oktober des vergangenen Jahres änderte sich nichts. Es gab keinerlei Beweis, aufgrund dessen Dr. McGee den Totenschein auf Mord abändern konnte. Es gab weder medizinische noch sonstige wissenschaftliche Erkenntnisse, die Dr. McGee hätte anwenden können, um zu dem Schluß zu kommen, den er am 7. Oktober eigenmächtig zog. Es kann schon sein, daß das Syndrom des Geschlagenen Kindes während der vergangenen zweiundzwanzig Jahre studiert worden ist, so daß einige dazu beigetragen haben, daß es als Syndrom anerkannt wurde, bei der Abänderung des Totenscheines durch Dr. McGee kam das nicht in Betracht . . . Es gibt nicht den kleinsten Fetzen eines Beweises in diesem Fall, daß Lois Jurgens den Tod verursacht hat . . .

Robert Jurgens war ein sehr wichtiger Zeuge in diesem Verfahren ... Es gibt überhaupt keinen Zweifel daran, daß er voreingenommen ist ... Er ist der Überzeugung, daß seine Mutter Dennis getötet hat. Dennoch war der größte Teil seiner Aussage offen und ehrlich. Seine Beschreibung, wie Dennis die Treppe hinunterfiel ... Dennis landete auf dem Bauch. Er schlug sehr heftig auf ... Und er äußerte sich auch detailliert über die Szene im Badezimmer am Morgen des Tages, an dem Dennis starb ... Er sagte wie folgt: ›Ich erinnere mich daran, daß Dennis mit Dad im Badezimmer sprach, er klang in Ordnung. Er hatte keine Schmerzen ... Wie konnte er denn in Ordnung sein und dann so plötzlich sterben?‹ Das war eine sehr kritische und wichtige Aussage. Das war ein Augenzeugenbericht. Weder in der Aussage von Robert Jurgens noch in der Aussage irgendeines anderen Zeugen gab es einen Beweis dafür, daß Lois Jurgens jemals irgendeine Person mit dem Fuß getreten hätte. Es gibt keine Aussage zu diesem Punkt ...

Wodurch wurde die äußere Wunde verursacht? Der einzige Beweis für eine äußere Wunde, die zu einem Blasenriß hätte führen können, ist der Sturz die Treppe hinunter. Wir, die Verteidigung, haben weder die Aufgabe noch die Pflicht, festzustellen, wie Dennis Jurgens gestorben ist. Die Last, die Todesursache zu beweisen, liegt auf den Schultern der Anklagevertreter ... Deren Aufgabe ist es, ohne jeden Zweifel zu beweisen, daß sie für den Tod verantwortlich ist ...«

Als die Mittagszeit näher rückte, wurde es in dem überfüllten Gerichtssaal heiß und stickig, zwei Geschworene waren dicht davor, einzuschlafen. »Nun, ich bin viel weitergegangen, als ich geplant hatte«, sagte Thomson hastig, der bemerkte, daß ihm die Zuhörer entglitten. »Ich komme zum Schluß ... Ich danke Ihnen.«

Nach einem Gespräch mit den Anwälten in seinem Büro wiederholte Marsden seine Anweisungen an die Geschworenen.

»Sie dürfen nicht über mögliche Antworten auf Fragen spekulieren, deren Beantwortung ich nicht verlangt habe«, sagte er. »Eine Tatsache kann entweder durch direkten Beweis oder durch Indizienbeweis oder durch beides bewiesen werden. Das Gesetz zieht den einen Beweis dem anderen nicht vor. Indizienbeweise sind indirekte Beweise für eine Tatsache, von der man vernünftigerweise auf die Existenz eines anderen Beweises schließen kann . . .«

Marsden erklärte sodann, was bewiesen werden mußte, wenn die Geschworenen Lois verurteilen sollten. Die Statuten des Jahres 1965, so hatte der Richter entschieden, würden die Beratungen in diesem Prozeß regeln.

1965, sagte Marsden, legten die Gesetze des Staates Minnesota fest, daß eine Person, die den Tod eines Menschen in voller Absicht, aber ohne vorherige Überlegung, herbeiführt, des Mordes zweiten Grades schuldig ist. Um herauszufinden, ob der Täter die Tötungsabsicht hatte, müssen Sie beweisen, daß der Täter mit der Absicht gehandelt hat, den Tod herbeizuführen.

1965 legten die Gesetze des Staates Minnesota fest, daß eine Person, die den Tod eines Menschen ohne Tötungsabsicht, aber beim Begehen eines Verbrechens oder dem Versuch, ein Verbrechen zu begehen, herbeiführt, des Mordes dritten Grades schuldig ist.

Als Marsden diese Erklärung beendet hatte, fügte er noch einen weiteren Punkt hinzu.

»Der Begriff *Syndrom des Geschlagenen Kindes* ist in diesem Fall mehrfach benutzt worden; es ist ein anerkannter medizinischer Fachbegriff«, sagte er. »Einfach ausgedrückt, ist es ein Zustand, bei dem Kinder Verletzungen davongetragen, die ihnen auf andere Weise als durch Unfall zugefügt wurden.«

In privaten Gesprächen während des Prozesses hatte Marsden sein Erstaunen darüber geäußert, wie Robert seine Kindheit überstanden hatte und sich zu einem nützlichen Mitglied der Gesellschaft entwickeln konnte. Jetzt, als sich die Geschworenen an diesem Freitag nachmittag zu ihren Beratungen zurückzogen, lud Marsden Robert in sein Büro ein.

»Ich war so aufgewühlt«, sagte er später. »Ich wollte ihn einfach nur loben.«

Auch die Geschworenen waren aufgewühlt, aber keineswegs unentschlossen, als sie nach einem kurzen Imbiß mit ihren Beratungen begannen.

»Ich bitte um Handzeichen«, sagte ihr Sprecher, John W. Johnson. »Wer glaubt, Lois Jurgens sei nicht schuldig?«

Niemand hob die Hand.

Die Geschworenen hielten Roberts Aussage persönlich für sehr bewegend, doch es waren allein die expertenhafte medizinische Aussage und die Fotos aus der Leichenbeschau, die sie in überwältigender Weise überzeugte. Sie hatten wenig Verständnis für Harold, einige wünschten sich sogar, sie könnten auch über ihn zu Gericht sitzen. Mehrere Geschworene drückten ihr Mitleid mit Lois aus, wegen ihrer schwierigen Kindheit und weil sie jetzt eine harmlose alte Frau war. Ein paar Geschworene wollten mehr darüber erfahren, warum Dennis' Tod so lange übersehen worden war.

Ihre einzige wesentliche Differenz trat nicht bei der Frage zutage, ob Lois den kleinen Dennis getötet hatte, sondern bei der Frage, ob eine Tötungsabsicht vorlag. Absicht bedeutete Mord zweiten Grades, keine Absicht hieß Mord dritten Grades. Doch die Differenzen der Geschworenen in dieser Frage gingen nicht sehr tief, denn alles in allem brauchten sie für ihre Beratungen nur drei Stunden.

Der Gerichtssaal 801 war fast völlig leer, als die Geschworenen um 17.30 Uhr an diesem Freitag zurückkamen, um ihr Urteil zu sprechen, denn die im Justizgebäude übliche Arbeitszeit war überschritten, und niemand hatte mit einer so raschen Entscheidung gerechnet. Jerry Sherwood war da, kaum zu übersehen in ihrem weißen Kleid, das mit apfelgroßen schwarzen Punkten dekoriert war. Mit ihren vier Kindern besetzte sie die erste Reihe der Zuschauerabteilung, denn der Richter hatte ihr gestattet, im Gerichtssaal zu bleiben. Zwei Reihen dahinter saß Harold, allein, immer noch in dem rostbraunen Anzug, den er bereits bei der Anklageerhebung gegen seine Frau getragen hatte. Lois saß am Tisch ihres Rechtsanwaltes, sie trug einen weißen Schal auf einer schwarzen Bluse und einen schwarzen Kapotthut auf dem Kopf.

Sherwoods Tochter Misty griff nach der Hand ihrer Mutter, während sie nervös hin und her wippten.

»Mitglieder der Jury, sind Sie zu einem Ergebnis gekommen?« fragte die Gerichtssekretärin Michelle Danielson.

Die Gerichtssekretärin nahm die Urteilspapiere der Geschworenen in Empfang, zeigte sie dem Richter und fuhr dann fort: »Mitglieder der Jury, hören Sie das Urteil, das in den Akten dieses Gerichtes festgehalten werden wird. Der Staat Minnesota, County of Ramsey, District Court, Second Judicial District, Akte Nummer 44463. Staat Minnesota gegen Lois Germaine Jurgens. Wir, die Geschworenen, finden die Angeklagte des Mordes zweiten Grades für nicht schuldig ...«

Jerry Sherwood, die das falsch verstand, begann voller Entsetzen zu stöhnen.

»... aber schuldig des Mordes dritten Grades.«

Jerry Sherwoods Stöhnen verwandelte sich in einen Schrei, während der Gerichtssaal in Bewegung geriet. Ihre Freunde und Familie umringten sie, jubelten, umarmten sich gegenseitig, schrien und riefen durcheinander, sprangen in die Luft, während sie weinend in den Armen ihrer Tochter zusammenbrach.

»Bitte, bitte, bleiben Sie ruhig«, rief Richter Marsden. »Ich dulde keine weiteren Demonstrationen im Gerichtssaal.«

Lois blickte die Sherwood-Gruppe hinter sich an, wandte sich jedoch ohne Gesichtsausdruck wieder ab. Trotz des Schuldspruchs kamen keine Justizbeamte, um sie abzuführen, denn das Verfahren war noch nicht beendet. Doug Thomson hatte immer noch die Verteidigung aufgrund von Geisteskrankheit in der Hinterhand.

»Mitglieder der Jury«, sagte Richter Marsden, »wir unterbrechen das Verfahren bis Montag, 14 Uhr. Zu diesem Zeitpunkt werden Sie sich mit Phase zwei dieses Verfahrens befassen, dem Thema Geisteskrankheit ... Die Angeklagte wird gegen Kaution entlassen.«

Minuten später, im Flur vor dem Gerichtssaal, jubilierte Jerry Sherwood tränenüberströmend, als sie dem inzwischen gewohnten Meer der Fernsehkameras entgegentrat. Vor lauter Überraschung hielt sie die Hand vor den Mund.

»Wir haben es geschafft«, sagte sie. »Meine Kinder haben mir gesagt, Gott werde dafür sorgen, daß die Gerechtigkeit siegt, und das hat er getan. Nach zweiundzwanzig Jahren wird das Unrecht endlich gesühnt. Jetzt kann Dennis in Frieden ruhen.«

In einer Ecke bei den Aufzügen stand Robert Jurgens mutterseelenallein und weinte.

Lois blieb noch einige Minuten mit ihren Anwälten und ihrem Mann im Gerichtssaal, dann stand sie auf, um zu gehen. Harold und Debbie Ellis hakten sich ein und bahnten ihr den Weg, während sie mit dem weißen Schal ihr Gesicht verhüllte. Thomson folgte und tadelte die drängelnde Meute der schreienden Reporter wegen der ›Karneval-Atmosphäre‹, die den Fall umgebe. Auf dem Bürgersteig vor dem Justizgebäude, bei dem Spießrutenlauf vor den Kameras und Mikrofonen, äußerte sich Lois endlich zu all dem, was vor sich ging.

»In meinem ganzen Leben habe ich noch nie so viele Ungeheuer gesehen«, zischte sie den Reportern zu. »Kranke Typen!«

Während der gesamten nächsten Woche diskutierten mehrere Psychiater und Psychologen im Gerichtssaal 801 über die Frage, ob Lois unter paranoider Schizophrenie leide oder nur eine unterdrückte, wütende Frau war. Die Rollen waren in Vergleich zum Jahre 1965 genau umgekehrt verteilt – jetzt war es der Staat, der darauf bestand, daß Lois geistig gesund war; die Verteidigung versuchte, sie als psychotisch hinzustellen.

»Lois Jurgens war und ist ein glasklarer Fall von paranoider Schizophrenie«, argumentierte Doug Thomson. »Dennis Jurgens wurde vom Schicksal schlecht behandelt, doch auch Lois Jurgens litt unter den Unwägbarkeiten des Schicksals. Sie hat sich diese Krankheit nicht freiwillig zugezogen.«

»Sie nahm nicht an, daß sie auf eine Pampelmuse schlug«, konterte Mindy Elledge. »Sie ist, klar und einfach ausgedrückt, eine böse Frau. Man braucht keinen Psychiater, um das sagen zu können. Das kann man aufgrund der Erfahrung und mit dem gesunden Menschenverstand sagen.«

Die Geschworenen brauchten mehr Zeit für die Entscheidung über ihre geistige Gesundheit als für den Schuldspruch – insgesamt fünfeinhalb Stunden.

»Es war eine schwere Entscheidung«, sagte ein Mitglied der Geschworenen später vor laufender Fernsehkamera, »weil wir uns wegen dieser Frau sehr viel Gedanken machten und unsere Gefühle und unseren Verstand stark strapazierten . . .«

Während des Wartens wurde Mindy zunehmend nervös – Clayton klopfte ihr auf die Schulter und sagte, sie solle sich keine Sorgen machen. Draußen auf dem Flur sprach Jerry Sherwood darüber, was sie tun würde, falls Lois nicht schuldig befunden würde. Wenn Lois sie nur einmal schief anschaue, sagte Sherwood, gehe sie mit den Fäusten auf sie los.

Am Freitag, dem 5. Juni, mittags, kehrten die Geschworenen in den überfüllten Gerichtssaal zurück. Auf dem Flur der achten Etage machte Harold den Weg frei für Lois, die ihr Gesicht auch diesmal unter einem weißen Schal verbarg. Dann nahm sie Platz und drapierte den Schal über ihren Sitz. Sie trug ein lavendelfarbenes Kleid mit weißem Spitzenbesatz, auch ihr Hut war lavendelfarben und hatte ein seidenes Band mit Schleife. Die Gerichtssekretärin verlas das Urteil: »Wir, die Geschworenen, finden die Angeklagte des Mordes dritten Grades schuldig.«

Die Sekretärin wandte sich an die Geschworenen: »Und dies ist Ihr wahres Urteil, wie Sie sämtlich sagen?«

Einstimmig gaben die Geschworenen ihre Antwort: »Ja.«

Am Tisch der Ankläger fielen sich Mindy und Clayton um den Hals, schon bald kamen Meehan und Kindle hinzu, wobei Greg wie ein Wächter bei ihnen stand, der sich wegen des Zerwas-Clans Sorgen machte und sie drängte, sich in eine geschützte Ecke des Saals zu begeben. Ron mußte die Tränen zurückdrängen. Jerry Sherwood sackte weinend in ihrem Sitz zusammen. Lois zeigte keinerlei Reaktion.

Nachdem die Geschworenen den Saal verlassen hatten, traten Doug Thomson und seine Klientin vor die Richterbank, und Richter Marsden verkündete das Urteil: »Eine Gefängnisstrafe unbestimmter Dauer, höchstens aber fünfundzwanzig Jahre, entsprechend den gesetzlichen Vorschriften des Jahres 1965.« Es liege in dem Ermessen des Staatlichen Kommissars für den Justizvollzug, zu entscheiden, wie lange Lois absitzen müsse, fügte Marsden hinzu, aber wenn er ein Urteil nach dem derzeit geltenden Recht sprechen müßte, würde er sie zu mindestens fünfzehn Jahren verurteilen – wegen der barbarischen Grausamkeiten, die in dem Prozeß festgestellt wurden.

Habe die Angeklagte dem Gericht noch irgend etwas zu sagen, fragte der Richter.

Lois beugte sich vor und sprach leise. Sie habe nicht genug Kleider mitgebracht, sagte sie. Es gebe viele Dinge, die sie sagen möchte, doch das würde Stunden in Anspruch nehmen.

Als Lois mit Thomson an dessen Tisch zurückkehrte, verließen die Zuschauer den Saal. Diejenigen, die sich noch im Saal befanden, beobachteten fasziniert, wie Lois ihren Ehemann mit dem Finger herbeizitierte. Als Harold näher kam, zeigte sie auf ihre Handtasche, die unter dem Tisch lag, doch wegen der Zuschauer konnte er nicht sofort näher herankommen.

»Harold«, fauchte Lois ungeduldig. »Harold, komm sofort hierher.«

Als Harold sie endlich erreichte und die Tasche aufgehoben hatte, küßten sie sich, danach trat Harold aus dem Saal auf den überfüllten Flur hinaus. Eine schwergewichtige Matrone führte Lois durch eine Hintertür hinaus, der erste Schritt auf der Reise ins Frauengefängnis in Shakopee. Ein merkwürdiger Kreis hatte sich geschlossen. Lois kam in der kleinen Stadt hinter Gitter, in der die Sozialarbeiterin Gerane Rekdahl und die Behörden des Scott County bei ihrem schicksalsträchtigen Treffen vor einem Vierteljahrhundert beschlossen hatten, den einjährigen Dennis in das Haus der Jurgens zu geben.

Ohrenbetäubender Lärm füllte den Flur der achten Etage, der voller Reporter und Zuschauer war, dazwischen dicke Kabel für Strom, helle Leuchten und sperriges Aufnahmegerät. Vor einer Reihe von Kameras und Mikrofonen schob Tom Foley die weinende Mindy zur Seite.

»Dieses Urteil ist ein bedeutender Sieg für das Justizsystem«, tönte der Bezirksstaatsanwalt. »Ich bin sehr zufrieden, daß ein System, das vor zweiundzwanzig Jahren bei Dennis versagte, sich als fähig erwiesen hat, sein Versagen zu überprüfen und den Missetäter trotz der inzwischen verflossenen zweiundzwanzig Jahre zur Strecke zu bringen . . . Dennis Jurgens hat schließlich doch noch in Ramsey County sein Recht bekommen.«

Nein, sagte Foley auf die entsprechende Frage, die Anklagevertreter erwägen keine Mordanklage gegen Harold. Man werde seine Aussage vor der Anklagekammer prüfen, um herauszufinden, ob er einen Meineid geleistet habe, aber es sei fraglich, ob es zu einer Anklage kommen werde.

Ein Reporter hielt Mindy ein Mikrofon vors Gesicht. Warum dauerte es so lange, fragte er, bis der Fall vor Gericht kam?

»1965«, sagte Mindy, »glaubten die Leute einfach nicht, daß weiße Leute der Mittelklasse, die in einer hübschen Straße in White Bear Lake wohnen, ihre Kinder umbringen könnten. Das ist der ganze Grund.«

»Wunderbar«, sagte Lloyd Zerwas zu Reportern. »Sie ist meine Schwester. Ich liebe sie sehr. Aber es ist mir verdammt egal, wer es ist. Sie hat etwas Schlimmes getan . . . Jeder einzelne in der ganzen Familie wußte, daß irgendeine Art von Mißhandlung vorlag. Es ärgert mich, daß so viele von ihnen den Mund nicht aufgemacht haben.«

»Ich finde es fantastisch«, sprach Sherwood, die leibliche Mutter des Dennis Jurgens, in den Wald von Mikrofonen. »Es ist unglaublich. Für Lois empfinde ich überhaupt nichts. Wirklich nicht. Ich hoffe, daß sie eines Tages ihren Frieden findet, weil ich nämlich sehr lange um meinen Frieden kämpfen mußte . . . Dies ist der größte Tag meines Lebens.«

Schon bald lief Sherwood nach unten, um auf dem Bürgersteig vor dem Haus ein Fernsehinterview zu geben. Auf der Treppe sang sie immer wieder: »Fünfundzwanzig Jahre, fünfundzwanzig Jahre . . . Dennis wäre im Dezember fünfundzwanzig geworden, und sie hat fünfundzwanzig Jahre bekommen. Ich bin ja so glücklich.«

Die Feier

Am Dienstag, dem 1. September, drei Monate nach dem endgültigen Spruch der Jury, machte sich Robert Jurgens auf die vierstündige Reise von Crookston nach White Bear Lake. Dort, in einem stillen Saal der Stadtverwaltung, präsentierte Robert seine Anerkennungs-Plakette den vier Menschen, die er als seine ›besten Freunde‹ bezeichnete – Ron Meehan, Greg Kindle, Mindy Elledge und Clayton Robinson.

Dies sind Menschen, sagte Robert während der kurzen Feier, denen er sein Leben anvertrauen würde. Sie hätten die Lücken seiner Erinnerung aufgefüllt. »Sie wissen mehr über mich als ich selber . . . Diese vier hatten erhebliche Konsequenzen zu ertragen, doch sie blieben bei der Sache, packten zu und gingen nach vorne . . . Es waren die kleinen Dinge, die sie für mich taten, die soviel zu bedeuten hatten. Sie luden mich zum Essen ein und in ihre Häuser . . . Sie legten sich krumm, um mir zu helfen . . . In diesem Arbeitsbereich bekommen wir nur selten eine Belohnung, deshalb belohnen wir uns untereinander. Wenn eine Belohnung kommt, ist es ein wunderschönes Gefühl. Ich möchte, daß sie das Gefühl kennenlernen, denn ich weiß nicht, wie ich ihnen danken kann.«

Robert kämpfte mit den Tränen, als er die Inschrift auf der Plakette vorlas.

»Ich weiß, daß Gott Dennis an meine Seite stellte, als ich diese Inschrift vorbereitete«, sagte er und mußte heftig schlucken.

Mit den Namen der beiden Detektive und der beiden Ankläger sowie Roberts Unterschrift trug die Plakette die folgende Inschrift:

In liebevoller Erinnerung
an
Dennis Craig Jurgens

Wir sahen dich in einem Bild und liebten dich von Anfang an,
Dir galt unsere Hingabe im Innern unserer Herzen.
Der letzte Vorhang ist gefallen, du hast jetzt deine Ruh'
Ruh in Frieden, Dennis, dein Andenken bleibt immerzu.

Als Robert diese Worte vorgelesen hatte, drückte Ron Meehan ihn mit einer bärenhaften Umarmung an sich.

»Ich hab' jetzt keine Familie mehr«, murmelte Robert.

Gratulationsfeiern wie diese gab es an mehreren Stellen in Minnesota mit den unterschiedlichsten Teilnehmern, denn eine ganze Menge von Leuten empfand über den Ausgang des Prozesses erhebliche Befriedigung. Diejenigen, die den Fall ermittelt, aufgerollt und vor Gericht vertreten hatten, verspürten verständlicherweise erheblichen Stolz. Anderen gefiel der Gedanke, daß schließlich doch noch der Gerechtigkeit Geltung verschafft worden war. Hitzige und manchmal anstrengende Diskussionen entzündeten sich an der Frage nach den wirklichen Helden bei diesem Fall – die Polizei? Die Ankläger? Robert Jurgens? Jerry Sherwood? Viele erkannten bei diesem Fall eine gestiegene Wachsamkeit dem Problem der Kindesmißhandlung gegenüber.

Diese Stimmung hielt monatelang an, desgleichen das Interesse an den Hauptakteuren.

Ron und Greg wurden bei Minnesotas jährlichem Wettbewerb ›Polizeibeamter des Jahres‹ lobend erwähnt. Korrespondenten großer Zeitschriften und Großstadt-Zeitungen reisten zu den Twin Cities, um Gerichtsunterlagen zu prüfen, Zeugen aufzutreiben und Retrospektiven des Falles zu schreiben. Im Februar 1988 erschien die Monatsschrift ›Twin Cities Magazine‹ mit einem Titelfoto von Jerry Sherwood und einer neunseitigen Geschichte mit dem Titel: ›Die falsche Seite des Rechtssystems – Dennis Jurgens' leibliche Mutter erzählt die schreckliche Geschichte ihres Lebens‹. Im Sommer 1988 kam ein

Produzent mit Kamerateam der CBS-Fernseh-Show *60 Minutes* in die Stadt, dem einige Wochen später Diane Sawyer folgte, die mit den umfangreichen Reportagen ihres Teams im Gepäck eines Tages Harold verfolgte und ihn stellte, als er das Gefängnis in Shakopee verließ.

»Mister Jurgens, ich bin Diane Sawyer von *60 Minutes.* Wir möchten mit Ihnen über Dennis reden«, fing sie an.

»Das möchten Sie wohl gerne, nicht wahr?« sagte Harold im Weitergehen.

»Warum wollen Sie uns nichts über Dennis sagen? Haben Sie gesehen, wie er verletzt wurde? Waren Sie dabei? Haben Sie versucht, ihn zu beschützen? Hat Ihre Frau ihn so schwer verletzt?«

»Nein.«

»Was für eine Frau ist Ihre Frau?«

»Eine schöne Frau, eine schöne Frau.«

Mitte 1988, ein Jahr nach dem Prozeß, hatten sich die meisten Fragen, die der Prozeß aufgeworfen hatte, gelöst.

Die Bemühungen des medizinischen Leichenbeschauers, andere unklare Kindestötungen in Ramsey County aufzuklären, hatten nichts ans Licht gefördert, das weitere Ermittlungen rechtfertigte. Jim Essling übergab Michael McGee Dutzende von zweifelhaften Akten, doch genau das blieben sie auch, unbrauchbar nach so lange verstrichener Zeit und mit unklaren Einzelheiten. Anfang Mai 1988 bestätigte ein Appellationsgericht in Minnesota das Urteil gegen Lois Jurgens mit zwei zu eins Stimmen, indem es vielfache Vergleiche mit dem Fall ›State v. Loss‹ zog. Die beiden obsiegenden Richter bestätigten zwar, daß die Beweise nicht zeigten, wie die tödliche Wunde tatsächlich zugefügt worden war, doch sie sagten, »in einem Fall, in dem das Syndrom des Geschlagenen Kindes zur Anwendung kommt, braucht der Staat die speziellen Einzelheiten, die zum Tode führten, nicht im Detail nachzuweisen ... Die Anklage profitierte zweifellos von der Anerkennung des Syndroms des Geschlagenen Kindes durch das Oberste Gericht im Verfahren ›State v. Loss‹.

Zwei Monate später, am 6. Juli, lehnte das Oberste Gericht

des Staates Minnesota es ab, den Fall zu überprüfen. Kurz danach entschied die Gefängnisverwaltungsbehörde, daß Lois bei einem Urteil über eine zeitlich unbegrenzte Strafe wenigstens acht Jahre absitzen müsse. Das bedeutete, daß Lois mindestens siebzig Jahre alt sein würde, wenn sie entlassen wird.

Im Büro des Staatsanwaltes von Ramsey County diskutierten Mindy und Clayton mit Tom Foley die Frage, ob weitere Ermittlungen im Zusammenhang mit dem Fall Jurgens angestellt werden könnten, doch es war vergebens. Verjährungsfristen und fehlende Beweislagen verhinderten alles außer einer Meineids-Anklage gegen Harold, und dabei würde eine Verurteilung nicht mal zu einer Gefängnisstrafe führen.

Staatsanwalt Foley wollte einfach nicht, daß mehr unternommen wurde.

»Wir wollen nicht wie Opa-Killer wirken«, sagte er Mindy.

Jerome

Ende Juli 1987 fuhr Jerome Zerwas in White Bear Lake auf der Bald Eagle Road in nördlicher Richtung, als er einen alten Freund am Straßenrand gehen sah. Jerome fuhr an den Seitenstreifen und bremste.

»He, Bill, wie geht's?«

Als Jeromes Vater 1980 gestorben war, hatte Bill Butters vor einem halben Dutzend Leute den Arm um Jerome gelegt, und Jerome hatte diese Geste immer als ein Zeichen von Zusammenhalt und Freundschaft betrachtet. Heute aber schien es Butters unangenehm zu sein, mit Jerome zusammen auf der Straße gesehen zu werden. Er schaute zur Seite und sagte, er müsse gehen. Jerome merkte, der Mann wollte nicht mit ihm reden.

Butters war nicht der einzige, der Jerome nach dem Prozeß gegen Lois die kalte Schulter zeigte. Was ihn jedoch am meisten verletzte, war die Kälte, die er bei seinen alten Polizeifreunden in White Bear Lake spürte.

»Das macht mir wirklich zu schaffen«, gestand Jerome. »Früher rief mich Meehan alle paar Monate einmal an, wir trafen uns mit einem Lieutenant in North St. Paul, gingen zusammen essen, ganz prima ... Und wenn etwas Besonderes passiert war, rief Ron mich an und erzählte ... Auch nach meinem Ausscheiden aus dem Dienst wurde ich jedes Jahr zur Weihnachtsfeier der Polizei eingeladen, aber seit 1986 geschieht das nicht mehr.«

Obwohl Lois Jurgens letztlich verurteilt worden war, nahmen viele Bürger in White Bear Lake Jerome Zerwas die Rolle übel, die er bei der ersten Verhandlung in den sechziger Jahren gespielt hatte. Aber einige von Jeromes Bekannten hielten noch zu ihm, obwohl sie glaubten, daß er tatsächlich versucht hatte, die Ermittlungen zu stören. In ihren Augen war Jerome nicht für die Affäre Jurgens verantwortlich – damals wurden Tausende von Kindern auf die gleiche Weise unter die Erde gebracht. Und trotz Jerome hatten VanderWyst und Korolchuk es geschafft, mit ihrem siebenseitigen Bericht die Aussagen der Jurgens zu durchlöchern. Die Ankläger des Jahres 1965 haben den Fall nicht wegen der Interventionen von Jerome Zerwas niedergeschlagen, sagten die Vertreter dieser Meinung.

Wieder andere vermieden es ganz einfach, öffentlich über Jerome zu reden, denn der frühere Lieutenant hatte eine streitbare Ader. Im Juni 1988 erstattete er Anzeige wegen persönlicher Beleidigung gegen Robert VanderWyst und die Stadt White Bear Lake und klagte auf ein Schmerzensgeld von 50 000 Dollar, weil VanderWysts öffentliche Aussagen über ihn ›falsch‹ seien, einer ›bösen Absicht‹ entsprängen und seinen Charakter, sein Ansehen und seine Integrität verleumdeten. Diese Klage erniedrigte VanderWyst – zu diesem Zeitpunkt drei Monate vor seinem Tod, von Schmerzen gepeinigt und total verarmt – so sehr, daß er zahllose tränenerstickte Telefonanrufe bei Freunden und Behörden machte, doch Jerome ließ sich nicht erweichen.

Noch mehr als das Geld trieb der Stolz den früheren Lieutenant zu einer solch gnadenlosen Haltung. Nur einer Strafverfolgung zu entgehen war Zerwas nicht genug – ihm lag nicht minder an der guten Meinung seiner Freunde. Die Aussicht, daß sein Image befleckt würde, bereitete ihm erhebliche Kopfschmerzen.

Noch lange nach Prozeßende leugnete Jerome heftig jegliche Kenntnis über die Umstände von Dennis' Tod und bedrängte Freunde, Verwandte und gelegentliche Besucher, ihm zu glauben. Er besorgte sich eine notariell bestätigte Aussage seines früheren Chefs Wayne Armstrong – »Ich habe weder von den zuständigen Polizeibeamten noch aus irgendeiner anderen Quelle Informationen darüber erhalten, daß Lt. Zerwas sich in die Ermittlungen einmischte ...« – und verteilte freizügig Kopien davon. Anderen zeigte er eine Bemerkung, die Bob VanderWyst offenbar vor einem Reporter der ›Minneapolis Star and Tribune‹ im Dezember 1986 machte – »Es war eine gute Untersuchung ... (Jerome) hatte überhaupt nichts damit zu tun« –, obwohl diese kurzen Worte im offenen Gegensatz zu allem standen, was VanderWyst vorher oder nachher unter Eid aussagte.

Er habe sich 1965 gar nicht um den Fall kümmern können, erzählte Jerome den Leuten. Er habe viele Jahre jeden Sonntag gearbeitet und habe sich deshalb nicht im Hause seiner Eltern aufgehalten und nie etwas von möglichen Mißhandlungen gehört oder gesehen. Er habe keine Vorstellung, warum einige Familienmitglieder sich davor gescheut hatten, mit Korolchuk und VanderWyst zu reden, oder was mit den fehlenden Unterlagen passiert sei. Er habe auch niemals die Leichenhalle besucht, um nach Fingernagelspuren hinter Dennis' Ohren zu suchen. Er habe nie mit Norma Potter geredet. Vanderwyst und Korolchuk habe er niemals bedroht. Vielmehr habe VanderWyst sämtliche Vorschriften verletzt, weil er ihm, Jerome, nichts von Dennis' Verletzungen verriet. »Ich glaube, die beiden haben den ganzen Fall derartig versaut, daß sie einen Sündenbock brauchten, und da dachten sie sich wohl, ich wäre dafür der richtige«, klagte er.

Im Sommer 1987 telefonierte Jerome in diesem Sinne mit Polizeichef Philip Major von der Polizei in White Bear Lake. Er wollte seine Begegnung mit Bill Butters beschreiben und wieder einmal seine Unschuld beteuern.

»Ich mußte einfach anrufen«, begann Jerome ganz aufgeregt. »Ich will Sie davon überzeugen, daß das alles nicht wahr ist . . .«

Philip Major versuchte ihm das Wort abzuschneiden, aber Jerome redete weiter.

»Ich hab' nichts davon gewußt«, beteuerte er. »Ich hatte damals viel zu tun und daher für Familiensachen keine Zeit. Ich habe nichts gehört und nichts gesehen. Ich wußte nichts.«

Major dachte einen Moment über diese Bemerkung nach. Die beiden Männer waren keine ›Zeitgenossen‹. Major, neununddreißig Jahre alt, war 1973 als einfacher Beamter zur Polizei von White Bear Lake gestoßen, kurz bevor Jerome wegen seiner Knieverletzung ging, und hatte Korolchuk 1984 als Polizeichef abgelöst, dennoch kannte er Jerome ziemlich gut. Major hielt ihn für einen starken ›Cop‹ der alten Schule, einen Beschützer, einen Mann, der um ein Familienmitglied genauso schnell einen Schutzwall baute, wie er sich um die Sicherheit der Bürger seiner Stadt kümmerte.

»Okay«, sagte Major zu Jerome. »Wenn Sie darüber reden wollen, bitte schön. Dann nehmen wir uns doch mal die Berichte vor. Als erstes sehen wir uns VanderWysts ersten Bericht an. Also, wie können Sie behaupten, Bob sei an diesem Sonntag um 14 Uhr zu Ihnen gekommen und habe gesagt, der Junge habe lediglich eine Stelle in der Größe einer Münze an der Stirn?«

»Ich weiß auch nicht, warum«, sagte Jerome. »Aber das hat er gesagt.«

»Wurden diese Kinder mißhandelt?« fragte Major.

»Wir haben die Kinder gesehen, sie waren bei uns im Haus. Wir haben gesehen, wie sie sich umzogen. Wir bemerkten überhaupt nichts. Es gab keine Verletzungen.«

»Kommen Sie schon«, sagte Major. »Das hat doch keinen Zweck. Alle Verwandten haben die Wundmale gesehen.«

»Ich aber nicht, ehrlich, Phil!«

»Jerome, ich kenne Sie jetzt schon viele Jahre. Ich würde Ihnen ja gern glauben. Kommen Sie doch mal hierher ins Revier. Wir sehen uns die Berichte an und klären die Sache.«

Der Polizeichef wartete noch mehrere Tage, die Berichte vor sich auf dem Schreibtisch gestapelt, aber Jerome kam nicht.

Über ein Jahr später, im Oktober 1988, hatte Jerome immer noch das Bedürfnis, sich zu verteidigen. Diesmal saß er im Büro seines Rechtsanwaltes und sprach mit einem Besucher, der eine Kopie des Wortprotokolls von 1965 mitgebracht hatte. Mindy Elledge und Clayton Robinson, die dieses Dokument auf Punkte für ihr Hauptklagethema durchforsteten, hatten dabei verständlicherweise gewisse aufschlußreiche Nebensätze ignoriert.

So zum Beispiel das Gespräch von Bertrand Poritsky mit Donna Zerwas im Jahre 1965:

Frage: Haben Sie mit irgend jemandem über die Mißhandlungen gesprochen, bevor Sie hierher ins Gerichtsgebäude kamen?

Antwort: Natürlich, wir haben mit der ganzen Familie darüber gesprochen.

Frage: Haben Sie jemals irgend jemand etwas über den Verlauf des Erntedankfestes gesagt, als Lois Dennis so schlecht behandelte?

Antwort: Ja, wir haben mit ein paar Leuten darüber geredet ... Es ist eine große Familie, da gibt es eine Menge Leute, mit denen wir gesprochen haben ... Gerhard und Jerome und Rosie ...

Frage: Sie haben mit Jerome gesprochen?

Antwort: Das stimmt.

Frage: Wann haben Sie mit Jerome gesprochen?

Antwort: Kurz nachdem es passiert war.

Und Poritsky hatte auch Lois' Schwester Donna Norton befragt.

Frage: Haben Sie jemals mit irgend jemand über die Sache gesprochen?

Antwort: Ja ... praktisch mit der ganzen Familie.

Frage: Sagen Sie mir, wem Sie etwas von den Vorgängen am Tag des Erntedankfestes erzählt halben.

Antwort: Meiner Mutter und meinem Vater ... Mein Bruder Jerome Zerwas und seine Frau Rosie hatten etwas darüber gehört.

Frage: Und davon haben Sie den Behörden niemals etwas gesagt?

Antwort: Nein. In unserer Familie wagt es niemand, viel zu sagen.

Und schließlich Jerome selber, der seinen engen Kontakt mit Lois und Dennis beschreibt:

Frage: Was würden Sie sagen, wie oft Sie während der letzten fünf Jahre im Hause der Jurgens gewesen sind?

Antwort: In den Sommermonaten ziemlich oft, etwa dreimal pro Woche. Wenn ich allein Streife fuhr, sah ich meine

Schwester im Garten mit den Kindern, hielt an und redete ein paar Minuten mit ihnen.

Frage: Lieutenant Zerwas, wann haben Sie Dennis vor dem 11. April zum letztenmal gesehen?

Antwort: Das war wohl am Sonntag vor seinem Tod ... Meine Schwester Lois kam mit den beiden Jungen zu uns ins Haus ...

Frage: Und wo war Dennis?

Antwort: Er war bei uns zu Hause ... Ich war mit den Kindern im Haus, mit allen Kindern.

Frage: Haben Sie irgendwelche Verletzungen auf seiner Haut gesehen?

Antwort: Nein.

Frage: Können Sie, Lieutenant Zerwas, sich daran erinnern, wann und unter welchen Umständen Sie ihn davor gesehen haben?

Antwort: Nun, ich sah ihn regelmäßig mindestens zweimal pro Woche.

Noch interessanter waren die vielfachen Hinweise im Wortprotokoll von 1965 auf das Treffen in der Polizeistation am Palmsonntag um 18.30 Uhr, bei dem Korolchuk Harold über die Ungereimtheiten in den Aussagen der Jurgens ausgequetscht hatte.

»Ich war am Sonntag nicht dort. Am Sonntag war ich zu Hause«, hatte Jerome mit Nachdruck behauptet. Doch bei der Vormundschaftsverhandlung wegen Robert hatten Pete und Bob unter Eid im Zeugenstand Jeromes Anwesenheit an diesem Sonntag abend ohne jedes Zögern genau beschrieben. Zufällig hatte Jerome das gleiche getan.

Ed Donohue, der Rechtsanwalt der Jurgens, hatte Jerome folgende Fragen gestellt:

Frage: Hatten Sie Gelegenheit, an diesem Tag zur Polizeistation zu gehen?

Antwort: Ja.

Frage: Oder am Abend?

Antwort: Ja, ja.

Frage: Und aus welchem Grunde gingen Sie dorthin? Weshalb gingen Sie hin?

Antwort: Ich war von Sergeant Korolchuk angerufen worden.

Frage: Um welche Zeit war das?

Antwort: Etwa ... etwa um 18.30 Uhr.

Frage: Wer war anwesend, als Sie eintrafen?

Antwort: Ah, Chief Armstrong, Officer VanderWyst, Sergeant Korolchuk ... Wir waren im Büro des Chiefs ... Und zu der Zeit riefen sie Mister Jurgens in die Polizeistation.

Frage: Wissen Sie, aus welchem Grund man ihn herbeigerufen hat?

Antwort: Ja, sie wollten ihm ein paar Fragen stellen wegen der Beule auf der Stirn.

Frage: Wurden diese Fragen in Ihrer Anwesenheit gestellt?

Antwort: Ja.

Frage: Wie lange blieb Mister Jurgens in der Polizeistation?

Antwort: Ich würde sagen, eine gute halbe Stunde.

Frage: Haben Sie Mister Jurgens an diesem Tag in die Polizeistation gerufen?

Antwort: Ja, Sir. Das habe ich getan.

Jerome runzelte die Stirn, als ihm nun, über zwanzig Jahre später, diese Passagen im Büro seines Rechtsanwalts von einem Besucher vorgelesen wurden. Bis zu diesem Augenblick hatte der frühere Lieutenant selbstsicher gesprochen, mit humorvollen, blitzenden Augen. Jetzt lehnte er sich herausfordernd nach vorne, doch seine Augen hatten sich verdunkelt.

»Das war an einem Montag«, behauptete er. »Das war nicht am Sonntag. Am Sonntag bin ich nicht zur Polizeistation gegangen. Ich war nicht anwesend, als Harold Jurgens vernommen wurde ... Sie hatten kein Treffen um 18.30 Uhr ... Ich habe das Haus am Sonntag nicht verlassen.«

In diesem Moment hielt Jeromes Rechtsanwalt, David Singer, es für angebracht, sich in die Diskussion einzumischen. Er versuchte, seinem Mandanten zu erklären, daß das Wortprotokoll seine, Jeromes eigene, Worte wiederholte, nicht etwa das, was andere Leute über ihn gesagt hatten. Ehe sie sich versahen, redeten der Rechtsanwalt und sein Mandant erregt aufeinander ein.

»Könnte es sein, daß Sie die Fragen, die man Ihnen bei der Anhörung stellte, mißverstanden haben?«

»Nein«, antwortete Jerome, »dies Treffen hat überhaupt nicht stattgefunden.«

Am Tag nach dieser Auseinandersetzung rief Jeromes Frau Rose im Büro des Rechtsanwalts an und bot eine Erklärung für die Verwirrung an.

»Die Zeugenaussage, die Sie gestern vorgelesen haben, entspricht in vielem genau VanderWysts Redeweise«, sagte sie. »Ich glaube, die haben die Leute im Zeugenstand verwechselt.«

Das sei sehr unwahrscheinlich, wurde ihr erklärt. Bestätigte Wortprotokolle des Gerichts würden normalerweise keine solch gravierenden Fehler aufweisen. Außerdem, im Wortprotokoll redeten die Rechtsanwälte den Zeugen als Lieutenant Zerwas an, und der Zeuge beschrieb sich selber als Lieutenant der Polizei von White Bear Lake, der an der Park Street wohne und eine Schwester namens Lois Jurgens habe.

»Nun«, entgegnete Rose Zerwas. »Es klingt noch immer wie Bob VanderWyst.«

Jeromes Frau hatte noch andere Argumente.

»Ich wünschte, Sie hätten auch einmal nach den guten Zeiten gefragt, nach den guten Dingen«, sagte sie. »Zum Beispiel, als Jerome das kleine Mädchen rettete, das einen Asthma-Anfall hatte . . . Sie sollten mal unser Familienalbum sehen . . . Warum kommen Sie nicht mal rauf nach Elk River und schauen es sich einmal an?«

Echos

Im Anschluß an Lois' Prozeß verfaßte Dr. Thomas Votel, der frühere Leichenbeschauer, Briefe, organisierte Gesprächskreise und belieferte jeden, der danach fragte, mit detaillierten schriftlichen Zusammenfassungen über seine Handlungen im Zusammenhang mit Dennis' Tod. Er tat dies mit einer stoischen Traurigkeit, weniger, um sich zu verteidigen, als vielmehr um seiner Verwirrung Herr zu werden. »Ich war sehr aufgeregt an dem Tag, als Michael McGee anrief und sagte, er wolle den Fall wieder aufrollen«, gestand er den Leuten, immer noch verdattert. »Ich rechnete nicht damit, daß man mir Vorwürfe machen würde . . . Ich habe meine Zeit als Leichenbeschauer immer als einen erfolgreichen Teil meines Lebens betrachtet. Wir bekamen ein neues Gebäude, an der Eingangstür hängt ein Schild mit meinem Namen. Wir haben viele Verbesserungen vornehmen können. Ich hatte Freude an meiner Arbeit und erledigte sie gerne . . .«

Richter Archie Gingold, mit seinen achtzig Jahren immer noch hitzig und alert, erschien eines Tages im Gerichtsgebäude des Ramsey County; bei sich hatte er einen großen Lederkoffer voller Unterlagen über das Thema Kindesmißhandlungen – Zeitschriftenartikel, Vorträge, die er gehalten hatte, Zeitungsartikel, die seine Bemühungen zum Aufbau eines Anti-Mißhandlungsteams beschrieben, Leitartikel, die seine Arbeit unterstützten. Blatt für Blatt holte er die Früchte seines Engagements hervor, las einige davon erneut, heftete andere zusammen und warf sie einzeln auf einen Konferenztisch, bis der Koffer leer war. Erst dann nahm er in einem Sessel Platz. »Ich habe den Fall Dennis Jurgens niemals vergessen«, sagte er nach einem Moment des Nachdenkens. »Ich habe den Fall wirklich niemals vergessen.«

Pater Reisers chronische Heiterkeit schien durch die Erkenntnisse des Prozesses einen Dämpfer erhalten zu haben. Obwohl es eine Tatsache war, daß er 1965 bei der Verhandlung gehört worden war, erzählte er einem Besucher seiner ›Church of the Epiphany‹, er habe keine Ahnung gehabt, daß es bestimmte Verdachtsmomente zum Tode von Dennis Jurgens gegeben habe. Andernfalls hätte er Lois Jurgens auch niemals ein Empfehlungsschreiben ausgestellt, als sie die Howton-Kinder aus Kentucky adoptieren wollte. »Ich habe die Lage falsch eingeschätzt«, gestand er, »aber es geschah nicht in böser Absicht. Wenn ich höre, welche schrecklichen Mißhandlungen geschehen, kommt mir alles so unwirklich vor. Der Fall hat mich darauf aufmerksam gemacht, daß die nette, perfekte amerikanische Familie vielleicht gar nicht so nett und perfekt ist.«

Wenn Dr. Roy Peterson auch länger zögerte als die meisten übrigen Betroffenen – »Er ist nicht zu sprechen. Woher haben Sie seine Telefonnummer?« wimmelte seine Frau neugierige Anrufer ab –, am Ende verspürte auch der frühere Hausarzt der Jurgens den Drang, Erklärungen abzugeben. Aber er tat sich sehr schwer damit. »Sehen Sie, als ich damals die Ansicht äußerte, die Verbrennungen und der Tod seien nicht ungewöhnlich gewesen«, sagte er eines Morgens in seinem Wohnzimmer und richtete den Blick hinaus auf den See, »da dachte ich nicht an die Ursache dieser Verletzungen. Niemand hat mich damals gefragt, ob ich den Jurgens Glauben schenkte. Ich hätte nein gesagt.«

Aber nicht alle lehnten die Verantwortung für das tragische Geschehen ab. Donna Neely, die frühere Nachbarin der Jurgens, machte sich Vorwürfe, nichts unternommen zu haben. »Ich wünschte, wir hätten etwas gesagt, ich wünschte, wir wären klüger gewesen. Ich weiß nur, daß dort irgend etwas Schlimmes vorging und daß wir nichts getan haben, obwohl wir es wußten.«

Der frühere Bürgermeister Milt Knoll tadelte sich dafür, daß er nur an den positiven Entwicklungen seiner mit dem All-America-Cities-Preis ausgezeichneten Stadt interessiert gewesen war. »Vielleicht hätte ich mich mehr um die Polizeiarbeit kümmern müssen. Wayne war nicht stark genug. Ich wußte, Jerome beherrschte ihn, aber ich dachte weder gut noch schlecht darüber. Ich habe mich einfach nicht darum gekümmert.«

Niemand jedoch war bedrückter als Ivan DeMars, der früher Haus an Haus mit den Jurgens gewohnt hatte und dessen Frau Gladys damals der Sozialarbeiterin Gerane Rekdahl eine begeisterte Empfehlung für die Jurgens gegeben hatte. 1965 hatte Ivan lediglich ausgesagt, er habe gehört, wie Lois Dennis einen Dummkopf gescholten habe, und 1987 versicherte er gar den Anklagevertretern, er erinnere sich an gar nichts. Aber im Sommer 1988, ein Jahr nach Lois' Prozeß, saß er in einem Korbsessel auf der überdachten Veranda seines Hauses und sprach über Dennis' Tod, als sei es erst gestern gewesen. Die Dämmerung war schon hereingebrochen, doch DeMars machte keine Anstalten, das Licht einzuschalten. Er war sechsundsiebzig und hatte schon vor Jahren seine Frau in einem Pflegeheim in North Dakota unterbringen müssen. Aus seiner Erinnerung heraus begann er zu beschreiben, was er wirklich gesehen hatte. Sein dicker Arm beschrieb in Kniehöhe einen tiefen Bogen, schnell und kurz. Er wimmerte und schüttelte den Kopf.

»Meine Frau und ich waren wütend über die Mißhandlungen«, sagte er. »Meine Frau hatte mehr davon mitbekommen als ich. Es regte uns sehr auf. Ich mag kleine Kinder. Ich konnte es einfach nicht glauben ... Der Gedanke, einzugreifen, ist mir überhaupt nicht in den Sinn gekommen. Wenn ich es noch einmal zu tun hätte, wenn ich heute so etwas beobachten würde, könnte ich nicht nur dastehen und zusehen, ich würde etwas unternehmen. Dennis war ein nettes kleines Kerlchen ... Er war völlig in Ordnung. Ich hätte hingehen und sagen müssen, was ich von den rüden Erziehungsmethoden hielt. Ich bedauere das sehr. Heute würde ich mich anders verhalten. Ich wünschte, ich hätte damals anders gehandelt ... Aber so war das früher in unserer Nachbarschaft: Man kümmerte sich um seine eigenen Angelegenheiten. So waren wir erzogen worden. Und doch ist es sehr schwer für mich zu wissen, daß ich einfach alles so laufen ließ ... Innere Verletzungen, sein Penis halb ab, all diese

Verletzungen ...« Die Veranda lag jetzt fast völlig im Dunkeln, DeMars war kaum noch zu erkennen, und ein kühler Wind kam auf. Aber er sprach weiter, ohne das Licht anzumachen. Der pensionierte Stahlarbeiter weinte.

»Bei der Verhandlung sagten wir der Polizei und den Leuten nur das, was wir wirklich wußten. Wir hatten das so beschlossen. Wir wollten nicht darüber hinausgehen ... Was konnten wir denn sonst machen? Meine Frau und ich waren sicher, daß Lois den kleinen Dennis totgeschlagen hat, und waren furchtbar aufgeregt ... Nach seinem Tod war das in der Nachbarschaft lange das Hauptgesprächsthema ... Aber während der folgenden Jahre dachten wir nicht mehr viel darüber nach. Ich hatte es prima verdrängt, bis ich es dann wieder in der Zeitung las. Ich konnte es nicht glauben. Ich dachte, das ist alles viel zu lange her ...«

DeMars fuhr sich mit dem Handrücken über die Augen. »Es ist traurig. Ein gütiger Gott muß es so geplant haben, denke ich. Dennis brauchte nicht all das durchzustehen, was wir durchstehen müssen ...«. Aus diesem Gedanken schien er etwas Trost zu ziehen; er erhob sich, verabschiedete seinen Besucher und brachte ihn im Dunkeln zur Tür.

»Es gibt Dinge, die man nicht unter Kontrolle hat«, sagte DeMars mehr zu sich selbst. »Ein guter Gott ... Er hat die Dinge längst geplant, bevor man selber anfängt.«

Selbst June Bol konnte keine vollständige Absolution finden, wenn sie in sich ging.

»Ich hätte den Leuten glauben sollen, die mir damals etwas über mögliche Mißhandlungen gesagt haben«, erklärte June einem Besucher im Sommer 1988. »Ich hätte zu Lois rübergehen müssen. Ich hätte sie fragen sollen: ›Wollen Sie den kleinen Jungen nicht?‹ Warum habe ich ihre Schwestern nicht angerufen? Warum habe ich das nicht getan? Vielleicht hätte ich etwas tun können, diesem kleinen Jungen das Leben zu retten ...«

Vor dem Haus der Bols erstreckte sich der Wald aus Pappeln und Ahorn im vollen Laubgewand, und das blühende grüne Tal war aus dem Fenster zu sehen. Wie immer saß June an ihrem Küchentisch, aber diesmal wirkte sie nicht so entspannt wie sonst.

»... und Robert, der fragte mich kürzlich, ›Warum hast du mich nach Hause geschickt, June? Warum ließt du mich zu Lois und Harold zurück? Das wollte ich dich all die Jahre fragen ... Warum hast du zugelassen, daß ich nach Hause ging?‹ Ich wußte nicht richtig Bescheid, mein Mann auch nicht. Ich sah nicht ... Mir fehlte der Mut, aufzustehen ...«

Ihre Rettungsaktion für die Hawton-Kinder, die Tatsache, daß sie dem zweitältesten, Grant, ein Zuhause gegeben hatte, verschaffte June nicht das Gefühl, das Nötige getan zu haben. Grant war schließlich ein Versuch gewesen. Er konnte im Haus der Bols tun und lassen, was er wollte, er konnte Entscheidungen treffen, June machte keinen Versuch, ihn zu kontrollieren, und nach einiger Zeit fing er an, diese Freiheit auszunutzen. Er fing an, spät nach Hause zu kommen, rief sie von der Kegelhalle aus an, und June, die seine Geschichten immerzu glaubte, lief um zwei Uhr morgens los, mit einem Mantel über dem Pyjama, und holte ihn ab. Wenn Grant nur eine einzige Person hat, auf die er sich verlassen kann, dachte sie, dann wird er wieder klarkommen. Aber dann stahl er Geld, und June fragte ihn: »Hast du dir zehn Dollar geborgt?« – ich will es borgen statt stehlen nennen, dachte sie. Wenn er sich daneben benahm, erklärte sie es sich mit seiner schwierigen Herkunft. Einmal, als er im elften Schuljahr eines Nachts um zwei sturzbetrunken nach Hause kam, gab er ihr freche Antworten, bis sie ihn ärgerlich gegen die Schulter stieß und er in den Wassernapf des Hundes fiel. Wütend und beschämt zugleich saß er da, starrte sie an und bemühte sich, nicht zurückzuschlagen. »Schlag mich nie wieder«, schnauzte er sie an. Sie wußten beide, daß June ihn nicht geschlagen hatte, aber sie wollte das Thema nicht lange diskutieren. »Nein, nein«, sagte sie leise, »das werde ich nicht.«

Erst Jahre später wurde June klar, daß Grants problematische Jugend in ihrem Haus Spuren hinterlassen und ihre Aufmerksamkeit von ihren anderen Kindern abgelenkt hatte, vor allem von Carolee, der jüngsten Tochter. Jetzt, mit zweiundzwanzig

Jahren behauptete diese, sie habe immer lieb und brav sein müssen, um ihre Mutter für Grant schadlos zu halten.

Und trotz allem war es June nicht gelungen, ihn vor dem gesellschaftlichen Absturz zu retten. Während sie in ihrer Küche saß und über die Vergangenheit nachdachte, hockte Grant, inzwischen 27 Jahre alt, 48 Meilen weiter nördlich im Hazelden Center – jenes Drogen- und Alkohol-Rehabilitations-Zentrum, in das Harold vor dreizehn Jahren auch Lois gebracht hatte. Daß es soweit mit Grant gekommen war, verwirrte und belastete June bis zur Verzweiflung. Die Pfleger in Hazelden hatten ihr gesagt, sie sei ein Teil seines Alkoholproblems, weil sie ihn früher zu sehr seine eigenen Wege hatte gehen lassen.

»Sie bezeichneten mich als einen ...« – June suchte angestrengt nach dem richtigen Wort – »einen Ermöglicher.«

Sie wandte sich ab und sah durch ihr Panoramafenster nach draußen. Ihre Augen füllten sich mit Tränen, sie biß sich auf die Lippen. Denn sie hatte Lois immer gemocht, sie wollte niemals ihr Feind sein. Ihr schien es, als gebe es immer auch eine gute Seite bei den schlechten Leuten, die sie kannte, und eine schlechte Seite bei den guten.

June drängte die Tränen zurück und lächelte mit Mühe.

»Kommen Sie«, schlug sie ihrem Besucher mit schelmisch glitzernden Augen vor und ging zur Haustür. »Wir gehen die Straße runter und schauen uns Harolds Haus an.«

Am Ende führten all diese Gespräche immer zu Harold. Während der Monate der kritischen Selbstprüfung in White Bear Lake, während all der Diskussionen, wie und warum Dennis gestorben war und was man hätte tun können, blieb eine Frage offen: Was war mit Harold? fragten die Leute und schüttelten dann schweigend den Kopf.

Harold hatte June Bol gesagt, er habe Dennis zu sich ins Bett genommen an jenem letzten Abend. War Dennis in Harolds Armen gestorben? Wäre das eine Erklärung für die merkwürdige Position der Leiche?

Nach dem Prozeß tauchte Harold Jurgens mehr als einmal in der Gegend von White Bear Lake auf und ging seinen Geschäften nach unter Leuten, die ihn größtenteils nicht erkannten. Alle kannten die Zerwas-Leute, besonders Jerome, doch nur wenige hatten die Jurgens jemals zu Gesicht bekommen. Regelmäßig nahm Harold allein sein Frühstück in Embers Coffee Shop an der Kreuzung Highway 94 und White Bear Avenue ein, besuchte Pater Mroczka häufig und half ihm gelegentlich in seiner Kirche aus. Er fuhr nach Shakopee und besuchte im Gefängnis Lois, wann immer es ihm gestattet wurde. Mit Begeisterung verfolgte er die Spiele der Minnesota-Baseball- und Hockeymannschaften. Harolds Neffe Dennis Donald traf ihn einmal in einem Haushaltsgeschäft, wo Harold elektrische Geräte kaufte. In der Nähe der Kasse sprachen sie ein paar Takte miteinander.

»Ich fürchte, ich habe Robert auch verloren«, sagte Harold traurig.

»Nun, eine Person kann hassen und lieben zur gleichen Zeit«, sagte der Neffe, um ihn zu trösten.

An einer Baustelle in White Bear Lake saßen in der Mittagspause regelmäßig einige Arbeiter zusammen und diskutierten über den Fall Jurgens. Unter ihnen war ein stiller, weißhaariger Elektriker, der zuhörte, aß, nichts sagte und dann aufstand und sich an seine Arbeit machte. Erst später, nachdem sie Zeitungsberichte und Fernsehnachrichten studiert hatten, wurden sie sich darüber klar, daß dieser Mann Lois' Ehemann war.

Am Memorial Day 1988 kam Harold allein zum Friedhof St. Marys Cemetery und stand an Dennis' Grab. Ein paar Reihen weiter standen zufällig Jerome Zerwas und seine Familie und betrachteten das Grab des Patriarchen des Zerwas-Clans: John, Lois' Vater, der 1980 verstorben war. Als Jerome Harold erkannte, ging er zu ihm, begrüßte ihn freundlich und schüttelte ihm die Hand. Sie standen einen Moment still zusammen unter einem heißen und schwülen Nachmittagshimmel und starrten auf Dennis' Grabstätte.

»Wie geht es dir, Harold?« fragte Jerome. »Läuft alles?«

»Nun, ich habe gerade eine Herzoperation hinter mir«, sagte

Harold. Er hob sein Bein und lüftete den Umschlag der Hose, um Jerome die Stelle zu zeigen, von der die Ärzte ein Stück Vene entnommen hatten für seine dreifache Bypass-Operation. Dann knöpfte er das Oberhemd auf und entblößte seine vernarbte Brust.

»War es sehr schmerzhaft, als sie dir die Brust wieder zusammenflickten?« fragte Jerome.

»Nun, das war eigentlich nicht besonders schmerzhaft. Am schlimmsten war das Bein. Es klingt komisch, aber das Bein tat weh, die Brust nicht.«

Und dann rief Harold eines Tages Walter Moore an, seinen früheren Abteilungsleiter bei Muska Electric. Moore war keineswegs erfreut, etwas von diesem Mann zu hören. Harold hatte Muska Electric im März 1987 verlassen, kurz bevor Lois' Prozeß begann. Bei der Arbeit hatte er kein Wort über den Fall verloren, nur einmal hatte er Moore gesagt: »Ich halte zu meiner Frau.« Beim Abschiedsessen hatte Moore keine Lust, die Abschiedsrede auf den ausscheidenden Mitarbeiter zu halten, deshalb mußte das ein Subalterner erledigen. Walter Moore mochte Harold einfach nicht.

Er war mißtrauisch gewesen seit jenem Palmsonntagmorgen, als Harold ihn angerufen hatte, um zu sagen, daß er am nächsten Tag nicht zur Arbeit kommen könne, weil sein Sohn gestorben sei. »Halt den Mund, ich rede mit Walt!« hatte Harold seine Frau angeschnauzt, während er telefonierte. Das war ihm schon damals merkwürdig vorgekommen. Dann hatte Moore den wundenübersäten Körper in der Leichenhalle gesehen, und von diesem Augenblick an war er sich sicher gewesen, daß der Junge umgebracht worden war.

Gott verfluche Harold, warum hat der Mann das zugelassen? dachte Moore. Wenn meine Frau so etwas angestellt hätte, wäre sie eine tote Frau gewesen. ›Komischer Harold‹ nannten ihn die Männer, mit denen er arbeitete. Stundenlang beklagte Harold sich über seinen sexuellen Notstand und daß seine Frau ihn abwies. Moore wollte von solchen Sachen überhaupt nichts hören. Gott verfluche Harold. Er wird seinen Richter finden.

Jetzt, am Telefon, erzählte Harold eine umständliche Geschichte. Kern der Sache war, daß er bei sich zu Hause ein paar Werkzeuge gefunden hatte, die der Firma gehörten. Er wolle mit seinem Gott Frieden machen.

»Zum Teufel damit«, sagte Moore. »Vergessen Sie das, Harold.«

»Nein, nein«, erwiderte Harold. »Ich muß die Sache bei meinem Schöpfer in Ordnung bringen.«

Früh am anderen Morgen erschien er im Gebäude der Muska Electric und brachte das Werkzeug zurück.

Nachwort des Autors

Der Zweck dieses Buches ist es, eine Chronik bestimmter Ereignisse zu liefern, die wirklich stattgefunden haben. Sie fußt auf Polizeiberichten, Interviews, Tagebüchern der Wohlfahrtsämter, Protokollen von Gerichtsverfahren, privaten Tagebüchern und verschiedenen anderen Dokumenten. Über einhundert Personen wurden direkt befragt, Dutzende davon am Telefon.

Im Sommer 1988 lebte ich drei Monate in White Bear Lake; auch später besuchte ich die Stadt bei verschiedenen anderen Gelegenheiten und hatte das Glück, von einer Reihe ihrer Bewohner freundlich empfangen zu werden. Ich hatte auch das Glück, festzustellen, daß viele von den Menschen, die im Fall Jurgens vor einem Vierteljahrhundert eine Rolle gespielt hatten, noch lebten, und zwar in Minnesota, und auch bereit waren, sich zu erinnern. Dementsprechend wurde der größere Teil der Hauptcharaktere dieses Buches (aber nicht alle) von mir persönlich interviewt. Wenn ich beschreibe, was sie dachten oder sagten, so geht dies auf meine Gespräche mit ihnen zurück. Außer einer Handvoll ›Statisten‹, die nur ein einziges Mal im Buch erwähnt werden, sind alle Namen und alle Orte echt und wirklich.

Die Dokumente – und zwar eine ganze Menge – bildeten den wichtigsten Hintergrund des Buches. Aufgrund der Unterlagen war ich häufig in der Lage, zu vergleichen, was eine Person bei verschiedenen Gelegenheiten über zweiundzwanzig Jahre hinweg gesagt hatte. Ich konnte sehen, ob Ereignisse, an die man sich jetzt, Jahre später, erinnerte, auch berichtet und beschrieben worden waren, als sie tatsächlich stattfanden, entweder schriftlich oder im Gespräch. Vor allem aber konnte ich einen einheitlichen Zeitablauf aus verschiedenen Quellen zusammenstellen.

Eine Chronik dieser Art zu schreiben, erfordert die Mithilfe zahlreicher Menschen, denen ich für immer meinen Dank schulde.

Ganz besonders gilt mein Dank den beiden Detektiven der Polizei von White Bear Lake, Ron Meehan und Greg Kindle, und den stellvertretenden Staatsanwälten des Ramsey County, Clayton Robinson und Melinda Elledge. Wochenlang ließen sie mich an ihren Erinnerungen und Gedanken teilhaben. Ohne ihre großzügige und geduldige Mitarbeit wäre meine Aufgabe unlösbar gewesen.

Viele andere Menschen, deren Namen im Buch genannt sind, halfen mir in selbstloser Weise. Es sind zu viele, um sie hier alle zu nennen, doch meinen besonders herzlichen Dank spreche ich Robert VanderWyst aus, der während der letzten schmerzerfüllten Monate seines Leben so viele Stunden mit mir verbrachte, und June Bol, die mir in großzügigster Weise ihr Haus öffnete und mir Einblick in ihr Leben gewährte.

Für die Darstellung der frühen Geschichte der Stadt White Bear Lake verdanke ich besonders viel dem Buch ›The White Bear Lake Story‹ von Nancy L. Woodsworth, das 1968 unter der Schirmherrschaft der Handelskammer von White Bear Lake herausgegeben worden war, und dem Titel ›Mahtomedi Memories‹ von Alice R. Smith, Sharon F. Wright und Judy Kaiser, aus dem Jahre 1976. Bei der Niederschrift der neueren Geschichte der Stadt hatte ich das Glück, unbeschränkten Zugang zu der wunderbaren Sammlung früher Ausgaben der ›White Bear Press‹ zu haben. Die Minnesota Historical Society lieferte wertvolle Informationen über die ältere und die jüngere Vergangenheit, einschließlich kompletter Mikrofilmausgaben aller örtlichen Zeitungen von vor einem Vierteljahrhundert. Unschätzbar wertvoll war auch das Sammelalbum der White Bear Lake Chamber of Commerce zum Thema All-America-Cities-Wettbewerb.

Bei meiner Beschreibung der Anklage gegen Lois Jurgens und des Prozesses halfen mir Videobänder der Nachrichtensendungen der örtlichen Fernsehgesellschaften sowie die Berichterstattung im ›St. Paul Pioneer Press Dispatch‹ und der ›Minneapolis Star Tribune‹ – insbesondere die Artikel von Brian Bonner, Linda Kohl, Dennis Cassano, Doug Grow, Dan Oberdorfer und Joe Soucheray.

Der Bericht über Henry Kempe und die Revolution des Denkens über Kindesmißhandlungen wurde ermöglicht durch ein ausgedehntes Interview mit Dr. Brandt Steele in Denver sowie durch die unermüdlichen Bemühungen meiner Assistentin, Nina Green. Die Bemerkungen über den Fall Loss profitieren von der Tatsache, daß John Tuohy und Dr. Homer Venters keine alten Unterlagen wegwerfen.

Mein besonderer Dank gilt Robert A. Jones, Tawny Crail und Marti Devore für ihre hilfreichen Hinweise, Kathy Morris für ihre Beschreibung Minnesotas, und Jan Williams, der stundenlang Tonbänder von Interviews mit ungewöhnlicher Fachkenntnis abschrieb, und das immer in bester Laune.

Die Herausgeber der ›Los Angeles Times‹ lieferten die fantasievolle Umgebung, in der ich zunächst über die Jurgens-Geschichte schrieb und später die Zeit, in der ich dieses Buch fertigstellte. Neben anderen schulde ich Dank Tim Rutten, Mike Miller, Shelby Coffey III und ganz besonders Bill Thomas.

Bei Bantam Books sorgte Ann Harris für eine elegante und präzise Herausgabe des Buches, und Stephen Rubin ermöglichte das ganze Projekt durch sein nicht nachlassendes Vertrauen und seine Unterstützung.

Ich habe keine Worte, um angemessen meinen Dank und meine Anerkennung für Kathy Robbins auszudrücken, die meine Agentin ist, Freund, Mentor, Einpeitscher und Kritiker. Es möge reichen, zu sagen, daß dieses Buch ohne sie nicht zustande gekommen wäre.

ENDE

Band 13 323

Joe McGinniss

Die Unschuld des Mörders

Wie ein Donnerschlag bricht das Unheil über eine amerikanische Familie herein. Eine schwangere Mutter und ihre beiden Kinder werden in ihrem Haus erstochen und erschlagen. Nur einer kommt mit Stichwunden und einem Schock davon: Jeffrey MacDonald, der Familienvater, der selbst die Polizei ruft.
Auch wenn viele Indizien gegen ihn sprechen – die Nachbarn, die Verwandten, der Gerichtspsychologe sind sich einig: Dr. Jeffrey MacDonald, Arzt und Angehöriger der Green Berets, kommt als Täter nicht in Frage. Er ist immer ein treusorgender Familienvater gewesen, tatkräftig, hilfsbereit und charmant dazu. Wie kein zweiter hat er den amerikanischen Traum gelebt. Warum sollte er selbst diesen Traum mit Blut besudelt haben?
Kein Verbrechen in den letzten Jahren hat Amerika mehr bewegt als dieses. Kein Buch hat die amerikanische Bestsellerliste länger angeführt als dieses.

BASTEI LÜBBE

Sie erhalten diesen Band im Buchhandel, bei Ihrem Zeitschriftenhändler sowie im Bahnhofsbuchhandel.